Blut ist dicker als Wasser

Das Buch

Wenn alte Freunde sich nach Jahren plötzlich melden, muss nichts dahinter stecken ... Dido jedenfalls sieht in dem unerwarteten Anruf ihrer Studienfreundin Lizzie, die sie einlädt, ein paar Wochen bei ihr im idyllischen Somerset zu verbringen, einfach einen Wink des Himmels: endlich ausspannen! Sie packt ihren kleinen Sohn Ben ins Auto und macht sich auf zum Kühe betrachten und Tee trinken. Aber schnell stellt sich heraus, dass die Einladung ein Hilferuf war. Lizzie ist unglücklich, da ihr Ehemann offenbar etwas vor ihr verbirgt – und Dido soll herausfinden, was. Das ist nicht so einfach, denn die Familie von Lizzies Mann lebt nach dem Motto »Blut ist dicker als Wasser«, und unerwünschte Fragen werden höflich ignoriert. Nach und nach kommt jedoch ans Licht, dass Lizzies Schwager vor Jahren eine mutmaßliche Einbrecherin erschoss – ein tragischer Unfall. Doch scheinbar gibt es Leute, die daran immer noch ihre Zweifel haben. Berechtigte Zweifel, wie Dido angesichts einiger Ungereimtheiten findet. Und die Wahrheit, die sich unter dem Netz von Lügen verbirgt, ist haarsträubend .. .

Die Autorin

Die Kanadierin Marianne Macdonald ging zum Studium nach Oxford, wo sie die nächsten dreißig Jahre ihres Lebens blieb, um eine akademische Karriere zu verfolgen. Heute lebt sie im Norden von London und widmet sich ganz ihren zwei großen Leidenschaften: der Schauspielerei und dem Schreiben.

Von Marianne Macdonald sind in unserem Hause bereits erschienen:

Das Manuskript
Die letzte Strophe
Die Schriftrolle
Ein gutes Versteck
Der Stammkunde

Marianne Macdonald

Blut ist dicker als Wasser

Roman

Aus dem Englischen
von Marie Rahn

List Taschenbuch

Besuchen Sie uns im Internet:
www.list-taschenbuch.de

Umwelthinweis:
Dieses Buch wurde auf chlor- und säurefreiem Papier gedruckt.

Ungekürzte Ausgabe im List Taschenbuch
List ist ein Verlag der Ullstein Buchverlage GmbH, Berlin.
1. Auflage Februar 2006

Titel der englischen Originalausgabe: *Blood Lies* (Hodder and Stoughton, London)
Umschlagkonzept: HildenDesign, München
Umschlaggestaltung: Hauptmann und Kompanie Werbeagentur,
München–Zürich
Titelabbildung: Christopher Kicherer
Gesetzt aus der Bembo
Satz: Buch-Werkstatt GmbH, Bad Aibling
Druck und Bindearbeiten Clausen & Bosse, Leck
Printed in Germany
ISBN-13: 978-3-548-60619-4
ISBN-10: 3-548-60619-9

In Erinnerung an meine Eltern
GORDON MACDONALD
und
MILDRED (SPROULE) MACDONALD
die nie viel besaßen, doch ihr Bestes gaben;
die mir vorlasen, als ich noch klein war,
mir eine Büchereikarte besorgten, als ich sieben war,
mich mit der alten Reiseschreibmaschine
meines Vaters hinaus in die Welt schickten –
und nicht vergessen sind.

»So, meine Lieben«, sagte Frau Hase eines Morgens. »Ihr könnt auf den Feldern herumtollen oder den Weg entlanglaufen, aber geht ja nicht in den Garten von Mr. McGregor. Euer Vater hatte dort einen schlimmen Unfall …«

Die Geschichte von Peter Hase
Beatrix Potter

Kapitel eins

Auf der Suche nach der Sackgasse

Mein Name ist Dido Hoare. Ich handle mit antiquarischen Büchern und guten Büchern aus zweiter Hand und wohne zusammen mit meiner Katze und meinem kleinen Sohn Ben in einer Seitenstraße im Norden Londons über meinem Laden. Allerdings ist meine Wohnung so eng wie ein Schuhkarton. Daher treten wir drei uns ständig auf die Füße – bildlich gesprochen, denn ich könnte mir niemanden vorstellen, der es wagen würde, einer Katze auf die Pfoten zu treten, die derart von sich selbst eingenommen ist wie Mr. Spock. Im Großen und Ganzen bin ich eine recht anständige, hart arbeitende Frau und möchte eigentlich ein ruhiges Leben führen, und sei es nur Ben zuliebe. Vielleicht schaffe ich es eines Tages, dem Wunsch vieler zu entsprechen und mich nur noch um meine eigenen Angelegenheiten zu kümmern. Aber ich bezweifle es.

Am betreffenden Montagnachmittag Anfang Mai fuhr ich mit Ben nach Somerset. Lizzie – meine alte Freundin Lizzie Waring – hatte mich ein paar Tage zuvor aus heiterem Himmel angerufen und behauptet, sie wolle nur ein wenig plaudern. Lizzie war meine beste Freundin in Oxford gewesen, wir wohnten nebeneinander und wuchsen gemeinsam auf, aber nun hatte ich sie seit ihrer Hochzeit drei Jahre zuvor nicht mehr gesehen; und als wir das »Wollte-mal-hören-wie-es-dir-geht-Stadium« hinter uns gelassen hatten und sie noch sagte: »Dido, wir sollten nicht mehr so den Kontakt abreißen lassen, warum besuchst du mich nicht mal in Alford? Du und das Baby? Wir haben viel Platz und ich würde mich wirklich freuen«, da hatte ich ihre Einladung spontan angenommen. Ich hatte meine Gründe dafür, auch wenn ich das zu dem Zeitpunkt nicht zugab.

Wir hatten auf der alten Landstraße nach Südwesten die weiten Grasflächen der Salisbury Plain überquert. Hinter Stonehenge, irgendwo zwischen kleinen Orten mit den alten Namen *Wylye and Hindon, Chicklade* und *Mere and Zeals* piepte mein Handy. Virtuos steuerte ich den Wagen in eine Parkbucht, die wie gerufen kam, bevor ich das Telefon aus meiner Tasche holte. Die Anzeige verkündete, dass der Anruf vom Apparat meines Vaters geführt wurde.

Ich holte tief Luft. »Hallo, Barnabas. Was machst du zu Hause? Geht es dir gut?«

»Natürlich. Aber im Laden war nichts los. Ernie blieb nichts anderes übrig, als die Bücher auf den obersten Regalborden abzustauben. Als dann die Druckerei anrief und uns mitteilte, die Kataloge kämen erst morgen Nachmittag, sagte ich, es wäre vielleicht nutzbringender, wenn er nach oben gehen und ein bisschen für seine Prüfungen arbeiten würde. Dann hörte auch ich auf und ging für ein Nickerchen nach Hause.«

Ich wartete; etwas in seiner Stimme verriet mir, dass er aus einem bestimmten Grund anrief.

»Als ich hier ankam, war die Post schon da. Unter anderem ein Brief von Diane.«

Ich sagte schwach: »Diane?«

»Ja – *Diane.* Unsere alte Freundin Diane Harper. Die jetzt in Harrogate lebt. Die Mutter von deiner Freundin Lizzie. Diane.« Er verstummte und ich nutzte die Gelegenheit, um einen Blick auf Ben zu werfen, der im Kindersitz hinter mir schlief. Seine Lider flatterten zwar, blieben jedoch geschlossen. Er war nun schon siebzehn Monate alt, staunte aber immer noch über alles, was es in der Welt zu sehen gab: Autobahnen, Busse, Krähen, Felder … und hundert Meilen Aufregung hatten ihn müde gemacht.

Wie gewöhnlich unterbrach ich als Erste das Schweigen. »Barnabas, was ist los? Hast du ihr erzählt, dass ich Lizzie besuche?«

»Nein, so seltsam es auch klingen mag, aber ich habe nichts von euren Plänen weitergegeben. Ich war der Ansicht, du und Lizzie wäret vollkommen in der Lage, euch um eure Angelegenheiten zu kümmern. Nein, die Anfrage schien völlig unabhängig davon zu kommen. Oder sollte ich lieber ›der Appell‹ sagen?«

»Appell?«, wiederholte ich mit schwacher Stimme. »Vielleicht könntest du mir einfach vorlesen, was sie geschrieben hat?«

Barnabas räusperte sich. »*Lieber Barnabas* blablabla *wollte nur fragen, ob du mir möglicherweise helfen könntest – oder zur Not auch Dido –, weil ich mir in zunehmendem Maße Sorgen um Lizzie mache … Ich kann es nicht genau erklären, aber als ich sie letzte Woche anrief, klang sie sehr seltsam, und ich frage mich, ob sie Probleme mit Mickey hat – oder mit seiner dysfunktionalen Familie da am Ende der Welt, und natürlich wie üblich* blablabla, *aber ich spüre einfach, dass sie mir etwas verheimlicht. Daher bräuchte ich jemanden, dem ich vertraue und der bei ihr vorbeifährt, um zu sehen, ob es ihr gut geht. Sonst müsste ich selbst fahren, aber mein Arzt hat mir wegen meiner Arthritis von einer Fahrt mit dem Zug abgeraten, allerdings wenn* blablabla. Dianes Satzkonstruktionen haben immer etwas zu wünschen übrig gelassen.«

Ich sagte »Blablabla?«, um Zeit zu schinden, dann fiel es mir wieder ein: »Zur Not auch Dido?«

»Du erinnerst dich doch sicher, dass Dianes Einstellung gegenüber der jüngeren Generation noch zynischer ist als meine eigene. Aber ich frage mich auch langsam, ob dein spontaner und ganz untypisch vernünftiger Entschluss, Urlaub zu nehmen, wozu ich dich täglich seit … nun, Februar, dränge, irgendetwas mit Dianes Befürchtungen zu tun hat.«

Ich sagte, mehr oder weniger wahrheitsgemäß, dass ich keine Ahnung hätte, wovon er eigentlich spräche. Dann dachte ich kurz nach. Und dann ging ich in die Offensive. »Sie meinte nur, sie würde mich gern eine Weile bei sich haben, also weiß ich nicht, was das ganze Theater soll, und du weißt, wie viel Aufhebens die liebe Tante D immer schon gemacht hat. Natürlich vergewissere ich mich, ob es Lizzie gut geht. In Ordnung?«

Ich konnte fast hören, wie die Neuronen im Hirn meines Vaters feuerten. Er erwiderte nur knapp: »Rufst du mich an, sobald du da bist?«

»Ich rufe dich heute Abend an, gegen neun Uhr. Bis dahin werde ich dir wohl etwas sagen können, falls es etwas zu sagen gibt. Bist du heute Abend zu Hause? Wenn ich bis zum Tee dort sein will, muss ich jetzt weiterfahren.« Ich schaltete das Handy aus, blieb aber reglos sitzen.

Der Straßenatlas lag aufgeschlagen neben mir auf dem Beifahrersitz: Nach ein paar Meilen würden wir von der Hauptstraße abbiegen müssen; also war dies ein guter Platz, um eine Weile Rast zu machen und nachzudenken. Ich war Barnabas gegenüber etwas ausweichend gewesen. Vielleicht so wie Lizzie mir gegenüber? Ich versuchte, mir unser letztes Gespräch in Erinnerung zu rufen. Irgendwie bekam ich langsam das Gefühl, mir wäre da etwas aufgefallen … nichts Besonderes, vielleicht war es nur der Tonfall oder ein unbehagliches Schweigen hier und da … Telefongespräche können irreführend sein. Manchmal ist es notwendig, dass man das Gesicht des Gegenübers sieht. Und vielleicht hatte ich dem Ganzen auch nicht genügend Aufmerksamkeit geschenkt.

Denn ich wollte sozusagen zwei Fliegen mit einer Klappe schlagen.

Es war ein harter Winter gewesen, und Barnabas hatte mir ständig damit in den Ohren gelegen, ich hätte einen Tapetenwechsel nötig und sollte mal raus aus London. Als Quälgeist ist mein Vater wegen seiner beispiellosen Hartnäckigkeit unschlagbar. Seit seiner Emeritierung aus Oxford verbringt er die Hälfte seiner Zeit damit, mir in meinem Laden zu helfen, und die andere Hälfte, über englische Liebeslyrik des sechzehnten Jahrhunderts zu forschen; und eine weitere Hälfte, mit Adleraugen über mein Privatleben zu wachen, wobei seine Absichten zwar wohlwollend sind, mir aber zuweilen auch ziemlich zusetzen. Wenn das alles zusammengenommen mehr als vierundzwanzig Stunden am Tag ergibt, nun, dann kann ich nur sagen, dass er ein energiegeladener Mensch ist, vor dem man kaum etwas geheim halten kann, vor allem, wenn er sich etwas in den Kopf gesetzt hat. Ich habe mich letzten Endes damit abgefunden. Und nun fuhr ich nicht nur weg, um alte Bande neu zu knüpfen, sondern auch, um mich zu erholen und einen klaren Kopf zu bekommen, den Alptraum loszuwerden, der aus einem Ereignis im letzten Winter herrührte, auf das ich ohne weiteres hätte verzichten können. Lizzies Einladung war mir vorgekommen wie ein Wink des Himmels. Aber jetzt war ich mir nicht mehr so sicher.

Gegen vier Uhr befanden wir uns auf einer schmalen Seitenstraße, die durch den Marktflecken Castle Hinton führte, vorbei an kleinen, efeubewachsenen Häuschen mit großen Bäumen in den Vorgärten. Es war eine Landschaft, in der sonnengesprenkelter Kalkstein dominierte. Ben schlief immer noch herrlich entspannt und mit hängendem Blondschopf. Wahrscheinlich hatte ich das sentimentale Muttergrinsen auf dem Gesicht. Ben macht mich glücklich.

Als wir über eine Hügelkuppe fuhren, die zur Rechten steil abfiel, fuhr ich in eine mit einem Gatter versehene Einfahrt und blickte mich um. Die schwarzweißen Kühe auf den Feldern unterhalb der Straße waren von hier aus nur als Punkte zu erkennen. Am Fuß ihrer Weide verliefen Gleise, die bis zu einem Bahnhof führten, sich am Güterbahnhof kurzzeitig teilten, sich wieder vereinten und sich westwärts in Richtung Yeovil und Exeter hinzogen. Ich konnte die Parkreihen mit den Wagen der Pendler am Bahnhofsgebäude sehen. Die Straße selbst führte den Hügel hinunter, beschrieb westlich vom Bahnhof einen weiten Bogen um die Gleise herum und knickte dann wieder in nördlicher Richtung ab, hinein in ein schmales Flusstal, das am Horizont von einer Hügelkette begrenzt wurde. Außer den Kühen regte sich unter der Nachmittagssonne nichts.

Es wirkte alles so friedlich, dass ich einen Moment lang verunsichert war – klar, ich bin ein Stadtmensch. Dann hatte ich mich wieder unter Kontrolle. Ich war zwar wegen Lizzie hier, doch ein bisschen auch wegen dieses ländlichen Friedens. Ruhe, Erholung, Linderung meiner inneren Unruhe.

»Kuh!«, verkündete erfreut eine Stimme.

»Kühe«, sagte ich automatisch und blickte mich um. Ben war auf einmal wieder hellwach und warf sich nach vorne, gegen die Riemen seines Sitzes.

»*Kuh!*«, rief er nun fordernd. Ich lachte. »Später – bald!« und langte nach der Straßenkarte, weil ich aus Erfahrung wusste, dass für Ben nun der Zeitpunkt gekommen war, an dem er schnell irgendwo ankommen musste. Im Straßenatlas steckte ein Zettel mit Notizen, die ich mir nach Lizzies Anweisungen gemacht hatte: *Bahnhof zur Rechten, am Pub* »The Woolpack« *links abbiegen. Dem Wegweiser folgen, die nächsten beiden Abbiegungen sind auch ok. Etwa eine Meile geradeaus, dann hinter Bushaltestelle die nächste Straße links, Schild an der Ecke zeigt Sackgasse. Rasenfläche vor Blechkirche …*

Ich fuhr mit den Augen die Straße entlang. In etwa einer Meile Entfernung konnte ich ein größeres Gebäude erkennen, das musste das »Woolpack« sein. »Fünf Minuten«, versprach ich Ben. »Fast da.« Und ließ uns den Hügel hinabrollen.

Das »Woolpack« war ein frisch gestrichenes weißes Gebäude auf der Hauptstraße mit einem großen, leeren Parkplatz. Ich bog dahinter ab und befand mich in einer anderen Welt: Eine schmale Straße schlängelte sich zwischen Gräben und Hecken hindurch. Die meisten Felder hinter den Gattern waren mit Löwenzahn und hohem Gras überwuchert. Zur Linken öffnete sich ein zerfurchter, zugewachsener Pfad, an dem ich vorsichtig vorbeifuhr, halb in der Erwartung, mich plötzlich einer Herde Kühe oder einem Traktor gegenüberzusehen. Ich fragte mich schon, wo denn hier ein Ort sein sollte, als rechts ein zweites Sträßchen auftauchte und wir gemeinsam eine Kurve beschrieben. Dann fuhr ich plötzlich an einem großen Haus aus roten Backsteinen vorbei, auf dessen anliegender Weide Ponys grasten, dann an einem zweiten und dahinter kamen ältere Häuser aus grauem Stein. Ich konnte nirgendwo ein Schild erkennen, drosselte aber die Geschwindigkeit, als ich an einer Bushaltestelle vorbeikam. Wie versprochen wies ein Wegweiser die nächste Straße als »Sackgasse« aus. Ich hupte und bog dort ein.

Die »Sackgasse« bestand aus alten Steincottages, viktorianischen Backsteinhäusern und rosa blühenden Apfelbäumen. *So stellt man sich ein Bilderbuchdorf vor,* dachte ich und ertappte mich, dass ich lächelte. Wir fuhren an ein paar Fliederbüschen vorbei, die so groß wie junge Bäume und in voller Blüte waren. Ein Stück hinter ihnen war eine Einbuchtung. Lizzies Hinweis auf die »Blechkirche« hatte mich neugierig gemacht und hier war sie wirklich: ein schmales, hohes Gebäude mit gedrungenem Turm, dessen Wände aus dunkelgrün gestrichenem Wellblech mit gotisch anmutenden Fenstern durchsetzt waren, so als hätte sich der Erbauer einen Witz erlaubt. Die ovalförmige, mit Stoppelgras bewachsene Grünfläche davor, um die die Straße herumführte, war gesäumt von acht bis zehn Cottages. Vorsichtig parkte ich meinen fast neuen dunkelroten Minivan (sieben Passagiere mit Gepäck oder, bei zusammengeklappten Sitzen, die tägliche Ladung eines Buchhändlers) auf dem schmalen Rasenstreifen vor einem lang gezogenen Steinhaus mit dichtem Efeubewuchs und einer Satellitenschüssel auf dem Dach. Die Ranken verdeckten fast die Steinplatte über der Tür, auf der die Aufschrift stand: The Barton 1702.

Ich schaltete den Motor aus. Kein Mensch war zu sehen. Als ich die Fahrertür öffnete, war es so still, dass ich den Wind hören konnte.

Kapitel zwei

Kühe betrachten

Ich saß an einem rechteckigen Tisch aus Kiefernholz und sah zu, wie Lizzie sich eine neue Zigarette anzündete. Sie hatte vor fünf Jahren mit dem Rauchen aufgehört, und jetzt zündete sie sich bereits die dritte an, zog daran, machte eine Grimasse und drückte sie aus.

Seit meiner Ankunft war sie beschäftigt gewesen – zumindest nach den ersten fünf Minuten mit Begrüßung, Umarmung und Tee (beziehungsweise Orangensaft) in der Küche, als ich noch dachte, es wäre *doch* alles in Ordnung. Ich hatte eigentlich den Wagen ausladen wollen, aber sie hatte das mit einer Handbewegung abgetan: Mickey würde das erledigen, wenn er von der Arbeit nach Hause käme, und nein, natürlich wäre er nicht zu müde dazu. Dann fing sie an, um den *Rayburn* herumzutänzeln – einen riesigen schwarzen Herd aus Gusseisen mit einem prasselnden Feuer im Innern –, schob Töpfe in verschiedene Herdklappen und holte sie wieder heraus, rührte in dem Suppentopf auf der großen hinteren Platte und mied geflissentlich meinen Blick. Selbst *ich* weiß, dass Suppentöpfe mit Flüssigkeit gefüllt sind und wahrscheinlich nicht dauernd umgerührt werden müssen – wegen der Strömungsbewegungen in einem flüssigen Medium, wie Barnabas angemerkt hätte, wenn er hier gewesen wäre. Unaufhörlich hatte sie über Ben geschwatzt und Fragen nach Barnabas' Gesundheit gestellt, die ich nicht zu beantworten brauchte, da wir das alles schon Tage zuvor am Telefon geklärt hatten. Die liebe Tante D machte sich zu Recht Sorgen: Lizzie hatte sich verändert. Sie sah um einiges älter aus als die Frau, die ich zuletzt in die Flitterwochen hatte aufbrechen sehen. Dabei war sie nur wenig älter als ich und hatte ihr Gewicht gehalten; aber nun fanden sich auf einmal Falten auf ihrer Stirn und an den Mundwinkeln und graue Strähnen in ihren glatten, gut geschnittenen braunen Haaren. Sie und Mickey Waring hatten spät geheiratet, und dass sie eine potenzielle Karriere als Bankerin in Bristol aufgegeben hatte, um aufs Land zu ziehen und Hausfrau zu werden, passte eigentlich nicht zu ihr. Vielleicht hatte ihre Mutter Recht und ihre Ehe war in Gefahr. Vielleicht gab es aber auch ein Problem, für das meine Fantasie nicht reichte, denn bei aller Fantasie der Welt würde jemand, der so klug war wie Lizzie Waring, nicht ausgerechnet mich eingeladen haben, um bei Eheproblemen zu helfen.

Ich riss mich zusammen. »Lizzie, was ist los?«

Sie langte nach den Zigaretten und hielt dann inne. »Ich bin mir immer noch nicht sicher, ob ich dich überhaupt hätte bitten sollen hierher zu kommen, ich weiß einfach nicht, wie ich es dir erklären soll …« Sie verstummte und wirkte wie jemand, der in schnell trocknendem Zement stecken geblieben ist.

Ben sagte laut und deutlich: »Kühe.«

Vielleicht würde es für sie leichter werden, wenn wir in der Sonne spazieren gingen und sie sich ein wenig entspannte. Also sagte ich: »Ich habe ihm versprochen, wir würden Kühe anschauen gehen, wenn wir hier wären.«

Sie sah Ben mit einem Ausdruck an, den ich nicht deuten konnte. »Er ist faszinierend, nicht wahr …« Sie zögerte, überlegte sich etwas offenbar anders, und verkündete dann: »Ich weiß, wo hier Kühe sind.«

Nachdem wir etwa die Hälfte der schmalen Straße zurückgegangen waren, entdeckten wir eine Weide mit einem Holzgatter. Nach einem ersten Blick darauf drängte sich Ben heftig gegen meine Beine und starrte auf die Weide. Dort bildeten zehn, zwölf große, lebhafte Tiere einen Halbkreis. Sie stampften mit den Hufen, senkten die Köpfe und betrachteten uns prüfend durch die Querbalken ihres Gatters hindurch. Ich legte Ben sanft die Hände auf die Schultern und sagte: »Da: Kühe.«

»Eigentlich«, bemerkte Lizzie hinter mir, »sind es Jungbullen. Deshalb verhalten sie sich so. Dido, hat er Angst vor ihnen? Sollen wir weitergehen?«

Das also war eine Bande junger Rinderhooligans? Einer der Halbstarken machte einen Satz, stampfte mit dem Huf, hob seinen Schwanz und entließ einen endlos scheinenden Strom gelber Flüssigkeit. Der intensive Tiergeruch verstärkte sich. Als ich mich nach vorne beugte, sah ich, dass Ben mit Augen und Mund drei große O in seinem Gesicht bildete. Dann spürte ich, wie der Druck gegen meine Beine nachließ und er einen Schritt nach vorne machte. »Ich glaube, er ist nur erstaunt«, sagte ich. »Sie sind beträchtlich größer als unsere Katze. Wenn wir nach Hause kommen, muss ich mal mit ihm in den Zoo, Elefanten anschauen … *Lizzie, jetzt sag mir endlich, was los ist!«*

Sie streckte Ben eine Hand hin; feierlich ergriff er sie, und dann traten wir alle zurück, auf den festgetretenen Pfad neben der Straße und blickten einander vorsichtig an.

»Woher weißt du, dass etwas los ist? Ich weiß es jedenfalls nicht, das ist es ja. Dido, vielleicht bilde ich mir das alles nur ein.«

Ich entschloss mich offen zu sprechen. »Ich sollte dir besser sagen, dass deine Mutter Barnabas geschrieben hat. Als du das letzte Mal mit ihr telefoniert hast, hatte sie offenbar den Eindruck, dass du ihr etwas verheimlichst. Sie hat Barnabas und mich beauftragt, der Sache nachzugehen und ihr Bericht zu erstatten. Sie droht, ansonsten selbst hierher zu kommen.« Der Ausdruck auf Lizzies Gesicht hätte mich fast zum Schweigen gebracht, aber ich fügte nichtsdestotrotz hinzu: »Sie glaubt, dass deine Ehe den Bach runtergeht. Ist es das? Und … was meint sie mit ›Mickys dysfunktionaler Familie‹«?

Ein Anflug grimmiger Belustigung zeigte sich auf Lizzies Gesicht. Dann kicherte sie, aber als sie sprach, schien sie das Thema gewechselt zu haben. »Lass uns etwas trinken gehen. Der Pub hat gerade geöffnet und ist hier gleich um die Ecke. Es gibt dort einen schönen Biergarten; Ben wird es gefallen.«

Gute Idee. Neutrales Territorium. Ich malte mir schon ein vertrauliches Gespräch an einem kleinen Tisch unter einem Apfelbaum aus. Wenn wir in einem Pub waren, konnte sie mir nicht mit Suppenumrühren ausweichen.

Wir kamen zum Wegweiser, bogen nach rechts und traten durch eine Öffnung in einer Steinmauer in den Garten des »Five Bells«. Hinter dem Parkplatz befanden sich eine Rasenfläche mit Gartenmöbeln und, dicht an der Hecke, eine Rutsche und ein paar Schaukeln. Momentan war dort kein Mensch. Rote und weiße Sonnenschirme mit dem Logo einer Brauerei warben vor dem honigfarbenen Stein uralter Mauern für Bitterbier vom Fass. Wir suchten uns einen Tisch und halfen Ben, auf einen Plastikstuhl zu klettern; ich setzte mich neben ihn und hielt eine Hand ausgestreckt, um möglichen Unfällen vorzubeugen.

»Was möchtest du trinken? Und möchte Ben noch einen Orangensaft oder etwas anderes?«

Ich antwortete, ich hätte gerne einen Wodka Tonic und Ben könnte noch etwas Saft vertragen; dann sahen wir Lizzie nach, die durch die niedrige, dunkle Tür unter dem Pubschild ging. Fast unmittelbar darauf kam sie langsam mit einem kleinen Tablett zurück und mir fiel auf, dass sie und ich Doppelte tranken. Ich half Ben mit seinem Glas und sah zu, wie er trank. Als ich meinen Blick von ihm löste, stellte Lizzie bereits ein halb leeres Glas ab.

Sie lächelte schwach. »Ich nehme an, ich hätte es wissen müssen. Mum durchschaut mich immer und natürlich denkt sie als Erstes an …, ich weiß, ich hätte dich warnen sollen, dass hier nicht alles in Ordnung ist.«

»Du hast vor Jahren erwähnt, dass Mickeys Vater eine Krankheit hat, irgendwas mit dem Kopf. Meint sie das mit ›dysfunktional‹?«

Lizzie zuckte die Achseln. »Wahrscheinlich. Aber eigentlich ist es keine Krankheit, es ist das Alter. Er vergisst Dinge. Immer mehr. Alles Mögliche, vor allem, wenn es nur kurz zurückliegt. Mittlerweile vergisst er sogar seinen eigenen Namen. Am Anfang fand ich das ziemlich verwirrend, aber man gewöhnt sich dran. Dido, sie haben uns heute Abend zu sich nach Hause eingeladen, aber ich wollte zuerst mit dir sprechen; deshalb habe ich gesagt, du und Ben wäret wahrscheinlich müde, also würden wir drei morgen Mittag zum Essen kommen.«

»Also das ist es?«, fragte ich sie, als ich merkte, dass sie nichts weiter sagte, denn natürlich ging es gar nicht darum. Ich wartete. Als sie weiterhin stumm blieb, forderte ich sie auf: »Erzähl doch zuerst mal, warum ihr Bristol verlassen habt. Das war im letzten Herbst, nicht wahr? Ich habe deine Karte mit der Adressenänderung bekommen, verstand es aber schon damals nicht.«

Sie starrte ihr Glas so durchdringend an, dass ich dachte, es würde gleich zerspringen. »Also gut, es gibt ein Problem. Auf Monksdanes. Mickey und ich haben im letzten Jahr beschlossen hierher zu ziehen, weil wir sahen, dass Rose und Helen es allein nicht mehr schaffen konnten. Die Warings haben seit Urzeiten hier gelebt. Es ist ein wunderschönes, altes Haus, aber riesig.« Sie bemerkte meinen Gesichtsausdruck. »Entschuldige. Ich habe dir bei der Hochzeit die Familie vorgestellt, aber du wirst inzwischen die Namen wieder vergessen haben. Am besten machst du dich gleich mit ihnen vertraut. Mickeys Eltern heißen Rose und Lawrence. Sie sind beide in den Siebzigern. Helen ist ihre einzige Tochter, geschieden, lebt wieder zu Hause und hilft Rose.«

Ich konnte mich noch an sie erinnern. Sehr dünn, eine jüngere Ausgabe ihrer Mutter. Still. Ich versuchte, mich an den Vater des Bräutigams zu erinnern, entdeckte in der Rückschau aber keinerlei Auffälligkeit an ihm, die über das gewöhnliche Maß hinausgegangen wäre.

»Also vermieteten wir unser eigenes Haus und zogen hierher. Das Pendeln ist nicht so schlimm und so konnten wir auf alles ein Auge haben. Wir fuhren jeden Tag zusammen nach Bristol. Dann, kurz nach Weihnachten, schloss meine Bank ihre Filiale in Bristol und konnte mir keine Stelle auf Manager- oder Assistentenebene in der Nähe anbieten. Also nahm ich die Abfindung und … hier bin ich nun.«

»Vermisst du die Arbeit?«

»Ja … obwohl es kein Problem ist, jetzt nicht mehr.«

»Um was geht es dann?«

»Vor zwei, drei Wochen bemerkte ich, dass irgendwas im Haus drüben anders war. Es geschah mehr oder weniger über Nacht. Helen und Rose steckten öfter die Köpfe zusammen, verstummten aber, sobald ich den Raum betrat; und dann wurde Mickey plötzlich ganz still und geistesabwesend, genau wie damals, als seine Firma den Unternehmensberater rufen musste, aber das ist eine andere Geschichte. Mickey sagte, ich solle mir keine Sorgen machen, woraufhin ich mir erst recht Sorgen machte; Männer können ja so dumm sein! Was ich nicht ertragen konnte, war, dass er mir etwas verheimlichte. Dann tauchte Tris auf. Ich hatte den Verdacht, Lawrence hätte irgendwas angestellt und sie versuchten Rose nun mit vereinten Kräften zu überreden, ihn in ein Pflegeheim zu geben …«

»Tris – war das nicht der Bruder, der euch getraut hat?«

Lizzie nickte. »Entschuldige. Reverend Tristram Waring, Pfarrer in einer Gemeinde bei Malvern, verheiratet, sehr aufrecht und unglaublich altmodisch. Der älteste Sohn. Mickey ist …, ich hatte immer gedacht, Mickey wäre das jüngste Kind.«

Ich blinzelte sie an. »Du hattest gedacht?«

In diesem Augenblick beschloss Ben, vom Stuhl zu rutschen. Er schüttelte meine Hand ab, rollte sich auf den Bauch und ließ sich zu Boden gleiten. Dadurch hatten Lizzie und ich einen guten Vorwand ihn anzusehen und mussten uns nicht in die Augen schauen. Ben hockte sich hin und untersuchte etwas Unsichtbares im Gras.

»Mickey hat einen jüngeren Bruder, der im Gefängnis war.«

Ich schnaubte, bevor ich mich zurückhalten konnte. Ich hatte die Familie Waring zwar nur einen Tag lang erlebt, erinnerte mich jedoch noch sehr deutlich an die äußerst steife Gesellschaft: aufrecht, wie Lizzie gesagt hatte, und sehr altmodisch. Die Sorte Familie, die einen Verwandten im Gefängnis höchst kompromittierend finden würde.

»Dido, Mickey hat mir nie ein Wort über ihn gesagt!« Sie starrte mich so bedeutsam an, dass ich beschloss, sie weitersprechen zu lassen, wenn sie dazu bereit war. »Schließlich konnte ich Helen allein erwischen und dazu bringen, mir von ihm zu erzählen, doch sie benahm sich so seltsam ... Dido, lach mich nicht aus, aber ich hatte den Eindruck, dieser Mann wäre in eine psychiatrische Klinik oder so gesteckt worden. Wegen Lawrence hatte ich den Verdacht, es gäbe eine Erbkrankheit, von der sie mir nichts erzählen wollten. Denn weißt du ...«

Sie verstummte, aber ich hatte schon eins und eins zusammengezählt.

»Du bist schwanger!«

Sie lachte und nickte. »Ich wusste einfach nicht, was ich machen sollte. Ich bin erst in der zehnten Woche. Also wäre es noch nicht zu spät gewesen. Dann wurde mir klar, dass ich mit einer alten Freundin reden musste, und rief dich an. Ich dachte, wenn du kämst und dir das Ganze ansähst, würde ich mich nicht so einsam fühlen. Natürlich hätte ich mich zu jeder Zeit über deinen Besuch gefreut, aber im Moment ... Und letzte Nacht dann habe ich mir Mickey vorgeknöpft und ihm gesagt, wenn er mir jetzt nicht die Wahrheit sagte, würde ich das Kind abtreiben.«

»Und?«

»Jedenfalls ist es nicht das, was ich befürchtet hatte! Dido, vor ein paar Jahren ist irgendeine üble Sache passiert, ungefähr zu der Zeit, als Mickey und ich uns kennen lernten. In Monksdanes wurde eingebrochen. Ted – so heißt der jüngste Bruder – hat auf einen Einbrecher geschossen und der starb unglücklicherweise. Und jetzt hat er geschrieben, dass er entlassen wird. Er kommt nach Hause. Als es passierte, hat er hier gewohnt, und Mickey nimmt an, dass er bleiben will – zumindest für eine Weile. Ich persönlich glaube nicht, dass er es lange hier aushält, denn … du weißt nicht, wie es auf dem Land ist, oder? Hier gibt es keine Geheimnisse und die Leute können so grausam sein! Mickey sagt nicht viel, aber ich weiß, Rose und Helen haben Angst, dass alles noch schwieriger wird. Dido, ich bin ja so froh, dass du gekommen bist, denn Mickey und ich können jeden Freund brauchen, den wir bekommen können. Aber als ich heute Morgen aufwachte, habe ich mich gefragt, ob es dir gegenüber fair war. Ich hätte es dir erzählt, wenn ich es früher gewusst hätte, ehrlich, aber jetzt schien es zu spät zu sein, und ich hoffe nur, du bleibst wie geplant, auch wenn es egoistisch von mir ist. Lawrence kann ziemlich anstrengend sein, wenn man nicht an ihn gewöhnt ist, und wenn dieser Mann auftaucht … Und natürlich ist es nicht … ist es nicht dein Problem, sondern meins. Ach, ich weiß nicht, was ich sagen soll! … Kann der Kleine das schon?«

Ben war bei der Rutsche angekommen und fing nun an, sich die Leiter hochzuziehen. Wir sprangen beide auf, doch sie war zuerst dort. Ich war ein wenig langsam. Ich hatte gerade die Lücke in ihrer Geschichte entdeckt.

Kapitel drei

Leute betrachten

Ich stand in der Tür zum Wirtshaus und sah mir die Leute an. Sie waren kurz nach halb sechs in immer größeren Mengen hier aufgetaucht. Gegen sechs war der Parkplatz bereits zu drei Vierteln voll und im Garten waren alle Tische besetzt. Es war ein warmer, sonniger Abend und drinnen und draußen kam das Geschäft jetzt richtig in Schwung. Ich lungerte an dieser strategischen Stelle herum, weil direkt vor mir ein Jüngelchen in einem exzentrischen grünen Cordsamtjackett, das sein Vater schon in den fünfziger Jahren hätte tragen können, den ganzen Betrieb aufhielt. Gerade empfing er die Getränke einer Bestellung, die das halbe Dorf zufrieden gestellt hätte, und balancierte ein Tablett aus, das der Mann hinter der Durchreiche mit Bier, giftgrünen Softdrinks, Chips und ein paar übel aussehenden Mixgetränken mit einem hohen Anteil Cidre belud. Wegen der Unmengen auf dem Tablett hielt ich ihn für den Abgesandten einer Gruppe lautstarker Halbwüchsiger – davon sicher einige unter sechzehn –, die kurz zuvor in zwei Geländewagen aufgetaucht waren und alle freien Tische am Rand der Rasenfläche zusammengeschoben hatten. Ich beobachtete sie, während ich wartete. Es würde später bestimmt noch laut werden. Einer von denen hatte anscheinend was zu feiern.

Im »Five Bells« befand sich an jedem Ende eines holzverkleideten Ganges eine Bar. Die Tür zum Restaurant stand offen und ich konnte sehen, dass die Hälfte der Tische bereits von einem etwas älteren Publikum in Zweier- oder Dreiergruppen besetzt war. Zwar servierte das Personal hier und da ein Getränk oder einen Imbiss, doch auch hier hielten gemütliche Schwätzchen den Betrieb auf. Am anderen Ende war die Tür mit der Aufschrift *Ausschank* und *Herrentoilette* zwar geschlossen, aber immer wenn jemand hindurchging, drangen raue Männerstimmen und Zigarettenrauch heraus.

Hinter mir sagte eine Stimme: »Kann ich mal durch«, und dann balancierte der Junge in dem Jackett sein Tablett an mir vorbei und trat in die Abendsonne.

»Was darf's sein?«, fragte eine Stimme. Der Besitzer dieser Stimme stützte sich mit den Ellbogen auf die Theke und starrte mich durch die Durchreiche an, die für ihn etwas zu tief, für mich aber genau richtig war – mit einem Meter zweiundfünfzig beanspruche ich in der Vertikalen nicht gerade viel Raum.

»Sie haben viel zu tun«, beschied ich freundlich und stützte mich ebenfalls auf die Theke. »Ist montagabends hier immer so ein Betrieb?«

Plötzlich wirkte er, als wäre er auf der Hut. »Kommt vor. Was trinken Sie?«

Hatte ich etwas Falsches gesagt? Ich hatte nur etwas Freundliches, Belangloses äußern wollen. Ich sagte: »Noch zwei Wodka Tonic«, woraufhin er leicht nickte.

»Dann sind Sie wohl die Freundin von Mrs. Waring aus London.«

Täuschte ich mich oder sprach er plötzlich in folkloristisch gedehntem Bauerntölpelidiom?

»Sonst noch etwas?«

Ich antwortete, dass dies für meinen Teil alles sei, und sah ihm zu, wie er zwei doppelte Wodkas einschenkte und dann ein paar Fläschchen mit Tonic aus der Kühlung fischte. Das Schild über dem Haupteingang hatte angezeigt, dass Mr. und Mrs. William Hunt die Pächter waren, und ich nahm an, dieser dickliche Mann in den Vierzigern war der Wirt.

»Tja«, sagte er, »dann mal schöne Ferien bei uns und das macht sechs Pfund siebzig, danke auch.«

Ich war nun sicher, dass er mir zuliebe seinen komischen Dialekt aktiviert hatte und die Preise auf einmal in die Höhe geschossen waren. Als er mir das Wechselgeld gab, suchte er mit dem Blick bereits nach dem nächsten Gast, dann wandte er sich zur Bar.

Ich ging durch den Garten bis zum Mäuerchen an dem kleinen Spielplatz, wo wir uns niedergelassen hatten, nachdem Ben die Freuden der Babyschaukel entdeckt hatte. Nun sah ich zu, wie er mit den Füßen strampelte und ab und zu von Lizzie angestoßen wurde, damit er in Bewegung blieb.

»Er wird langsam müde«, bemerkte ich und verteilte die Getränke. »Das ist wohl besser unser Letzter«, meinte ich, auch angesichts der Tatsache, dass Wodka und Frischluft bereits Wirkung zeitigten.

Lizzie nickte. Sie wirkte nun entspannter, und ich fragte mich auf einmal, ob das nicht nur auf unser Gespräch, sondern auch auf den Alkohol zurückzuführen war. Als ich mit Lizzie noch enger befreundet war, hatte sie nie Doppelte getrunken.

»Mehr«, verlangte Ben, allerdings war sein Ton nicht besonders überzeugend und er gähnte.

Lizzie gab ihm noch einen winzigen Schubs und hob mir ihren Wodka Tonic entgegen. »Cheers, Dido.« Ihre Stimme ging fast unter in einem Ausbruch von Gelächter, der von der Partygesellschaft herrührte, und ich hatte den Eindruck, dass sie zusammenzuckte.

»Was sind das für Typen und warum ist es hier an einem Montagabend so voll?«

»Ich glaube nicht, dass ich von denen jemanden kenne«, antwortete Lizzie langsam. Sie sah mich an und wandte dann den Blick ab. Ich war nun kaum drei Stunden hier und die unbehaglichen Gesprächspausen schienen sich auf mysteriöse Weise zu vermehren. *Das bildest du dir nur ein, Dido. Barnabas hat dich mit seinem Anruf verrückt gemacht.* »Wahrscheinlich nur Leute auf einer Zechtour. Das liegt bestimmt am Wetter«, sagte Lizzie nun mit etwas kräftiger Stimme.

Ich ließ mir meine Zweifel nicht anmerken, nickte und trank aus. Bis wir Ben überzeugt hatten, dass am nächsten Tag wieder geschaukelt würde (mir wurde langsam klar, dass ich auf meinem verlotterten Hinterhof Platz für ein anspruchsvolles Klettergerüst mit Schaukelmöglichkeit schaffen musste), hatten vier oder fünf weitere Wagen die letzten Lücken auf dem Parkplatz besetzt. Der größte Teil der Neuankömmlinge steuerte mit lauten Rufen und unverständlichen Witzen die Partygesellschaft an. Ich beobachtete, wie ein grauhaariges, konservativ gekleidetes Pärchen demonstrativ seinen alten Vauxhall abschloss und den Jugendlichen einen verächtlichen Blick zuwarf, während es auf den Eingang zueilte. Direkt dahinter tauchte ein Lieferwagen auf, der für die Installation von Antennen und Satellitenschüsseln warb und bei der Partygesellschaft für tosenden Jubel sorgte, was der Fahrer allerdings nur mit einem ironischen Blick würdigte, bevor er durch die Tür des Wirtshauses trat und in Richtung Bar steuerte. Ich hob Ben aus dem Sicherheitssitz und platzierte ihn auf meiner

Hüfte. Wie schwer er geworden war. In null Komma nichts würde die Zeit kommen, wo er die Schule schwänzen und ebenfalls auf Zechtour gehen würde, und ich hatte keine Ahnung, ob ich dann damit zurechtkäme. Da wartete eine Herausforderung auf mich. Erst als wir um die Ecke gebogen waren und ein paar Gebäude und eine Reihe Bäume zwischen uns und den Biergarten gebracht hatten, herrschte wieder mehr oder weniger ländliche Ruhe.

Am Barton öffnete Lizzie die Haustür und blieb abrupt stehen. »Oh, verdammt …«, hörte ich sie murmeln.

»Was ist?«

Sie blickte mich an. »Ich habe mir angewöhnt, die Tür nicht abzuschließen, wenn ich mal kurz weggehe. Aber vor ein paar Tagen hab ich deswegen ziemlichen Ärger mit Mickey bekommen. Ich darf das nicht wieder vergessen.«

Ich zuckte die Achseln. Mein Interesse galt eher den Manövern, die es bedurfte, um Ben zu füttern, zu baden und in einem geliehenen Bettchen in einem fremden Haus zum Schlafen zu bringen, als einer Diskussion über die Verbrechensrate auf dem Lande. *Schön,* dachte ich flüchtig, *an einem Ort zu leben, wo man sich auch mit unverschlossener Haustür sicher fühlt,* und dann, *wie finde ich heraus, in welchem von Lizzies Töpfen etwas ist, das ein Kleinkind essen kann, und – bei Fehlanzeige – wie koche ich ein Ei auf einem fremden Ölherd?*

Kapitel vier

Sterne betrachten

»Dido?«

Vielleicht war ich für ein paar Minuten eingenickt, denn ich konnte mich an nichts mehr erinnern, seit ich Barnabas angerufen und versucht hatte, ihn zu beruhigen, ohne ihm etwas zu verraten. Ich sagte rasch: »Ich bin wach! Das ist *so* schön.« Das stimmte. Ich löste meine Augen von der hypnotischen Glut des Kaminfeuers und blickte zu Mickey Waring, der meinen Schüsselbund zwischen Daumen und Zeigefinger baumeln und dann in meinen Schoß fallen ließ.

»Ich habe deinen Wagen abgeschlossen und die Alarmanlage angestellt. Für heute Nacht sollte das genügen, aber vielleicht stellst du ihn morgen lieber drüben zu meinen Eltern. Lizzie parkt ihren auch dort. In der Einfahrt ist viel Platz und Mami hat nichts dagegen. Ich habe dein Gepäck ins Gästezimmer gebracht. Oben ist alles ruhig. Jetzt schleiche ich also schon durchs Haus, um das Baby nicht zu wecken! Hat Lizzie es dir erzählt?« Er warf mir ein ziemlich charmantes Lächeln zu, und ich lächelte so charmant ich konnte zurück und gab zu, dass ich im Bilde war.

Mickey Waring ist wahrscheinlich der einzige erwachsene Mann, den ich je seine Mutter habe »Mami« nennen hören. Zugegeben, er wurde in Eton erzogen, und vielleicht machte er es auch nur, um die Leute zu provozieren. Oder vielleicht hatte er einfach nur zu viel P.G. Wodehouse gelesen.

Er war noch genau so, wie ich ihn von seiner Hochzeit in Erinnerung hatte: ein dünner, ziemlich kultivierter, blonder Mann mittlerer Größe mit heller Haut, römischem Profil und feingliedrigen Händen. Er hatte sich noch nicht umgezogen und trug einen grauen Dreiteiler – wohl die Uniform auf der Managerebene der Investmentbank, in der er Partner war. Als Zugeständnis an seine Bemühungen, meinen Wagen zu entladen, war er so weit gegangen, seinen Schlips zu lockern.

Ich riss mich zusammen und dankte ihm, als er sich in seinem Sessel auf der anderen Seite des Kamins zurücklehnte, dann fragte ich: »Wo ist Lizzie?«

»Macht sich einen Kakao. Bevor wir ins Bett gehen, nehmen wir hier normalerweise unseren Schlummertrunk.«

Ich warf einen verstohlenen Blick auf den Reisewecker, der auf dem Tischchen zwischen den Fenstern mit den zugezogenen Vorhängen tickte. Zehn vor zehn. Auf dem Land ging man mit den Hühnern zu Bett. »Wann musst du morgens los?«

»Normalerweise nehme ich den Zug um Viertel vor acht und frühstücke dort. Von hier aus gibt es eine Direktverbindung. Es ist ganz in Ordnung.«

Vielleicht, aber mir würde es sicher nicht gefallen, so viel Zeit mit Pendeln zu verbringen. Mein praktisches, wenn auch beengtes Arbeiten-und-Wohnen-unter-einem-Dach-Arrangement erschien mir nun in einem günstigeren Licht. Ich holte kurz Luft. Dann fragte ich: »Lizzie sagt, ihr wäret wegen deiner Eltern hierher gezogen?«

Da er nicht antwortete, sah ich ihn prüfend an. Er hatte den Kopf gesenkt und fingerte an den Bügelfalten seiner Hose.

Schließlich zuckte er kaum merklich die Achseln. »Ich

habe gehört, ihr wollt morgen im Haus zu Mittag essen, dann wirst du es ja selbst sehen. Vor etwa acht Monaten entschieden wir, dass wir meine Schwester mit dem Ganzen nicht mehr allein lassen können. Meine Mutter wird langsam gebrechlich und mein Vater ..., hat Lizzie es dir erzählt?«

Ich sagte, ja, das hätte sie.

»In unserer Familie herrschte immer eine ziemlich starke gegenseitige Verbundenheit«, sagte er gewichtig. »Wenn es bei uns ein Motto gäbe, dann wäre es wohl ›Blut ist dicker als Wasser‹.«

Auf der Suche nach einer Eingebung blickte ich mich in dem schwach beleuchteten Raum um: Ich wollte irgendetwas finden, das mich und diesen Mann, den ich kaum kannte, gleichermaßen interessierte; außerdem hatte ich den Eindruck, es wäre nun der geeignete Zeitpunkt, ein Thema fallen zu lassen, das ihm offensichtlich unangenehm war.

Das Barton war ein lang gezogenes, niedriges Cottage aus dem hiesigen, unregelmäßigen Sandstein, mit dicken Wänden, tief liegenden Flügelfenstern und zwei niedrigen Türen, die symmetrisch auf der Frontseite angebracht waren. Die Zimmer hatten niedrige Balkendecken und Steinböden und verliefen als eine Linie, ineinander übergehend, durch das ganze Haus. Auf der hinteren Seite der Küche, wo wir kurz zuvor gegessen hatten, befanden sich eine große Speisekammer und eine schmale, alte Treppe, die durch die dicken Wände hinauf in den oberen Stock ging. Eine niedrige Tür verband die Küche auf der anderen Seite mit dem kleinen Esszimmer, wo wir unter einer Balkendecke gerade das offene Kaminfeuer genossen. Dieses Zimmer war seinerseits durch einen engen Durchgang zwischen der

Frontseite des Hauses und einem riesigen Kaminmantel mit dem kleinen Wohnzimmer verbunden. Dahinter wiederum führte die letzte Tür zu einer breiten Eingangshalle mit Schränken und einer weniger malerischen, dafür aber praktischeren, modernen Treppe, über die Mickey mein Gepäck nach oben gebracht hatte. Die Zimmer oben waren nicht so tief, weil über die Länge des ganzen Hauses ein schmaler Durchgang von ihnen abgetrennt worden war, der nun die Zimmer, in denen Ben und ich schliefen, sowie das Elternschlafzimmer, das Bad und einen kleinen Duschraum miteinander verband. Offen gestanden kam mir die Anordnung der Räume recht seltsam vor.

Also nutzte ich die Gelegenheit. »Kannst du mir etwas über dieses Haus erzählen? Was bedeutet ›Barton‹?«

Mickey warf mir einen raschen Blick zu, und ich sah, dass ihn die Frage freute. »Das ist hier ein altes Wort für ›Scheune‹.« Seine Stimme klang nun lebhafter. »Du musst dir das morgen früh mal genauer ansehen – dann wirst du erkennen, dass es ursprünglich eine echte Scheune war, hier unten mit Boxen für die Tiere und Lagerräumen für Heu und Futter oben. Schau dir die beiden kleinen Fenster in der Rückwand genau an. Wir glauben, sie stammen noch vom ursprünglichen Gebäude aus dem sechzehnten Jahrhundert. Zu Beginn des achtzehnten Jahrhunderts wurde es in vier Cottages für Arbeiter aufgeteilt, mit je einem Zimmer oben und unten und einem offenen Kamin zum Heizen und Kochen für alle. Ganze Familien müssen hier unten in einem Zimmer gelebt und oben in einem geschlafen haben. Hat Lizzie dir den alten Herd gezeigt? Wir glauben, dass im hinteren Cottage die Dorfbäckerei war.«

»Wie lange gehört es euch schon?«

»Oh, es gehört eigentlich nicht uns – es gehört zu Monksdanes. Es gab Zeiten, da gehörte das ganze Land hier in der Gegend zu Monksdanes, aber nach und nach wurde es verkauft. Mein Großvater hat in den dreißiger Jahren die kleinen Cottages in zwei kleine Häuschen umgebaut und ungefähr zehn Jahre später hat mein Vater es noch einmal verändert, weil er meinte, wenn wir es als großes Ferienhaus vermieteten, brächte es uns am meisten ein. Damals wurden der Korridor und die Bäder eingebaut. Als Lizzie und ich beschlossen, hierher zu kommen, stand es leer; deshalb zogen wir ein. Ich habe dieses Haus immer schon gemocht und … nun, so ist dafür gesorgt, dass meine Eltern regelmäßig ihre Miete bekommen.«

Ich sagte »oh« und ließ mir die Flut von Informationen noch einmal durch den Kopf gehen. Seine Geschichte erklärte etwas, was mich gestört hatte: Lizzie hatte immer einen guten Geschmack gehabt, aber hier passte das Mobiliar nicht zum Haus. Wenn ich ein altes Cottage mit Steinfliesenböden, Balkendecken und Wänden mit Rauputz gehabt hätte, hätte ich auch die richtigen Möbel dafür haben wollen. Aber was hier in den Zimmern stand, war zwar alt, aber modern: das billige Kiefernholzzeug im Landhausstil, das man auch in den Möbelhäusern jeder Kleinstadt finden konnte. Es war Ferienhausmobiliar. Lizzie und ihr Mann campierten hier nur. Mein Unbehagen kehrte zurück.

In diesem Augenblick schmiedete ich einen gut gemeinten Plan: Ich würde wie vereinbart ein paar Wochen bleiben, und Lizzie und ich würden uns eine schöne Zeit machen. Wir würden lange Gespräche führen, die Bande aus unserer Kindheit erneuern und über all ihre Sorgen und Ängste reden; und ich wäre hier, wenn der Knastbruder auftauchte und sie mich brauchte. Am nächsten Morgen, sobald wir allein wären und ich genug Schlaf bekommen hätte, um wieder klar zu denken, würde ich meinen Plan in die Tat umsetzen. Im Moment konnte ich bei dem Gedanken an mein Bett kaum noch etwas anderes tun, als lautstark zu gähnen.

Zehn Minuten später blieben wir drei auf dem Treppenabsatz im oberen Stock stehen. Mickey warf mir rasch ein Lächeln zu und verschwand den Gang hinunter Richtung Badezimmer. Man hörte Wasserrauschen. Allein gelassen sahen Lizzie und ich uns verschwörerisch an, woraufhin ich die erste Tür öffnete, welche zu einem kleinen Schlafraum führte, in dessen Mitte ein nagelneues Reisebettchen stand – warum, das verstand ich nun. Wir tauschten ein mütterliches Lächeln aus. Im Schein eines Nachtlichts konnte ich sehen, dass Ben im Schlaf lächelte und seine blau karierte Lieblingsdecke an die Wange presste.

»Wie niedlich er ist«, flüsterte Lizzie. Wir traten zurück und ich zog sachte die Tür zu.

An der zweiten Tür blieben wir stehen.

»Dido, reicht dir das?«

Ich versicherte ihr, dass es in Ordnung wäre. Das Zimmer wies mehr Platz auf als mein Schlafzimmer in London; allerdings war ich nicht gewohnt, in einem schmalen Einzelbett zu schlafen, und die Wände waren etwas kahl. Neben dem Fenster summte und klickte ein Radiator und blinkte mit seinem roten Lämpchen, und die Luft war stickig.

»Wenn du nichts mehr brauchst, sage ich Gute Nacht. Dido, ich stehe morgen um sieben auf, aber du musst nicht … Oh, warte mal kurz.« Sie ging rasch zum Fenster und zog die dicken roten Veloursvorhänge vor. Dann kam sie zurück und drückte auf den Lichtschalter. Die Deckenlampe ging an und verbreitete ihr orangefarbenes Licht aus einem raffinierten Lampenschirm in Form einer Frauenfigur im Stil des neunzehnten Jahrhunderts mit riesigem, volantbesetztem Rock. Ich bemerkte, dass die Nachttischlampe genauso gestaltet war. »Halte die Vorhänge nachts geschlossen, vor allem, wenn du dich ausziehst. Von der Straße aus kann man nämlich direkt in diese Fenster sehen, und Helen behauptet, hier wäre ein Spanner unterwegs. Wir wollen ihm doch keinen billigen Nervenkitzel verschaffen.« Sie zögerte. »Dido, ich bin so froh, dass du hier bist.« Dann streifte sie meine Wange mit ihren Lippen und war weg.

Ich putzte mir am Handwaschbecken in der Ecke die Zähne, studierte im Spiegel darüber meine (blutunterlaufenen) Augen und machte mich dann daran, mein übergroßes T-Shirt, das mir als Nachthemd diente, aus der Tasche zu wühlen. Ich zog Jeans, Hemd und Unterwäsche aus und warf sie in einem Haufen auf das andere Bett – ich würde am nächsten Morgen alles auspacken und einordnen. Dann schaltete ich die Deckenlampe aus, tastete mich im Lichtschein vom Flur durchs Zimmer, zog die Vorhänge zurück, öffnete das Fenster, woraufhin der Efeu raschelte, und stützte meine Ellbogen auf das breite Fensterbrett, um hinauszusehen.

Einen Moment lang konnte ich gar nichts erkennen. Im ganzen Umkreis keine einzige Straßenlaterne! Furcht einflößende Dunkelheit. *Stadtmensch!*

Als die Sonne unterging, hatte der Wind nachgelassen, doch irgendetwas raschelte immer noch. Als sich meine Augen an die Dunkelheit gewöhnt hatten, blickte ich an der Rückseite der Blechkirche vorbei und sah in der Ferne einen Lichtschein. Drei oder vier Meilen südlich vom Ort verlief die Autobahn, auf der ich gefahren war, in Richtung

Devon. Ich sah das Licht der Scheinwerfer und hörte ein fernes Rauschen vom Verkehr in Richtung Honiton oder London. Ich wandte meinen Blick ab. Hinter dem unsichtbaren Tor auf der anderen Seite der Kirche zeigte ein fahler Schatten den Verlauf der Straße an. Dort war nur ein einziges Fenster erleuchtet: In einem der unsichtbaren Häuser war noch jemand wach.

Schließlich blickte ich auf.

In Londons Innenstadt kann man so gut wie nie viele Sterne sehen – nur die hellsten, größten Planeten setzen sich gegen das Licht der Straßenlaternen durch. Hier, an einem dunklen Himmel ohne Mond, brannten die Sterne wie scharf umrissene weiße Lichtpunkte und die Milchstraße verlief kalt glitzernd wie ein Lichtband über meinem Kopf. Mit leichten Schwindelgefühlen lehnte ich mich aus dem Fenster und stellte mir vor, ich könnte spüren, wie die Erde sich dreht.

Dann ließ mich ein kaum vernehmbares Geräusch aufhorchen: ein rhythmisches Quietschen von Reifen auf Asphalt. Jemand fuhr mit einem Fahrrad auf der Straße um die Grünfläche. Unsichtbar flitzte er am Cottage vorbei, dann wurde das Geräusch leiser. Als ich in mein schmales, fremdes Bett taumelte, fielen mir bereits die Augen zu.

Kapitel fünf

Die Lücke in der Geschichte

Ich fuhr die Straße hinauf, langsam – vor allem, weil ich mich kurz zuvor gezwungen gesehen hatte, um den Golden Retriever herumzusteuern, der mitten auf der Straße lag (nicht tot, nur ruhend, allerdings klopfte er angesichts meiner Zuvorkommenheit dankend mit dem Schwanz) – und geradewegs zwischen den verfallenen Steinpfosten hindurch, welche das Ende der öffentlichen Straße und den Anfang der Kieseinfahrt markierten, die einen Bogen nach rechts beschrieb. Ich beschrieb ebenfalls einen Bogen und bremste scharf.

Lizzie prallte gegen ihren Sicherheitsgurt. »Was ist los?«

»N-nichts«, beschwichtigte ich sie rasch. »Du hast mir nur nicht erzählt, dass Monksdanes ein« – ich hatte »Herrenhaus« sagen wollen, aber das traf es nicht ganz – »ein so stattliches Gebäude ist.«

Sie kicherte, dann saßen wir einfach da und schauten es uns an.

Monksdanes war ziemlich groß: ein Landgut aus der georgianischen Ära, erbaut aus unbehauenen Steinen, die die Farbe alter Flechten aufwiesen, drei Stockwerke und ein niedriges Dachgeschoss hoch, in dem wahrscheinlich die Dienerschaft untergebracht war. Die Fassade war von klassischer Symmetrie und hatte elegante Schiebefenster und in der Mitte eine Eingangstür aus verwittertem silbrigen Holz, die von einem kleinen Steinsäulenvorbau geschützt wurde. Zu beiden Seiten des Gebäudes befanden sich einstöckige Anbauten. Das Haus blickte auf eine ungepflegte Rasenfläche am Ende einer Einfahrt, die vor dem Eingang einen eleganten Bogen beschrieb. Man hatte den Eindruck jeden Moment könne ein Korso von Pferdekutschen vorfahren.

Ich sagte: »Ich wusste nicht, wie vornehm die Warings sind.« Doch schon während ich es aussprach, entdeckte ich kleine Details, die etwas anderes zeigten. Das Haus stand betimmt schon zwei Jahrhunderte dort, doch die letzten Jahrzehnte mussten ihm hart zugesetzt haben. Die Fenster waren schmutzig, und in einem der oberen Stockwerke war eines sogar zerbrochen und durch ein Stück Pappe ersetzt worden; die Farbe auf den Rahmen war verblasst und blätterte ab; hinter den alten, eisernen Regenrohren sah man feuchte Stellen.

Lizzie sah mich an, als wäre ich verrückt geworden, und sagte nur: »Fahr den Wagen ... den Van – oder wie nennt man so was? – um das Haus. Es ist wirklich besser, wenn du ihn hier lässt. Eine Menge Wagen wenden am Anger vor der Kirche und die Straße ist ein bisschen schmal. Bevor ich mein Auto hier parkte, war es mehrere Male zerkratzt.«

Ich fuhr mit dem fast neuen Ersatz für meinen Citroen Kombi, der ein paar Monate zuvor vor meinem Laden in Flammen aufgegangen war – sehr zum Missfallen meiner Versicherung. Da ich jeder weiteren Konfrontation mit ihr aus dem Weg gehen wollte, folgte ich Lizzies Vorschlag und parkte hinter dem Haus neben einem leicht verbeulten blauen Kombi und einem alten Fahrrad. Wir befanden uns auf einem kiesbedeckten Platz, der von einer Reihe niedriger Nebengebäude aus Stein und der Rückseite des Haupthauses begrenzt wurde. Irgendwo in der Nähe hörte man einen Rasenmäher. Während ich in meinem Handschuhfach nachsah, ob es etwas enthielt, was ich mitnehmen musste, schlenderten Lizzie und Ben, in eine Unterhaltung vertieft, aufs Haus zu. Ich schloss den Wagen ab und ging eilig hinter ihnen her, durch die Hintertür in eine Eingangshalle mit Steinboden und etlichen Schränken und von da aus in eine dunkle Küche, wo eine blonde Frau eine Reihe Salatteller auf einem Tisch bestückte und nun aufblickte.

»Dido, du erinnerst dich doch noch an Helen?«

Ich sagte: »Natürlich«, während die Tochter des Hauses wortlos lächelte und ihre feingliedrige Rechte in die Höhe hielt, um zu zeigen, dass sie vom Tomatenschneiden ganz nass war und sie sie mir deshalb nicht reichen konnte. Ich hätte sie auch ohne Lizzies Vorstellung erkannt, schon allein wegen ihrer Ähnlichkeit mit Mickey: Wie er hatte sie weißblondes Haar und helle Haut und bewegte sich auffallend elegant. Sie mochte in den Fünfzigern sein und hatte die Art trockene Haut, die in den mittleren Jahren ein hauchfeines Netz aus feinen Fältchen bildet. Und müde Augen.

Sie sah zu Ben, der engelsgleich lächelte. »Ich habe unseren alten Kinderhochstuhl heruntergebracht«, sagte sie. »Lizzie, es ist im Frühstückszimmer gedeckt. Wenn ihr schon vorgehen möchtet, findet ihr dort Sherry auf der Anrichte.«

Sie schlug unser Hilfsangebot aus und so folgte ich Lizzie durch eine weitere Tür in einen langen Korridor, der sich über die gesamte Länge des Hauses erstreckte. Wir durchquerten ihn und traten in einen hellen, viereckigen Raum, wo Mickeys Mutter schon auf uns wartete. Wieder war die Familienähnlichkeit unübersehbar: die blauen Augen, die römische Nase, die feingliedrigen Hände.

Zur Begrüßung erhob sie sich. »Dido, wie schön, dass Sie gekommen sind. Und da ist das Kind.« Sie blickte zu Ben hinunter. »Helen hat den alten Hochstuhl in einem der Dachzimmer gefunden. Ich fürchte, Elizabeth, dass Lawrence nicht mit uns essen kann.« Ihre Augen wanderten kurz zu Lizzie. »Es geht ihm heute nicht sehr gut.«

Wir antworteten, das sei zu schade, und verbrachten dann einige Zeit damit, die Kristallgläser mit einem Schlückchen hellem Sherry in Empfang zu nehmen. Auf dem runden Tisch lagen ein beeindruckendes Tischtuch aus Damast und fünf Gedecke. Offenbar war die Entscheidung, dass der Kranke beim Essen nicht zugegen sein würde, erst in letzter Minute gefallen. Lizzie und ich setzten uns am Tisch so hin, dass Ben in dem kuriosen alten Hochstuhl aus geschwärzter Eiche zwischen uns saß. Rose nahm uns gegenüber Platz.

Gerade als das Schweigen peinlich zu werden drohte, richtete unsere Gastgeberin ihre blassblauen Augen auf mich. »Und wie lange werden Sie bei uns bleiben, Dido?«

Ich antwortete liebenswürdig, dass es wahrscheinlich zehn, zwölf Tage werden würden, wenn nichts dazwischen käme; dann erschien Helen mit einer Suppenterrine in den Händen. Sie stellte sie auf der Anrichte ab und fing an, Bouillon in große Suppenteller zu verteilen. Lizzie reichte einen Teller mit dunklem Brot herum, das in dünne, akkurate Dreiecke geschnitten und nicht gebuttert war. Ich konzentrierte mich einerseits darauf, Fragen zu beantworten, und andererseits, auf Ben zu achten, der seine erste, einschüchternde Begegnung mit dem silbernen Besteck und dem feinen Porzellan der gehobenen Gesellschaft hatte.

Rose hielt an ihrem Thema fest. »Ich hoffe, Sie werden hier genug Beschäftigung finden. Haben Sie etwas Bestimmtes vor?«

Ich erwiderte wahrheitsgemäß, dass ich mich etwas ausruhen wolle, weil ich einen harten Winter hinter mir hätte.

»Oh, ich würde nicht in London wohnen wollen«, warf Helen ein. »Es ist so *laut* dort.«

Wir bestätigten einander, wie laut es in London sei, dann widmeten wir uns den anderen üblichen Themen: Bens Alter, die Zeit, die er in Anspruch nahm, mein Antiquariat, die Zeit, die es in Anspruch nahm, mein Vater und seine Gesundheit, und die Zeit, die er in Anspruch nahm … Rose und Helen beschossen mich abwechselnd mit Fragen und Kommentaren im Plauderton, und ich kämpfte gegen das Gefühl an, unter einem Haufen Federn begraben zu werden, gab jedoch ein paar Antworten im Plauderton und merkte plötzlich schmerzlich, dass ich in letzter Zeit nicht viel Übung im Smalltalk gehabt hatte und außerdem gähnen wollte, es aber nicht durfte.

»Vielleicht könnte sich Dido mal die Bücher in der Bibliothek ansehen«, sagte Lizzie unvermittelt. Sie hatte ihre Stimme erhoben, als hielte sie die anderen für schwerhörig. »Sie könnte euch sagen, was sie wert sind. Ihr habt doch den ganzen Winter davon geredet, jemanden kommen zu lassen.«

Ihr Einwurf brachte uns zum Schweigen. Was mich betraf, so lag das an einer altbekannten Regel im Buchgeschäft: »Erhältst du die Chance, die Bibliothek eines Landguts durchzusehen, dann nichts wie hin!« Natürlich folgt dann der Nachsatz: »Aber schraub deine Hoffnungen nicht zu hoch.«

Ich murmelte natürlich, dass ich mich freuen würde, ihnen zu helfen, und hoffte, dass ich mich nicht als kostenlose Gutachterin für die Versicherung anbot. Aber als ich einen Blick über den Tisch warf, erkannte ich, dass dies nicht der Fall war.

Rose Waring tupfte ihre Lippen leicht mit der Serviette

ab, senkte den Blick auf ihren leeren Suppenteller und schien über den Vorschlag nachzudenken. Sie saß äußerst aufrecht auf ihrem lehnenlosen Stuhl. Ich hatte den Eindruck, dass ihre Augen ein kleines bisschen weniger freundlich waren als die ihres Sohnes. Meiner Einschätzung nach war sie etwa fünfundsiebzig und geistig noch vollkommen auf der Höhe. In gewisser Weise erinnerte sie mich an Barnabas, wenn er seine undurchdringliche Haltung zeigte.

Helen, die durch einen freien Stuhl von Rose getrennt war, betrachtete ebenfalls ihre Mutter. Sie zappelte herum und es hätte mich nicht überrascht, wenn sie einen mütterlichen Tadel bekommen hätte. Unerwarteterweise sprach sie als Erste. »Wir … ein Händler hat vor ein paar Jahren einen Teil der Bücher gekauft, Lizzie. Ich glaube, er hat die besten mitgenommen.«

Als Rose weiterhin schwieg, schaltete ich mich rasch ein: »Ich bin immer daran interessiert, Bibliotheken durchzusehen, und wahrscheinlich könnte ich Ihnen sofort sagen, ob sich der Aufwand lohnen würde, sich die Bücher genauer anzuschauen. Was meinen Sie, wie viele Bücher Sie im Moment besitzen?« Ich war erfahren genug, um nicht zu fragen, ob sie »alt« seien. Die Leute versichern einem immer, sie hätten »alte« Bücher. Für manche sind sogar Nachdrucke der Thriller von E. Phillips Oppenheim aus den Dreißigern schöne, »alte« Bücher.

Rose entschloss sich zu antworten. »Hunderte. Ich habe mich schon eine Weile nicht mehr um sie gekümmert. Nun, wenn Sie sich dafür interessieren … Helen, gibt es noch etwas …?«

»Ich habe Salat gemacht«, wisperte Helen. Ich hatte keine Ahnung, warum sie so nervös war. Sie glitt vom Stuhl und schickte sich an, die Suppenteller abzudecken und den zweiten Gang aus der Küche zu bringen. Die Salatteller bestanden aus einer Lage zerfleddertem Eisbergsalat, auf dem sich geviertelte Tomaten, je ein hart gekochtes Ei, ebenfalls geviertelt, eine kalte neue Kartoffel, eingelegte Rote Bete und etwas feinst geraffelte Salatgurke befanden. Eine kleine Pfütze dünner Mayonnaise (oder vielleicht auch traditioneller Salatsauce) war kunstvoll mitten drauf getupft worden. »Ich wusste nicht, ob Ben zu jung für Salat ist, aber ich habe ihm ebenfalls ein Tellerchen angerichtet und alles sehr klein geschnitten …«

Ich stellte mir vor, wie der Inhalt eines kleinen Salattellers inklusive Dressing gabelweise über Tischtuch und Teppich verteilt wurde, und antwortete rasch: »Vielleicht lieber noch ein Stückchen Brot.«

»Wir haben etwas Erdbeerjoghurt zum Nachtisch …«

»Genau das Richtige«, beschied ich strahlend. Ich pickte mein Ei auf und fragte mich, was eigentlich los war. Nun, am besten war ich einfach freundlich und charmant. Am Ende des Mittagessens (kleine Tassen Instantkaffee) meinte ich, Eindruck gemacht zu haben, vor allem durch mein schamloses Geschnatter über die Freuden der Mutterschaft. Glücklicherweise war Ben friedlich. Wahrscheinlich eingeschüchtert durch die Umgebung.

Einen zweiten Kaffee lehnte ich ab.

»Ich sollte wohl jetzt mal nach Vater sehen«, bemerkte Helen plötzlich. »Mutter, wenn du dich für eine halbe Stunde hinlegen möchtest, ich bin sicher, Dido und Lizzie …«

Ich nutzte die Gelegenheit und erklärte in die Runde, ich würde mich glücklich schätzen, wenn ich mir das wunderschöne Haus ansehen und einen ersten Überblick über die Bücher verschaffen könnte, und nach einem sichtbaren Zögern neigte Rose Waring gnädig den Kopf. Daher befanden

Lizzie und ich uns eine Minute später allein in der Eingangshalle und besichtigten ein Haus, das, so erkannte ich mehr und mehr, nur noch der Schatten seines einstmals prächtigen Selbsts war. Das Licht vom Fenster über der Eingangstür fiel auf eine breite Holztreppe, die ins obere, im Dämmerlicht liegende Stockwerk führte, doch der Läufer war an jeder Stufenkante abgenutzt. Auf dem Boden mit den großen Steinplatten befand sich überhaupt kein Teppich. Lizzie kramte einen riesigen Schlüsselring aus einem Schubfach in einem Beistelltischchen, das das einzige Möbelstück der Halle darstellte.

»Ich kann dir ohnehin nur die Räume hier unten zeigen«, flüsterte sie. »Die meisten werden nur geöffnet, wenn die ganze Familie zu Weihnachten hier ist, aber man sieht noch, dass sie früher sehr schön waren. Oben sind natürlich die Schlafzimmer und darüber die Kinderzimmer. Oh, und ein viktorianisches Bad, das in ein Museum gehört.«

Ich bemerkte, dass ich ebenfalls flüsterte: »Ist alles in Ordnung mit ihr?«

»Mit Rose? Oh, du meinst Helen, nicht wahr? Sehr scharfsinnig von dir. Natürlich ist das Haus hier zu viel für sie. Sie kam zurück, um sich von einer unerfreulichen Scheidung zu erholen, und entdeckte bald, dass sie das Ganze hier am Hals hatte. Mickey möchte, dass sie sich eine Hilfe nehmen. Er hat sogar angeboten, sie zu bezahlen, aber die Frauen meinen, es würde Vater aufregen, wenn eine Fremde im Haus wäre; also leugnet Helen einfach, dass es für sie schwierig ist. Ich persönlich glaube, dass sie gern die Märtyrerin spielt. Wenigstens benutzen sie die beiden obersten Stockwerke nicht mehr.«

Ich dachte daran, wie unglaublich groß das alte Haus war, und flüsterte unwillkürlich zurück: »Sie sind verrückt!«

Lizzie sah mich an und verzog das Gesicht. »Ich weiß. Und nun, fangen wir an?«

Ich holte Ben von seiner eigenen Erkundungstour zurück, dann fingen wir mit der Führung an. Es war ein symmetrisch angelegtes Gebäude mit einem Mittelgang, der zu den Zimmern auf der Vorder- und Rückseite führte und bei den Eingängen zu den beiden Anbauten endete. Lizzie schloss die erste Tür auf und wir traten in einen hellen, lang gestreckten Raum, der sich neben dem befand, in dem wir eben zu Mittag gegessen hatten. Ein riesiger Esstisch aus Nussbaum nahm die Mitte des Zimmers ein und wurde umgeben von ein paar kleineren Tischen, von Stühlen und einer großen Anrichte. Den größten Teil der Rückwand bedeckte ein streng geschnittener Kamin, aus dem es eisig zog, und das sicher schon seit zweihundert Jahren. Ich erschauerte und fragte mich, ob ich nicht besser meine Jacke angezogen hätte. Mir war gerade klar geworden, dass die arktischen Temperaturen und die rheumafördernde Feuchtigkeit der traditionellen englischen Landhäuser bis in die modernen Zeiten überdauert hatten.

Wir schlossen Türen auf und zu und arbeiteten uns langsam durch die stillen Räume: ein riesiges, zweiteiliges Empfangszimmer auf der gegenüberliegenden Seite der Eingangshalle und das helle viktorianische Musikzimmer, das von einem mächtigen, wahrscheinlich schon vor langer Zeit verstummten Klavier mit heruntergeklapptem Deckel dominiert wurde. Dann ein paar kleinere und weniger förmliche Wohnzimmer im hinteren Teil des Hauses, die noch benutzt wurden. Auf unserer gemächlichen Erkundung fielen mir immer wieder Stellen auf, wo die Tapete sich vom feuchten Putz ablöste und weniger ausgeblichene Flächen sichtbar wurden, wo einst ein Möbelstück gestanden oder ein Bild gehangen hatte. Wahrscheinlich hatte die Familie nach und nach ihre wertvolleren Stücke verkauft. Ich sah mich im Geist schon umziehen mit meinem Antiquariat, in ein ruhiges Gutshaus mit Stil und viel Platz, und musste mich zurückpfeifen: Monksdanes hatte seltsame Auswirkungen auf meine übliche Gleichgültigkeit gegenüber den Belangen der Ästhetik.

Nach dem dritten oder vierten dieser schönen, großen Räume verlor Ben abrupt das Interesse und versuchte es mit einem experimentellen Aufheulen, was mich in die Realität zurückbrachte.

»Er ist müde«, bemerkte Lizzie. Sie lernte schnell.

»Und gelangweilt. Ich bringe ihn besser von hier weg. Ich kann ja ein anderes Mal zurückkommen und mir die Bücher ansehen.«

Lizzie zögerte. »Glaubst du, er würde auch mit mir gehen?«

Ich fragte ihn und wusste, er würde es tun, als er Lizzies Hand so eifrig ergriff wie jemand, der plötzlich und unerwartet vor einem herumstreifenden Löwen gerettet wird. Sie drückte mir den überdimensionalen Schlüsselbund in die Hand und sagte: »Es ist das Zimmer ganz hinten im Haus, im anderen Anbau. Du findest uns im Garten.«

Ich wollte eigentlich nur einen raschen Blick auf die Bücher werfen. Aber ich brauchte länger als erwartet, um den Schlüssel dazu zu bringen, sich im schwergängigen Schloss zu drehen, und als die Tür schließlich aufging, zeigte sich, dass die Blendläden geschlossen waren und das Zimmer im Dunkeln lag. So musste es schon eine ganze Weile gewesen sein. Ich konnte die Feuchtigkeit und den Staub eines ungelüfteten Zimmers bereits riechen, noch ehe ich die Schwelle überschritt. Mein Buchhändlerherz wurde mir schwer.

Die Betätigung des Lichtschalters zeitigte keinerlei Effekt. Ich tastete mich zum nächstgelegenen Fenster und hantierte an dem Hebel der Läden herum, bis ich ihn umlegen und die Läden aufziehen konnte.

Dieses Zimmer unterschied sich von allen anderen. Es war mit dunklem Holz vertäfelt und hatte einen in die Wand eingelassenen Kamin, über dem in einem schweren Rahmen ein großer Kupferstich von Landseer hing, der eine Meute Jagdhunde zeigte. Die übrigen Wände waren von solide wirkenden Bücherschränken bedeckt. Ein Schreibtisch stand unter dem verrammelten Fenster am anderen Ende des Raums und war im gleichen Stil gehalten wie die kleinen Beistelltische zu beiden Seiten des Kamins. In der Mitte des Teppichs befand sich ein Kreis von Ledersesseln mit kleinen, staubigen Tischchen daneben, auf denen sich immer noch Lampen, große Aschenbecher und ein paar Zeitschriften befanden. Helens Haushaltsführung erstreckte sich offensichtlich nicht bis hierher, denn Staub versah jede flache Oberfläche mit einer weichen Decke. Aber es war ein Raum, der für viktorianische Behaglichkeit wie gemacht war – zum Lesen, Plaudern, Zigarren rauchen und Portwein trinken. In meiner Fantasie bestückte ich ihn mit alten Herren, die den *Punch* lasen.

Er hätte mir noch mehr gefallen, wenn die Regale voll gewesen wären, aber einer meiner Konkurrenten war ganz gewiss schon vor mir hier gewesen. Zwar lehnten immer noch ein paar Bücher in den geplünderten Schränken aneinander, aber einige Borde waren vollkommen leer und alle anderen wiesen Lücken auf. Ich war ja gewarnt worden.

Mein Blick fiel auf den Schreibtisch. Auf seiner ledernen Oberfläche konnte ich eine kleine Broschüre mit der Reproduktion einer Karte von Gerhardus Mercator auf dem

Deckblatt sehen. Ich erkenne den Katalog eines anderen Buchhändlers auf zwanzig Schritte Entfernung, auch im Halbdunkel. Also ging ich hinüber und nahm die Liste eines alten Geschäftsfreundes, der seinen Laden in einem Landhaus hat, nicht weit von hier, obwohl mir das vorher nicht so klar gewesen war. Auf dem Deckblatt stand: »Gesamtkatalog Literatur, Winter 1993/94.« Jemand hatte einen Brief zwischen die Seiten gesteckt. Ohne Scheu sah ich ihn mir an: *»Lieber Mr. Waring, ich freue mich, Ihnen für die tausend Bände die Summe von 6 000 Pfund bieten zu können …«*

Es war genau so, wie Helen gesagt hatte. Ich fragte mich, ob dieses Angebot akzeptiert worden war und wenn ja, welche wertvollen Bücher zum Spottpreis von sechs Pfund pro Band abgegeben worden waren. Nun, jeder Buchhändler hat Schwachstellen, und ich konnte immer noch überprüfen, ob er möglicherweise etwas übersehen hatte. Zwar erwartete ich nicht viel, aber die Familie brauchte das Geld und Bücher sichten macht immer Spaß.

Langsam ging ich die Bücherschränke entlang. Romane aus dem frühen zwanzigsten Jahrhundert: konnten auf Erstausgaben überprüft werden, die meisten hatten jedoch keinen Schutzumschlag mehr; Gartenbücher: immer interessant; Lokalgeschichte: dieses Regal war ziemlich geplündert, und doch … Es befanden sich immer noch zwei-, dreitausend Bücher in diesem Zimmer und da musste einfach etwas Wertvolles dabei sein.

Dann fiel mir der Teppich ins Auge. Ich bin keine Expertin, aber der Boden war von einem großen, kaum abgenutzten Teppich mit Blumenmuster bedeckt. Es war ganz gewiss ein Aubusson-Muster mit cremefarbener Mitte, hellgrünen Rändern und rosa Rosen. War er echt? Er war staubig, wie alles hier, aber wenn er echt war, dann würde er auf einer Auktion doch sicher etwas einbringen. Ich umrundete die Sessel und fand auch vor ihnen keinerlei Spuren von Abnutzung. Und außerdem war jemand so vernünftig gewesen, den Bereich vor dem Kamin vor Funken zu schützen, – ein großer, derb aussehender, olivgrüner Teppich bedeckte dort eine Fläche von etwa zwei mal drei Metern des anderen Teppichs. Dann kam ich auf den Gedanken, dass er vielleicht auch dorthin gelegt worden war, um Brandflecken zu verbergen.

Als ich hinüberging und eine Ecke dieses Teppichs mit dem Fuß anhob, hatte ich das ohne besondere Absichten getan. Aber was ich sah, ließ mir den Atem stocken. Da nahm ich die Ecke des Teppichs und zog sie zurück. Aus dem Aubusson war ein etwa drei Meter breiter und ein Meter langer unregelmäßiger Abschnitt herausgetrennt worden. Ich traute meinen Augen nicht. Die Ränder des Lochs waren gezackt, so als hätte jemand in einem Anfall von Raserei das Stück aus dem Teppich geschlitzt oder gehackt. Ich brauchte eine volle Minute, um zu erfassen, was ich da sah, und dann prüfte ich vorsichtig die Dielenböden. Sie waren makellos.

Der alte Mann hatte vielleicht schon mehrere Minuten im Türrahmen gestanden, bevor ich ihn bemerkte: dünne, lange weiße Haare, seltsam tote Augen, ein eckiges Gesicht mit absackenden Wangen über einem stämmigen Körper, ein alter Morgenmantel mit Schottenmuster, gestreifte Pyjamahosen und Hausschuhe. Er stand vollkommen reglos da und betrachtete mich.

»Kenne ich Sie?«

Ich gewann meine Fassung wieder und erklärte: »Mein Name ist Dido Hoare. Ich bin eine Freundin von Lizzie. Wir haben hier zu Mittag gegessen, und jetzt war ich gerade dabei, einen Blick auf Ihre Bücher zu werfen. Ich bin antiquarische Buchhändlerin.«

Er nickte. Dann blickte er plötzlich auf das große Loch in seinem Teppich, das ich freigelegt hatte. Langsam runzelte er die Stirn und blickte wieder auf. Ich meinte, ihn murmeln zu hören: »Wo haben Sie meinen *Peter Hase* hingetan?«, und dann fragte er lauter: »Wer, sagten Sie, waren Sie noch?«

Kapitel sechs

Abendtrunk

Lizzie drückte mir ein Glas in die Hand und tätschelte mir die Schulter. »Alles in Ordnung mit dir?«

Ich testete die Flüssigkeit auf die übliche Weise und identifizierte sie als fast unverdünnten Wodka. »Mir war gerade klar geworden, was ich da vor mir sah, als plötzlich dein Schwiegervater in der Tür stand. Er fragte immer wieder, wer ich denn sei, und kaum hatte ich es ihm erklärt, fragte er schon wieder. Schließlich tauchte Helen auf und nahm ihn auf eine Tasse Tee mit. Sie muss bemerkt haben, was ich da tat, sagte aber keinen Ton; also legte ich den Schutzteppich zurück, entledigte mich der Schlüssel und verschwand.«

»Was war es denn?«

»Im Teppich war ein Loch von der Größe eines menschlichen Körpers. Lizzie, dort muss es passiert sein! Und dann hat jemand das Loch ausgeschnitten.«

»Vielleicht haben Rose oder Helen das nachher gemacht«, murmelte Lizzie. »Sie müssen ziemlich aufgewühlt gewesen sein. Wahrscheinlich war da viel Blut.«

Ich wandte ein, dass man wohl in diesem Fall den Teppich professionell hätte reinigen lassen, statt ihn gleich zu zerschneiden. Doch plötzlich war ich mir nicht mehr so sicher. Nicht bei den Warings. Seltsame Leute.

»Was ist?«, fragte Lizzie. »Warum guckst du so komisch?«

Ich zögerte und lauschte auf Geräusche in Bens Zimmer, obwohl ich vermutete, dass er noch mindestens eine Stunde fest schlafen würde. Der Besuch hatte ihn erschöpft. Ich warf einen Blick zu Lizzie und sah, dass sie mich immer noch beobachtete.

Da gab ich es auf. »Als du mir von dem Ganzen erzählt hast, war da etwas, das keinen Sinn ergab – eine Lücke in der Geschichte. Du sagtest, die Warings würden befürchten, dass durch Teddys Rückkehr alles nur noch schwieriger werden würde.«

Sie nickte. »Das denkt zumindest Mickey.«

»Warum?«

Sie runzelte die Stirn.

»Gibt es noch etwas, was du mir nicht erzählt hast? Warum sollte irgendeiner Teddy vorwerfen, einen Einbrecher erschossen zu haben? Im Gegenteil, viele würden Applaus rufen. Nun gut, es war schrecklich.« Ich konnte nicht sofort weitersprechen, weil es da etwas Persönliches gab, von dem ich Lizzie noch nichts erzählt hatte. »Aber wo ist das Problem? Hat jemand unterstellt, er hätte es absichtlich getan?«

»Nicht, soweit ich gehört habe«, antwortete Lizzie knapp. Plötzlich huschte ein listiger Ausdruck über ihr Gesicht. »Vielleicht könntest du mit Mickey darüber sprechen? Du bist genau die Richtige, um herauszufinden, was eigentlich passiert ist: Du gehörst nicht zur Familie, bist aber auch nicht jemand völlig Fremdes. Wenn er dir nicht die ganze Wahrheit erzählen will, kannst du ihn eher dazu drängen als ich.«

Ich war leicht empört. »Warum kannst du ihm nicht zusetzen?«

»Weil ich ihn liebe.«

Der Fairness halber muss ich sagen, dass sie daraufhin errötete; doch auch so spürte ich, wie mich ein unangenehmer Anflug von Realismus überkam. »Weil du Angst vor dem hast, was er sagen wird?«

Nun starrte sie mich an. »Ich habe keine Angst vor Mickey! Ach, ich weiß nicht! Vielleicht habe ich doch Angst vor dem, was ich erfahren könnte. Das klingt ziemlich wirr, oder? Ach, Diiido!«

Ich zog die Augenbrauen in die Höhe und behielt sie dort, bis sie den Blick abwandte. Darauf sagte ich: »Jetzt schuldest du mir aber wirklich ein paar Erklärungen!« und tat so, als hätte ich ziemlich die Nase voll, obwohl mir bereits bewusst war, dass nichts und niemand mich davon abhalten konnte, Fragen zu stellen, denn das Ganze war – einfach zu verrückt.

Ich werde es nie lernen.

»Zunächst einmal: Es ist nicht Alzheimer.« Mickeys Stimme war vor Erschöpfung fast ausdruckslos. Ich war ebenfalls nicht mehr in Höchstform. Wir lehnten an der Steinmauer vor dem Cottage, hielten zwei große Gläser Wodka Tonic in den Händen – anscheinend der Treibstoff in diesem Haushalt – und betrachteten den roten Streifen am Himmel, direkt hinter den Häusern am Anger, wo die Sonne gerade untergegangen war. »Es ist eine Art Altersdemenz. Er hat eine Reihe winziger Schlaganfälle gehabt, die die Synapsen in seinem Gehirn beschädigt haben. Ich nehme an, es läuft auf dasselbe hinaus. Jetzt ist es so, als würde er nur von Minute zu Minute leben. Kaum ist etwas vorbei, ist es, als wäre es nie geschehen.«

»Er hat mich immer wieder gefragt, ob wir uns kennen würden, und kaum hatte ich ihm meinen Namen genannt, hatte er ihn auch schon wieder vergessen. Schließlich tauchte deine Schwester auf. Mickey, sagt dir ›Peter Hase‹ etwas?«

»Oh, mein Gott.«

Ich wartete.

»Hat er dich beschuldigt, ihn gestohlen zu haben?«

»Er fragte mich, wo ich ihn hingetan hätte. Er schien zu denken, ich würde etwas vor ihm verbergen.«

»Er meint das Kinderbuch, weißt du? Unsere Familie hatte ein Exemplar davon, Beatrix Potter persönlich hat es meinem Urgroßvater geschenkt. Die beiden Familien waren im Lake District miteinander befreundet, bevor wir um die Jahrhundertwende hierher zogen. Ich glaube, es war eine Erstausgabe oder so. Ein ziemlich seltsames Exemplar. Es muss aus einer Art Billigausgabe gestammt haben – die Bilder waren nur schwarzweiß.«

Schwarzweiß? Einen Moment lang stockte mir der Atem.

»Sie hat etwas für die Kinder hineingeschrieben und mit ein paar Tuschezeichnungen von Peter Hase versehen. Das Buch wurde in einem Schuber aufbewahrt, und als wir klein waren, durften wir es nicht anfassen, aber Mami las uns manchmal als Belohnung daraus vor. Es befand sich in der Bibliothek, ist seit ein paar Jahren aber nicht mehr da.«

Ich brachte es noch nicht mal mehr fertig, ihn anzusehen. *Sechstausend Pfund für eine private Erstausgabe von* Peter Hase *mit persönlicher Widmung und »ein paar Tuschezeichnungen« UND die anderen Bücher?*, dachte ich. Ich hätte heulen können.

»Dido?«

»Vor ein paar Jahren hat ein Buchhändler aus der Gegend einige Bücher von deinen Eltern gekauft, nicht wahr?«

»Oh, *Peter Hase* verschwand aber später – mehrere Monate danach.«

Ich fragte ihn, ob er sich da sicher wäre. Er lachte trocken und sagte, dass seine Erinnerung daran noch ziemlich ungetrübt sei: Sein Vater sei fuchsteufelswild gewesen und habe verkündet, sie könnten genauso gut alles im Haus verkaufen, wenn sie ständig bestohlen würden. Da waren einige Möbel bereits verkauft worden.

Ich stieß einen Seufzer der Erleichterung aus. Wahrscheinlich würde ich dem betreffenden Kollegen über kurz oder lang einen Besuch abstatten, und es wäre nicht gerade ein gelungener Einstieg gewesen, ihm Betrug an den Warings vorzuwerfen.

Mickey klirrte mit seinen Eiswürfeln und sagte: »Es tut mir Leid, dass Vater dich erschreckt hat.«

Ich erwiderte, er hätte mich nicht erschreckt, und befahl meinem Hirn, sich zu konzentrieren. »Eigentlich interessierte ich mich eher für etwas, was ich gerade entdeckt hatte.« Allmählich wünschte ich, ich hätte erst gar nicht mit dem Gespräch angefangen. »Ich war in der Bibliothek, weil Lizzie vorgeschlagen hatte, ich könnte den Rest der Bücher kaufen. Dann bemerkte ich den Teppich. Er sah aus wie ein Aubusson. Ich weiß nicht viel über Teppiche, aber ich dachte …«

Mühsam hielt ich mich zurück.

Mickey schloss die Augen. »Du hast den … Schaden entdeckt.«

Demütig gab ich zu, ich hätte wohl meine Nase wieder in fremde Angelegenheiten gesteckt, allerdings nur, um zu helfen.

»Der Teppich ist wertlos.«

»Ja.«

»Also dachtest du …«

»Ich dachte einen Moment lang, ein brennendes Scheit könnte aus dem Kamin gefallen sein. Aber dann fand ich, in dem Fall hätte man wohl nicht …«

»Die versengte Stelle herausgeschnitten.«

»Nein. Man hätte sie nur so gut wie möglich gereinigt. Jetzt muss ich ständig darüber nachdenken.«

Mickey schnaubte. »Und natürlich hast du Lizzie davon erzählt und die hat deshalb vorgeschlagen, dass wir hier einen Drink zusammen nehmen, während sie den Tisch deckt. Apropos, möchtest du noch einen?«

»Vielleicht«, sagte ich. »Gleich. Das Loch schien … so groß wie ein Körper.«

»Lass uns wieder hineingehen«, meinte Mickey knapp und schritt zur offenen Tür hinter uns. »Es wird schon kühl und im Gegensatz zu dir brauche ich jetzt definitiv noch einen Drink. Ich werde es euch beiden erzählen. Aber denk dran, ich war nicht da, als es passierte, also sind es nur Informationen aus zweiter Hand.«

Wir gingen in die Küche, sahen, dass das Essen schon auf uns wartete, und setzten uns an den Tisch. Dann sagte Lizzie leise: »Mickey?«

»Ich kann euch nur wiedergeben, was Helen mir erzählt hat. Sie raste von Norwich her, direkt nachdem Mami sie angerufen hatte. Mami befahl Tris und mir, zu bleiben, wo wir waren. Teddy wollte uns beim Prozess nicht dabeihaben und wir respektierten das natürlich. Also: Teddy hörte mitten in der Nacht Geräusche. Er ging nach unten und entdeckte, dass jemand eingebrochen war. Die Tür zur Bibliothek war von innen verschlossen, deshalb ging er durch die Küche, nahm sich eines der Gewehre aus dem Waffenschrank an der Hintertür und ging dann über den Kiesweg zu den Fenstern der Bibliothek, weil er wusste, dort musste der Einbrecher eingestiegen sein. Als er Glasscherben und ein offenes Fenster entdeckte, rief der Idiot nicht die Polizei, sondern beschloss, den Einbrecher auf frischer Tat zu ertappen. Er stieg durchs Fenster und schlich zum Lichtschalter an der Kaminwand. Bevor er ihn erreichte, versuchte jemand – den er nicht erkennen konnte – das Gewehr zu packen. Es kam zum Handgemenge, dann ging das Gewehr los. Als Teddy das Licht einschaltete, sah er, dass er eine Frau erschossen hatte. Es war ein armes, dummes Mädchen, das im Dorf wohnte und bei uns sauber machte. Ich nehme an, sie dachte, wenn sie während ihrer Arbeitszeit etwas einsteckte, würden Mami oder Vater es erraten. Also meinte sie wohl, wenn sie in der Nacht einbräche, würde es so aussehen, als wäre es jemand Fremdes gewesen. Und dann geschah dieser schreckliche Unfall…, das arme Kind. Ich glaube, sie war kaum zwanzig. Vater kam nach unten, als er den Lärm hörte, und fand Teddy, der neben der Leiche auf dem Boden vor dem Kamin saß und weinte. Er rief die Polizei.«

Lizzie legte ihre Hand auf Mickeys.

Ich fragte nur: »Und was genau geschah dann?«

»Teddy wurde wegen Totschlags angeklagt. Er bekannte sich schuldig. Aufgrund der Umstände – sie war eingebrochen und es hatte ein Handgemenge gegeben – wurde er nur zu acht Jahren verurteilt. Jetzt wird er entlassen; er kommt diese Woche nach Hause. Ich habe ihn seit vorigem Weihnachten nicht gesehen. Ich hoffe … es ist alles in Ordnung mit ihm.«

Da war noch etwas, was mich störte. »Warum hat er keine Bewährung bekommen? Es war doch ein Unfall, oder? Oder sogar Notwehr!«

Mickey schien sich erneut zu verschließen. Er erinnerte mich wieder einmal an seine Mutter.

»Hätte er nicht Einspruch gegen das Urteil einlegen können?«

»Ich weiß es nicht«, sagte Mickey nach einer Weile, »ich weiß es wirklich nicht.«

Kapitel sieben

Eins und eins zusammenzählen

Lizzie saß auf dem Gästebett und machte es sich neben dem kleinen Haufen gebrauchter Kleider bequem, den sie gar nicht zu bemerken schien. Ich hockte auf dem anderen Bett, in das ich liebend gern auf der Stelle geschlüpft wäre. Ich hatte die Vorhänge vorgezogen und die Puppenlampe auf dem Nachttisch angeschaltet, und nun schauten wir uns im rosafarbenen Licht an.

»Alles in Ordnung mit dir?«

»Ja. Bin nur müde. Und mit dir?«

Ich erwiderte, mir ginge es ebenfalls gut und sie solle sich nicht übernehmen, da Kinder auszutragen ziemlich anstrengend sei. Fast so sehr, wie Kinder aufzuziehen. Der Reisewecker im Wohnzimmer hatte gerade klingelnd zehn Uhr angezeigt, doch in Alford hatte man das Gefühl, es sei bereits mitten in der Nacht.

»Dido?«

Ich wartete.

»Dido, du sagtest da was über Teddys Urteil. Aber acht Jahre sind doch kein hartes Urteil: Schließlich hat er jemanden getötet.«

Ich wollte nicht mit ihr darüber streiten, wie schwerwiegend es war, jemanden zu töten, sei es versehentlich oder mit Absicht.

Ich verschränkte die Hände und sagte: »Ich meine, ich hätte schon von Leuten gehört, die viel weniger für ein Tötungsdelikt bekommen haben, das nicht vorsätzlich und … unter mildernden Umständen stattfand.«

»Also was ist wirklich passiert?«

Ich versicherte ihr, ich hätte keine Ahnung.

»Es muss aber doch eine Erklärung dafür geben.«

»Vielleicht«, sagte ich langsam, »war der Richter besonders streng. Vielleicht lag es auch daran, dass das Opfer eine Frau war. Allerdings weiß ich nicht, was das für einen Unterschied machen soll, schließlich war sie ins Haus eingebrochen.«

»Dann hätte er doch gegen das Urteil Einspruch erheben können – das hast du selbst gesagt.«

Ich zuckte erneut die Schultern. Wir warfen uns vorsichtige Blicke zu.

Plötzlich verkündete sie: »Ich werde die Wahrheit herausfinden, verlass dich drauf. Teddy gehört zur Familie und kann jeden Augenblick hier eintreffen, und ich wüsste nicht, wie ich ihm aus dem Weg gehen könnte, denn die Warings halten zusammen wie Pech und Schwefel. Ich glaube immer noch, dass man mir etwas Unangenehmes über ihn verheimlicht.«

Mir war das Gähnen vergangen. »Bist du sicher, dass du das Richtige tust?«

»Natürlich! Hör mal, mittwochs fahre ich Helen immer zum Supermarkt in Yeovil. Wenn du und Ben morgen mitfahrt, sind wir, Hin- und Rückfahrt zusammen genommen, über eine Stunde mit ihr allein im Wagen. Bis wir zurück sind, müssten wir doch herausgefunden haben, was genau passiert ist. Mir ist zwar klar, dass sie zum betreffenden Zeitpunkt in Norwich war, sie ist aber unmittelbar darauf hierher gefahren. Ich glaube, sie weiß eine Menge, von dem sie Mickey nie erzählt hat.«

Plötzlich fiel mir wieder ein, dass ich Lizzie früher, als wir noch klein waren, für ein ziemlich herrschsüchtiges Persönchen gehalten hatte.

»Dido?«, fragte sie drängend.

Ich sah sie an und zuckte die Achseln. »Ich bin dabei«, versprach ich, »aber ich habe eine bessere Idee. Ich glaube, Helen wird dir mehr von den Familiengeheimnissen erzählen, wenn ich nicht dabei bin.«

»Aber dann wärest du den ganzen Vormittag allein.«

»Ben und ich werden auf Erkundungstour gehen. Ich mache mit ihm einen Spaziergang im Kinderwagen. Spreche mit jedem, der mir über den Weg läuft. Sage allen, was für ein hübscher Ort das hier ist, woraufhin sie mir bestimmt erzählen werden, sie würden niemals in London wohnen wollen, weil es so übervölkert und so schmutzig ist. Wenn du ein Kind dabei hast, kann keine Frau ohne ein Schwätzchen an dir vorbeigehen, das wirst du noch merken. Nach dem Vorfall damals wird man hier monatelang über nichts anderes gesprochen haben, und da ich nicht zur Familie gehöre, bekomme ich vielleicht die eine oder andere Andeutung zu hören. Danach können wir unsere Ergebnisse vergleichen. Vielleicht zeigt sich dann, ob hier jemand lügt.«

Lizzies Miene hellte sich auf. »Dido«, sagte sie, »du bist großartig. Jetzt gehe ich aber, damit du schlafen kannst. Wir müssen morgen früh raus. Schlaf gut!« Sie sprang auf und verließ das Zimmer, woraufhin ich unter die Bettdecke kroch und Gedanken wälzte.

Ich meinte zwar, keine andere Wahl zu haben; aber ich fragte mich doch, was ich meinem Vater erzählen sollte, damit er es Diane weitergeben konnte. Dann schlich sich ein einsamer Gedanke in mein Bewusstsein: War noch nie jemand auf die Idee gekommen, dass das tote Mädchen möglicherweise den *Peter Hase* gestohlen hatte? Natürlich nicht in der Nacht, in der es getötet wurde, sonst hätte man das Buch bei der Leiche gefunden. Aber vielleicht stimmten auch die Zeitabläufe nicht. Ich versuchte mich an das zu erinnern, was Mickey erzählt hatte, und schlief ein.

Kapitel acht

Mrs. Molyneux

Hinter mir ertönte eine Stimme: »Ich glaube, das könnten Sie ganz nützlich finden.«

Ich wirbelte so schnell herum, wie es meine schlaffe Haltung erlaubte – ich hatte mich an einer günstig gelegenen Mauer gegenüber dem Feld mit den Jungbullen ausgeruht, an der Ecke zu einem – wie ich glaubte – leeren Garten, der einen überraschend modern wirkenden Bungalow umgab. Die Stimme von der anderen Seite der Mauer gehörte zu einer kleinen, kräftigen alten Frau mit wässrigen Augen und grauen Haaren, deren herabhängende Wangen an einen Bluthund erinnerten. Auf ihrer Nase hing schief eine überdimensionale Brille und sie trug eine Art Latzhose aus blauer Baumwolle und dazu grüne Gummistiefel. Die Hand, die mir eine zusammengefaltete Karte entgegenhielt, steckte in einem großen ledernen Gartenhandschuh. »Vom Katasteramt«, sagte sie. »Eine Meile ist ein Zentimeter – oder zumindest glaube ich das, denn diese Reihe kam heraus, bevor alles in Kilometer umgerechnet wurde. Ich finde, die europäische Gemeinschaft beziehungsweise die EU – oder haben sie mittlerweile wieder andere Initialen? – ist unnötig erpicht auf Veränderungen. Ich bin Jane Molyneux. Ich nehme an, Sie sind Dido Hoare, Lizzie Warings Freundin aus London? Dido! Was für ein ungewöhnlicher Name. Heutzutage liest doch kaum noch jemand Vergil. Sind Sie zufällig mit Robert Hoare aus Hove verwandt? Ich kenne ihn schon seit vielen Jahren. Und das in dem Kinderwagen ist wohl Ihr Sohn, der kleine Benjamin. Er scheint zu schlafen, wohl die frische Luft; in London ist heutzutage die Luft so schlecht.«

»Die frische Luft und die Aufregung«, bestätigte ich sehr ernst. »Danke, mein Vater kam noch in den Genuss klassischer Bildung. Ich kenne keinen Robert Hoare. Wieso glauben Sie, dass ich eine Karte mit großem Maßstab brauche?«

Mrs. Molyneux neigte den Kopf zur Seite und blickte mich mit hochgezogenen Augenbrauen an. »Ich konnte mir denken, wer Sie sind, als ich Sie gestern auf der anderen Straßenseite mit Mrs. Waring sah. Heute Morgen dann kamen Sie, direkt nachdem Helen und Elizabeth davongefahren waren, die Straße hinunter. Als ich zum Postkasten ging, steuerten Sie das nördliche Ende des Ortes an und blickten sich dauernd um; daher nahm ich an, dass Sie eine kleine Erkundungstour machen, während Mrs. Waring und Mrs. Hill ihren gewöhnlichen Mittwochseinkauf in Yeovil tätigen. Sie haben übrigens recht daran getan, hier zu bleiben, denn Yeovil ist durch die Wiedererschließung verhunzt worden, und es gibt abgesehen von Straßen, Parkplätzen und den üblichen Ladenketten nur noch wenig zu sehen. Es tut mir Leid, wenn ich mich anhöre wie ein Snob. Ich werde eben alt. Jedenfalls, kaum war ich zurück, ging ich hinein, sah meine Karten durch und wartete darauf, dass Sie wieder auftauchten. Haben Sie die Furt gefunden? Und die Kirche? Das Mühlhaus ist auch sehr pittoresk.«

Ich gestand, dass mir zwei der drei Sehenswürdigkeiten entgangen wären und ich nicht bis zur Kirche gekommen sei, den Turm hinter den letzten Häusern allerdings gesehen hatte. Sie lächelte triumphierend. »Dann empfehle ich Ihnen, vor Ihrem nächsten Ausflug in diese Karte hineinzuschauen. Zur besseren Orientierung. Alford entstand im Laufe von Jahrhunderten ziemlich ungeordnet an den Wegen, die die Römerstraße in Richtung Westen mit der Poststraße in Richtung Osten verbanden. Wie Sie sich vorstellen können, ist das Netz aus Straßen und Wegen ziemlich kompliziert. Geben Sie mir die Karte einfach zurück, bevor Sie wieder nach Hause fahren. Darf ich Ihnen eine Tasse Tee und ein paar Kekse anbieten? Ich wollte gerade eine Pause machen.« Sie blickte mich mit unbewegter Miene an. »Ich habe gerade an meinen Staudenbeeten gearbeitet. Sie sind dieses Jahr etwas spät dran, kommen jetzt aber ganz prächtig. Ich finde, es gibt nichts Kultivierteres als Staudenrabatte in voller Blüte. Sie haben sicher schon erraten, dass der Garten meine Leidenschaft ist. Das Tor ist direkt links von Ihnen. Ich bin sicher, der Kinderwagen passt hindurch.«

Das stimmte, und nun saß ich an einem kleinen Tischchen in Mrs. Molyneuxs Wohnzimmer und lauschte auf das Ticken ihrer Uhren, auf Bens Atem, auf das Rauschen des Wassers und das Pfeifen des Kessels in der nahe gelegenen Küche. In der Abwesenheit meiner Gastgeberin konnte ich das Zimmer begutachten, das voll gestopft war mit glänzend polierten Nussbaummöbeln aus der Zeit zwischen den Kriegen sowie einer ziemlich umfangreichen Sammlung von Staffordshire-Porzellan, die jede waagerechte Oberfläche einnahm. Vom Teppich auf dem Parkettboden bis zu den Pergamentschirmen der Deckenlampe und den passenden Wandleuchten verströmte das Zimmer altmodische Behaglichkeit. Es erinnerte mich an das Haus meiner Eltern in Oxford. Ben hielt noch immer sein Vormittagsnickerchen, also entspannte ich mich und hörte, wie der Wasserkessel zu pfeifen begann, abrupt verstummte und daraufhin das Quietschen von Rädern im Flur ertönte.

»Und wie trinken Sie Ihren Tee?«, fragte Mrs. Molyneux, als sie hinter einem Servierwagen auftauchte, der mit Silber und feinem Porzellan beladen war. »Ich hoffe, Sie essen Rosinenkuchen. Leider ist er nicht selbst gemacht, aber die Stadtbäckerei ist ausgezeichnet. Und jetzt erzählen Sie mir mal, wie Sie Alford finden!« Sie ließ sich mir gegenüber an dem kleinen Tisch nieder, nahm das Teesieb und blickte mich erwartungsvoll an.

Ich versuchte, meine Gedanken zu ordnen, aber mehr als »sehr interessant« fiel mir im Augenblick nicht ein.

Sie blickte mich an und zwinkerte. »Sie haben natürlich Recht. Die meisten Leute sagen: ›Wie hübsch, wie ruhig‹, wenn sie meinen: ›Wie malerisch, aber auch wie langweilig‹.«

»Wohnten Sie schon immer hier?«, fragte ich.

»Seit über vierzig Jahren. Natürlich nicht *hier.* Ich war Lehrerin in Bath; dann lernte ich meinen mittlerweile verstorbenen Mann kennen, der Pfarrer in der hiesigen Gemeinde war, und wir heirateten. Wir wohnten im Pfarrhaus neben der Kirche, bis er in den Ruhestand ging, dann zogen wir in dieses Haus.«

Ich dachte *Volltreffer!* und sagte: »Dann sind Sie genau die Person, die ich gesucht habe. Als ich heute Morgen auf Erkundungstour ging, schien mir der Ort wie ausgestorben. Bei Monksdanes schnitt ein Gärtner zwar gerade das Gras, aber das einzige Lebewesen, mit dem ich mich seit dem Spaziergang mit Lizzie unterhalten konnte, war ein Hund, der mitten auf der Straße lag. Seiner Plakette nach heißt er Barney.«

Nun zeigten Mrs. Molyneuxs Augen hinter den Brillengläsern unverhohlenes Vergnügen. »Ah ja, Barney … Sie hatten wohl erwartet, die Dorffrauen bei einem Schwatz zu sehen. Zufriedende Kuhhirten, die ihre glücklichen Kühe auf die Weide bringen. Kleinbauern, die die Hecken an der Straße in Ordnung halten.«

Ich kicherte und bekannte: »Tja, mehr oder weniger.«

Mrs. Molyneux schüttelte den Kopf. »Das war vor vierzig Jahren. Seitdem ist das ganze Land im Umkreis von zwei großen Farmen gekauft oder gepachtet worden – Barney gehört übrigens zu der einen auf der rechten Seite des Herrenhauses. Und die arbeiten fast nur mit Saisonarbeitern. Die meisten Cottages sind von Zugezogenen, die erst seit zehn, fünfzehn Jahren hier leben, gekauft und modernisiert worden. Diese Leute suchen hier Ruhe und Frieden und fahren jeden Tag meilenweit mit dem Wagen zur Arbeit oder nehmen den Zug wie der Mann Ihrer Freundin; der Bahnhof liegt fast ein kleines bisschen zu günstig, das ist nicht nur von Vorteil. Einige der Frauen pendeln ebenfalls, und die Kinder gehen den größten Teil des Tages in eine zehn, zwölf Meilen entfernte Schule. Nach dem Krieg, das war noch vor meiner Zeit hier, gab es gegenüber des Pubs noch eine Ansammlung kleiner Läden und sogar eine Grundschule, gegenüber der Kirche; jetzt gibt es zwischen dem Pub an diesem Ende und der Post am anderen nichts mehr, und die Leute fahren natürlich woanders hin. Selbstverständlich können Sie ein paar Ruheständler wie mich draußen herumwerkeln sehen; aber zufällig fährt am Mittwochmorgen ein Bus in Richtung Süden nach Castle Hinton und ein anderer in Richtung Norden nach Wells – deshalb fahren die meisten von uns mittwochs zum Einkaufen. Ich bin sicher, es ist nicht ganz das, was Sie erwartet haben.«

Ich holte tief Luft, glücklich, weil ich erkannt hatte, dass ich an der richtigen Quelle gelandet war, und bereitete mich innerlich darauf vor, mich umfassend unterrichten zu lassen.

Dann lauschte ich einem Vortrag über die hiesige, in Ostsomerset typische Architektur, das allmähliche Verschwinden der Reetdächer, von denen nur noch zwei im ganzen Ort zu finden waren, über das viel diskutierte Problem der Bodenversiegelung – obwohl das (nicht zu vergessen!) in viktorianischer Zeit angefangen hatte – und den Segen der Bauvorgaben des Bezirksrats, die, zumindest nach Mrs. Molyneuxs Ansicht, besser spät als nie kamen, auch wenn sie nicht mehr rechtzeitig genug erteilt worden waren, um den Charakter des Ortes zu erhalten; das beste Beispiel dafür war die Blechkirche, die doch sehr das Ortsbild dominierte, ungeachtet dessen, dass die schrumpfende Gemeinde sich nur noch an einem Sonntag im Monat dort traf. Ich verkniff mir die Bemerkung, sie sei meiner Meinung nach ein fantastisches Bauwerk, vor allem wegen der Fenster.

»Noch etwas Tee, Miss Hoare?«

Ich lehnte eine dritte Tasse und ein zweites Stück Rosinenkuchen ab und versuchte stattdessen, das Gespräch in persönlichere Bahnen zu lenken.

»Sie müssen die Warings recht gut kennen«, wagte ich mich vor.

Sie blickte mich ruhig an. »Ich kenne Rose und Lawrence natürlich schon seit vielen Jahren und ebenfalls ihre Kinder, seit sie klein waren. Und Mr. Molyneux, mein verstorbener Gatte, kannte, wie Sie sich vorstellen können, Tris besonders gut und unterstützte seine Berufung; aber Rose war an den Frauenvereinen, in denen ich mitarbeitete, nicht besonders interessiert, obwohl sie beim Erntedankfest und dem Sommerfest immer mithalf – das muss man ihr zugute halten. Als die Kinder noch klein waren, unterrichtete ich sie in der Sonntagsschule. Natürlich gingen sie später alle aufs Internat.«

Ich fragte taktvoll: »Kannten Sie Teddy?«

Ihr Schweigen warnte mich, dass ich mich zu rasch vorwagte. Mir blieb nichts anderes übrig, als möglichst unschuldig dreinzublicken und zu warten. Das Schweigen dehnte sich aus.

»Ja«, gab sie schließlich zu, »wenn auch nicht gut. Ich kannte auch Joannie und ihre Familie.« Einen Moment lang sah sie aus, als wollte sie noch etwas sagen.

Ich wartete und versuchte eine Möglichkeit zu finden, diesen heiklen Augenblick zu überstehen. Schließlich beschloss ich, dass es das Beste wäre, weiterhin unschuldig dreinzublicken und es bis zum nächsten Mal auf sich beruhen zu lassen. Ben verhielt sich äußerst kooperativ, indem er anfing, sich zu rühren, so dass ich sagen konnte, ich würde ihn jetzt wohl besser zurückbringen. »Ich kann Ihnen nicht genug danken«, fügte ich hinzu. »Es hat mir wirklich Spaß gemacht, mit Ihnen über den Ort zu plaudern. Und vielen Dank für die Karte – ich gebe sie Ihnen so bald wie möglich zurück.«

»Das hat keine Eile«, versicherte Mrs. Molyneux. »Ich habe sie schon eine ganze Weile nicht mehr gebraucht. Sie müssen unbedingt die Kirche besichtigen, wenn Ihnen so etwas gefällt. Sie ist in gutem Perpendikularstil erbaut und das Innere ist recht hübsch, auch wenn die viktorianischen Restaurateure nicht gerade sehr geschickt zu Werke gegangen sind.«

Ich versprach ihr, die Kirche wäre das nächste Ziel meiner Erkundungstouren, und erlaubte ihr uns zur Tür zu bringen. Ich dachte über meinen nächsten Schachzug nach.

An der Schwelle der Haustür blieb ich kurz stehen. »Lizzie hat mir gesagt, Teddy käme zurück.«

Ich hörte, wie sie scharf die Luft einzog, während ich mich aufmachte und den Kinderwagen zum Tor schob, ohne mich umzublicken. Höchstwahrscheinlich würde sie sich gerne bald mal wieder mit mir unterhalten.

»Wer sind Joannie und ihre Familie?«, fragte ich Lizzie.

»Ich weiß nicht genau. Erwähnte sie die?«

Da war ich mir sicher.

Wir ruhten uns in der Küche aus, nachdem wir den Wagen ausgeladen und die Lebensmittel in der Speisekammer verstaut hatten. Wir hatten uns unterhalten, während wir die Gefrierkost in die Kühltruhe gepackt hatten, ließen aber die restlichen Einkäufe erst einmal in den Taschen, als uns lautes Geschepper in die Küche rief. Ben hatte sich von der großen Plastikkiste mit seinem Lieblingsspielzeug entfernt und war in das untere Fach des Büffets gestiegen, um eine Sammlung Kochtöpfe hervorzuzerren. Lizzie sagte großzügig, das mache nichts.

Nun schob sie mir eine Tasse Tee zu und runzelte die Stirn. »Wir werden mal Helen nach Joannie fragen. Ich warte nur ab, bis sie und ich wieder allein sind.«

»Gute Idee. Es ist bestimmt das Mädchen, das getötet wurde. Was hat Helen dir erzählt?«

»Sie weiß auch nicht viel. Sie kümmerte sich damals viel um Lawrence, der schon die ersten Anzeichen seiner Krankheit aufwies. Der Arzt befürchtete, sein Gesundheitszustand könnte sich während des Prozesses rapide verschlechtern. Sie scheint auch nicht mehr zu wissen, als Mickey uns erzählt hat.«

Ich war mir nicht ganz sicher, ob ich das glaubte, und auch nicht, ob Lizzie es glaubte. Wir wechselten vorsichtige Blicke, dann fand Ben einen Stapel Topfdeckel und warf ihn hinaus auf den Boden. Das gab einen schönen Krach.

Kapitel neun

Offiziell und inoffiziell

Ben und ich krochen gerade unter dem Esstisch herum und taten so, als wären wir Katzen – auf seinen Wunsch hin –, als das Telefon klingelte. Lizzie nahm im Nebenzimmer ab. Ich hörte zwar nicht, was sie sagte, sehr wohl aber, in welchem Tonfall, und kam schon auf Händen und Füßen unter dem Tisch hervor, als sie ins Zimmer kam.

»Dido, wir haben einen kleinen Notfall. Ich arbeite einmal in der Woche ehrenamtlich in der Stadtbücherei – die haben zu wenig Personal und der Freundeskreis der Bücherei springt ein. Ich habe zwar eine Vertretung gefunden, die während deines Urlaubs hier die Donnerstage für mich übernimmt, doch ihr ist gestern ein Weisheitszahn gezogen worden, und heute besucht eine Schulklasse die Bücherei… ach, was soll's, ich rufe zurück und sage, ich könnte nicht.«

Ich reagierte beschwichtigend.

»Aber ich möchte dich heute nicht schon wieder allein lassen!«

Ich hatte mir zwar auch nicht ein solches Übermaß an Aktivitäten, sondern eher lange, friedliche Spaziergänge über Land mit ausgedehnten Gesprächen vorgestellt. Aber ich fragte: »Was für eine Bibliothek ist es denn?«

Sie antwortete, es sei eine öffentliche Bücherei. Ich erkundigte mich, ob es dort auch eine Abteilung für Kinder gebe.

»Dido, natürlich! Du und Ben könnt mitkommen, und danach zeige ich euch die Stadt. Nur«, sie verzog das Gesicht, »ich soll zweiundsechzig neunjährigen Schülern erklären, wie man Mitglied in der Bücherei wird; deshalb weiß ich nicht, wie viel Zeit ich vor dem Mittagessen haben werde.«

Ich grinste. »Macht nichts. Ben, hör mal, Bücher! Viele, viele, viele Kinderbücher. Warte nur, bis du die ganzen Bilder siehst!«

Die Bücherei würde nach einem Besuch der Parson Roberts Junior School *und* der Familie Hoare wohl nicht mehr dieselbe sein, prophezeite Lizzie schmunzelnd.

Ich gab zurück, ich wäre froh, dass unser Besuch sie allmählich etwas aufheiterte.

Hinter dem Bahnhof zweigte die Straße zum Stadtzentrum von der Hauptstraße ab und stieg steil bergan. Castle Hinton war schon seit den Tagen, in denen die Ritter der Tafelrunde dort auf ein paar Bier im Pub Halt gemacht hatten, eine befestigte Siedlung auf dem Gipfel des Hügels, und ihr Alter zeigte sich auch in den schmalen, verwinkelten Gassen, die hügelaufwärts führten und in einem winzigen Marktplatz zusammenliefen. Dieser wies ein kunstvolles Kriegsmahnmal auf und war von einem Gewirr illegal geparkter Wagen umringt. Die Parkplatzsuche mit meinem überdimensionalen Fahrzeug ähnelte einem Spießrutenlauf, bis ich mich, Lizzies Anweisungen folgend, neben eine unbehauene Steinmauer auf halber Strecke eines schmalen Wegs bergab zwängte.

Die Stadtbücherei befand sich in einem Gebäude, das als frühviktorianisches Schulhaus mit zwei Klassenräumen begonnen hatte. An der Eingangstür rollte Lizzie die Augen und zischte: »Ich habe noch fünf Minuten, bis die Kinder kommen. Los, schnell.« Sie schob uns rasch durch eine Eingangshalle, winkte zerstreut der Frau hinter dem Verbuchungstisch zu und führte uns eilig durch einen Gang und dann eine Tür mit dem Schild »Kinderabteilung«. »Ich werde mich zuerst im Hauptraum mit ihnen befassen und ihnen die Nachschlagewerke zeigen, dann bringe ich sie hierher, damit sie sich die Dinosaurierbücher ansehen können beziehungsweise *Harry Potter,* die aktuelle Lieblingslektüre der Mädchen. Wenn ihr beide euch ein paar Bücher nehmen und dann in den Lesebereich gehen wollt ...« Sie wies auf einen kleinen Kreis Stühle, die um einen Teppich herum aufgestellt waren. »Die Bilderbücher sind ...« Sie wedelte in Richtung einiger Bücherregale neben dem Lesebereich.

»Wir kommen schon zurecht«, versicherte ich. »Ab mit dir.«

Ben und ich schnappten uns einen Stapel Bücher und machten es uns in dem einzigen Sessel bequem, der für Erwachsene gedacht war. Drüben im Hauptraum hörte ich Fußgetrappel. Stimmen wurden lauter und verstummten abrupt, als sie von Lizzies Stimme übertönt wurden. Wir blätterten langsam durch ein ramponiertes Exemplar von *Prinzessin Pfiffigunde* und schenkten den Kuschelmonstern besonderes Augenmerk. Ungefähr zu der Zeit, als die Geschichte sich langsam ihrem Ende näherte, öffnete sich die Tür und die Bibliotheksangestellte schob sich mit dem ersten Schwung Besucher in den Raum, der auf der Stelle gerammelt voll war. Zwei Dutzend Augenpaare starrten uns an. Ich beschloss, mit Ben und seinen Büchern durch eine Tür zu verschwinden, die ich kurz zuvor hinter dem Lesebereich entdeckt hatte.

Wir landeten in einem Gang, der sein Licht von ein paar schmalen, hohen Fenstern auf der einen Seite bekam und zugestellt war mit Metallregalen voller Kästen, Mappen und Stapeln alter Bücher. Interessant … Ben schien bereit zu sein, sich fürs Erste mit den Kuschelmonstern auf den Boden zu begeben; ich sah ihm zu, wie er eine Seite umschlug, dann schlich ich mich hinüber zu einem Stapel Bücher, die aussahen wie unbekannte Romane des frühen zwanzigsten Jahrhunderts, vom vielen Gebrauch aber mehr oder weniger unlesbar geworden waren. Offensichtlich befand ich mich in einem Magazin für beschädigte oder selten verlangte Bücher. Ich warf noch einen Blick auf Ben, dann schlenderte ich weiter, bis ich mich von Stapeln der *Western Mail* und des *Somerset Recorder,* den hiesigen Lokalzeitungen, umgeben sah. Die Bände bis 1980 waren gebunden; die Jahrgänge der darauf folgenden sieben, acht Jahre steckten in großen braunen Pappordnern; die jüngeren Exemplare aber waren nur aufeinander gestapelt worden und fingen Staub auf den durchhängenden Regalborden. Die Bibliothekarin nutzte sie wohl als Lokalarchiv. Ich konnte mein Glück kaum fassen.

Nun musste mir nur noch das Datum des Vorfalls auf Monksdanes wieder einfallen. Lizzie hatte da etwas gesagt – wann hatten sie und Mickey sich kennen gelernt? Vor fünf, sechs Jahren? Eine Schätzung ins Blaue hinein.

»Er wurde zu acht Jahren verurteilt«, teilte ich Ben mit, »und wird vorzeitig entlassen. Man wird wohl die Hälfte seiner Strafe absitzen müssen, bevor man Straferlass bekommt, meinst du nicht? Das Sicherste wird also sein, wenn ich mit den Jahrgängen von vor fünf Jahren beginne.«

Ben ignorierte die Unterbrechung und blätterte weiterhin eifrig in seinem Buch. Ich vergrub mich in die Stapel des *Recorder,* aus dem einfachen Grunde, weil es sich um eine Boulevardzeitung handelte und sie somit einfacher zu sichten war als die andere.

Es war leichter, als ich erwartet hatte. Mein Blick fiel auf ein großes Foto von Monksdanes auf der Titelseite, versehen mit der Schlagzeile »Tragödie in einem Dorf in Somerset«, gefolgt von »Leiche in der Bibliothek«. Es war im März 1994 passiert. Ich sah erneut zu Ben hinüber und konnte mich des ketzerischen Gedankens nicht erwehren, dass er das wissenschaftliche Gehabe seines Großvaters zu übernehmen schien; dann breitete ich die Zeitungen auf dem Boden aus und fing an, die Geschichte durch aufeinander folgende Ausgaben hindurch zu rekonstruieren. Als ich damit fertig war, wandte ich mich der *Mail* zu und überprüfte, ob dort noch zusätzliche Fakten zu finden waren.

Die Polizei war auf Monksdanes eingetroffen und hatte unverzüglich den dort wartenden Täter festgenommen. In der darauf folgenden Woche hatte es eine gerichtliche Untersuchung gegeben, danach war der Zeitpunkt des Prozesses festgelegt worden. Die Berichte vom Prozess selbst waren noch einmal mit dem Ablauf der Ereignisse und dem Foto von Monksdanes versehen gewesen, diesmal in kleinerem Format, doch der Prozess selbst war offenbar kurz und schmerzlos über die Bühne gegangen. Teddy Warings Verurteilung stand von vornherein fest: Soweit ich sehen konnte, hatte er sich schuldig bekannt und keinerlei mildernde Umstände geltend gemacht. Ich widmete einem Foto des Opfers längere Zeit meine Aufmerksamkeit. Der Name der jungen Frau lautete Joan Holt, und bei dem Foto handelte es sich um einen Schnappschuss, auf dem sie an einem sonnigen Strand saß und in die Kamera blinzelte. Sie hatte zusammen mit ihrer verwitweten Mutter in Alford gelebt, auf Monksdanes gearbeitet und dort mitten in der Nacht absolut nichts zu schaffen gehabt. Als sie starb, war sie gerade mal einundzwanzig. Es gab keinerlei Hinweis, dass sie vorher schon einmal straffällig geworden war; das kam mir komisch vor, aber natürlich gibt es für alles ein erstes Mal. Die ganze Geschichte war eindeutig und stimmte vollkommen mit dem überein, was Mickey uns erzählt hatte.

»Lesen!«, kommandierte Ben hinter mir.

Ich nahm eine Hand voll Zeitungen und ging zu ihm. Eine Viertelstunde später kam Lizzie und fand uns auf dem Fußboden: Ben mit dem Daumen im Mund auf meinem Schoß, um uns herum nur Gedrucktes – Bilderbücher auf der rechten, Zeitungen auf der linken Seite. Als ich aufblickte und fragte: »Fertig?«, schloss sie die Tür zur Kinderabteilung fest hinter sich.

»Noch nicht ganz«, stöhnte sie. »Ich brauchte mal eine Pause. Wenn ich letzten Sonntag nicht aufgehört hätte zu rauchen, könnte ich mich jetzt auf eine Zigarette rausschleichen. Was machst du hier? Das ist das Magazin.«

Ich wies sie darauf hin, dass im Magazin auch Zeitungen zu finden seien, und zeigte darauf. »Es scheint ganz klar zu sein. Teddy erschoss sie, die Polizei kam und verhaftete ihn. Sein Vater bestätigte die Geschichte. Bei dem Prozess bekannte er sich schuldig. Die hiesigen Lokalblätter konnten auch nicht mehr daraus machen. Es war nur ein dummer, trauriger Unfall. Das einzig Ungewöhnliche daran ist das Urteil: Ich finde immer noch, dass es ziemlich streng war. Der Richter machte zwar ein paar Bemerkungen über ›grobe Unverantwortlichkeit‹ und ›die tragische Beendigung eines jungen Lebens, das allerdings auf die schiefe Bahn geraten war‹, doch dann: acht Jahre. Er mochte Teddy wohl nicht besonders, aber ich kann dir nicht sagen, warum. Es ist nicht ersichtlich aus dem, was ich gelesen habe. Ich frage mich, was Rose wohl sagen würde, wenn wir sie fragten, was wirklich passiert ist.«

»Sie würde die Frage ungezogen finden und so tun, als hätte sie sie nicht gehört«, antwortete Lizzie, und ich wusste, dass sie Recht hatte. »Also Fehlanzeige?«

»Das würde ich nicht sagen«, entgegnete ich. »Wir müssen nur mit der richtigen Person sprechen, und ich habe schon so eine Ahnung, wer das sein könnte. Erinnerst du dich noch, dass ich dir erzählt habe, Mrs. Molyneux hätte gesagt, sie würde Joannie und ihre Familie kennen?«

Im Türrahmen tauchte das besorgte Gesicht der Bibliothekarin auf. »Mrs. Waring? Könnten Sie ...«

Lizzie schob sich langsam in Richtung Lärm zurück. »Es heißt, Mrs. Molyneux sei die inoffizielle Dorfchronistin. Das soll wohl bedeuten, sie ist eine Wichtigtuerin, die über alles Bescheid weiß.«

Das hatte ich mir schon gedacht, doch ich wollte eigentlich auf etwas anderes hinaus.

»Wir müssen uns überlegen, wie wir an Joannies Mutter herankommen oder an jemand anderen aus ihrer Familie; dabei könnte uns Mrs. Molyneux helfen.«

Lizzie wirbelte herum, aus ihren Augen leuchtete Kampfesmut. »Dido ...« Die Stimmen im anderen Raum wurden lauter. »Dido, in einer knappen Stunde bin ich hier fertig. Kommst du so lange allein klar?«

»Wenn Ben unruhig wird«, antwortete ich geistesabwesend, »dann unternehme ich einfach einen kleinen Spaziergang mit ihm und komme später zurück. Jetzt mache ich mir erst mal ein paar Notizen über die Fakten, wenn es denn welche gibt. Ob sich der Reporter, der mit dem Fall befasst war, wohl noch an Einzelheiten erinnern würde, wenn wir sein Gedächtnis ein wenig strapazierten?«

»Um halb eins sind sie weg«, drang ihre Stimme von der anderen Seite der Tür zu mir. Ich fing an, noch einmal die relevanten Berichte zu überfliegen. Notierte Namen, Orte, Daten. Da musste etwas sein.

Eine Viertelstunde später stapelte ich die Zeitungen aufeinander und schob sie wieder ins Regal zurück. Ich warf einen Blick auf meine Armbanduhr. Fünf vor zwölf. Ich hatte noch etwas vor und mit ein wenig Glück blieb mir genügend Zeit dazu. Also gingen Ben und ich auf Zehenspitzen an Lizzie vorbei, die sich tapfer mit den Fragen der Schüler herumschlug. Als wir auf den Platz traten, hielt ich Ausschau nach jemandem, den ich um eine Wegbeschreibung bitten konnte; doch dann wurde mein Blick von einem verwitterten Steinhaus auf der gegenüberliegenden Seite des Platzes angezogen, das ein vertrautes Schild aufwies: Ich hatte die Polizeiwache ganz ohne fremde Hilfe gefunden. Wir schlenderten hinüber, quetschten uns an einem Grünzeugstand vor dem Gemüsehändler vorbei, stiegen zwei Stufen hinauf und betraten den Warteraum, der wie üblich etliche Zettel und Plakate sowie eine Reihe von Holzsitzen aufwies. Ich hob Ben hoch, setzte ihn aus strategischen Gründen auf meine Hüfte und betätigte dann die Besucherklingel.

Nach einer Weile rührte sich etwas, die Luke öffnete sich und das Gesicht eines Polizeibeamten erschien. »Kann ich Ihnen helfen, Miss?«

Ich lächelte verbindlich und präsentierte das erste Ergebnis meiner Zeitungslektüre: den Namen des Detectives, der mit diesem Fall betraut gewesen war. »Ich möchte mit Detective Inspector Harry Atyeo sprechen. Arbeitet er noch hier?«

Das Gesicht legte sich leicht in Falten, was wohl bedeutete, dass meine Glückssträhne nun vorbei war. »Nein, Miss, aber ich glaube, den Namen habe ich schon mal gehört. Ich frage mal nach, wo er jetzt zu finden ist.«

Ich sagte, ich würde warten, und dann warteten wir. Ich wollte schon wieder auf meine Uhr blicken, als sich eine Tür neben der Luke öffnete, jemand heraustrat und sich nach uns umsah. Der Mann war groß und etwa vierzig Jahre alt. Stämmig. In Zivil.

»Sie möchten zu Inspector Atyeo? Kann *ich* Ihnen helfen? Ich bin Detective Sergeant Cole.«

Ich schüttelte, immer noch voller Hoffnung, den Kopf. »Ich möchte mit ihm persönlich sprechen, und zwar über einen Fall, mit dem er vor ein paar Jahren zu tun hatte. Können Sie mir sagen, wo ich ihn finde?«

»Er ist im Ruhestand, Miss.«

Das war zwar eine Enttäuschung, doch meine Entschlossenheit war ungebrochen. »Dann könnten Sie mir vielleicht seine Adresse geben? Wohnt er hier in Castle Hinton?«

Schon während ich es aussprach, wusste ich, dass es nicht funktionieren würde; der Sergeant blickte etwas befremdet drein. »Ich fürchte, die kann ich Ihnen nicht geben.«

»Aber Sie haben sie?«

»Wahrscheinlich in den Akten«, antwortete Cole schlicht.

Natürlich. Zumindest in den Unterlagen für die Rentenbezüge. Ich riss ein Blatt aus meinem Notizbuch, auf dem mein Name und meine Handynummer standen und auf das ich Atyeos Namen und ein paar Einzelheiten des Falls gekritzelt hatte. Nun schrieb ich noch : »Es geht um die Schießerei in Alford, 1994 – bitte rufen Sie mich an.«

»Könnten Sie bitte dafür sorgen, dass er das hier bekommt?«, fragte ich einfach. »Ich glaube, das würde ihn interessieren.«

Der Sergeant sah sich kurz den Zettel an und warf mir dann einen kurzen, scharfen Blick zu, der allerdings nicht verriet, ob ihm der Fall irgendetwas sagte. »Ich sehe mal, was ich tun kann«, antwortete er. Für meinen Geschmack klang das ein bisschen zu lässig.

Ben und ich blieben auf dem Treppenabsatz stehen und blickten über den Platz. Ein Bus war vorgefahren, in den nun die Schulkinder diszipliniert einstiegen. Mir blieb noch Zeit für ein Anliegen. Oder besser gesagt zwei: Wir kauften Ben eine Banane, bevor wir den Platz erneut überquerten und diesmal zur Post am weiter unten gelegenen Ende gingen. Sie war altmodisch genug, um zwei Telefonzellen aufzuweisen, und in einer davon war auch ein Telefonbuch vom letzten Jahr. Aber darin fand sich kein Harold Atyeo. Also setzten wir uns wieder in Bewegung, um Lizzie abzuholen und etwas zum Mittagessen zu finden.

Kapitel zehn

Warten

Ich schaltete mein Handy aus. Gerade hatte ich meinem Vater mitgeteilt, dass alles in Ordnung wäre und Diane sich keine Sorgen machen müsste, weil Lizzie ihr bald eine Neuigkeit verraten würde – eine großartige Neuigkeit, die ihr abwesendes Verhalten der letzten Zeit erklären würde. Nun saß ich auf dem hölzernen Küchenstuhl, den ich ans offene Fenster gerückt hatte, und fragte mich, wie lange Barnabas wohl brauchen würde, um die Wahrheit herauszufinden. Wenn es denn eine gab. Die Wahrheit war, dass ich nicht wusste, wie wir weitermachen sollten.

Oder doch. Vielleicht. Ich nahm mein Handy vom Fenstersims und drückte auf den Knopf mit der Nummer zu meiner eigenen Wohnung. Ernie Weekes, mein Freund, Angestellter, Leibwächter für Notfälle und gegenwärtiger Wohnungshüter ging prompt ans Telefon.

»Hey, Dido! Wie geht's, wie steht's? Ist es schön im Urlaub?«

»Bizarr«, antwortete ich knapp, »aber wage es ja nicht, das an Barnabas weiterzugeben. Ich möchte gern, dass du das nächste Mal, wenn du unten bist, etwas für mich tust. Könntest du in der neuen CD-Rom mit dem Telefonverzeichnis nachsehen, ob du dort unter dem Namen ›H, wie Harold, Atyeo‹ eine Nummer findest?« Ich buchstabierte den Namen. »Ich nehme an, er wohnt noch irgendwo hier in der Nähe; versuche es also bitte zuerst im Bereich Somerset. Allerdings ist er im Ruhestand, daher ist er vielleicht an die Südküste gezogen, etwa an einen Ort wie Bournemouth. Es besteht wirklich nur eine geringe Chance, ihn zu finden, aber der Name ist ziemlich ungewöhnlich; also hast du vielleicht Glück. Rufst du mich auf meinem Handy an, wenn du etwas herausfindest? Wenn ich nicht drangehe, hinterlass eine Nachricht. Sollte es mehrere Möglichkeiten geben, faxt du mir die Liste besser unter der Nummer dieses Anschlusses, weil ich den Mann so schnell wie möglich ausfindig machen muss.«

Ernie bezeugte eine viel versprechende Entschlossenheit, mir zu helfen, so wie immer, wenn er meint, ich würde ihm etwas Unterhaltung verschaffen. Ich erkundigte mich nach seinem Ergehen, nach Barnabas, Mr. Spock und dem Geschäft, – in dieser Reihenfolge –, bekam zufrieden stellende Antworten, schaltete das Handy aus und wartete.

Auf dem Büffet tickte die Uhr. Ben war eine Weile zuvor oben eingeschlafen, kurz bevor ich mich vom Schlafzimmer hinunterschlich. Lizzie hatte sich aufgemacht, um mal nach der Familie auf Monksdanes zu sehen, und ich beobachtete vom Fenster aus Alfords Version des abendlichen Berufsverkehrs: fünf oder sechs Wagen, die die Straße hinauffuhren; einen Jungen auf einem Fahrrad, der die Straße hinabfuhr, zweimal den Anger umrundete und dann ohne anzuhalten weiterradelte; einen Mann, der bei einem der Cottages auf der rechten Seite parkte und im Haus verschwand; einen Hund, der irgendwo bellte. Etwa eine Stunde zuvor hatte sich der Himmel mit durchscheinenden Wolken bezogen. An diesem Abend würde es keinen roten Sonnenuntergang geben. Ich gähnte, wartete, dass Lizzie zurückkam, und lauschte auf das Ticken der Uhr.

Dann kam ein Wagen mit einem Taxischild auf dem

Dach in Sicht und umrundete den Anger. Träge sah ich zu, wie ein gedrungener Mann mit einer Reisetasche ausstieg und den Taxifahrer bezahlte. Er wandte sich um, dann kam er durchs Gartentörchen und den Weg zur Küchentür herauf, und als ich dachte *Ich sag ihm besser, dass Lizzie oben im Haus zu finden ist,* öffnete er schon ohne anzuklopfen die Tür. Ich hörte, wie die Reisetasche auf dem Steinboden abgesetzt wurde; Sekunden später stand der Mann auch schon in der Küche. Ich erhob mich vom Stuhl und zögerte.

»Lizzie?« Er blickte mich an, trat dann rasch auf mich zu, neigte sich vor und drückte mir einen Kuss auf die Wange. »Lizzie, wie schön, dich endlich kennen zu lernen.«

Ich trat instinktiv zurück, geriet zwischen die Stuhlbeine und japste: »Ich bin *nicht* Lizzie!«

Er trat ebenfalls zurück und wirkte nun bestürzt. »Oh, mein Gott! Es tut mir Leid, ich habe nur ein Foto von ihr gesehen. Ich bin ihr Schwager. Es tut mir wirklich Leid, da Sie hier saßen, dachte ich …«

Ohne Umschweife erklärte ich: »Ich bin eine Freundin von ihr, Dido Hoare. Sie müssen Teddy Waring sein. Wir wussten nicht, dass Sie schon heute ankommen. Ich glaube, Sie werden noch nicht erwartet. Lizzie ist im Moment auf Monksdanes.«

Er zögerte. Dann sagte er: »Wenn es Sie nicht stört, werde ich hier warten. Ich wollte ohnehin zuerst mit Mickey sprechen. Geht es … allen gut?«

Darauf hätte ich auf vielerlei Weise antworten können, aber ich erklärte ihm einfach, dass Mickey in etwa einer halben Stunde von der Arbeit zurückerwartet würde. Wir standen da und taxierten uns. In seinem Gesicht konnte ich keinerlei Ähnlichkeit mit den Warings erkennen. »Ich glaube, ich mache uns mal eine Kanne Tee«, sagte ich.

Kapitel elf

Geschäftliches

»Dido? *Dido!*«

Ich öffnete die Augen, sah in Lizzies besorgtes Gesicht und stützte mich auf einen Ellbogen. »Was ist los?«

Sie beugte sich immer noch über mein Bett. »Ich dachte, ich hätte jemanden schreien hören, aber als ich ins Zimmer kam, hast du geschlafen.«

Ich setzte mich auf, fuhr mir mit der Hand über die Augen und wusste, dass der Alptraum wieder gekommen war. »Wie viel Uhr ist es?«

»Halb acht. Ben ist schon wach. Er hält Selbstgespräche. Und unten am Apparat ist ein Fax für dich. Jemand muss es in der Nacht gesendet haben.«

Nicht allzu überrascht, dass Ernie sich die Nacht um die Ohren gehauen hatte, überschlug ich kurz die nächste halbe Stunde. »Wenn Ben nur Selbstgespräche hält, habe ich wahrscheinlich noch Zeit für ein kurzes Bad, falls du nichts dagegen hast. Ist Mickey schon weg?«

»Gerade eben. Dido …?«

Ich warf ihr ein ausweichendes Lächeln zu, glitt aus dem Bett und stakste zur Treppe. Der Faxapparat befand sich auf einem kleinen Tisch im Esszimmer. Ich riss die herabhängende Seite ab und steuerte direkt das Bad an, da ich mich müde und verschwitzt fühlte. Dort schloss ich mich ein, stibitzte mir eine Tube Aromatherapie-Gel aus einem Regal, lehnte mich über die Badewanne, während sie sich mit heißem Wasser und Schaum füllte, und sah mir die Ergebnisse von Ernies Nachforschungen an – einen Computerausdruck mit nur drei Punkten, darunter die handgeschriebene Notiz: *Liebe Dido, wenn keine von diesen richtig ist, versuche ich es noch einmal. Ernie.* Der nächste Atyeo wohnte in Frome, zehn Meilen von Alford entfernt. Ja!

Ich ließ mich in die Badewanne gleiten. Mein Hirn zeigte erste Lebenszeichen.

Es war ein seltsamer Abend gewesen. Allein im Haus mit einem verurteilten Mörder hatte ich meine Manieren bemüht und Smalltalk betrieben – warum hätte seine Anwesenheit mich auch beunruhigen sollen? Wir saßen in der Küche, tranken Tee, betrachteten einander und führten eine gezwungene Unterhaltung. Ich hatte mich geirrt, als ich Teddy für den Außenseiter der Familie, das Kuckucksei im Nest der Warings gehalten hatte, denn ich erkannte, dass der alte Herr oben auf Monksdanes früher genauso ausgesehen haben musste wie dieser kräftige Mann Ende dreißig mit seinen braunen Haaren und dem flächigen, knochigen Gesicht, der billige Jeans und ein Sweatshirt trug. Ich hatte angefangen, über Lizzie und unsere Oxforder Zeit als beste Freundinnen zu erzählen. Er bot nichts im Gegenzug an. Ich versuchte mir vorzustellen, wie sein Leben hinter Gittern ausgesehen haben mochte, zwischen Drogendealern, Einbrechern und Trickbetrügern, aber es gelang mir nicht. Seine Unfähigkeit, Smalltalk zu betreiben, rührte jedoch bestimmt aus dieser Zeit. Schließlich fuhr draußen ein Wagen vor. Als Mickey ins Haus kam, murmelte ich etwas über Ben, ging jedoch auf die Straße und wartete dort, dass Lizzie käme, damit ich ihr sagen konnte, wer aufgetaucht war.

Nach etwa einer Stunde verließen die beiden Brüder zusammen das Haus – im Schutz der Dunkelheit, musste ich unwillkürlich denken. Lizzie und ich blieben da und aßen eine rasch aufgetaute Fertigpizza, die wir mit einer Flasche Wein abrundeten. Schließlich fragte sie mich, was eigentlich mit mir los sei, woraufhin ich es ihr erzählte. Dass auch ich jemanden getötet hatte. Dass es im vergangenen Februar passiert war, als ich plötzlich mit einem ziemlich gefährlichen Mann in Kontakt kam. Dass ich immer noch von dem Gesicht des Mannes träumte, wenn er sich umdrehte und sein Gewehr hob, und den dumpfen Schlag hörte, wenn ich mit seinem eigenen Wagen direkt über ihn hinwegfuhr. Lizzie öffnete eine zweite Flasche Wein, und dann sprachen wir über Leute aus unserer Schulzeit und halfen uns gegenseitig auf die Sprünge, wenn wir einen Namen nicht mehr wussten. Als wir gegen Mitternacht ins Bett gingen, war Mickey immer noch nicht zurück.

Ich beendete mein Bad, wusch mir die Haare und beschloss, uns für ein paar Stunden aus Alford hinauszubringen.

* * *

Als ich mit dem dunkelroten Van die Straße hinunterfuhr, sah ich, dass Ben und Lizzie am Eingang der Kirche auf mich warteten. Ich ließ den Motor laufen, stieg aus und verfrachtete Ben in den Kindersitz.

Lizzie fragte zögernd: »Hast du da oben irgendjemanden gesehen?«

Ich antwortete, bei meiner Abfahrt sei auf Monksdanes alles ruhig gewesen.

Sie zuckte die Achseln. »Dann erklär mir mal, was wir jetzt vorhaben. Bücher kaufen?«

»Wahrscheinlich. Ich meine, den Händler zu kennen, der

vor ein paar Jahren die Bücher der Warings gekauft hat. Sein Name ist Kevin Jenkins. Ich habe ihn vor dem Frühstück angerufen und gefragt, ob ich mal vorbeikommen könnte. Er meint, ich wollte mir nur seinen Bestand ansehen. Wahrscheinlich hätte ich ihn ohnehin während meines Aufenthalts hier aufgesucht. Aber wenn er sich noch an die Bibliothek von Monksdanes erinnert, kann ich mich mit ihm auch über die Sammlung unterhalten.«

»Wozu?«, fragte Lizzie knapp und kam damit sofort auf den Punkt.

»Irgendwas mit dem *Peter Hase* stört mich. Ich möchte ihn fragen, ob er das Buch je gesehen hat und wie es aussah.«

Lizzie runzelte die Stirn. »Könnte es sehr wertvoll sein?«

Darauf gab ich keine direkte Antwort. Jede normale Erstausgabe von *Peter Hase* wäre ein paar tausend Pfund wert, wenn sie in gutem Zustand war; aber die Schwarzweißillustrationen deuteten darauf hin, dass es sich um eine streng limitierte Auflage handelte, die im selben Jahr für private Zwecke gedruckt worden war. Ich hatte noch nie ein Exemplar dieser Auflage gesehen. Außerdem waren da noch die Anmerkungen und Zeichnungen, die Mickey erwähnt hatte. Damit befanden wir uns bereits im fünfstelligen Bereich. Zwanzigtausend? Vierzig?

»Ich muss immer daran denken, dass es da vielleicht irgendeine Verbindung mit dem Vorfall auf Monksdanes gibt«, sagte ich schließlich. »Dass es zur gleichen Zeit gestohlen wurde, kann kein Zufall sein. Ich würde die Polizei gerne fragen, ob beim Einbruch auch von dem Buch gesprochen wurde.«

Kevin führt sein Geschäft von einem großen Haus in einem Dorf in Dorset aus. Wir fuhren durch Castle Hinton, bogen nach rechts und schlängelten uns über ein Netz von

Hecken gesäumten Nebenstraßen durch die hügelige Landschaft. Dank der Straßenkarte verlief unsere Fahrt querfeldein nahezu problemlos, abgesehen davon, dass wir einmal fünfzig Meter zurücksetzen mussten, um einen Milchtanker vorbeizulassen. Wir fuhren an einer Kirche auf einem Hügel vorbei, deren Glocke gerade zehn Uhr schlug, näherten uns einer Ansiedlung in einem kleinen Tal und bogen rechts in eine Zufahrt ein, die durch ein dezentes Schild mit der Aufschrift BELLTOWER BOOKS gekennzeichnet war. Um fünf nach zehn traten wir durch eine Seitentür in eine umgebaute Steinscheune, deren riesiger Innenraum nun mit Metallregalen voller Bücher gefüllt war.

»Willst du dir die *alle* ansehen?«, fragte Lizzie flüsternd.

Hinter uns ertönte eine nasale Stimme: »Dido Hoare! Wie schön, dich zu sehen, Dido. Was machst du hier? Arbeit mit Vergnügen kombinieren?«

Ich wandte mich Kevin zu, einem schlaksigen Sechzigjährigen mit zerknittertem, humorvollem Gesicht, und stürzte mich ins kalte Wasser.

»Kinderbücher«, sagte ich. »Ich möchte mir einen Bestand aufbauen. Bald findet eine Kinderbuchmesse in London statt und ich habe einen Stand gemietet. Übrigens, das ist Lizzie. Ich weiß nicht, ob du sie schon kennen gelernt hast.« Hatte er nicht, das wusste ich genau. Ich erklärte, wer sie war.

Sein Gesicht drückte freundliches Interesse aus, mehr nicht. »Schönes, altes Dörfchen da hinter Castle Hinton, nicht wahr? Ich erinnere mich. Vor ein paar Jahren habe ich dort eine Ladung verschiedener Bücher erworben. Es handelte sich um eine altmodische Bibliothek, keine Sammlung; man hatte keinerlei Wert auf die Ausgaben gelegt und viele Schutzumschläge weggeworfen. Aber trotzdem, schöne Bücher.«

Ich holte kurz Luft. »Haben sie dir den *Peter Hase* gezeigt?«

Ein verträumter Ausdruck huschte über sein Gesicht, und da wusste ich, dass es ein schönes Exemplar gewesen war. »Ich wollte ihnen ein Angebot machen, aber sie dachten nicht ans Verkaufen.«

»Eine echte Erstausgabe?«, fragte ich drängend.

Er nickte erneut. »Ich habe es nachher überprüft, nur so interessehalber. Es war eine Geschenkausgabe für jemanden aus der Familie, mit einer Widmung auf einer leeren Seite und einigen Skizzen hier und dort.«

»Das klingt wirklich gut«, beschied ich sachlich.

»Wahrscheinlich hätte ich es sofort zu einer Auktion in London geschickt«, erklärte Kevin, »aber sie wollten ja nicht verkaufen.« Die Erinnerung ließ ihn wehmütig werden. »Sie haben ihre Meinung doch nicht geändert, oder? Wenn doch, dann würde ich mir an deiner Stelle das Buch sichern. Möchtet ihr Kaffee?« Er sah zuerst mich und dann Lizzie an.

Ich sagte: »In einer halben Stunde sehr gerne. Lizzie, wenn du Ben mal kurz bei Laune halten könntest, fange ich an …«

Eine Stunde, zwei große Tassen starken Kaffees und eine lebhafte Verhandlungsrunde später schloss ich die rückwärtigen Türen des Van hinter zwei Bücherkartons. Ich winkte Kevin, der im Eingang seiner Bücherscheune stand, zum Abschied zu, setzte den Wagen an einem Rosenbusch zurück und steuerte die Straße an.

»Das war nett«, erklärte Lizzie. Sie hielt einen alten Roman von Agatha Christie in Händen (zweite Auflage), den Kevin ihr geschenkt hatte, als sie gesagt hatte, sie kenne den Titel noch nicht.

»Und lohnend«, bestätigte ich. »Ich spreche jetzt nicht von

meinen Einkäufen, auch wenn ich davon ziemlich angetan bin. Ich spreche vom *Peter Hase.* Du hast ja gehört, was er sagte. Es sieht so aus, als wäre er mindestens zwanzig- oder dreißigtausend wert.«

»Wo ist er dann?«, fragte sich Lizzie laut.

Da ich das nicht wusste, hielt ich den Mund.

Wir näherten uns schon der Abzweigung am »Woolpack«, als Lizzie plötzlich sagte: »Lass uns noch nicht nach Hause fahren. Wir könnten doch hier einkehren und ein Sandwich essen. Ich war noch nie hier.«

Die Uhr auf dem Armaturenbrett zeigte fast halb eins, aber Ben war immer noch munter, also zuckte ich die Achseln und manövrierte den Wagen durchs Tor. Drei Autos und ein paar Lieferwagen parkten vor der Frontseite. Wir gesellten uns dazu und blickten uns um. Es war ein altes Gebäude mit einem frischen Anstrich und mit einer Klapptafel neben der Tür. Diese trug die Aufschrift: »Täglich Mittagstisch von 12-2«, was trotz der wenigen Gäste viel versprechend aussah. Wir gingen durch einen kurzen Gang und steckten unsere Köpfe in einen großen, hellen Speisesaal, dessen Fensterbänke mit frischen Blumen geschmückt waren. Ein paar Tische waren besetzt, doch ging es ruhig und gesittet zu. Als ich die Tür aufschob, blickte ein Mann hinter der Theke auf und nickte.

»Wir haben ein Kleinkind dabei«, sagte ich vorsichtig, »ist das ...?«

Der Wirt lächelte. »Kein Problem. Nehmen Sie den Tisch am Fenster auf dieser Seite hier. Auf der Tafel finden Sie die Tageskarte, das heißt, wenn Sie etwas essen wollen. Ich komme in einer Minute und nehme Ihre Bestellung auf.«

Wir gingen zu einer Art Anbau, wo wir uns an einen Tisch setzten, auf dem sich ebenfalls eine kleine Glasvase mit frischen Blumen befand. Auf der Tafel wurde eine Auswahl selbst gemachter Pasteten, Wiltshire-Schinken, ein asiatisches Pfannengericht und außerdem Wildschweinwurst angeboten, die bei uns Neugier hervorrief und uns hoffnungsvoll bestellen ließ, als der Wirt auftauchte.

»Wenn Sie richtiges Ale möchten«, sagte der, »so habe ich welches aus einer kleinen Brauerei drüben in Glastonbury. Es heißt *Pigswill,* schmeckt aber nicht so, keine Sorge. Und wenn das Kind möchte, kann es Apfelsaft von einer Farm aus der Gegend haben.«

Das Essen, das dann serviert wurde, entsprach durchaus unseren Erwartungen. Ebenso das Ale. »Eines verstehe ich nicht«, sagte ich zum Wirt, als wir eine halbe Stunde später satt und zufrieden an der Kasse standen. »Wo sind Ihre Gäste?«

Er lächelte seltsam. »Tja, der Mittagstisch geht nie so gut und heute ist es ruhiger als üblich. Aber Sie haben Recht, für meine Frau und mich ist es ein wenig enttäuschend. Wir sind vor sechs Monaten aus Gillingham hierher gekommen und haben zwei Monate lang renoviert, aber bis jetzt ist es nicht sonderlich gut gelaufen.«

»Warum denn nicht?«, setzte Lizzie nach. »Ihr Essen ist lecker, das Bier ist gut ...«

Er lachte kurz auf. »Wenn Sie von hier kämen«, antwortete er, »dann wüssten Sie es.«

Ich sah, dass Lizzie den Mund öffnete, vermutlich, um seine Vorstellung, wir seien nur auf der Durchreise, zu korrigieren, also fragte ich rasch: »Was wüssten wir?«

Er zuckte die Achseln. »Als wir das Lokal übernahmen, fiel es fast auseinander, aber der Umsatz war gut. Es war ein alter verlotterter Pub, der schon jahrelang denselben Pächter hatte. Wir wollten ihn aufmöbeln und daraus ein anständiges Familienlokal machen, mit Essen und so – meine Frau kocht ziemlich gut, nicht wahr? Also schlossen wir direkt nach Neujahr und renovierten das Ganze, rissen all die dunklen, kleinen Nischen raus, wo die Geschäfte gemacht wurden …«

Lizzie blinzelte: »Geschäfte?«

»Drogen. Nachdem wir den Laden übernommen hatten, entdeckte ich, dass die ganzen Leute nur wegen Heroin und Speed hier gewesen waren. Nicht nur wegen ein bisschen Hasch. Tja, wir wollten das jedenfalls nicht, deshalb räumten wir hier in mehr als einer Hinsicht auf. Die Stammgäste kamen früher von überall her, aus Alford, Lovington, Champflower und so weiter; und jetzt bleiben sie weg. Besucher aus der Gegend haben wir nicht mehr, jedenfalls nicht solche. Nun baut sich langsam ein neuer Kreis von Stammgästen auf – ich hoffe nur, wir schaffen es.«

Ich quiekte: »*Drogen? Hier?*«

Lizzie echote: »*Heroin?*«

Der Wirt lachte nur. Wir wünschten ihm viel Glück, versprachen wiederzukommen und gingen hinaus.

»Ich kann's kaum glauben – hier auf dem Land? Oder hättest du das gedacht?«, fragte ich, schnallte Ben in seinem Sitz an, bemerkte, dass er endlich müde wurde, und dachte gleichzeitig, dass ich wahrscheinlich naiv war. Wer sagte denn, dass es Drogen nur in den dunklen Hinterhöfen der Clubs in den großen Städten gab?

Aber Lizzie hatte sich bereits anderen Dingen zugewandt. »Was nun?«

»Nichts. Mittagsschläfchen«, entschied ich.

Aber ich dachte daran, wie viel Betrieb am Montagabend im »Five Bells« gewesen war. Vielleicht hatte sich der Handel nur ein paar Kilometer die Straße hinunter verlagert.

Kapitel zwölf

Partytime

»Dido, du *musst* mitkommen! Bitte!«

Ich wollte schon einwenden: »Ben …«, doch sie ließ nicht locker.

»Ich weiß, dass es spät wird, aber Helen sagt, sie könnte für ihn ein Reisebettchen ins Nebenzimmer stellen. Er ist doch so ausgeglichen, es wird ihm nichts ausmachen. Dido, Mickey kommt heute früher nach Hause und ich habe für uns drei zugesagt, für sieben, halb acht. Und ich brauche etwas Unterstützung, du *darfst* mich jetzt nicht hängen lassen.« Sie verstummte und lachte, um zu zeigen, dass sie es nicht so ernst meinte, aber ich hörte die Anspannung in ihrer Stimme. Und eigentlich wollte ich auch keinen Abend verpassen, der auf so interessante Weise schwierig zu werden versprach.

Wir waren zum Abendessen nach Monksdanes zitiert worden, um Teddys Heimkehr zu feiern. Abendgarderobe erwünscht. Ich wies darauf hin, dass das Ganze erst nach Bens Einschlafritual beginnen konnte. Gab zu bedenken, dass ich noch nicht mal ein Partykleid eingepackt hatte, geschweige denn Abendgarderobe, doch Lizzie schmetterte meinen Einwand clever mit der Entgegnung ab, dann würde ich eben eines ihrer Abendkleider nehmen müssen, und holte sogleich ein dunkelrotes Etwas aus Knittersamt mit tiefem Ausschnitt und langen Ärmeln hervor, das mir nicht nur passte, sondern, wie sie triumphierend meinte, auch noch gut stand. Dann musterte sie mich und das Kleid mit zusammengekniffenen Augen und verkündete: »Ich leihe dir meine Perlenkette. Und ich werde dir deine Augen mal richtig schminken. Du würdest großartig aussehen, wenn du ein kleines bisschen Eyeliner und Wimperntusche auflegen würdest.« Was das Ganze zu besiegeln schien.

»Lizzie, wenn Ben nicht zufrieden ist, breche ich sofort auf und bringe ihn hier ins Bett.«

»Einverstanden«, versprach Lizzie und fragte sich dann laut, was sie wohl anziehen sollte, während ich mein geliehenes Kleid in mein Zimmer brachte und die Gelegenheit zu einem Privatgespräch nutzte.

Schon beim ersten Klingeln ging jemand ans Telefon: »*Dido Hoare, antiqua –*«

Sofort unterbrach ich: »Ich bin's. Hallo, Barnabas, alles in Ordnung?«

»Natürlich. Dasselbe könnte ich dich fragen. Ich habe heute Morgen versucht, dich anzurufen.«

Ich erklärte ihm, ich hätte mein Handy für ein paar Stunden ausgeschaltet, und sprach ihn dann auf die Nachricht an, die er hinterlassen hatte. »Ist der Katalog jetzt raus? Sieht er gut aus?«

»Nicht übel«, räumte Barnabas ein. »Wir tüten gerade die letzten Exemplare ein, gleich bringt Ernie sie zur Post, damit wir die letzte Abholung nicht verpassen. Wie geht es Ben?«

Ich erstattete über den Gesundheitszustand der verschiedenen Personen hier Bericht, erklärte, dass unerwartet ein weiterer Schwager aufgetaucht war, und fügte nach kurzem Zögern hinzu: »... aus dem Gefängnis. Auf Bewährung.« Früher oder später würde Barnabas es ohnehin herausfinden und es gab keinen Grund, sich Ärger auf den Hals zu laden.

»Wirklich?« Die Stimme meines Vaters wurde förmlich. »Was ist das für ein Mann? Wie alt? Dido, erinnere dich bitte an deine merkwürdige Schwäche für Männer mit fragwürdigem –«

Ich unterbrach ihn noch einmal. »Er hat eine Frau getötet. Unabsichtlich, mit einem Gewehr. Sein Aussehen und sein Verhalten sind normal, aber irgendwie unheimlich und ich habe *keine* Schwäche für ihn. Hör mal, Barnabas, wir müssen bald los zu einem Familiendinner oben im Haus und ich habe noch viel zu tun und wollte Ernie bitten, für mich nach einem Buch zu suchen. Kann ich bitte mit ihm sprechen?«

Es gab eine längere Pause, in der Barnabas seinen nächsten Schachzug überdachte. Dann hörte ich zwei gedämpfte Stimmen miteinander sprechen und anschließend kam Ernie ans Telefon. Er klang recht verhalten.

Es hatte keinen Sinn, irgendetwas zu sagen, während ich davon ausgehen konnte, dass Barnabas mithörte, also wandte ich mich dem Grund meines Anrufs zu: »Ernie, ich brauche ein paar Informationen über ein Buch. Hast du einen Stift? Autor: Beatrix Potter. Titel: *Die Geschichte von Peter Hase,* private Erstausgabe. Das Wichtige ist, dass außer auf dem Titelbild alle Illustrationen schwarzweiß sind. Starte eine Suche im Netz, auf allen üblichen Webseiten. Ich möchte zweierlei wissen. Erstens: Bietet irgendjemand im Moment ein Exemplar an? Sie sind ziemlich selten. Ich glaube, es wurden nur ein paar hundert Exemplare davon gedruckt. Zweitens: Hat irgendjemand in den letzten fünf, sechs Jahren ein solches Exemplar mit Anmerkungen und Zeichnungen der Autorin verkauft? Überprüf die Auktionslisten und die Antiquare für Kinderbücher. Du kannst dich wahrscheinlich zuerst mal auf den britischen Markt beschränken, aber überprüfe doch die größeren ausländischen Auktionen ebenso wie die Londoner. Wenn Barnabas Fragen stellt, sag ihm, ich hätte heute eine ganze Menge Bücher von Belltower gekauft und wollte nun einer bestimmten Sache nachgehen.«

Ich vergewisserte mich, dass Ernie alle Einzelheiten notiert hatte, drängte ihn, nicht so lange im Laden zu bleiben, sondern lieber zu lernen, weil seine Prüfungen unmittelbar bevorstünden – was übrigens wahrscheinlich nichts Neues für ihn war –, und beendete das Gespräch. Ich warf einen Blick auf meine Armbanduhr und lauschte auf etwaige Geräusche aus dem Nebenzimmer. Dann nahm ich Ernies Fax und wählte die Nummer in Frome.

Es ging jemand dran, der sich anhörte wie ein Kind. Ich nannte meinen Namen und fragte nach Mr. Atyeo.

»Oh«, sagte die Stimme, »mein Vater kommt erst in einer Stunde nach Hause.«

Mir wurde das Herz schwer. »Dann habe ich wohl die falsche Nummer gewählt. Ich wollte mit einem Harry Atyeo sprechen, der Polizist im Ruhestand ist.«

»Das ist mein Großvater«, antwortete die Stimme prompt.

Ich bezwang meinen Impuls, laut zu jauchzen. »Das wird er wohl sein«, bestätigte ich höflich. »Wohnt er bei euch? Oder kannst du mir seine Telefonnummer geben?«

Die Stimme sagte: »Er und Großmutter sind nach Weston-super-Mare gezogen. Eine Minute bitte.« Ich hörte Papier rascheln. Nach kurzer Zeit nannte die Stimme eine Nummer. Ich schrieb mit, bedankte mich und schaltete das Handy aus. Ich überlegte, ob ich die Nummer wählen sollte; dann dachte ich, es wäre wohl besser zu warten und mir zurechtzulegen, was ich sagen wollte. Als Ben seinen Wiedereintritt in die Welt jenseits des Schlafs verkündete, hatte ich schon entschieden, dass das Wetter genau richtig für einen Ausflug ans Meer war. »*Partytime*«, meinte Ben.

Ich saß neben einem niedrigen Reisebettchen im dämmrigen Frühstückszimmer, begann zum dritten Mal die Geschichte von *Goldlöckchen* und ließ meine Stimme zu einem sanften Geleier sinken. Ben, der sich an seine Kuscheldecke krallte, fielen immer wieder die Augen zu, und als ich leiser und leiser wurde und die Geschichte schließlich in Schweigen enden ließ, blieb sein Atem regelmäßig. Drüben im Empfangszimmer konnte ich Stimmen und leises Gläserklirren hören. Der Sherry vor dem Essen. Es war ein formelles Essen, auch wenn wir nur zu siebt waren; aber Helen und Rose hatten den Empfangsraum und das große Esszimmer aufgeschlossen und dort wegen der Abendkühle Feuer im Kamin gemacht. Es gab sogar eine Frau, die sich um den Abwasch kümmerte; allerdings ließ sie sich nicht blicken, sondern blieb in der Küche.

Ich stand auf und wartete, ob Ben etwas dagegen einzuwenden hatte, dass ich ging. Es wurde gerade dunkel. Im Garten zwitscherte laut ein Vogel, und als ich hinausblickte, sah ich einen Mann, der am Rand der Einfahrt stehen geblieben war und mich durchs Fenster anblickte. Er war mit einem Fahrrad unterwegs und balancierte Spaten und Hacke auf der Mittelstange. Wir starrten einander an. Dann nickte er mir zu und fuhr weiter. Ich schlich mich aus dem Zimmer und gesellte mich zu den anderen, die gerade durch die Halle zum Esszimmer gingen.

»Draußen ist ein Mann«, erklärte ich. »Mit einem Fahrrad. Er hat hineingeschaut.«

»Mit einem Fahrrad?«, wiederholte Rose. »Das ist der Gärtner. Er ist heute spät dran. Teddy, mein Lieber, setz dich bitte an den Kopf des Tisches. Dido, nehmen Sie bitte zwischen Teddy und Mickey Platz? Natürlich haben wir einen Mann zu wenig, aber bei einem Familienessen ist das nicht so wichtig. Lawrence, mein Lieber, komm zu mir.«

Wir gruppierten uns um das obere Ende des riesigen Esstischs: Der verlorene Sohn nahm den Ehrenplatz am Kopfende ein, Lawrence setzte sich still zwischen seine Frau und seine Tochter, und wir drei, die wir nicht im Haus wohnten, platzierten uns gegenüber von ihnen und den Fenstern, wo Helen bereits die schweren Vorhänge vorgezogen hatte. Auf dem Tisch flackerten die Kerzen in zwei viktorianischen Silberkandelabern im Luftzug. Helen und Lizzie fingen an, Cremesuppe aus einer Terrine auf der Anrichte zu servieren. Wir anderen saßen schweigend da. Die unbehagliche Stimmung, die ich schon vorausgesehen hatte, war da, und jeder war sich dessen bewusst. Ich zerbrach mir dem Kopf nach einem heiteren Bonmot, um das Schweigen zu brechen. Dann kam mir unwillkürlich der Satz »Nun, Teddy, das ist doch was ganz anderes als dein Essen im Gefängnis, oder?« in den Sinn und ich hörte mich kichern.

Die Warings sahen mich aufmerksam an und warteten darauf, den Witz zu hören. Ich öffnete den Mund.

»Ich habe Ihren Namen vergessen. Tracy?« Das kam von dem alten Mann. Verwirrt blickte ich über den Tisch und sah, dass er mich anstarrte. Er lächelte entschuldigend.

»Manchmal habe ich Schwierigkeiten, mich zu erinnern. Habe ich Ihnen schon gesagt, dass bei mir ein schwaches Gedächtnis diagnostiziert wurde?«

Ich antwortete vorsichtig: »Mein Name ist Dido. Wir haben uns schon einmal getroffen. Ich bin eine Freundin von Lizzie. Ihrer Schwiegertochter Lizzie.«

»Ich weiß, wer Lizzie ist«, erwiderte der Mann ungeduldig.

»Sie – wie war noch Ihr Name?« Er blickte von mir zu Teddy, dann wieder zu mir und nun war sein Blick feindselig. »Sie waren nicht eingeladen! Warum hast du sie hierher gebracht, Junge? Das dulde ich nicht!« Plötzlich wurde er laut.

Rose unterbrach ihn scharf: »Lawrence! Deine Suppe!« Helen stellte rasch einen Suppenteller vor ihren Vater. »Bist du nicht hungrig?«

Sie blickte mich an und zuckte entschuldigend die Schultern, doch ich achtete mehr auf Teddy, dem gerade aufging, was während seiner Abwesenheit mit seinem Vater passiert war. Er starrte auf das Tischtuch, und als Lizzie seinen Suppenteller genau auf die Stelle schob, regte er sich nicht.

Irgendwo hämmerte etwas.

Helen zuckte zusammen. »Das ist an der Hintertür«, sagte sie und beeilte sich, dem Besucher zu öffnen. Wir alle, ausgenommen vielleicht Lawrence, horchten auf ihre Schritte auf den Steinfliesen, auf das Öffnen der Hintertür und das darauf einsetzende Stimmengemurmel. Es dauerte eine Weile, dann war sie zurück. »Ich habe vergessen, dass Freitag ist, wo alle … Es ist Billy, er möchte seinen Lohn und ich habe vergessen … Mickey, kannst du mir dreißig Pfund leihen?«

Mickey stand auf und warf seine Serviette auf den Tisch. »Ich bezahl ihn schon. Ihr esst weiter.« Als er hinausging, schloss er die Tür zur Halle hinter sich.

Aber ich sah, dass Teddy sich an seinem Platz rührte. »Billy?«, fragte er. »*Billy?* Er *arbeitet* hier?«

»Wir brauchen jemanden, der das Grundstück in Ordnung hält«, flüsterte Helen. Aus irgendeinem Grund war sie verärgert. »Er arbeitet für viele Leute hier.«

Da stand Teddy ebenfalls auf und beugte sich vor wie ein Läufer vor dem Startschuss. »Bist du wahnsinnig?«

Mit großen Schritten strebte er in Richtung der Stimmen; doch wir alle hörten, wie eine Tür zuknallte und Mickey zurückkam. Er und Teddy trafen sich im Türrahmen, Helen stellte sich zappelig neben Teddy.

»Kommt zurück zum Tisch.« Roses Stimme war ebenso hart wie leise. Alles erstarrte.

Dann sagte Lawrence plötzlich: »Ich möchte euch nicht unterbrechen, aber ihr habt vergessen, mir Suppe zu geben. Ihr habt mir einen leeren Teller gegeben. Ihr habt es wohl vergessen? Ich hätte jetzt wirklich gern etwas Suppe.«

»Die sollst du haben«, antwortete Rose. »Helen, gib deinem Vater etwas Suppe, bitte. Teddy, setz dich und iss deine zu Ende. Mickey, schenkst du uns den Wein ein? Wir haben Gäste!«

Das war eine Warnung. Die Gäste, denn damit waren wohl Lizzie und ich gemeint, warfen sich einen verstohlenen Blick zu, als die Warings eilfertig taten, was ihnen befohlen worden war. Ich habe keine Ahnung, wie ich aussah, aber Lizzies Miene sprach Bände. Wir aßen die Suppe. Und währenddessen lieferte uns Rose einen Abriss über die Geschichte von Monksdanes und über die drei Häuser, die diesen Namen getragen hatten: ein Kloster aus dem neunten Jahrhundert, ein Herrenhaus aus der Tudorzeit und ein gregorianisches Gebäude, das sich auf der Auswahlliste für britisches Kulturerbe befand. Es war ein interessanter geschichtlicher Überblick und eine wahrhaft beherzte Vorstellung; und die Chance, genug Zeit zum Nachdenken zu haben, um herauszufinden, was da gerade eigentlich passiert war, war ebenso groß wie die, dass Rose plötzlich steifbeinig auf den Tisch klettern und auf dem Tischtuch zwischen den Kandelabern unter erotischen Zuckungen eine Stripteasenummer aufführen würde.

Kapitel dreizehn

Sand

Wir suchten einen ganz bestimmten Bungalow unter den Dutzenden weißer Bauten mit rotem Dach, die die ordentlichen, steilen Sträßchen am Südende der Stadt besiedelten. Wir fanden ihn durch Versuch, Irrtum und zweimaliges Fragen. Er hatte einen Panoramablick.

Weston-super-Mare ist ein alter Badeort an einer flachen Bucht zwischen zwei Landspitzen: ein altmodisches Städtchen mit Pier, Aquarium und Vergnügungspark, kleinen Hotels und Gästehäusern und den unvermeidlichen Läden und Ständen mit Fish und Chips, Sandspielzeug, Süßigkeiten, Sonnenhüten, Zuckerstangen, Hot Dogs, Zuckerwatte, T-Shirts und Dosengetränken. Das Meer erstreckte sich glitzernd hinter breiten trübbraunen Sandstränden. Wir mussten die Augen zusammenkneifen, so grell war das Licht.

Ich hielt ein letztes Mal auf der leeren Straße und sah nach der Uhr auf dem Armaturenbrett. Zwar hatten wir noch zwei Minuten Zeit, doch als wir uns abgeschnallt hatten, ausgestiegen waren, Bens Gesicht abgewischt hatten und den steilen Pfad zum Haus hinaufgestiegen waren, war es Punkt halb drei. Ich drückte den Klingelknopf. Die Klingel vibrierte noch, als die Tür von einem aufrechten, kahlen Mann in den Sechzigern geöffnet wurde, der seine marineblaue Strickjacke glatt strich und uns erwartungsvoll anblickte.

»Miss Hoare?«

Ich sagte, das sei ich, und stellte meine Begleiter vor.

Als er Lizzies Nachnamen hörte, kniff er die Augen zusammen. Er trat einen Schritt zurück, um uns hereinzulassen. »Bitte, treten Sie doch ein. Die erste Tür links. Heute Nachmittag bin ich allein; Franny, meine Frau, ist zum Einkaufen. Ich könnte Tee machen …«

Wir antworteten, das sei im Moment nicht nötig, und ließen uns von ihm in ein sonnendurchflutetes Wohnzimmer führen, wo wir nebeneinander auf einem Sofa Platz nahmen. Er setzte sich gegenüber von uns in einen abgenutzten Sessel, der offensichtlich sein Stammplatz war.

»Sie haben eine schöne Aussicht hier«, sagte ich. Immer direkt zur Sache. »Wie lange wohnen Sie schon in Weston?«

Mein Gesprächspartner antwortete knapp: »Ungefähr zwei Jahre. Mrs. Waring, ich glaube, wir sind uns 1994 nicht begegnet.«

Lizzie erklärte, sie hätte die Warings im Frühjahr 1994 noch gar nicht gekannt. »Ich habe Mickey erst im Sommer desselben Jahres in Bristol kennen gelernt.«

»So.« Ich konstatierte, dass ein Polizist in seinen Verhörmodus wechselte. »Also wissen Sie nicht viel von der Angelegenheit?«

Lizzie erwiderte ohne Umschweife: »Ich habe erst vor einer Woche von dieser ›Angelegenheit‹ erfahren. Aber Mickey und ich zogen auch erst im letzten Herbst nach Alford, um in der Nähe seiner Eltern zu sein.«

Atyeo dachte nach. »Der alte Mann muss jetzt …«

»Er ist neunundsiebzig.«

»Ich hörte, er wäre geistig nicht ganz auf der Höhe.«

Ich setzte mich auf. *Er war noch immer auf dem Laufenden.*

Als Lizzie aufhörte zu sprechen, riss ich mich zusammen

und sagte: »Wir wollten Sie bitten, mit uns noch einmal über den Fall zu sprechen, obwohl Sie jetzt im Ruhestand sind.«

Er wandte seine Aufmerksamkeit mir zu. Da er leicht schielte, war ich mir nicht sicher, ob er mein Gesicht oder einen Punkt oberhalb meiner rechten Schulter anblickte. Dann fragte er: »Was wollen Sie denn wissen?«

»Zunächst einmal finde ich das Ende der ganzen Sache befremdend«, antwortete ich unverblümt, »und zwar das Urteil. Acht Jahre?«

»Meinen Sie, das sei nicht viel für jemanden, der einen Menschen getötet hat?«

Nun musterte ich ihn prüfend. »Nicht genug für einen Mord, aber doch ziemlich viel, wenn man bei einem Handgemenge im Dunkeln aus Versehen einen Einbrecher erschießt.«

Ein Lächeln erschien auf seinem Gesicht und verschwand wieder. »Da muss ich Ihnen zustimmen, und es gab keinerlei *Beweis,* dass es Mord war oder eine Mordabsicht dahinter steckte.«

Ich packte den Stier bei den Hörnern. »Warum bekam er dann keine Strafe auf Bewährung? Oder nur ein paar Jahre, wenn der Richter wirklich der Meinung war, er hätte leichtsinnig oder unbesonnen gehandelt und bräuchte eine Lektion?«

Atyeo antwortete nicht. Ich blickte ihn unverwandt an: Er sollte sich im Klaren darüber sein, dass ich einfach immer weiterwarten würde. Nach einer Weile blickte er durch das Fenster auf das strahlende Meer. »Ich würde sagen – natürlich bin ich kein Gedankenleser und der Richter hatte keinerlei Veranlassung, jemandem mitzuteilen, was er wirklich dachte – aber ich würde sagen, es gab da etwas, was der Prozess nicht ans Tageslicht brachte. Der Richter wollte vor dem Urteil die Polizeiberichte sehen. Vielleicht hat ihn etwas darin gestört. Kennen Sie sich mit Gerichtsverhandlungen aus, Miss?«

»Ein wenig. Nicht sehr gut.«

»Nun, bei dieser Verhandlung jedenfalls ging der Angeklagte nicht in den Zeugenstand – sondern sein Vater. Er wiederholte, was er in seiner ersten Aussage angegeben hatte, und hielt sich strikt an die Fakten. Wir hatten nicht viel in der Hand. Es gab zwar Zeugen, die die Staatsanwaltschaft hätte aufrufen können, wenn die Verteidigung sich eingeschaltet hätte, aber wir hatten keinerlei Beweis, der irgendeinen Einfluss auf das Urteil gehabt hätte. Der Richter wies uns darauf hin. Mr. Edward Warings Schuldeingeständnis wegen Totschlags wurde akzeptiert und so endete das Ganze.«

Irgendetwas brachte mich dazu zu sagen: »Aber Sie fühlten sich nicht wohl dabei.«

»Ja, das stimmt. Nicht nur ich, alle Untersuchungsbeamten in diesem Fall.«

Ich hatte mir schon mehr als einmal die Klage eines Polizisten angehört, der das Gefühl hatte, der Fall sei noch nicht vollständig gelöst. Und oft hatte sich dieses Gefühl als richtig erwiesen.

Er seufzte und wandte mir wieder seinen unbestimmten Blick zu. »Zwei Dinge störten uns. Drei. Zunächst einmal hatte das tote Mädchen gegenüber seiner Familie behauptet, es sei schwanger und der alte Mann sei der Vater. Aber bei der Autopsie erwies sich, dass das nicht stimmte.«

»Dann hatte sie eine Abtreibung oder Fehlgeburt?«

Atyeo schüttelte den Kopf.

»Aber es könnte doch einen Grund für ihre Behauptung

gegeben haben – vielleicht versuchte sie, Geld von den Warings zu erpressen oder auch nur Aufmerksamkeit zu bekommen.«

»Das stimmt.«

»Er hat nicht …?«

»Im Obduktionsbericht stand, die Tote hätte die Pille genommen und sei nicht schwanger gewesen. Es sah aus, als wären wir in einer Sackgasse gelandet. Schon komisch, aber wir kamen nicht weiter.«

Ich setzte die mysteriöse Schwangerschaft im Geist auf meine Liste mit den Fragen für Mrs. Molyneux und wettete insgeheim, dass sie darüber Bescheid wusste. »War da noch etwas?«

»Vielleicht«, antwortete er bedächtig. »Die Zeiten stimmten nicht. Es gab eine Verzögerung von mehreren Stunden zwischen der Tat und dem Anruf bei der Polizei.«

»Ist das sicher?«

»Nun …« Er nickte. »Ziemlich. Ganz sicher kann man natürlich nie sein.«

»Meinem Mann wurde erzählt«, schaltete sich Lizzie mit leiser Stimme ein, »dass sein Vater den Schuss hörte, hinunterging und Teddy in aufgelöstem Zustand vorfand. Vielleicht hat er eine Weile gebraucht, um ihn zu beruhigen und zu beschließen, was nun zu tun sei.«

»Genau«, bestätigte Atyeo. »Man kann nie wissen, was Menschen unter diesen Umständen tun werden, auch ehrbare Leute. Der Schock. Das Blut überall. Das habe ich mir auch gesagt. Vielleicht haben sie eine ganze Weile miteinander geredet, möglicherweise auch überlegt, ob es nicht das Beste wäre, wenn Mr. Waring fliehen würde. Vielleicht brauchte der alte Mr. Waring einige Zeit, um seinen Sohn zu überreden, das zu tun, was sie schließlich taten.«

»Aber es störte Sie doch?«

Er sagte schlicht: »Es wurde nie erklärt. Ich möchte die Dinge aber immer ganz klar haben.«

»Was *haben* sie denn gesagt?«

»Der alte Mr. Waring gab an, er wisse nicht mehr genau, wie lange sie dagesessen hätten. Der Angeklagte sagte bei der ersten Befragung, sie hätten sofort die Polizei angerufen, aber später war auch er sich nicht mehr sicher, behauptete, seine Erinnerung sei durch den Schock getrübt. Das ist möglich. Ich hatte nichts Greifbares in der Hand. Und in solch traumatischen, emotionsgeladenen Situationen sind Zeugen nicht gerade verlässlich.«

»Aber Sie sagten, es seien *drei* Dinge.«

»Das Letzte ist mir völlig unklar. Da war Lehm. Lehm auf dem Teppich, unter dem eingeschlagenen Fenster und neben und auf der Leiche. Nur ein paar Spuren; man hätte sie nicht bemerkt, wenn man nicht danach gesucht hätte. Aber unsere Spurensicherung fand sie natürlich.«

»Was bedeutete das?«, fragte Lizzie ungeduldig.

Atyeo antwortete langsam: »Nun, vielleicht nichts. Vielleicht war es nur ganz normaler Lehm, der nichts zu bedeuten hatte. Aber die Schuhe der Toten waren sauber. Ich weiß noch, es waren hübsche blaue Lederschuhe. Mit hohen Absätzen. Schön sauber. Der junge Mann trug Hausschuhe, darauf war auch kein Lehm. Ebenso wenig auf denen des alten Mr. Waring. Frische Lehmspuren fanden wir nur auf den Stiefeln an der Hintertür. Aber es war ein nasser Frühling und die ganze Familie trug draußen im Garten Gummistiefel. Da hätte man jederzeit Lehm mit hereinbringen können. Man konnte nicht eindeutig sagen, dass der Lehm etwas mit dem Vorfall zu tun hatte. Komisch nicht?«

»Aber Sie konnten nichts beweisen und deshalb konnte man vor Gericht auch nicht danach fragen. Einen Augenblick mal – hochhackige Schuhe? Sie brach mitten in der Nacht in das Haus ein und trug hochhackige Schuhe?«

»Das beschäftigt einen dann doch«, sagte Atyeo bedächtig. »Das ist einer der Fälle in meiner Laufbahn, die mich immer noch nicht loslassen, wissen Sie. Aber es bleibt einem nichts anderes übrig, als es irgendwann abzutun und weiterzumachen. Grübeln hat keinen Zweck, Miss Hoare. Weitermachen, sein Möglichstes geben, aufs Beste hoffen und es das nächste Mal besser machen.«

»Man kann nicht immer Erfolg haben«, fügte Lizzie unbestimmt hinzu.

»Da ist was Wahres dran.«

Draußen war ein Wagen in die Einfahrt gebogen. Die Fahrerin, eine Frau mittleren Alters, schaltete den Motor aus, stieg etwas steif aus dem Wagen und blickte zum Haus.

Ich fragte rasch: »Ihre Bedenken – wusste der Richter davon? Würden Sie sagen, dass er sie bei der Urteilsfindung berücksichtigte?«

»Jedenfalls kamen sie zur Sprache«, erwiderte Atyeo. »In meiner Aussage erwähnte ich, so viel ich konnte. Zu der Zeit dachte ich noch, das sei vergebliche Liebesmüh; danach aber hatte ich den Eindruck, der Richter hätte es bemerkt. Scharfsinniger Mann, das. Und außerdem, was fand er in den Berichten? Aber jetzt gehe ich mal besser und helfe Franny, die Lebensmittel auszuladen. Bleiben Sie noch auf eine Tasse Tee?«

»Das würden wir gern«, antwortete ich, »aber ich glaube, mein Sohn wird unruhig.«

Atyeo betrachtete Ben, der so aussah, als würde er jeden Moment über die Rücklehne des Sofas klettern und mit viel Geschrei kopfüber auf den Teppich fallen. »In dem Alter langweilen sie sich schnell«, bestätigte er. »Ich erinnere mich noch gut daran, wir hatten vier. Aber Franny sagte immer, mit der Zeit wird's leichter, und sie hat meistens Recht.«

Wir machten uns und Ben zum Aufbruch bereit und folgten Atyeo zur Haustür. Ich fragte: »Dürfte ich Sie anrufen, wenn ich noch Fragen hätte?«

Er sagte über seine Schulter hinweg: »Ich wüsste nicht, was ich noch sagen sollte, aber versuchen können Sie es. Wir werden hier sein. Wir sind immer hier oder in Frome, aber das nur in den Schulferien. Die Familie ist wichtig – wir bleiben ständig in Kontakt. Aber bis Juli erreichen Sie mich hier.«

Ich lachte, dankte ihm und erklärte, dass ich so lange gar nicht in der Gegend wäre.

»Wie auch immer, Miss Hoare, Mrs. Waring: Sollten Sie etwas herausbekommen, würde ich das gerne erfahren – nur aus persönlichem Interesse. Wenn Sie also so freundlich wären, mich anzurufen und mir eventuelle Neuigkeiten zu berichten, wäre ich Ihnen dankbar.«

Schön, schön.

Auf dem Rückweg zum Van spielten wir mit Ben ein bisschen *Engelchen flieg* als Entschädigung für die langweilige Zeit, die er hinter sich hatte. Für mich allerdings war sie alles andere als langweilig gewesen.

»Und jetzt?«, fragte ich meine Begleiter, als wir die Türen des Wagens hinter uns geschlossen hatten. »Es ist noch früh. Was sollen wir machen? Ich glaube nicht, dass es vernünftig wäre, jetzt einfach kehrtzumachen und nach Hause zu fahren – jedenfalls nicht von Bens Standpunkt aus.«

»In Weston«, erklärte Lizzie forsch, »geht man am Pier

entlang, fährt mit einem der Karusselle und dann – haben wir noch nicht unsere Sandwiches gegessen. Wir können etwas zu trinken kaufen, und es ist warm genug, um sich in den Sand zu setzen. Wir könnten ein Picknick am Strand machen.«

»Pickick«, bestätigte Ben feierlich und besiegelte es damit.

Wir trafen in Alford ein, als die Sonne schon unterging, fuhren am Cottage vorbei und direkt bis zum Ende der Straße, wo wir zuerst Barney auswichen, der irgendwas im hohen Gras erschnüffelte, und dann zwei Jungen, die mit ihren Rädern im Kreis fuhren. Wir schlossen den Van ab und blickten verstohlen zum großen Haus hinüber, als wir daran vorbeigingen. Teddy und Mickey saßen mit Gläsern in der Hand im hell erleuchteten Frühstückszimmer und steckten die Köpfe zusammen. In stillschweigendem Einvernehmen gingen wir einfach weiter. Ben fing schon vor dem Tor an zu trödeln; ich nahm ihn auf den Arm, worauf ein Schauer Sand aus seinen Kleidern rieselte. In allen Häusern der Straße brannte bereits Licht, und der Hund und die Radfahrer waren verschwunden. Als wir den Zauntritt am Ende des Fußwegs erreicht hatten, raschelte etwas im Gras. Ich gähnte.

Im Licht der Abenddämmerung gingen wir direkt über die Grasfläche vor der Kirche. Lizzie trat als Erste durch ihr Gartentörchen und zog schon den Schlüssel heraus, während wir den kurzen Pfad zur Küchentür hinaufgingen. Plötzlich blieb sie so abrupt stehen, dass ich mit Ben gegen sie stieß.

»Dido …«

Ich schrak auf. »Was ist los?«

»Da liegt was.«

Ich sah ihr über die Schulter. »Was? Wo?«

Wir gingen langsam zur Tür, wo ich ihren Fund begutachtete. Auf der Stufe lag ein Haufen Fell. Keine Katze. Ein toter Fuchs. Ich neigte mich vor. Meine Nase verriet mir, dass er schon eine Weile tot war; mein Hirn verkündete, dass er nicht zu Fuß hierher gekommen war.

Ich sagte: »Lass ihn liegen. Schließ die Tür auf. Ich muss Ben hineinbringen.«

Wie auf Kommando fing er an zu quengeln. Die Müdigkeit. Wir stiegen über den Kadaver hinweg, knallten die Tür hinter uns zu und schalteten alle Lichter ein.

Kapitel vierzehn

Zurückhaltung

Lizzie und ich lauschten dem Geräusch von rauschendem Wasser und Händewaschen in der Küche. Das Geräusch verstummte, dann kam Mickey Waring mit großen Schritten ins Wohnzimmer. Seinen Gesichtsausdruck konnte ich nicht deuten.

»Ich habe ihn in Zeitungspapier gewickelt und in den Mülleimer geworfen.«

Als Lizzie nichts darauf antwortete, sagte ich: »Ich glaube, das war nicht so klug. Vielleicht hätte die Polizei ihn sehen wollen.«

»Polizei?«, wiederholte Mickey. »Wozu? Warum sollten wir der Polizei davon erzählen?«

Ich hatte bis dahin angenommen, wir würden am nächsten Morgen bei der Polizei in Castle Hinton anrufen. Tja …

»Wie ist er gestorben? Hast du nachgesehen?«

»Ich habe keine Autopsie vorgenommen«, knurrte er. »Er muss schon seit ein paar Tagen tot sein. Vielleicht hat ihn ein Hund erwischt. Oder ein Auto. Herr im Himmel, vielleicht ist er auch an Altersschwäche gestorben!«

Und warum sind Sie so gereizt, Mr. Waring?

»Da hat sich jemand einen Scherz erlaubt«, sagte er langsam, als hätte er meine unausgesprochene Frage gehört.

Lizzie bemerkte mit scharfem Unterton: »Wir fanden es jedenfalls nicht besonders komisch, auch wenn er nicht hier gestorben ist. Warum hat ihn wohl jemand dorthin gelegt?«

Ich sagte: »Du glaubst doch, dass es etwas mit Teddys Rückkehr zu tun hat, oder nicht?«

Mickey ließ sich schwer in einen Sessel fallen und starrte in den Kamin, dorthin, wo Flammen gelodert hätten, wenn sich an diesem Abend jemand die Mühe gemacht hätte, ein Feuer zu entzünden. Nach einer Weile riss er sich zusammen. »Heute Abend lag auf der Eingangstreppe von Monksdanes eine tote Ratte. Als ich nach Hause ging, bin ich fast draufgetreten. Teddy und ich haben sie beseitigt, bevor Rose oder Helen sie sehen konnten.«

Lizzie beugte sich vor. »Mickey! Du musst die Polizei rufen!«

Ich sagte, der Meinung sei ich auch.

»Nein! Irgendjemand spielt da Spielchen mit uns! Teddy und ich sind zu diesem Schluss gekommen, als wir die Ratte fanden. Vielleicht waren es sogar Kinder – kindisch genug ist es ja! Wenn jemand solchen Unfug macht, sollte man es am besten ignorieren. Falls ich herausfinde, wer es war, werde ich entsprechende Schritte unternehmen. Aber ich will *kein* Aufsehen! Das nämlich wollen sie nur. Solche Leute wollen nur Aufmerksamkeit.«

»Solche Leute?«, hakte ich nach

»Wer auch immer sie sind.«

»Mickey, es war ekelhaft.«

Mickey blickte zu Lizzie hinüber und gab ein Geräusch von sich, als würde er lachen. »Ich weiß. Es tut mir Leid, mein Schatz, aber wenn wir sie ignorieren, werden sie das Interesse verlieren. Achte einfach nur darauf, dass das Haus immer abgeschlossen ist, wenn ihr rausgeht, denn es ist eine Sache, einen toten Fuchs vor der Haustür zu finden, und eine andere, ihn auf dem Küchentisch zu haben. Und mach dir keine Sorgen. Sollte so etwas noch einmal passieren, können wir ja überlegen, welche Maßnahmen wir ergreifen wollen. Aber im Moment halten wir uns lieber zurück. Wenn wir die Aufmerksamkeit darauf lenken, dass Teddy zurück ist, dann haben wir als Nächstes die Zeitungsleute vor der Tür; die schreiben dann bestimmt etwas über die toten Tiere, spekulieren über eine Rachekampagne im Ort und sogleich wird die Sache mit dem Totschlag wieder ausgegraben. Es ist wirklich das Beste, wenn nichts davon zur Sprache kommt.«

»Das ist also der Standpunkt der Familie?«, fragte Lizzie kalt. Sie war ganz rot geworden.

»Es ist das Beste«, entgegnete Mickey defensiv – vielleicht zu defensiv angesichts der Tatsache, dass er möglicherweise Recht hatte. »Hört mal, wenn ihr nichts dagegen habt, nehme ich jetzt ein Bad und gehe dann ins Bett. Das war ein bisschen viel für einen Abend. Morgen ist Gottesdienst und ich habe Rose versprochen, mitzugehen.«

»Ich komme auch mit«, verkündete Lizzie übertrieben strahlend. »Wollen doch mal sehen, ob sie noch mit uns sprechen, nicht wahr? Vielleicht exkommuniziert uns der Pfarrer, sobald er uns dort bemerkt.«

Mickey sah sie an, zögerte, wandte sich dann mit grimmiger Miene ab und ließ uns allein.

Nach einer Weile seufzte Lizzie: »Das hätte ich nicht sagen sollen.«

Ich behaupte zwar nicht, Expertin in Eheangelegenheiten zu sein, aber da musste ich ihr zustimmen. Obwohl ich mir an ihrer Stelle wahrscheinlich ebenso Luft gemacht hätte. Oder sogar noch massiver. »Vielleicht hat er Recht.« Ich meinte, das müsste ich sagen. »Wenn es ein Streich ist, sollte man ihn einfach ignorieren.«

»Jetzt klingst du wie früher in Oxford«, schmollte Lizzie.

Wahrscheinlich. Aber wenn jemand Probleme mit Teddy Waring hatte, musste Lizzie ja da nicht reingezogen werden. Oder sich mit ihrem Ehemann streiten.

Lizzie sagte: »Ich finde es grässlich hier.«

»Warum geht ihr dann nicht nach Bristol zurück? Jetzt, da Teddy hier ist, kann *er* sich doch um Helen und seine Eltern kümmern. Und wenn sie beschließen, dass die Stimmung hier nicht günstig für sie ist, dann könnten sie auch umziehen. Das würde deine Mutter wahrscheinlich auch sagen, wenn sie von der Angelegenheit wüsste. Ich verstehe nicht, warum sie nicht schon vor langer Zeit das Haus verkauft haben, sie können sich den Unterhalt ja gar nicht leisten. Sie sollten einfach das Geld nehmen und sich einen Bungalow in … in Weston-super-Mare kaufen!«

Wir sahen einander an. Lizzie schnaubte. Einen Augenblick später mussten wir heftiger lachen, als es der Scherz verdiente. »Das werde ich Mickey vorschlagen«, sagte sie schließlich. »Dido, ich mache uns jetzt einen Kakao.«

Ich wachte in der Dunkelheit auf, meinte, jemanden sprechen gehört zu haben, und lag lauschend da. Kurze Zeit später hörte ich nebenan eine Stimme. Ben führte Selbstgespräche; das macht er manchmal. Ich konnte hören, dass es ihm gut ging, und wenn er mich gebraucht hätte, hätte ich das auch gehört. Vielleicht fühlte ich mich einfach nur einsam. Er sagte jetzt nichts mehr.

Meine Armbanduhr lag unter der albernen Lampe auf dem Nachttisch. Ich tastete nach ihr und blickte auf die Leuchtziffern: gerade Mitternacht. Ich fühlte mich so wach, als hätte ich schon die ganze Nacht geschlafen.

Der Thermostat klickte, als sich der Radiator einschaltete. Ich glitt aus dem Bett, schlich vorsichtig im Dunkeln über den Teppich, streckte eine Hand nach dem kleinen orangefarbenen Licht aus und ertastete den Schalter. Aus. Dann trat ich zum Fenster und schlüpfte zwischen die beiden dicken Veloursvorhänge. Das Fenster war geschlossen. Ich stieß die Flügel weit auf. Der Efeu raschelte und wieder einmal stützte ich die Ellbogen auf das breite Fenstersims, um frische Luft zu schnappen. In der Ferne ertönte Geläut. Ich horchte und zählte zwölf Schläge. Im Kirchturm musste eine Glocke sein; ich hatte sie vorher noch nicht bemerkt, vielleicht läutete sie um Mitternacht nur, wenn es Sonntag wurde.

In dieser Nacht waren keine Sterne zu sehen. Als wir vom Meer zurückfuhren, hatte der Himmel sich zugezogen und hinter den Wolken war selbst der Mond nur noch ein dunstiger Lichtfleck. Ich konnte erkennen, wie sich das Kirchendach, die Hecken und die Bäume gegen den Himmel abzeichneten. Etwa zwanzig Meter weiter stand, meinem Fenster zugewandt, der schwarze Schatten eines Autos am Straßenrand. An dieser Stelle hatte ich vorher noch nie einen Wagen stehen sehen; daher verharrte mein Blick dort – und plötzlich bemerkte ich das Licht im Innern. Eine kleine Flamme. Ich blickte genauer hin und konnte ein Gesicht ausmachen. Jemand zog an einer Zigarette. Nach ein paar Minuten flog im hohen Bogen ein Funken durch die Luft, als der Raucher die Zigarette aus dem Fenster auf die Straße warf.

Da erinnerte ich mich daran, was Lizzie am ersten Abend gesagt hatte. Von dem Spanner. Ein Teil von mir wollte sich Sportschuhe und Mantel anziehen, hinunterschleichen, hinaus und um die Kirche herum, um das Nummernschild zu lesen und dann ein, zwei recht wirkungsvolle Drohungen zu brüllen. Der andere Teil gab mir zu bedenken, dass ich wahrscheinlich nur einen perversen Exhibitionisten anträfe, der mich schön blöd aussehen lassen würde, und empfahl mir, lieber ins Bett zu gehen und die Decke über den Kopf zu ziehen. Ich begnügte mich mit einem Kompromiss und tat gar nichts.

Ich wollte schon aufgeben, als ich hörte, wie der Motor anging. Der Blinker leuchtete auf, dann bewegte sich der Wagen langsam vorwärts. Ich beugte mich so weit vor, wie der überhängende Efeu es zuließ, und versuchte, mit zusammengekniffenen Augen das schwach erleuchtete hintere Nummernschild zu entziffern. Im Bruchteil der Sekunde, bevor der Blickwinkel zu spitz wurde, las ich gerade noch N981 … Dann geriet der Wagen hinter dem Nachbarhaus außer Sicht.

Ich zog das Fenster halb zu und vergewisserte mich, dass die Vorhänge geschlossen waren. Dann schaltete ich die Lampe ein, holte aus meiner Schultertasche einen Stift und mein kleines Notizbuch und schrieb das auf, was ich vom Kennzeichen hatte erkennen können. Danach schaltete ich das Licht wieder aus, lauschte auf Geräusche aus dem Nebenzimmer, kroch schließlich unter die Bettdecke und lag reglos so lange da und horchte, ob der Wagen zurückkäme, bis ich – natürlich – erneut einschlief.

Kapitel fünfzehn

Rinderbraten und Grabsteine

Die Kirchgänger brachen gegen zwanzig nach zehn auf, weil Rose sich lieber frühzeitig auf dem für Monksdanes reservierten Gestühl verschanzen wollte. Ich spülte Bens Frühstücksschale mit heißem Wasser aus, stellte sie auf die Ablage, drehte mich um und betrachtete meinen Sohn. Er hatte ein Bilderbuch verkehrt herum vor sich liegen, studierte es mit offensichtlichem Vergnügen und schien nicht den Drang zu verspüren, irgendetwas anderes zu tun.

Ich allerdings hatte jetzt nicht den Nerv, mich hinzusetzen. Es gab ja noch nicht mal eine Sonntagszeitung, obwohl Mickey mir erklärt hatte, nur drei Meilen entfernt sei ein Laden, der geöffnet habe: Londons Öffnungszeiten hatten im ländlichen Somerset noch nicht wirklich Einzug gehalten. Ich konnte also den Morgen damit verbringen, mir Zeichentrickfilme im Fernsehen anzusehen. Oder – denn es war draußen noch trocken, obwohl starke Regenfälle vorhergesagt waren – ich konnte noch einmal versuchen, spazieren zu gehen und dem einen oder anderen Einheimischen über den Weg zu laufen. Da Rose nun aus dem Haus war, konnte ich sogar Teddy über den Weg laufen und hatte die Möglichkeit, mit ihm persönlich über tote Tiere zu sprechen. Vielleicht fand ich sogar jemanden, der bereit war, mich über die alte Spannergeschichte ins Bild zu setzen.

»Sollen wir rausgehen und Kühe anschauen?«, fragte ich Ben hinterhältig.

»Wauwau schauen«, konterte er.

Das ging in Ordnung. Barney hielt wahrscheinlich wieder die Straßenmitte auf dem Weg nach Monksdanes besetzt. Ich erklärte Ben also, das sei ein Deal.

Ich schloss mit dem Ersatzschlüssel ab, dann machten wir uns in Richtung Ortsmitte auf den Weg. Mrs. Molyneuxs Garage war offen und leer, als wir an ihrem Bungalow vorbeikamen, und es grub auch niemand in den Staudenrabatten. Auf dem Rasen des hohen Backsteinhauses nebenan schnitt ein grauhaariger Mann im Tweedanzug mit einem altmodischen Handmäher das Gras. Er starrte uns an, als wir vorbeigingen, und nickte gewichtig, als ich zurückstarrte. Bei den Sozialbauten hinter den Fliederbüschen war mehr Betrieb: Einige Leute werkelten in ihren winzigen Gärten herum, ein paar Kinder rannten kreischend umher und zwei dicke Frauen kamen langsam den Weg hinuntergeschlendert. Wahrscheinlich bildete ich mir das nur ein, aber ich hatte den Eindruck, dass sie zu uns hinüberblickten, bevor sie mit einem Mann sprachen, der gerade aus einem Schuppen am Ende des Weges aufgetaucht war.

Neben der Telefonzelle blieb ich stehen, um Mrs. Molyneuxs Karte zu konsultieren. Die bestätigte, dass der größte Teil des Ortes sich in Richtung Norden erstreckte, und zwar vom Sackgassenschild bis zu zwei Piktogrammen, die eine Kirche und ein Postamt anzeigten. Auf dem Weg dorthin gab es eine kurze Abzweigung, die neben einem Wasserlauf verlief. Wahrscheinlich befand sich dort Mrs. Molyneuxs »pittoreskes« Mühlhaus. Das würden wir herausfinden. Dahinter verließ ein unbefestigter Seitenweg die Hauptstraße, beschrieb in Richtung Nordwesten einen

Bogen zum Wasserlauf bis zu einer Furt und einer Brücke, die direkt nebeneinander lagen, und schlängelte sich dann durch Weideland bis zum nächsten Weiler. Ich faltete die Karte zusammen und ging weiter.

Es war ein sehr interessanter Morgen für Ben, der mit einem weißen Schlittenhund hinter einem Gatter, einem Shetlandpony, das die Straße hinuntergeführt wurde, und genügend Kühen sprach, um vorübergehend zufrieden zu sein.

Ich winkte und lächelte insgesamt etwa einem Dutzend Personen zu, die im Garten arbeiteten – in Alford wohnten nicht viele Kirchgänger –, und unterhielt mich mit jedem, der näher als in Rufweite kam, über das Wetter und die reizende Landschaft.

Gegen Mittag gab ich es auf. Das »Five Bells« hatte geöffnet, so schlenderten wir dorthin, kauften unsere Getränke an der Luke im Gang und gingen dann zu den Schaukeln. Die Gesamtsumme meiner Entdeckungen war gleich null: Dieses Dorf war etwa so klein und gemütlich wie meine eigene Straße in der Innenstadt Londons. Vielleicht sollte ich mich einfach an London halten. Ich nippte an meinem Tonicwasser, schubste Ben an und behielt die Straße wegen der Wagen im Auge, die von der Kirche kamen. Gegen fünf vor eins kam ein für Alford stattlicher Verkehrsstrom aus dieser Richtung. In bester englischer Tradition bog mindestens die Hälfte der Wagen auf den Parkplatz ein, da ihre Insassen weltliche Erquickung suchten. Von Mickeys schwarzem Honda gab es keine Spur, aber ich sah einen grünen Morris Minor, der gemächlich vorbeifuhr, und erkannte, wer darin saß.

Als wir den Bungalow erreichten, war das Garagentor geschlossen. Wir gingen den Pfad hinauf und betätigten den

Türklopfer. Die Tür wurde auf der Stelle geöffnet; sie hatte im Flur gestanden und Hut und Mantel abgelegt.

Ich sagte mit diplomatisch entschuldigendem Unterton: »Ich dachte, wir schauen einmal vorbei. Hoffentlich stören wir Sie nicht.« Plötzlich erwachte mein Instinkt. »Ich bräuchte dringend Ihre Hilfe, wenn Sie kurz Zeit hätten.«

Die alte Dame rückte ihre Brille zurecht und blickte mich durchdringend an. »Aber mit dem größten Vergnügen. Herein, herein, alle beide. Kann ich Ihnen etwas anbieten ... Saft für den jungen Mann, natürlich, und einen Sherry für Sie? Hätten Sie Lust mit mir zu Mittag zu essen? Ich meine, falls Sie nichts anderes vorhaben?«

Ein intensiver Bratengeruch drang in meine Nase und mein knurrender Magen erinnerte mich daran, dass ich nicht nur das Frühstück vergessen, sondern auch keinerlei Vorbereitungen für das Mittagessen getroffen hatte – obwohl ich eine Einladung zu einer weiteren Portion Monksdaner Suppe mit Brot ausgeschlagen hatte. »Meinen Sie das ernst?«, fragte ich schwach.

Mrs. Molyneux winkte uns ungeduldig in ihr Wohnzimmer. Langsam antwortete sie: »Ich habe mich nie wirklich daran gewöhnt, dass mein Mann nicht mehr bei mir ist. Oft muss ich feststellen, dass ich aus reiner Gewohnheit für zwei gekocht habe. Allerdings ärgere ich mich nicht mehr darüber, ich hebe die andere Hälfte für den nächsten Tag auf. Also gibt es, wie es der Zufall will, ein schönes Stück Rinderbraten mit Bratkartoffeln und Pastinaken. Und eine Kirschkaltschale. Nicht frisch natürlich, tiefgefroren. Aber ziemlich lecker, mit Sahne.«

Ich erklärte wahrheitsgemäß, das würde sich wundervoll anhören, und machte es mir mit Ben auf dem Schoß in einem Sessel bequem. Wir drei blickten einander an.

»Rose war heute Morgen in der Kirche«, bemerkte sie auf einmal, »mit Ihrer Freundin und deren Mann.«

»Ist es gut gegangen?«

Sie wusste sofort, was ich meinte. »Hier und da wandte einer den Blick ab«, räumte sie ein. »Natürlich waren alle höflich, aber die drei wurden doch mehr oder weniger sich selbst überlassen. Selbstverständlich sprach ich mit ihnen, genau wie der Pfarrer und ein, zwei andere Kirchgänger.«

Ich fragte leicht boshaft: »Was wäre passiert, wenn Teddy mitgekommen wäre?«

»Dann«, antwortete sie trocken, »wäre er zweifelsohne ignoriert worden; allerdings nehme ich an, dass die eine oder andere Bemerkung gefallen wäre. Ein gewisser Grad an Neugier ist in diesem Dorf vorhanden und wohl auch an Unbehagen, denn das ist es doch wohl, was Sie wissen möchten.«

»Warum Unbehagen?«, fragte ich vorsichtig. »Einfach nur, weil Teddy jemanden getötet hat? Oder steckt mehr dahinter?«

Sie sah mich nachdenklich an. »Natürlich steckt mehr dahinter. Miss Hoare, der Braten ist erst in einer halben Stunde fertig, und ich werde nicht mehr als eine Minute brauchen, um noch zwei Gedecke aufzulegen. Darf ich Ihnen also etwas zeigen?«

Ich sagte, sie dürfe.

»Wir werden den Wagen nehmen«, erklärte sie. »Vielleicht setzen Sie und der Kleine sich lieber auf den Rücksitz?«

Der alte Morris war ein Zweitürer. Sie kippte den Beifahrersitz um und ich quetschte mich mit Ben nach hinten. Der Wagen musste über vierzig Jahre alt sein, und es kam mir vor, als stiege ich in eine lederverkleidete Badewanne.

Mrs. Molyneux setzte sich auf den Fahrersitz und wir steuerten zur Kreuzung und fuhren dann gemächlich an der Abzweigung zur Mühle vorbei in Richtung Norden, zwischen Reihen von alten Cottages, kleinen Feldern und Farmgebäuden hindurch; kurz hinter der Stelle, wo unsere Spaziergänge stets geendet hatten, befand sich die Einfahrt zu einem Agrarbetrieb mit lang gezogenen Metallgebäuden.

»Schweine«, sagte Mrs. Molyneux knapp, »wie Sie bemerken werden, wenn der Wind auf Nord dreht.«

Am hintersten Ende des Ortes fuhr sie plötzlich quer über die Straße und brachte den Wagen vor einem Torbogen am Fuße eines steilen Weges abrupt zum Stehen. Ich kletterte heraus und folgte ihr mit Ben auf dem Arm zur Kirche. Alfords Gemeindekirche befand sich auf einem Hügel in der Mitte eines alten Friedhofs und war umgeben von Eiben und schräg geneigten Grabsteinen.

»Wie ich schon sagte«, murmelte Mrs. Molyneux, »ist das Äußere fast unverändert. Perpendikularstil, sechzehntes Jahrhundert. Sollen wir diesen Weg nehmen?«

Ich setzte Ben ab, nahm seine Hand und dann folgten wir ihr. Der Weg führte uns zur Kirchentür, wo ein zweiter Pfad direkt um die Kirche herumführte. Unsere Gastgeberin schlug diesen ein und bog dann ab, um zwischen zwei Reihen alter Grabsteine hindurchzugehen, wo sie hier und da Halt machte und auf die verwitterten Inschriften wies. »Sie sollten sich die Namen auf den Steinen ansehen. Sehen Sie, worauf ich hinauswill?«

Zunächst nicht. Dann doch. Die Inschriften stammten aus einem Zeitraum, der mehr als zweihundert Jahre umfasste, und diese waren nur diejenigen, die noch nicht so verwittert waren, dass man sie nicht mehr hätte lesen können. Die Steine, die noch vorhanden waren und langsam und schief in die Erde sanken, verzeichneten die verstorbene Einwohnerschaft des Ortes. Über viele Jahrzehnte hinweg tauchten immer wieder dieselben Nachnamen auf: Bond, Winter, Holt. An den Wänden der Kirche und der seitlichen Heckenbegrenzung entlang aber lehnten weitere Steine, die vom Grab entfernt worden waren, als ihre Inschriften glatt und stumm wurden. »Hier sind die Familien, die jahrhundertelang in Alford gelebt haben«, sagte Mrs. Molyneux. »Farmarbeiter, Handwerker. Hunderte von Leben.«

Langsam erwiderte ich: »Aber Monksdanes ist auch schon seit Jahrhunderten hier.«

»Ja, das stimmt«, bestätigte meine Fremdenführerin. »Die Mortimers bekamen ihr Land zugeteilt, als die Klöster aufgelöst wurden. Sie sind in der Familienkrypta begraben; dort befindet sich auch ein Grabmal aus schönem Carrara-Marmor, das Sie sich ansehen sollten, allerdings jetzt lieber nicht – wir sollten allmählich zurückfahren …«

»Und die Warings?«

»Eine Familie aus dem Norden.« Mrs. Molyneux wandte sich um und ging den Weg hinunter. »Lawrences Großvater hat das Gut gekauft. Ich habe ein Buch aus den zwanziger Jahren, das ich Ihnen zeigen muss. Darin gibt es ein Kapitel über Monksdanes, in dem geschrieben steht, dass dieser Waring während des Burenkrieges ein Vermögen damit machte, dass er Pferde an die britische Armee verkaufte, und mit dem Erlös 1905 das Gut kaufte.«

Diese Information entlockte mir ein Kichern. »Wollen Sie damit sagen, dass die Dorfbewohner die Warings als … Zugereiste betrachten?«

Mrs. Molyneux lachte. »So würde ich es nicht ausdrücken. Nicht in dem Sinne, wie Ihre Freundin, ich und drei Viertel vom heutigen Alford als Zugereiste bezeichnet werden können. Aber sie sind Außenseiter und sie haben Geld – oder hatten es zumindest. Es wäre denkbar, dass es da Neid oder auch Groll gibt …«

»Wie war Joannie Holt?«, brach es aus mir heraus.

Mrs. Molyneux dachte über meine Frage nach. »Sie war nur ein Mädchen. Sehr jung. Nichts Besonderes.«

»Und warum ist sie auf Monksdanes eingebrochen?«, beharrte ich.

Wir waren wieder in den Wagen gestiegen; Mrs. Molyneux setzte ihn erst rückwärts auf die Straße, bevor sie mich im Rückspiegel anblickte. »Neid vielleicht?«

Ich wagte den Sprung ins kalte Wasser. »Ich habe mit jemandem gesprochen, der die Ermittlungen über ihren Tod angestellt hat. Mit einem Polizisten – Inspektor Atyeo.«

Mrs. Molyneux schürzte die Lippen und schob ihre Brille die Nase hinauf. »Er schielte. Ich erinnere mich an ihn.«

»Er sagt, Joannie Holt hätte ihrer Familie erzählt, sie sei schwanger und das Baby sei von Lawrence.«

Meine Gastgeberin gab ein damenhaftes »Na, na« von sich und gestand dann: »Das höre ich nicht zum ersten Mal. Alter schützt vor Torheit nicht.«

»Aber Atyeo sagt, sie sei nicht schwanger gewesen. Hat sie vielleicht nur versucht, von Lawrence Waring Geld zu erpressen?«

Mrs. Molyneux nahm den Fuß vom Gas, so dass der alte Wagen nun im Schritttempo fuhr. »Höchst ungünstig, wenn das der Fall gewesen sein sollte.«

»Ungünstig?«, fragte ich, obwohl ich wusste, was sie meinte.

»Es könnte nahe legen, dass das Ganze viel weniger ein

Unfall war, als die Gerüchteküche verbreitete, meinen Sie nicht auch?« Sie schaltete herunter und wir fuhren nun wieder in gemäßigtem Tempo.

»Falls«, sagte ich sehr langsam, »jemand, der nicht an einen Unfall glaubte, das Gerücht verbreitete, dass Teddy vorsätzlich schoss …«

Mehr sagte ich nicht. Das Gesicht im Rückspiegel wirkte alarmiert. »Großer Gott«, sagte Mrs. Molyneux. Sie bog nach rechts in die Sackgasse und fuhr uns schweigend in ihre Garage. Als wir ausgestiegen waren und zur Haustür gingen, sagte sie: »Wie überaus unerfreulich. Und doch …«

»Und doch?«, hakte ich nach.

»Ich wollte sagen, dass ich mir die kleine Joannie nie als Einbrecherin vorstellen konnte. Als Ladendiebin vielleicht: Sie war sehr *feminin*. Vielleicht hat sie sich mit dem alten Mann eingelassen; sie war nie die Hellste, Gott hab sie selig, und ihr Vater starb, als die Kinder noch sehr klein waren. Also fühlte sie sich möglicherweise von älteren Männern angezogen. Aber es ist natürlich reine Spekulation. Großer Gott!«

Ich wollte mich schon entschuldigen, dass ich sie in Aufregung versetzt hatte, doch dann sah ich das Funkeln in ihren Augen und erkannte, dass eine Entschuldigung gar nicht angebracht war.

»Ich frage mich nur«, sagte ich stattdessen, »ob es jemanden im Ort geben könnte, der sie rächen wollte? Jemanden, der es nun, da Teddy zurück ist, wirklich tut? Hatte sie einen Freund?«

»Ich muss unbedingt den Braten aus dem Ofen nehmen, bevor er austrocknet«, murmelte Mrs. Molyneux. »Könnten Sie …? Rasch, rasch.«

Ich folgte ihr mit Ben auf dem Arm in die Küche und hielt

mich dann etwas abseits, als sie Backhandschuhe überstreifte und einen Bräter aus dem größten Backrohr eines Herds zog, der noch eindrucksvoller war als der im Barton. Sie spießte ein riesiges, zischendes Stück Braten auf, hievte es auf eine Platte und fing an, Mehl in den Bräter zu streuen und eine Bratensoße anzurühren.

»*Was* wirklich tut?«, fragte sie.

Ich erzählte ihr von dem Fuchs. Der Ratte. Dem Wagen auf der Straße. Am Ende meines Berichts fühlte ich mich nicht nur durch die Röte in ihren Wangen bestätigt – die auch von der Hitze des Ofens hätte herrühren können –, sondern auch vom Funkeln in ihren Augen. Sie nahm den Bräter vom Herd und goss den Inhalt vorsichtig in eine Sauciere.

»Das ist … bemerkenswert! Es tut mir Leid, ich hätte ›unerfreulich‹ sagen sollen, aber …«

»Am Abend meiner Ankunft riet Lizzie mir, die Vorhänge geschlossen zu halten, weil sich ein Voyeur in der Gegend herumtriebe. Wissen Sie etwas darüber? Ich frage mich, ob er vielleicht etwas mit dem Ganzen zu tun haben könnte.«

»Ich hoffe, Sie und Ihr Sohn mögen Pastinaken. Es scheint, als hätte ich mich heute selbst übertroffen … In der Tat hat es früher schon einmal Ärger in dieser Hinsicht gegeben. Ich erinnere mich, dass es etwas mit dem Barton zu tun hatte – mit jemandem, der einen Winter lang dort wohnte. Major Hitchens von nebenan ließ damals ziemlich entrüstet ein paar Andeutungen fallen. Allerdings meinte er, dergleichen sei nicht für Damenohren gedacht. In letzter Zeit habe ich nichts mehr davon gehört. Wo soll das nur hinführen?« Sie klang weniger beunruhigt als aufgeregt. Mein Verdacht wurde bestätigt, als sie sich umdrehte und mich anstrahlte. »Setzen Sie sich. Warten Sie, helfen Sie mir bitte beim Gemüse. Jetzt essen wir, sonst wird es noch kalt. Und danach können wir, wenn Sie damit einverstanden sind, überlegen, was wir als Nächstes tun. Es war gut, dass Sie zu mir gekommen sind. Moment noch, möchten Sie etwas Senf?«

Wir begaben uns mit unserem Festessen zum Esstisch; dann war ich eine Weile damit beschäftigt, für Ben wie üblich das Fleisch und die Kartoffeln klein zu drücken und ihn beim Essen zu überwachen. Mrs. Molyneux saß uns gegenüber und besorgte geschickt das Tranchieren und Servieren, was allerdings ganz offensichtlich nur einen Bruchteil ihrer Aufmerksamkeit in Anspruch nahm.

»Nun, was Freunde betrifft«, sagte sie schließlich und bewies damit, dass ich ihr Schweigen richtig gedeutet hatte, »so ging Joannie natürlich mit Jungen aus, aber ich erinnere mich nicht, dass es da jemand Besonderen gab. Ich sollte vielleicht mal ihre Mutter anrufen und ein kleines Schwätzchen mit ihr halten. Mrs. Holt wohnt mit ihrer Schwester und deren Mann in einer der Sozialwohnungen auf der anderen Straßenseite. Aber da ist noch Joannies Bruder. Als sie jung waren, standen sich die beiden sehr nahe. Ich fand schon immer, dass Blut dicker ist als Wasser, Sie nicht?«

Ich erklärte, da sei ich ganz entschieden ihrer Meinung, und wollte nun etwas über den Bruder erfahren. »Lebt er immer noch hier?«

»O ja! Wussten Sie das nicht? Er hat vor ein paar Jahren ein winziges Cottage gekauft: ein primitives, kleines Haus, eines von denen auf dem unbefestigten Weg, der vom Ostende des Angers ausgeht; also ist er praktisch ein Nachbar Ihrer Freundin. Wahrscheinlich haben Sie ihn schon auf seinem Fahrrad im Ort herumfahren sehen. Er arbeitet als Gelegenheitsarbeiter auf einer der Farmen und kümmert sich auch sonst um alles, was anfällt.«

Ich fragte sie, wie sein Name laute, wusste aber schon, was sie sagen würde, weil es einfach passte. Das Ganze konnte einem schon Magenschmerzen bereiten.

»Billy«, antwortete sie denn auch prompt. »Billy Holt.«

Kapitel sechzehn

Nicht für Damenohren

Ich suchte nach Lizzie und fand sie in der Küche, wo sie Zwiebeln klein schnitt.

»Alles in Ordnung mit ihm?«

Ich erwiderte, Ben sei schon fest eingeschlafen, noch bevor ich ihn zugedeckt hätte, und die herzzerreißenden Laute, die er eben von sich gegeben habe, seien seine Art, zu zeigen, dass er müde sei und zu viel Aufregung gehabt habe. Ich fügte hinzu, dass sie über kurz oder lang schon selbst einschlägige Erfahrungen machen würde.

Daraufhin zeigte sie ihr neues, sentimentales und selbstversunkendes Lächeln und wechselte das Thema. »Dann erzähl mir mal, was Mrs. Molyneux gesagt hat.«

Ich log: »Das meiste habe ich dir schon berichtet. Wir wollten Major Hitchens anrufen, aber da fand Ben, dass er genug hatte, also musste ich ihn nach Hause bringen. Ich glaube, sie wollte …«

»Sie ist hier.« Lizzie blickte über meine Schulter hinweg zum Küchenfenster. Ich wirbelte herum und sah, dass Mrs. Molyneux draußen herrische Bewegungen machte. Ihre Wangen waren rosarot und die Brille rutschte ihr wieder einmal die Nase herunter. Lizzie wedelte hilflos mit ihren zwiebelübersäten Händen und wir beide riefen: »Kommen Sie herein!« Was wahrscheinlich gar nicht notwendig war, denn Mrs. Molyneux betrat schon die Küche, bevor ich zum Luftholen kam.

»Mrs. Hoare, könnten Sie mich begleiten? Jetzt sofort? Der Major und seine Frau wollen gleich jemanden besuchen, aber er ist trotzdem bereit, uns fünf Minuten zu gewähren. Ich glaube, er hat uns etwas zu erzählen.«

Ich warf Lizzie einen Blick zu. »Wenn es dir nichts ausmacht, darauf zu achten, ob du was von oben hörst …«

Lizzie wirkte frustriert, behauptete aber, es mache ihr nichts aus. Ich zog meine Jacke von der Rückenlehne eines Stuhls und folgte Mrs. Molyneux die Straße hinunter zu dem großen Backsteinhaus. Als sie die Klingel drückte, wurde die Tür prompt von dem alten Mann geöffnet, den ich beim Rasenmähen beobachtet hatte und der nun Mrs. Molyneux bedeutungsschwanger zunickte, sich als Zeichen, dass er mich wieder erkannte, leicht vor mir verbeugte und uns dann zu zwei Stühlen in einem hübschen Wohnzimmer geleitete, das auf einen Garten voller Blumen hinausging. Dort saß bereits eine weißhaarige Frau und strickte. Mrs. Molyneux machte uns förmlich miteinander bekannt. Zu meiner Verblüffung nickte der Major seiner stillen Frau zu, welche daraufhin lächelte, etwas Unverständliches murmelte, ihre Stricksachen zusammenpackte und fügsam den Raum verließ.

»Nicht gerade ein Thema, das für Damenohren geeignet ist«, erklärte der Major gedämpft. Da hatte ich es. »Mrs. Molyneux hat mir berichtet, Sie hätten eine unerfreuliche Erfahrung gemacht. Ein Schnüffler auf der Straße, letzte Nacht? Ein Voyeur?«

Ich faltete meine Hände im Schoß, verschränkte sittsam die Fußknöchel und versuchte, verletzlich auszusehen. »Lizzie sagte, es würde sich einer hier herumtreiben. Sie ermahnte mich, nachts die Vorhänge meines Schlafzimmers zuzuziehen. Mrs. Molyneux meint, Sie wüssten etwas über einen Vorfall in der Art, der sich vor ein paar Jahren abgespielt hat.«

Der Major schnaubte in seinen Schnurrbart. »Das war etwas ganz anderes.«

»Wieso?«, fragte Mrs. Molyneux.

»Damals war das Barton an eine Frau vermietet, die vorgab, mit Antiquitäten zu handeln. Nannte sich Richards. Mrs. *Nichtverheiratet,* natürlich. Sie hatte einen großen Kombi, fuhr ständig mit Möbeln, Bildern und derlei Dingen hin und her. Ich glaube, sie schaltete Anzeigen in der Lokalzeitung. Sie haben so etwas sicher schon mal gelesen: ›Händler kauft alte Möbel, Uhren, Bilder für den Export in die USA. Höchstpreise.‹ Ich hörte, dass sie auch auf Monksdanes einige Möbel erwarb, die nicht mehr gebraucht wurden.« Plötzlich hatte er eine schlaue Miene aufgesetzt. Ich erkannte, dass er versuchte, vor uns zu verbergen, dass er um die finanziellen Probleme der Warings wusste.

»Und jemand schnüffelte hinter ihr her?«, half Mrs. Molyneux ihm auf die Sprünge.

Der alte Mann räusperte sich. »Mrs. Richards war nicht, was sie zu sein schien. Eine Anzahl männlicher Dorfbewohner entdeckte, dass sie, um es beim Namen zu nennen, eine Prostituierte war. Hatte eine Menge Männerbekanntschaften und nahm sie mit ins Haus. Auf der Straße war nachts ziemlich viel Betrieb. Wenn man …« Er schien Schwierigkeiten zu haben, weiterzusprechen, und drohte zu verstummen, weil er nicht die richtigen Worte fand.

Mrs. Molyneux gab ermutigende Laute von sich.

»Wenn man nach Einbruch der Dunkelheit am Anger vorbeigeht, gibt es einen Punkt oder vielmehr eine Stelle von drei, vier Metern, von wo aus man geradewegs in die obere Etage vom Barton sehen kann, wenn die Fenster erleuchtet sind. Ein paar der hiesigen jungen Männer, deren Eltern sich besser um sie hätten kümmern müssen, pflegten sich dort zur Sperrstunde zu treffen. Ich nehme an, sie gab ihnen etwas zu sehen. Eine kleine Vorstellung.« Er schien zu erschauern. »Ich hörte jedenfalls, dass sie sich mit ein, zwei Männern aus dem Ort eingelassen hatte; darunter war auch jemand, der es besser hätte wissen müssen. Aber das ist nun schon einige Jahre her. Nichts, um etwas zu erklären, das Sie, äh, in letzter Zeit bemerkt haben könnten.«

»Was ist mit dieser Frau passiert?«, fragte ich.

Der alte Mann schüttelte den Kopf. »Verschwand. Lawrence Waring war natürlich nicht sehr erbaut von dem Ganzen und kündigte ihr. Und weg war sie. Verschwand bei Nacht und Nebel, mit Sicherheit, ohne die Miete zu bezahlen. Die Warings schickten schließlich jemanden ins Haus, um sauber zu machen – vermutlich ein Schweinestall dort, *die* Sorte Frau. Vermieteten danach nur noch für kurze Zeitspannen. An Familien, die Ferien machten. Weniger problematisch. Tut mir Leid, hasse es, Damen zu drängen, aber wir werden in zwanzig Minuten in Shepton erwartet. Muss jetzt wirklich meine Frau rufen.«

Wir verabschiedeten uns höflich und blieben dann einen Moment direkt vor Mrs. Molyneuxs Gartentörchen stehen.

»Was für ein …« Ich dachte kurz nach. »Was für ein altmodischer Mann.«

»Eher einfach nur alt«, entgegnete Mrs. Molyneux brüsk. »Und nicht besonders scharfsinnig, vor allem, was Frauen betrifft. Seine Frau hat zweimal so viel gesunden Menschenverstand wie er. Ihnen ist doch aufgefallen, dass ich ihn als ›Major‹ Hitchens vorgestellt habe?«

»Er ist kein Major?«, fragte ich ungläubig.

Mrs. Molyneux zuckte die Achseln. »Er war zwar während des Zweiten Weltkriegs Offizier, aber nicht in der regulären Armee, also könnte man es im Grunde für Protzerei halten, wenn er immer noch den Titel benutzt. Und doch wage ich zu behaupten, dass er in einer Sache Recht hat: Es scheint mir unwahrscheinlich, dass der Schleicher von letzter Nacht etwas mit den Vorfällen vor ein paar Jahren zu tun hat. Sie sagen, Helen hätte von dem Voyeur erzählt? Seltsam, natürlich. Und Sie möchten Ihre Freundin nicht beunruhigen, vor allem, da sie im Moment ohnehin schon alles ziemlich schwierig finden wird.«

Sie hatte Recht. Aber ich würde einen Weg finden, die Geschichte bis zu ihrem Ursprung zurückzuverfolgen, vor allem, um bestimmte Möglichkeiten auszuschließen …

»Was für einen Wagen fährt Billy Holt?«

»Er besitzt einen alten Mini. Ich weiß nicht, ob er zurzeit angemeldet ist, aber fahrtauglich wird er sein. Was für einen Wagen haben Sie gesehen?«

Das war eine Enttäuschung. Ich hatte zwar nicht genug von dem Wagen gesehen, um die Marke zu erkennen, aber ein alter Mini war es bestimmt nicht gewesen. Und doch musste ich Billy Holt ein paar Fragen über seine Schwester stellen. Genauso wie Teddy Waring, wenn ich ihn erwischen konnte. Ich schien mir das Schwierigste bis zuletzt aufgespart zu haben.

Eine Windböe von Westen trug den Geruch von Regen zu uns. Ich verabschiedete mich von Mrs. Molyneux, bedankte mich, nahm ihr ernst gemeintes Hilfsangebot entgegen und kehrte zum Cottage zurück, wo Lizzie immer noch allein war.

»Gab's Probleme?«, fragte ich sie.

»Keinen Mucks. Oh, dein Vater hat angerufen. Er wollte wissen, warum du dich auf seine Anrufe hin nicht gemeldet hättest. Ich sagte ihm, du wärest wahrscheinlich ohne dein Handy unterwegs gewesen – es liegt im Nebenzimmer auf dem Tisch – und hättest seine Nachrichten nicht gesehen. Du würdest ihn anrufen, wenn du zurückkämst. Er sagt, er sei zu Hause und erwarte deinen Anruf. Ist dir je aufgefallen, wie ähnlich er meiner Mutter ist?«

»Schon ziemlich oft«, bestätigte ich. »Glaubst du, es ist zu früh für einen Drink?«

»Nein«, erwiderte sie. »Aber jetzt erzähl mal, was los ist.«

Kapitel siebzehn

Regen

Sonntagabend: Alford klappte um halb zehn die Bürgersteige hoch, und um zehn hatten Lizzie und ich uns bei ausgeschaltetem Licht und offenen Vorhängen an meinem Schlafzimmerfenster positioniert. Die anderen im Haus befanden sich bereits im Bett; der eine schlief, der andere war wahrscheinlich noch wach und wälzte Probleme. Mickey war kurz vor sieben von Monksdanes zurückgekommen, hatte mit uns zu Abend gegessen und uns mit abwesender Höflichkeit bedacht und war dann in Schweigen versunken. Als Lizzie ihn gefragt hatte, was los sei, hatte er behauptet, es sei alles in Ordnung. Was wir nicht glaubten.

Die Straße war leer. Ein Wagen war sie langsam hinaufgefahren, hatte aber nicht angehalten. Nach und nach gingen die Lichter in den anderen Häusern aus.

Ich flüsterte: »Lizzie, am Abend meiner Ankunft hast du mich vor einem Spanner gewarnt. Du sagtest, Helen hätte dir davon erzählt. Woher wusste *sie* es denn?«

Lizzie zögerte. »Keine Ahnung. Doch, jetzt fällt es mir ein: Sie war letzte Woche einkaufen und dort erzählte es eine der Kundinnen. Eine Frau, die in der Farm drüben wohnt. Sie sagte, nachts würde ein Wagen im Ort herumfahren und ›es ginge wieder los‹, wir sollten alle vorsichtig sein. Offenbar hat es schon einmal Ärger in dieser Art gegeben.«

»Sie sagte aber nicht, um was für einen Wagen es sich

handeln würde?«, bohrte ich nach. Es kam mir so vor, als zuckte Lizzie die Achseln. Ein Windstoß fuhr durch den Efeu.

»Was hast du Onkel Barnabas erzählt?«

»Nichts«, gab ich unbehaglich zurück. »Er fragte mich, womit wir uns die Zeit vertrieben, und ich erzählte, wir würden lange Spaziergänge machen. Ich musste ihm versprechen, von nun an immer das Handy mitzunehmen. Für den Fall, dass er mich wegen des Ladens sprechen müsse. Übrigens lässt er seine Glückwünsche übermitteln.«

»Also hat sich meine Mutter wieder bei ihm gemeldet?«

»Sie hat ihn angerufen, um zu fragen, ob er schon die Neuigkeit gehört hätte.«

Wir saßen still da und dachten über die Begleiterscheinungen des Familienlebens nach. Dann fragte ich: »Habt ihr es schon den Warings erzählt?«

»Wahrscheinlich sollten wir das lieber. Ich möchte nicht, dass es böses Blut gibt. Helen wird sich für uns freuen.«

Helen? Das ließ ich unkommentiert.

»Was machen wir als Nächstes?«, wollte Lizzie ein paar Sekunden später wissen.

Ich verweilte ein wenig bei der Vorstellung, dass es nun in meiner persönlichen Verantwortung lag, was wir als Nächstes angingen, und beschloss, auch das unkommentiert zu lassen. »Ich muss mit Billy Holt sprechen. Ich würde sagen, dass mit neunzigprozentiger Sicherheit *er* hinter der Sache mit den toten Tieren steckt. Wir sollten ihm zu verstehen geben, dass wir im Bilde und nicht begeistert sind, es aber noch nicht in Monksdanes erzählt haben. Wenn wir es richtig anstellen, könnten wir es damit regeln. Ich meine, ihn taktvoll warnen, es ab sofort zu unterlassen. Wenn wir sie darum bäten, würde Mrs. Molyneux bestimmt auch etwas

Druck ausüben. Sie war immerhin seine Lehrerin in der Sonntagsschule.«

»Sie würde ihm eine kleben«, bestätigte Lizzie und hörte sich erleichtert an.

»Aber vielleicht sollten wir sie da lieber raushalten«, sagte ich rasch. »Es wäre besser, wenn ich allein mit ihm sprechen könnte, weil ich gerne erfahren würde, was er mit dem Tod seiner Schwester zu tun hat.«

Lizzie schwieg so lange, dass ich mich fragte, ob sie auf ihrem Stuhl eingeschlafen war, und aufschrak, als sie plötzlich sagte: »Dido, vielleicht sollten wir es dabei bewenden lassen. Wir sagen Billy Holt einfach, er solle aufhören, und dann lassen wir das Ganze auf sich beruhen.«

»*Was?* Aber es war doch *deine* Idee!«

»Ich weiß.«

»Es ist zu spät«, erklärte ich. »Siehst du das nicht? Warum willst du das Ganze jetzt nicht mehr weiter verfolgen? Was hat sich denn geändert?«

Nach langem Herumdrucksen antwortete sie schließlich: »Ich möchte nicht riskieren …, ich meine, es kann nichts Gutes dabei herauskommen, wenn man etwas ausgräbt, was schon Jahre zurückliegt, oder? Das gibt nur böses Blut. Dies hier ist ein Dorf. Die Leute müssen hier leben.«

Ich fragte sie zum zweiten Mal, was sich für sie geändert hätte.

»Mickey und ich werden weggehen, dann betrifft uns das alles nicht mehr. Ende Juni läuft der Mietvertrag unseres eigenen Hauses aus und wir werden es nicht neu vermieten. Wir werden im Juli zurück nach Bristol gehen, weil Teddy sagt, er würde hier bleiben. Er und Helen können sich dann gemeinsam um Monksdanes kümmern.«

Ich war der Meinung, dass sich kein menschliches Wesen

um Monksdanes kümmern konnte, zumindest niemand, der weder sehr reich noch vollkommen besessen war.

»Du solltest sie ermutigen, das Haus zu verkaufen.«

»Ich weiß, aber Rose will nichts davon hören. Sie sagt immer, sie könnten es erst verkaufen, wenn Lawrence tot ist. Was ist das?«

Ein Wagen fuhr fast lautlos die Straße hinunter, wahrscheinlich der gleiche, der sie eine Weile zuvor hinaufgefahren war; er hatte wohl jemanden abgesetzt. Jedenfalls hielt er nicht an.

Plötzlich fing es heftig an zu gießen. Wir lauschten dem Regen, der gegen das Dach schlug und die Fallrohre hinunterrauschte. Vielleicht lag es am Wetter, aber niemand ließ sich an der Stelle blicken, wo ich in der Nacht zuvor den Wagen gesehen hatte. Wir würden nicht, wie geplant, hinausschleichen, das Nummernschild lesen und den Fahrer lautstark zur Rede stellen und fragen, was zum Teufel er eigentlich da mache. Der Wind wurde stärker und rüttelte am Efeu. Das letzte Licht an der Straße ging aus und nichts geschah.

Kapitel achtzehn

Die Straße runter

Zentimeterhoch bahnte sich das Wasser seinen Weg über die Steinplatten unter dem Küchenfenster und verschwand beunruhigenderweise irgendwo unter dem Fundament des Cottages. Wenn das hiesige Baumaterial nicht wasserfest war, konnten wir uns wohl auf Maßnahmen zur Trockenlegung gefasst machen.

Lizzie und ich hatten in dem Versuch, das Barton trocken zu halten, in allen Kaminen Feuer gemacht und die Öfen angedreht. Jetzt saß Lizzie im Wohnzimmer und fing tatsächlich an, etwas Kleines Weißes zu stricken, während sie Ben im Auge behielt, der, umgeben von seinem Lieblingsgerümpel und zeitweise in Bann gezogen von der Tom-und-Jerry-Morning-Show auf einem der Kabelsender, auf dem Sofa saß. Ich stimmte das mütterliche Loblied auf das Kinderfernsehen an und fragte mich, wie lange es wohl noch wie aus Kübeln gießen würde. Vielleicht lag es am Wetter, aber mein Urlaub ging gerade erst in die zweite Woche und ich wollte plötzlich nach Hause.

Draußen auf dem Weg, der den Anger umgab, erschien eine Gestalt auf einem Fahrrad. Geschützt von einem Regencape mit Kapuze zischte sie mit gesenktem Kopf und hoch gezogenen Schultern an der Kirche vorbei und verschwand in Richtung Trampelpfad, der über die Felder ging. Ich war so dösig, dass ich einen Moment lang nicht reagierte. Dann erinnerte ich mich wieder.

»Lizzie? Lizzie, Billy Holt ist gerade nach Hause gekommen. Ich versuche, ihn mir jetzt zu schnappen. Wenn du auf Ben aufpassen könntest?«

Ihre Stimme driftete aus dem übernächsten Zimmer zu mir: »Uns geht's prima hier …« Dann erwachte offenbar auch sie aus ihrem Dämmerzustand. »Dido, willst du *da* raus?«

Ja, in der Tat. Ich hatte an diesem Morgen als Erstes an Billy Holts Tür geklopft und keinerlei Reaktion geerntet. Nun, da ich wusste, dass er zu Hause war, würde es mehr als Noahs Sintflut brauchen, um mich davon abzuhalten, mit ihm zu reden. Ich schnappte mir einen Schirm von der Garderobe in der Eingangshalle, stürzte mich in den Garten und platschte durch das Törchen. Unmittelbar hinter dem Doppelhaus direkt neben uns führte die gepflasterte Straße zurück zur Kirche und genau dort zweigte ein Trampelpfad zwischen zwei ungepflegten Hecken ab. Ich passte nicht auf und trat in eine Spurrillenpfütze.

Das letzte Gebäude auf diesem Weg war ein winziges, tristes, zweistöckiges Backsteindoppelhaus hinter einer Hecke. Die erste Hälfte war umgeben von Unkraut; Fenster und Haustür waren mit Brettern vernagelt. Die zweite Hälfte sah vollkommen anders aus: Die Holzverkleidung war frisch gestrichen und ein ordentlicher Bauerngarten mit Jungpflanzen umgab es. Aus dem Kamin ragte eine Satellitenschüssel. Vor die Fenster des Erdgeschosses waren dunkelbraune Vorhänge gezogen; sie waren schon bei meinem ersten Besuch geschlossen gewesen, nun aber wusste ich, dass Billy Holt sich dahinter herumdrückte. Ich betätigte den billigen Türklopfer und lauschte. Ich hörte schwache Geräusche – Stimmen –, wahrscheinlich aus dem Radio oder Fernsehen. Ich klopfte mit den Fingerknöcheln an die

Tür, blickte angestrengt zu den verhängten Fenstern hinüber und musste mich schließlich damit abfinden, dass niemand öffnen würde. Ich trat zurück und spähte nach oben. Dort waren die Vorhänge nicht vorgezogen, aber das half mir auch nicht viel weiter.

Ein Kiesweg lief die Frontseite des Hauses entlang. Ich folgte ihm um zwei Ecken und befand mich plötzlich zwischen der Hintertür und einigen Reihen zarten Karottengrüns. Am Ende der Pflanzenreihen befanden sich mehrere Schuppen, ein Komposthaufen, eine Außentoilette und daneben eine Art Schutzdach auf Stelzen. Darunter hatte ein rostiger grüner Mini seine letzte Ruhestätte gefunden. Weiter hinten stand ein Stall mit einem kleinen Freigehege, umgeben von Maschendraht. Darin bewegte sich etwas. Die Schuppentüren waren mit glänzenden Vorhängeschlössern aus Messing versehen. Die Hintertür des Hauses war ebenfalls geschlossen, doch hier lehnte ein altmodisches Fahrrad an der Wand. Ich klopfte laut an die Tür und war schon versucht, herauszufinden, ob sie abgeschlossen war wie die Schuppen. Andererseits … lieber nicht.

Meine Füße waren patschnass. Mit quietschenden Schuhen watete ich zurück zum Barton, wich dabei so vielen Pfützen aus wie möglich und fragte mich verärgert, wie lange ein Mann sich hinter zugezogenen Vorhängen verstecken und sich weigern konnte, seine Tür zu öffnen.

Nicht lange genug!

Und warum tat er es?

Er möchte nicht, dass jemand sein heimisches Chaos sieht, er spricht nicht mit Fremden, er mag keine unbekannten Frauen, er mag überhaupt keine Frauen, er wäscht sich gerade die Haare …

Die Frage war, wie man Holt dazu brachte, seine Greta-Garbo-Nummer aufzugeben.

Gerade als ich das Barton erreichte, hatte ich eine Eingebung. Zwei schwarze Mülltonnen standen hinter dem Gartenzaun und in der ersten fand ich ganz oben auf dem Abfall ein großes, in Zeitungspapier eingeschlagenes Paket. Ich entdeckte, dass Mickey den Fuchskadaver fein säuberlich verpackt und mit Schnur gesichert hatte, was ein Glück war. Ich knallte den Deckel wieder auf die Mülltonne und patschte in die Küche, wo sich während meiner Abwesenheit nichts getan zu haben schien; dann suchte ich in dem Kaffeebecher auf dem Büffet, der einen Vorrat an Kugelschreibern, Bleistiften und Scheren enthielt, nach dem geeigneten Utensil.

»Dido?«, rief Lizzie aus dem Nebenzimmer. »Was hat er gesagt?«

Ich rief: »Er macht die Tür nicht auf. Ich möchte ihm eine Nachricht hinterlassen. Hast du Papier?« Meine Finger umschlossen den breiten Schaft eines schwarzen Eddings.

»In der Schublade des Büffets findest du was.« Ihre Stimme verriet, dass sie das Interesse verloren hatte. Ich fand ihren Notizblock mit blauem Papier, riss ein Blatt ab und schrieb in Druckbuchstaben: »Ich möchte mit Ihnen über Ihre Schwester sprechen, also kommen Sie zum Barton. *Und ich glaube, das hier gehört Ihnen.«* Darunter setzte ich meinen Namen. Dann hob ich erneut den Regenschirm, blieb kurz stehen, um das Paket mit dem Kadaver an der Schnur zu packen, und stapfte zum dritten Mal um den Anger.

Dieses Mal sparte ich mir das Klopfen und legte nur das Paket fein säuberlich neben das Fahrrad auf die Eingangsstufe, dann steckte ich den Zettel unter die Schnur und vergewisserte mich, dass alles einigermaßen vor dem Regen geschützt war. Daraufhin stapfte ich ein letztes Mal zurück.

Dabei unternahm ich noch nicht mal den Versuch, den Pfützen auszuweichen.

Wieder im Haus, riss ich mir die Sportschuhe von den Füßen und legte sie umgedreht neben dem Ofen auf den Boden. Meine Socken kamen neben das Geschirrtuch auf die Heizung. Als ich vom Binsenteppich trat, hinterließen meine Füße auf den Steinplatten feuchte Abdrücke.

Im Wohnzimmer sahen Ben und Lizzie mich nachdenklich an.

Ben sagte knapp: »Nass.« Er klang skeptisch.

Lizzie verkündete: »Im Fernsehen hieß es, über Irland befände sich ein größeres Tief und das Wetter würde noch zwei Tage so bleiben. Man hält es kaum für möglich, oder? Das muss die globale Erwärmung sein.«

Mir wurde das Cottage langsam zu eng, was lächerlich war, wenn ich an meine Wohnung dachte. Vielleicht war es besser, noch bevor ich trocken war, nach Monksdanes zu gehen und den Van zu holen. Wir konnten zum Beispiel einen Nachmittagsausflug ins nächste Kino machen. Zumindest wären wir mit dem Wagen gewappnet, sollte das Wasser steigen.

Wir drei wandten uns zum nächstgelegenen Fenster und starrten verdrießlich hinaus. Gerade rechtzeitig, um Billy Holt auf seinem Fahrrad mit gesenktem Kopf und kräftig tretenden Beinen am Cottage vorbeizischen zu sehen. Er würdigte uns keines Blickes und verschwand die Straße hinunter. Man hätte den Eindruck gewinnen können, dass er mir aus dem Weg ging. Andererseits hatte er nicht Halt gemacht, um sich darüber zu beklagen, dass ich einen, wenn auch hübsch eingepackten, Kadaver auf seiner Türschwelle hinterlassen hatte – und das erschien mir bedeutsam. Sogar wie ein Schuldeingeständnis. Ja.

Kapitel neunzehn

Besuche

Nach dem Mittagessen hatte ich es satt, die regennasse Landschaft nach Anzeichen von Billy abzusuchen, ließ Lizzie vor dem Fernseher zurück und stieg in eine heiße Badewanne, weil mir nichts Besseres einfiel.

Als das Telefon klingelte, war ich daher zu weit entfernt, um das Gespräch mitzuhören. Kurz darauf vernahm ich Schritte auf der Hintertreppe und ein Klopfen an der Badezimmertür.

»Dido?« Lizzie flüsterte; ein Stück weit den Gang hinunter hielt Ben sein Mittagsschläfchen.

Ich flüsterte zurück: »Komm herein.«

Sie schlich sich übertrieben vorsichtig um die Tür und hockte sich auf den Weidenkorb am Fenster.

»Rose hat gerade angerufen. Sie fragte, ob wir zum Tee kommen wollten und ob du ihr ein Angebot für die Bücher machen wolltest. Sie hat sich entschlossen, sie doch zu verkaufen. Das ist gut, nicht wahr? Es klingt, als hätte Teddy mit ihnen über Finanzen gesprochen.«

Ich ließ mich ein wenig tiefer in den Schaum sinken und dachte darüber nach. »Ich kann nichts versprechen. Das heißt, ich kann noch nicht mal versprechen, dass ich überhaupt etwas kaufe, und für die meisten könnte ich kaum etwas bezahlen, weil sie einfach nicht in meine Sparte gehören.« Lizzie wirkte verwirrt und ich entschied mich zu schonungsloser Offenheit. »Du weißt doch, dass ich neulich schon einen Blick drauf geworfen habe, und einen Großteil der Bücher lässt man lieber, wo sie sind. Um die Wahrheit zu sagen: Ich habe einen *antiquarischen* Buchladen und das Gros der Bücher taugt höchstens was für den Trödelmarkt oder einen Wohltätigkeitsbasar. Oder für die Mülltonne.«

»Sie sind überhaupt nichts wert?«

Ich setzte sie über die nackten Tatsachen des Buchhandels in Kenntnis.

Sie dachte nach. »Hör mal, ich glaube, du solltest Rose nicht entmutigen, nun, da sie schon mal ernsthaft über ihre Zukunft nachdenkt. Könntest du nicht einfach noch mal einen Blick darauf werfen?«

Nein, nein, nein!, skandierten meine Instinkte lautlos. Dann äußerte ich mit schwacher Stimme: »Na gut, aber ich verspreche nichts.«

Lizzie nickte heftig. »Natürlich! Du machst nur ein Angebot über das, was die Bücher *für dich* wert sind. Helen backt einen Kuchen; sie kann einen sehr leckeren Möhrenkuchen – der wird dir und Ben schmecken.«

»Aber«, fügte ich rasch hinzu, »*du* musst dich um Ben kümmern, wenn du wirklich willst, dass ich hingehe. Das ist schon mal eine gute Übung.«

»Ich habe gesagt, wir wären in einer halben Stunde da«, gestand sie und tänzelte aus dem Badezimmer.

Als wir zum Aufbruch bereit waren, hatte der Regen etwas nachgelassen. Ich hatte das Verdeck des Kinderwagens vollständig aufgeklappt und schob Ben nun durch das Gartentor, wo ich stehen blieb und wartete, bis Lizzie abgeschlossen hatte und zu uns gekommen war. Der Himmel zeigte ein Einheitsgrau mit einer tief hängenden Wolkenschicht, die von Westen her trieb und eine Menge weiteren Regen versprach. Ein Postwagen spritzte hinter der Kirche vorbei, sonst bewegte sich nichts. Den Vögeln war wegen der Nässe wahrscheinlich das Zwitschern vergangen und Barney war nirgendwo zu sehen; selbst ein Hund war klug genug, um sich irgendwo Schutz zu suchen. Wir platschten durch Wasserfluten, die die Gräben und Straßenränder überströmten, Lizzie in ihren schicken grünen Gummistiefeln und ich in den alten schwarzen, die ich mir geliehen hatte und nun mit einem Extrapaar Socken trug. Sie waren wirkungsvoller als meine Sportschuhe. Der Kiesweg von Monksdanes sorgte für eine relativ gute Drainage, und der Garten war leer und frischgrün. Wir gingen um das Haus herum und flüchteten uns in die hintere Halle, wo wir unsere Regenmäntel aufhängten und von den Gummistiefeln in die Schuhe schlüpften, die wir mitgebracht hatten. Ein Geruch von frischem Backwerk erfüllte die Luft. Ich nahm Ben bei der Hand und ging voran.

Die Küche von Monksdanes stammte aus den fünfziger Jahren: cremefarbene Wände, Schränke mit Glasfront, Arbeitsflächen aus rotem Resopal und feuchte Stellen vom aufsteigenden Dampf im Verputz unter den Fenstern. Helen war allein und steckte bis zu den Ellbogen in einer großen Keramikschüssel.

»Ich backe Brot«, verkündete sie, als wir hereinplatzten. »Ich dachte, warum nicht? An einem so trostlosen Tag!«

»Wo sind die anderen?«, fragte Lizzie.

Helen hörte auf, den Teig zu kneten. »Vater ist oben und ruht sich aus. Er hat heute einen ziemlich guten Tag. Er wird zum Tee runterkommen. Mami näht irgendwas, glaube ich. Jedenfalls ist sie im Nähzimmer, wenn du sie sprechen willst. Ich glaube, Teddy ist bei ihr und sieht fern. Er hat eine abscheuliche Laune. Sind Sie gekommen, um sich die Bücher anzusehen?«

Ich antwortete, so sei es und Lizzie würde Ben vorlesen, während ich mich ans Werk machte, woraufhin sie mehlaufstäubend mit den Händen wedelte und sagte, den Tee gäbe es um vier und die Bibliothek sei aufgeschlossen.

Jemand war dort gewesen. Die Blendläden waren geöffnet, ein Heizstrahler glühte und ein paar der auffälligeren Flächen waren abgestaubt worden. Der olivgrüne Teppich lag immer noch vor dem Kamin.

»Ist das …?«

Ich nickte und sah zu, wie Lizzie hinüberschlich und behutsam ein Ende hochhob. »Ich sehe nichts.«

Ich erklärte ihr, dass es auch nicht wirklich etwas zu sehen gäbe, holte meinen großen Notizblock und ein paar Stifte aus meiner Tasche und beschloss, bei der Tür zu beginnen und im Uhrzeigersinn vorzurücken. Ich kam ziemlich schnell voran, weil ich nicht besonders viel prüfen musste. Ein Großteil der Romane war in den dreißiger, vierziger und frühen fünfziger Jahren veröffentlicht worden. Ich zog ein Dutzend unbekannter Erstausgaben heraus, die fast alle ohne Schutzumschlag waren. Die Kinderbücher und Jahrbücher aus derselben Epoche waren Sammlerstücke; ich kannte einen Laden in Nordlondon, der für so etwas Preise zwischen acht und dreihundert Pfund veranschlagte. Diese Exemplare hier waren weder selten noch in sehr gutem Zustand, aber ich zog alles heraus, was ich meiner Einschätzung nach verkaufen konnte. Auf einem Regal befanden sich einige Bücher von Beatrix Potter, alles zerlesene Spätausgaben. Die Gartenbücher waren auch nichts Besonderes; für die würde ein darauf spezialisierter Händler oder jemand mit einem großen Laden und viel Lagerfläche ein paar Pfund bieten, aber für mich waren sie nichts.

An der dritten Wand hätte ich ganz sicher meine Zeit verschwendet. War dort je etwas Besseres aufbewahrt worden, so hatte Belltower es schon vor Jahren mitgenommen. Das Klügste war, Rose riefe Kevin an und fragte ihn, ob er noch mal kommen und den ganzen Krempel für ein paar Pfund abholen würde.

An der vierten Wand, ganz oben und fast an der letzten Stelle, der ich mich widmete, befand sich eine Reihe schmuddeliger, gebundener Bücher, die sich nicht sonderlich von denen unterschieden, welche ich bereits geprüft hatte. Ich trat einen Schritt zurück und kniff die Augen zusammen. Shaw. Kipling. Hardy. Wenn ein paar davon Erstausgaben waren, würde ich sie mir schnappen.

»Hast du etwas gefunden?«, fragte Lizzie von einem der Sessel aus, in dem sie und Ben es sich bequem gemacht hatten, und bewies damit, dass sie nicht mit ihrer ganzen Aufmerksamkeit bei der *Katze mit Hut* war.

Ich antwortete: »Vielleicht«, schob den Schreibtisch hinüber und stieg darauf. Ein paar Minuten später kam ich mit einer Ausgabe von Clive Bells *Art,* ein paar unbedeutenderen Kiplings, Beerbohms *Caricatures* und einem Buch wieder herunter, an dem mich etwas störte: Es trug den Titel *Jocelyn* und war von John Sinjohn, von 1898, nur dass das nicht stimmte. Ich hatte etwas über dieses Buch gehört, konnte mich aber nicht mehr erinnern, was. Ich war ziemlich sicher, dass es von jemand Wichtigem war. Ich blätterte die ersten Seiten um und fand eine Widmung für Joseph Conrad. War der Autor einer aus Joseph Conrads literarischem Zirkel? Ich legte die Bücher zu dem Stapel, der sich bereits auf dem Tisch befand. Zeit für Recherche: Ich ging hinüber zu dem Sessel, wo ich meine Tasche hatte, und wühlte darin nach meinem Handy. Das nicht dort war! Verdammt! Ich wusste ganz genau, dass ich es … oh, auf das Büffet in Lizzies Küche gelegt hatte.

»Was ist los?«

»Ich muss im Laden anrufen. Ich hole mal rasch mein Handy, weil Barnabas oder Ernie mich wegen dieser Sache zurückrufen müssen. Pass bitte auf Ben auf – ich bin in fünf Minuten zurück.«

Ich eilte die Halle hinunter, an der Tür zur Küche vorbei, wo Helen mit dem Rücken zu mir stand und den Telefonhörer ans Ohr hielt. Ich hörte, wie sie missmutig sagte: »Ich sagte doch schon, dass sie hier sind, oder nicht? Ich weiß nicht, warum …« Ich schlich vorbei, schlüpfte in meine Gummistiefel, streifte den Regenmantel über und trat leise durch die Hintertür. Kurz überlegte ich, ob ich den Wagen nehmen sollte, aber der Regen schien nachgelassen zu haben, also ging ich einfach weiter. *John Sinjohn.* Das musste ein Pseudonym sein. *John … Wie?* Bei solchen Sachen waren Barnabas' Gedächtnis und Ernies Internetkenntnisse sehr hilfreich. Auf der Zufahrt setzte ich mich in Trab. Vielleicht hatte der Regen doch nicht nachgelassen. Ich rannte die Straße entlang, lief an der Kirche vorbei und kürzte über den ungepflegten, nassen Anger den Weg zum Barton ab, wo ich die nächstgelegene Tür aufschloss, ins Haus hechtete und mir den triefnassen Mantel vom Leib riss.

Oben fiel etwas zu Boden. Da die Tür bei meiner Ankunft verschlossen gewesen war, war ich zunächst nicht beunruhigt. Aber als ich in die Küche trat, entdeckte ich, dass die Tür das Schränkchens neben dem Kaminmantel offen stand. So hatten wir es nicht zurückgelassen.

Mein Handy lag noch auf dem Büffet. Als ich meine Hand darauf legte, hörte ich oben Schritte. Jemand ging langsam und vorsichtig über den Boden des großen Schlafzimmers und blieb nach jedem Schritt stehen, als bewegte er sich auf dünnem Eis.

Meine eigenen Schritte auf den Steinplatten waren geräuschlos. Ich schlich durch den nächsten Raum, stellte fest, dass das Kissen von der Fensterbank auf dem Boden lag, und ging durchs Wohnzimmer. Die Türen ließ ich hinter mir weit offen, so dass ich die gesamte Länge des Cottages vom Fuß der großen Treppe aus überblicken konnte, wo ich Halt machte und laut rief: »Mickey? Du bist aber früh zu Hause! Stimmt was nicht?« Ich hatte die Theorie, dass der Einbrecher, wenn es denn wirklich einer war, genau hören würde, wo ich mich befand, und die kleine Hintertreppe hinunterrennen und durch die Tür am anderen Ende des Cottages flüchten würde, wo ich sein Gesicht gut erkennen konnte. Nur, dass es ganz anders kam.

»Lizzie?« Ein Mann in einer blauen Regenjacke blieb oben an der Treppe stehen. Es war Teddy Waring, der versuchte auszusehen, als wäre alles ganz normal. Er spähte um das Treppengeländer und erkannte mich. »Tut mir Leid – Dido. Ich dachte, es wäre niemand zu Haus.«

»Wenn Sie dachten, niemand wäre zu Haus«, konterte ich kühl, »was machen Sie dann hier? Wie sind Sie reingekommen?«

Nun kam er langsam herunter und blickte mir forschend ins Gesicht. Er schien sich erfreulich unbehaglich zu fühlen. »Mami ... Wir haben Ersatzschlüssel vom Haus.«

Ich blieb am Fuß der Treppe stehen und fragte mich, was ich nun tun sollte. Es war schließlich nicht mein Haus. Es war sogar eher sein als mein Haus, und doch ... Als er unten angekommen war, streckte ich versuchsweise die Hand aus. Er zögerte, ließ den Schlüssel dann aber hineinfallen.

Ich steckte ihn bedächtig in eine Tasche meiner Jeans und

beschloss, es zu riskieren. »Sie haben vor einer Minute mit Helen telefoniert, um sich zu vergewissern, dass wir aus dem Weg sind. Ich glaube nicht, dass Lizzie und Mickey begeistert sein werden.«

Sein Blick war ausdruckslos. »Ich habe nur etwas gesucht.«

Erwischt! Ich fragte: »Was genau?«

Er blickte auf einen Punkt über meinem Kopf und antwortete: »Ich begleite Sie zum Haus, wenn Sie zurückgehen.«

»Was haben Sie gesucht?«, beharrte ich und rührte mich nicht von der Stelle.

»Nichts!«, blaffte er. »Nur ein Buch. Ich dachte, es könnte vielleicht hier gelassen worden sein. Können wir gehen?«

Ich sagte: »Gute Idee. Sie werden schon auf uns warten.« Das Gespräch mit meinem Vater hatte noch Zeit. »Wir gehen durch die andere Tür, dann kann ich meinen Mantel holen und abschließen.«

Ich schritt vor ihm die gesamte Länge des Barton zurück, und er wartete und sah zu, wie ich meinen Mantel vom Haken nahm und ihn anzog. Draußen trat er einen Schritt zurück und wartete erneut, während ich mich vergewisserte, dass die Tür wirklich abgeschlossen war. Dann überquerten wir schweigend den Anger. Dieser Mann war nicht für Smalltalk geschaffen. Mir fiel wieder ein, dass ich ihn in ein Gespräch verwickeln wollte, in dem ich ihm all die Fragen stellen konnte, die sich mittlerweile angesammelt hatten; aber sein Schweigen machte es mir schwer. Ebenso die Tatsache, dass ich gerade erkannt hatte, wovon er eigentlich sprach. Als wir Monksdanes erreichten, fragte ich: »Wie kommen Sie darauf, dass der *Peter Hase* im Barton zu finden wäre?«

Die Schritte neben mir auf dem Kies stockten, daher blieb ich ebenfalls stehen. Kurz darauf sagte er schroff: »Er ist nicht zu Hause. Wir haben überall gesucht, schon vor Jahren. Plötzlich habe ich mich gefragt, ob er nicht irgendwie unten ins Haus gelangt sein könnte.«

Ach ja, du Lügner!, höhnte ich im Stillen.

Zusammengefasst war es wohl so: Teddy hatte seine Mutter überredet, Lizzie und mich aus dem Haus zu locken. Er hatte versucht, das Cottage zu durchsuchen, während man uns mit Möhrenkuchen und alten Büchern ablenkte, damit wir es nicht bemerkten. Seine Entschuldigung – da das Buch nicht im Herrenhaus sei, müsste es irgendwie die Straße hinunter und im anderen Haus der Familie gelandet sein – war so lahm, dass es schon zum Himmel schrie. Die Frage war, warum er meinte, ich würde ihm glauben, und warum das von Bedeutung war. Früher oder später würde ich das ergründen müssen.

Kapitel zwanzig

Besucher

In einem hatte Lizzie Recht gehabt: Der Kuchen von Helen war gut, einer von der Sorte, die einen vieles verzeihen lässt. Nach dem Tee ließ ich mich in einen der üppig gepolsterten Bibliothekssessel sinken, lauschte dem Regen, der gegen die Fensterscheiben schlug, und wartete darauf, dass Ernie mich zurückrief, während ich über das nachdachte, was ich gerade mitangesehen hatte.

Lawrence Waring hatte, wie versprochen, einen »ziemlich guten« Tag gehabt. Eine Weile hatte er uns alte Geschichten aus dem Krieg erzählt, den er bei der Royal Navy mitgemacht hatte, wo er hauptsächlich Geleitschutz zwischen Liverpool und Neuschottland leistete. Irgendwo zwischen Gurkensandwiches und Kuchen war plötzlich eine Klappe gefallen, schnapp! Teddy hatte seinem Vater gespannt zugehört, dann sah ich, dass auch über sein Gesicht ein Schatten fiel.

Einmal war ich tatsächlich drauf und dran gewesen zu verkünden, dass Teddy unten ins Haus eingedrungen war, aber dann brachte ich es doch nicht fertig und jetzt fühlte ich mich wie eine Idiotin. Eine ungeduldige Idiotin.

Es war eine Erleichterung, als das Handy endlich schrillte und ich etwas anderes hatte, über das ich nachdenken konnte.

»Hey, Dido!«, sagte Ernie. »Hör zu, ich hab's gefunden. Ich habe unter dem Titel gesucht. Auf einer der Webseiten gibt es ein Exemplar davon: Galsworthy, John, *Jocelyn* von John Sinjohn, Duckworth.«

»Das ist es! Was steht im Eintrag? Wer hat es und wie viel will er dafür?«

»›Buchrücken verblichen, einige Stockflecken, sonst sehr guter Zustand‹, Goldwater, sie wollen neunhundert Dollar dafür. Ist das okay?«

»Das ist gut«, versicherte ich ihm. Es hörte sich so an, als wäre die besagte Ausgabe nicht besser als meine, und damit war mein Tag zumindest nicht ganz vergeudet. »Hast du noch etwas über das Buch von Beatrix Potter?« Ernie nannte mir prompt die aktuellen Preise einiger Ausgaben von *Peter Hase,* aber etwas Ähnliches wie das Exemplar der Warings wurde nicht angeboten. Es war ohnehin nur ein ziemlich gewagter Versuch gewesen. »Ich sag dir Bescheid, wenn du es nochmal versuchen sollst«, versprach ich.

Die Tür ging auf und Lizzie und Ben schlichen sich in die Bibliothek, wo ich gerade für die von mir ausgewählten Bücher ein formales Angebot auf ein Blatt Papier mit dem Briefkopf von Monksdanes schrieb, das ich in der obersten Schublade des Schreibtischs gefunden hatte.

»Gute Neuigkeiten?«

»Eines dieser Bücher kann ich für ein paar hundert Pfund verkaufen. Ich habe gerade alles zusammengerechnet, und wenn wir gehen, gebe ich das hier Rose. Dann kann sie eine Nacht darüber schlafen.« Ich warf Ben, der zu mir gekommen war und mein Bein umklammerte, einen Blick und einen Kuss zu. Er hatte genug von diesem Haus. Genau wie ich. »Viel mehr als Kevin kann ich nicht tun. Ich werde ihr ein Angebot für etwa fünf Dutzend Bücher machen. Was mich betrifft, kann sie den Rest dort lassen, wo er ist; vielleicht will jemand noch etwas davon lesen. Sollte sie jemals das Haus ausräumen müssen, ruft sie besser bei der nächsten gemeinnützigen Bildungseinrichtung an und bittet sie, alles abzuholen. Oder Kevin nimmt den Rest für Belltower, wenn er genug Lagerfläche hat; aber ich glaube nicht, dass er dafür mehr als fünfzig Pfund bietet.«

Dann machte ich mich auf, mein Angebot Rose zu unterbreiten, die immer noch allein hinter dem abgeräumten Tisch im Frühstückszimmer saß. Sie sah es sich kaum an, aber ich erkannte an ihrer Reaktion, dass sie mein Angebot in der Zeit, die sie brauchte, um es nachlässig auf die Tischdecke sinken zu lassen, nicht nur gelesen, sondern auch abgewogen hatte und zu einem Entschluss gekommen war. Ohne zu zögern sagte sie: »Danke, Dido. Das ist doch akzeptabel. Wann möchten Sie die Bücher mitnehmen?«

Ich begriff, dass ihre eigentliche, aber ordinäre Frage lautete: »Wie schnell können Sie mir das Geld geben?«, und erklärte ihr deshalb, ich würde am nächsten Morgen mit meinem Scheckbuch zurückkommen. Dann würde ich auch alles einpacken und mitnehmen, es sei denn, es regnete zu stark und ich könnte nicht riskieren, mit den Pappkartons nach draußen zu gehen. Auf der Ladefläche des Van war eine Menge Platz, auch noch mit den Büchern von Belltower. Rose nickte gnädig und ich verabschiedete mich und ging unsere Mäntel holen.

Es war fast dunkel, als wir kurz nach sechs durch die Hintertür nach draußen traten. Die Regenwolken hingen nun wieder tiefer und es goss in Strömen. Ich packte Ben bei der Hand und rannte mit ihm zum Wagen. Wir drei fuhren mit eingeschaltetem Scheinwerferlicht die Straße hinunter und ließen die Scheibenwischer einen aussichtslosen Kampf führen. Ich hielt Ausschau nach Billy Holts Fahrrad, allerdings ohne große Hoffnung; bei diesem Regen wäre er wohl kaum unterwegs. Wir fuhren an vier, fünf Wagen mit jeweils einem Insassen vorbei. Pendler. Es musste gerade ein Zug angekommen sein.

Wahrscheinlich las Lizzie meine Gedanken, denn sie sagte: »Mickey wird in einer Stunde zu Hause sein. Ich überleg jetzt wohl besser, was es zum Abendessen gibt.«

Da war etwas, was ich ihr immer noch nicht erzählt hatte. Ich holte tief Luft. »Lizzie, du wirst zu Hause einiges in Unordnung finden. Als ich eben mein Handy holen wollte, traf ich auf Teddy. Er behauptete, er hätte den *Peter Hase* gesucht.«

Liz starrte mich mit offenem Mund an. Ich dachte, sie wüsste nicht mehr, von welchem Buch ich sprach. Tja, sie hatte auch kein professionelles Interesse daran. Ich brachte ihr das vermisste Buch der Warings in Erinnerung, doch sie starrte mich immer noch an und fragte schließlich: »Willst du wirklich sagen, was ich glaube? Dass Teddy sie dazu brachte, uns nach Monksdanes einzuladen, damit er ohne mein Wissen unser Haus durchsuchen konnte? Warum?«

Ich erwiderte höflich, dass ihr jüngerer Schwager eben ein verrückter Vogel sei.

Ihre Miene verdüsterte sich: »Frechheit!«

Ich holte den Schlüssel hervor, den ich Teddy abgenommen hatte, warf ihn ihr zu und konzentrierte mich dann darauf, den Anger zu umfahren und hinter dem Gartenzaun vom Barton den Wagen rückwärts auf den Grünstreifen zu setzen, der gerade breit genug dafür war.

»Was hat er gesagt, als du ihn erwischt hast?«

Ich versuchte mich zu erinnern. »Nicht viel. Er hat sich noch nicht mal richtig entschuldigt.« Ich überlegte noch einmal. »Eigentlich hat er sich überhaupt nicht entschuldigt. Er schien nichts Unrechtes an seinem Verhalten zu finden. Also schloss ich ab und zwang ihn, mir den Schlüssel zu geben, um weitere inoffizielle Besuche zu vereiteln – falls sie nicht noch einen Ersatzschlüssel haben. Dann ging er mit mir zurück. Er sagte nur, das Buch könnte irgendwie ins Barton gelangt sein, als es verloren ging.«

»Warum?«, fragte Lizzie berechtigterweise.

Ja, warum? Vermutlich hatte er wirklich einen Grund für sein Verhalten. Gesetzt den Fall natürlich, der Mann war nicht vollkommen unzurechnungsfähig. Aber vielleicht war er das doch. »Glaubst du«, fragte ich langsam, »es könnte sich lohnen, dass *wir* mal danach sehen? Dass wir morgen früh bei Tageslicht eine richtige Hausdurchsuchung starten? Wie auch immer es ins Haus gelangt sein mag, du wohnst jedenfalls schon Monate dort und kennst zumindest alle Stellen, an denen es *nicht* ist. Wenn irgendwas an der Geschichte dran ist, sind wir im Vorteil. Glaubst du, es könnte irgendwo ein Versteck geben, sagen wir, im Schrank oder in der Speisekammer, das du übersehen hast? Oder auf dem Dachboden?«

»Es gibt tatsächlich einen Dachboden«, räumte Liz bedächtig ein. »Man muss durch eine Falltür an der Decke klettern und ich war noch nie dort. Dido, wir könnten dort oben anfangen und uns dann nach unten durcharbeiten. Es gibt alle möglichen seltsamen Stellen in einem Haus wie diesem. Ich nehme an, wir sollten auch unter den Dielenböden nachsehen und überprüfen, ob eine der Steinplatten angehoben wurde. Vielleicht wäre es sogar ratsam, unter den Fliesen vor dem Kamin nachzuschauen! In Geschichten sind dort immer die Schätze vergraben – unter dem Kamin! Es ist nur – ich kann mir immer noch nicht vorstellen, warum jemand so etwas getan haben sollte!«

Ich entgegnete, diese Frage könnten wir wohl nach Beendigung unserer Durchsuchung mit weitaus mehr Nachdruck stellen. Eine nahe liegende Antwort war, dass Teddy selbst das Buch dort untergebracht, ein anderer es aber weggeschafft hatte. Sollte dies der Fall sein, mussten die Motive hinterfragt werden. Wenn wir den *Peter Hase* in Händen hatten, konnten wir sicher den nötigen Druck ausüben.

Das hieß, falls Lizzie das immer noch wollte, wenn sie erst einmal herausgefunden hatte, dass die Antwort nichts Gutes mit sich bringen würde. Nicht in einer Familienangelegenheit. Sie und Mickey wollten Alford ohnehin verlassen; dies schien mir ein ausgezeichnetes Vorhaben zu sein, das nicht früh genug in die Tat umgesetzt werden konnte.

Wir schlossen den Wagen ab und eilten den Pfad hinauf, weil wir rasch ins Trockene wollten. Das Barton war immer noch fest verschlossen. Wir hängten unsere nassen Mäntel auf, schalteten sämtliche Lampen ein, füllten den Kessel mit Wasser, als wir durch die Küche gingen, und machten dann einen Rundgang durchs ganze Haus, bei dem Lizzie die Spuren des Eindringlings verzeichnete. Ihre Miene wurde immer düsterer. Als wir die kleine Wendeltreppe an der Speisekammer hinunterstiegen, fing der Kessel gerade an zu pfeifen.

»Ich hatte schon genug Tee«, sagte sie, als wir in die Küche traten. »Ich mach dir eine Kanne, wenn du möchtest, aber ich brauche jetzt einen Drink. Erinnere mich, dass ich morgen Tonicwasser kaufen muss. Und eine Flasche Wodka.«

Ich sagte, das sei gut, denn ich müsste ohnehin zu einem Laden, der mir ein paar alte Pappkartons für meine Bücher geben könnte. Aber in der Zwischenzeit … »Lizzie, wie viel genau willst du davon Mickey erzählen?«

Sie antwortete sofort und bewies damit, dass sie schon darüber nachgedacht hatte. »Nichts. Bitte, Dido, noch nicht. Wir sprechen morgen darüber, wenn wir hier alles einmal auf den Kopf gestellt haben.«

Draußen fuhr ein Wagen vor. Mickey war nach Hause gekommen und ich war bereit für den unvermeidlichen Drink.

Kapitel einundzwanzig

Billy

Die Küche füllte sich mit Rauch. Lizzie kreischte: »Ich habe die verdammten Koteletts anbrennen lassen!« Ihr Ton war tragisch.

Nachdem ich mein Pensum im Kartoffelschälen erledigt hatte, hatte ich mich zu Mickey an den Küchentisch gesetzt, wo wir der Köchin Gesellschaft leisteten und unseren Wodka leerten. Ich konnte auf genügend einschlägige Kocherfahrungen verweisen, um mir den praktischen Vorschlag zu erlauben: »Schneid die angebrannten Stücke ab und kipp über den Rest Ketchup. Ich habe sowieso keinen großen Hunger.«

Lizzie überhörte das. »In der Kühltruhe habe ich noch einen Auflauf. Den wärme ich im Ofen auf. Das wird etwa vierzig Minuten dauern. Tut mir Leid, ich weiß nicht, was ich im Kopf hatte.«

Ich konnte es mir denken, behielt es aber für mich. Und wenn ich noch weitere vierzig Minuten Wodka trank, dann würde ich wohl auch zu nichts anderem mehr nütze sein, als Essen anbrennen zu lassen.

Hinter dem Fenster war es so dunkel, dass es auch Mitternacht hätte sein können. Ich ging hinüber und öffnete es, um zu lüften. Das Licht, das nach draußen fiel, zeigte, dass es wieder aufgehört hatte zu regnen. Ich zog die Vorhänge fest zu und sagte: »Vielleicht ist er jetzt zu Hause. Ich sehe mal nach. Ich glaube nicht, dass Ben aufwachen wird, außerdem bin ich ja …«, ich sah auf meine Uhr, » … spätestens um viertel nach wieder hier.«

Mickey hob die Augenbrauen, aber das ignorierte ich und ging, um die geliehenen Stiefel und meinen Mantel zu holen. Lizzie folgte mir in die Eingangshalle und drückte mir eine Taschenlampe in die Hand. »Bist du sicher, dass das gut gehen wird?«

Ich nickte entschieden. »Wenn drinnen kein Licht ist, bin ich in drei Minuten zurück. Aber wenn doch, dann bleibe ich dort und trete so lange gegen seine Tür, bis er aufmacht. Keine Sorge.« Dann glitt ich hinaus in den regenfrischen Abend, während sie ihre Kühltruhe ansteuerte.

Auf den ersten Blick wirkte Holts Cottage verlassen, aber als ich zögernd stehen blieb, bemerkte ich einen Lichtfaden unter dem Vorhang. Vorsichtig ging ich den Weg zur Haustür hinauf. Es hörte sich so an, als wäre drinnen eine sehr leise Party im Gange, aber dieses Mal erkannte ich, welche Sendung er sich ansah. Ich leuchtete mit der Taschenlampe gegen die Tür, fand den Türklopfer und betätigte ihn kräftig dreimal. Unerwarteterweise schwang die Tür nach innen und enthüllte das Ziel meines Besuchs, das sich als Schattenriss vor dem Lichtschein des Fernsehers abzeichnete.

Ich sagte: »Kann ich reinkommen? Ich habe Ihnen eine Nachricht hinterlassen. Ich bin Dido Hoare.«

»Ich wollte gerade aus dem Haus. Zu einer Verabredung.« Seine Stimme war ein heller Tenor. Zwar klang er keineswegs nervös, aber sein Kopf lag im Schatten und ich konnte seinen Gesichtsausdruck nicht erkennen.

Ich fragte: »In welche Richtung gehen Sie? Ich begleite Sie. Dann können Sie mir sagen, wie unverschämt es von mir war, Ihnen einen toten Fuchs vor die Tür zu legen.«

Ich hatte nicht damit gerechnet, dass er lachte. »Nun, er war jedenfalls schön verpackt.«

»In welche Richtung gehen Sie?«, wiederholte ich. »Wenn Sie in Eile sind, begleite ich Sie.«

»Na gut«, antwortete er, fast ohne zu zögern. »Ich will nur runter zum Pub. Einen Augenblick.«

Er ließ mich an der Tür stehen, knallte sie mir aber wenigstens nicht vor der Nase zu. Kurz darauf wurde der Fernseher dunkel und er kam zurück. Wir gingen den Weg hinunter und ich beleuchtete mit meiner Taschenlampe die Spurrillen voller Wasser. Schweigend trotteten wir um den Anger, am Barton vorbei, wo Lizzies tiefgefrorenes Abendessen vermutlich gerade aufzutauen begann; dann wandten wir uns zum Pub. Mein Begleiter sagte immer noch nichts. Aber für taktvolles Schweigen hatte ich jetzt keine Zeit.

Vor dem Bungalow sagte ich: »Sie kennen doch Mrs. Molyneux? Sie hat mir von Ihnen und Ihrer Schwester erzählt.«

»Neugierige alte Schachtel«, brummte er. Doch kurz darauf fügte er lauter hinzu: »Aber sie war nett zu meiner Mutter.« Das ließ ich erst mal so stehen, ich wollte, dass er weitersprach. »Was hat sie denn gesagt?«

»Dass sie Sie mochte. Joannie auch.«

Das ließ ihn erneut verstummen. Wir befanden uns schon bei den Fliederbüschen, als ich beschloss, zum Angriff überzugehen. »Ich weiß, dass Sie uns den Fuchs vor die Tür gelegt haben. Warum?«

»Wer sind Sie eigentlich?«, fragte er plötzlich. »Eine Verwandte?«

Wir waren beim Wegweiser angelangt und blieben kurz stehen, während ich ihm erzählte, Lizzie und ich seien in Oxford miteinander aufgewachsen. Von der Telefonzelle an der Ecke und der Laterne am Parkplatz des Pubs fiel etwas Licht zu uns herüber. Ich schaltete die Taschenlampe aus und entdeckte, dass ich immer noch sein Gesicht erkennen konnte. Auf meine Erklärung erwiderte er nichts. Dann fing es an zu nieseln.

»Hören Sie«, sagte er. »Wenn Sie möchten, gebe ich Ihnen einen aus.«

Ich nickte und wir setzten uns wieder in Bewegung. Ich folgte ihm durch den Spalt in der Gartenmauer des Pubs und dann über den Parkplatz, wo er die Reihen der geparkten Wagen musterte. Offenbar war der, den er erwartete, noch nicht eingetroffen; oder wenn doch, dann ließ er es sich nicht anmerken.

An diesem Abend war im Pub wieder viel Betrieb. Holt ging voran, betrat das Restaurant und steuerte quer durch die Mitte den letzten unbesetzten Tisch an, einen kleinen, runden in einer Ecke neben der Tür zu der Damentoilette. »Was soll ich Ihnen bestellen?«

Da ich ahnte, dass ich schon mehr Wodka getrunken hatte, als es ratsam war, bat ich nur um einen einfachen Tomatensaft und sah ihm dann zu, wie er zur Bar ging. Die meisten Leute im Raum musste er schon sein halbes Leben lang kennen, aber er beachtete sie nicht. Er grüßte die Frau hinter der Theke und unterhielt sich kurz mit ihr. Mit einem Ellbogen stützte er sich auf die Theke und wartete, bis die Getränke kamen, dann bahnte er sich den Weg zu mir zurück und ließ sich mir gegenüber auf dem Holzstuhl nieder. Und die ganze Zeit ließ ich ihn nicht aus den Augen.

Anfangs hatte ich gedacht, er sei etwa in meinem Alter, aber jetzt sah ich, dass er ein paar Jahre älter war. Er war nicht besonders groß und eher drahtig als muskulös. Sein braunes Haar reichte ihm fast bis zum Kragen; es sah aus, als würde er es sich selber schneiden. Seine alten Jeans hatte er in die Gummistiefel gesteckt, dazu trug er eine grüne Wachsjacke mit ausgefransten Manschetten. Ich nahm mir vor, dass ich die nächste Runde holen würde, und fragte: »Also, was sollte das mit dem Kadaver?«

»Nennen Sie's 'ne Warnung«, sagte er in sein Bier. »Wissen Sie, was sie getan haben? Ich ging am Samstagnachmittag hoch zum Haus, fragte, ob sie Hilfe bräuchten, bei all dem Regen und so, und da hat Helen mich gefeuert. Sagte, sie bräuchten mich nicht mehr. Sie war nervös, als ich fragte, warum. Sie behauptete, sie hätten kein Geld mehr. Mag sein, aber das kam mir doch ziemlich plötzlich vor, also sagte ich: ›Raus mit der Sprache!‹ Es war dieser Mistkerl!« Er sah mich direkt an. »Sie waren Freitagabend da, ich habe Sie gesehen. Und Teddy. Er ist nach Hause gekommen und jetzt kann er meinen Anblick nicht ertragen, das ist die nackte Wahrheit. Er hat sich eingemischt und es ihr befohlen. Stimmt doch, oder?«

Ich zögerte, aber eine andere Erklärung gab es nicht und das wussten wir beide. »Ich nehme an, er kann Sie nicht sehen, ohne sofort an das zu denken, was er getan hat.«

Er starrte wieder in sein Bier. »Tja, mir geht's genauso, aber er muss ja nicht hinsehen. Denn, wenn ich es kann, warum kann er es nicht?«

»Weil«, antwortete ich, ohne mir einen Moment Zeit zum Nachdenken zu lassen, »er im Unrecht ist, und jedes Mal, wenn er Sie sieht, muss er daran denken. Also versucht er, es sich leichter zu machen. Es ist …« Dann versagte mir für fast eine Minute die Stimme.

Er starrte mich an. »Was? Es ist was?«

Ich antwortete äußerst vorsichtig: »Es wäre unerträglich für ihn, jeden Tag daran erinnert zu werden, dass er jemanden umgebracht hat. Sie sind ihr Bruder. Vielleicht fühlt er sich so schuldig, dass er Ihren Anblick nicht ertragen kann?«

Darauf entgegnete er beiläufig: »Oh, er hat Joannie nicht umgebracht. Es war nicht Joannie, ganz egal, was sie sagen; sie war es nicht.«

Ich blickte mich um, aber soweit ich erkennen konnte, achtete niemand auf den Irren vor mir. Ich hatte keine Zeit, lange zu überlegen, mir blieb gerade genug Zeit zu denken: *Das meinte Atyeo also.* Ich starrte ihn an. »Warum sagen Sie das? Sie ... Jemand muss die Leiche doch identifiziert haben.«

Er schüttelte störrisch den Kopf und äußerte kein Wort.

»Eines frage ich mich«, setzte ich von neuem an und wagte mich weiter auf unsicheres Terrain vor. »Erinnern Sie sich noch an einen Polizisten namens Atyeo?« Mir fiel wieder ein, was Mrs. Molyneux gesagt hatte. »An den Polizisten, der schielte? Vor ein paar Tagen habe ich mit ihm über den Fall gesprochen. Er behauptete, Joannie hätte erzählt, sie sei schwanger, aber die Autopsie hätte ergeben, dass das nicht stimmte.«

Er bewegte seine Lippen, ohne etwas zu sagen. Dann knurrte er: »Die kleine, alberne Gans, sie hat sich von dem Alten vögeln lassen. Der meinte, er wäre so vornehm, dass er ihr einen Gefallen täte. Weiß nich', was *sie* dachte, die dumme Kuh ...«

»*Aber sie war nicht schwanger!*«

Er schnaubte. »Sie haben sie ja nicht morgens ins Waschbecken kotzen hören. Unsere Mum war außer sich und ich bin fast verrückt geworden. Ich hab ihr von der Apotheke in Shepton so 'nen Test geholt; sie hatte 'nen Braten in der Röhre, das war eindeutig.«

Vielleicht lag es am Wodka, den ich schon intus hatte, aber

plötzlich schien mir alles um uns herum gedämpfter und weiter weg zu sein. *Zeit gewinnen, Dido!* Ich schüttelte mich. »Ich spendiere noch einen. Bier?«

Darauf sagte er Danke und schob mir seinen Halbliterkrug zu. »Ich muss nur kurz mit jemandem sprechen. Bin in einer Minute zurück.«

Einen Augenblick lang dachte ich, er wollte wegrennen, aber er ging an der Tür nach draußen vorbei. Ich packte unsere Gläser und folgte ihm, ließ seinen Rücken nicht aus den Augen. Als er die Tür zur anderen Bar erreichte, sah ich, dass es dort drinnen noch voller war als bei uns und der Zigarettenrauch schon toxische Ausmaße angenommen hatte. Er schloss die Tür hinter sich. Ich schlich mich von der anderen Seite an ihn heran, um die geschwungene Theke herum, bis ich durch die Durchreiche direkt zum Ausschank blicken konnte. Dort hinten stand der Wirt und blockierte mehr oder weniger meine Sicht, aber als er sich über die Theke beugte, erhaschte ich einen Blick von meinem Begleiter, der jetzt neben einem Tisch angelangt war, an dem jemand aufstand und sich zu ihm wandte. Vor mir tauchte ein Gesicht auf und sagte: »Ja?«, woraufhin ich mich auf meine Bestellung konzentrieren musste. Als ich wieder hinsah, war Holt verschwunden, doch kurz bevor ich einen ersten Schluck von meinem neuen Tomatensaft nahm, tauchte er wieder auf und setzte sich vor sein frisches Bier.

»Was werden Sie jetzt machen?«, fragte er. »Es tut mir Leid, dass Sie und Mrs. Waring das Tier entdeckt haben. War jedenfalls nicht für Sie bestimmt. Wie hat sie es aufgenommen?«

»Sie war überrascht«, erwiderte ich, »aber sie ist nicht so leicht aus der Ruhe zu bringen. Allerdings schätze ich, wenn so etwas oder Ähnliches noch einmal passiert, wird sie mal ein Wörtchen mit jemandem reden.«

»Mit der Polizei?« Er sah aus, als wollte er schmollen. »Das ist nicht nötig.«

Leichthin und froh, die Stimmung wechseln zu können, sagte ich: »Wir haben nicht an die Polizei gedacht – eher an Mrs. Molyneux.«

Er blickte mich an und seine mürrische Miene bekam Risse. Er hatte ein ziemlich nettes Grinsen. »Sie sind eine harte Nuss«, beschied er. »Das wird mir jetzt klar. Also, das können Sie sich sparen. Ich werde brav sein. Hören Sie, ich bring Sie zurück – wenn Sie wollen.«

Ich warf einen Blick auf meine Armbanduhr. Viertel vor zehn, eine halbe Stunde später, als ich versprochen hatte. Möglicherweise organisierten sie schon einen Suchtrupp. Ich erwiderte: »Danke.«

Wir kämpften uns hinaus, gerade als ein weiterer Schwall Besucher ankam und die Bar bevölkerte. Es wurde lauter. Draußen gingen wir zum Tor.

Ich unternahm einen weiteren Versuch, die Ergebnisse dieser Unterhaltung irgendwie zusammenzufassen.

»Die Tote war also nicht Ihre Schwester? Warum wurde sie dann als Joan identifiziert?«

»Sie baten Mum, sie zu identifizieren. Das hätten sie nicht tun sollen, aber sie war die nächste Verwandte. Es war ein Mädchen – eine Frau – in Joannies Kleidern und Schuhen. Es war nicht Joannie, aber ich glaube, Mum hat nicht so genau hingesehen. Sie hätten sie nicht fragen sollen. Sie sagten, es sei Joannie, und Mum sagte, sie hätte kein Gesicht gehabt; aber sie hätte die Kleider und ein Medaillon erkannt, das Joannie immer trug, und deshalb hat sie die Papiere unterschrieben. Sie behauptet immer noch, es wäre Joannie gewesen, will es einfach nicht zugeben. Diese Leiche … liegt oben bei der Kirche unter dem Grabstein meiner Schwester. Kein gutes Gefühl. Nichts Abgeschlossenes.«

Meine Faszination von dieser Geschichte wich langsam starkem Argwohn. Der Instinkt sagte mir, dass Billys Mutter wohl die Leiche ihrer eigenen Tochter erkannt hätte, und ich hatte so meine Zweifel, ob man dem Bruder vertrauen konnte, der noch nach über vier Jahren an seiner fixen Idee festhielt. Aber ich biss mir auf die Zunge und dachte nach.

Der Wagen stand direkt hinter der Mauer auf der Straße, vorne saß einer – nein, saßen zwei mit Blick zum Pub. Wir befanden uns schon auf halbem Weg zum Tor, bevor ich die Flamme eines Feuerzeugs bemerkte. Das Gesicht im Lichtschein schien mir vertraut. Es war ein Gesicht, das ich schon einmal gesehen hatte. Nur ganz kurz.

Ich packte Billy Holt am Ärmel und murmelte: »Warten Sie kurz. Ich muss mir etwas ansehen. Kommen Sie mit?«

Er wollte etwas sagen, aber ich drehte mich bereits um und ging zurück zum Parkplatz, schob mich um einen Van herum und behielt den hohen Wagen zwischen mir und dem wartenden Auto. Holt kam leicht gebückt und auf Zehenspitzen hinter mir her. Er machte sich über mich lustig; ich dachte, gleich würde er anfangen zu lachen. Ich schlich mich die ganze Reihe der Wagen hinunter, behielt sie immer zwischen mir und den beiden Wartenden. Beim Spalt in der Mauer zögerte ich eine Sekunde und versuchte, das Nummernschild zu entziffern, das jetzt in unmittelbarer Nähe war. Es war zu dunkel. Ich hielt Lizzies Taschenlampe in der Hand, also drückte ich auf den Knopf und ließ den Lichtschein kurz über das hintere Nummernschild blitzen.

Das Kennzeichen begann mit N981 und dieses Mal konnte ich auch den Rest erkennen.

»Kennen Sie diesen Wagen?«

Holt antwortete: »Warum? Nein.«

Ich murmelte: »Ich erklär's Ihnen später. Ich wollte, ich könnte ein Gesicht sehen.«

Aber der Raucher sorgte nicht mehr für die nötige Beleuchtung. Ich schob mich näher an Billy heran und flüsterte: »Ich muss jetzt zurück – ich bin schon spät dran. Sie brauchen nicht mitzukommen, wenn Sie wieder zu Ihren Freunden wollen.«

»Ist nicht so wichtig«, antwortete er. »Ich bin fertig hier.«

Wir gingen schweigend die Straße zur Blechkirche hinauf. Als wir vor dem Tor vom Barton stehen blieben, sagte er: »Ich sag's Ihnen gleich: Ich werde Joannie finden. Ich tue, was ich tun muss.«

Ich erstarrte. »Es müsste doch eine vernünftige – eine bessere Lösung geben.«

»Meinen Sie, ich sollte zum Haus gehen, an die Tür klopfen und bitte bitte zu Ted Waring sagen? Doch wohl nicht! Außerdem ist da noch etwas. Ich hab's ausbaldowert: Wer auch immer die Tote war, sie wurde absichtlich erschossen. Das war kein Unfall.«

Damit ließ er mich stehen, und als ich den Sinn seiner Worte erfasst hatte, war er schon verschwunden. Ich rief ihm hinterher: »Warten Sie! Was soll das heißen?« Aber ich bekam keine Antwort, also gab ich es auf und eilte durch die Haustür bis in die Küche, wo Lizzie und Mickey gerade ihren Nachtisch aßen.

»Tut mir Leid. War mit Ben alles in Ordnung?« Ich wich zwei fragenden Augenpaaren aus und bemerkte, dass ich müde war. Vielleicht sogar betrunken.

Ich hörte, wie Lizzie sagte: »Ich habe dein Essen warm gestellt.« Dann nahm ich undeutlich wahr, wie sie sich rührte, etwas holte und eine Hand ausstreckte. »Dido! Wach auf! Iss was! Du schläfst ja im Stehen ein!«

Ich ließ mich auf einen Stuhl sinken und dachte *Warum sollte er lügen? Muss ich mir Gedanken machen?* Ich fragte mich langsam, ob ich von dieser Geschichte überhaupt etwas begriff.

Höchstwahrscheinlich nicht.

Die Abendroutine nahm ihren Gang. Wir zogen uns ins Nebenzimmer zurück und sahen uns im Fernsehen *Poirot* an. Als der belgische Detektiv schließlich alle in die Bibliothek beorderte und ein paarmal »Nun, *mes amis*« sagte, dann den Fall erläuterte und am Ende einen Täter ausmachte, an den bis zuletzt niemand gedacht hatte (wahrscheinlich noch nicht mal Poirot selbst), da bedachten Lizzie und ich uns mit einem »Nun, *mes amis*« und machten für diesen Tag Schluss.

Im kleinen Schlafzimmer öffnete Ben kurz die Augen, schloss sie dann aber wieder. Als ich aus dem Zimmer trat, hörte ich, wie Mickey das Wasser im Badezimmer aufdrehte. Ich ging die Vorhänge in meinem Zimmer zuziehen, damit ich das Licht anmachen konnte, aber bevor ich den Schalter erreichte, hörte ich etwas an der Tür und dann platzte Lizzie herein.

»Dido!« Ihre Stimme sank zu einem hektischen Flüstern. »Was ist passiert? Hast du mit ihm gesprochen? Wie ist er und was hat er zu dir gesagt?«

Ich ließ mich auf die Kante meines Bettes plumpsen und wollte eigentlich nur noch ein paar Stunden schlafen und an gar nichts mehr denken, doch ich riss mich zusammen und zählte an meinen Fingern ab: »Erstens, keine weiteren

Füchse. Er hat sich entschuldigt. Er war wütend, weil –« ich hob den zweiten Finger – »Helen ihn gefeuert hat und er nichts dagegen machen konnte; er behauptete, Teddy hätte sie dazu gebracht, und wenn ich an die Dinnerparty denke, glaube ich das auch. Drittens: Warte mal …«

»Was? *Was?*«

»Er sagte, die Tote sei nicht seine Schwester gewesen, nur jemand mit ihren Kleidern. Falsche Identifizierung.«

Lizzie dachte darüber nach. Sie runzelte die Stirn. »Tja …«

»Wunschdenken. Und schließlich sagte er, der Schuss sei kein Unfall gewesen, dann ließ er mich stehen. Keine Ahnung, warum er das sagte. Vielleicht sorgt er gern für Unruhe.«

Lizzie starrte mich an. »Warum?«

»Ego. Persönlichkeit.« Ich gähnte sie an. »Wirkte irgendwie eingeschnappt. Ich glaube, er könnte ein bisschen verrückt sein.«

»Oh, na gut«, nickte Lizzie. Dann nahm ihre Stimme einen formelleren Tonfall an. »Hör mal, morgen früh müssten wir …«

Ich unterbrach sie: »Wir sprechen beim Frühstück darüber«, ließ mich einfach aufs Bett fallen und war … weg.

Kapitel zweiundzwanzig

Alte Bücher, alte Knochen

Der Dachboden war ein zugiger Raum mit grob gezimmerten Bodendielen, wo sich unbehauene Balken von Wand zu Wand wölbten und die Überreste von dem alten Reet sorgfältig in alle erdenklichen Winkel und Spalten gestopft worden waren. Liz blickte sich um, nieste und erklärte, Mickey hätte gesagt, die Erbauer hätten beim Dachdecken das alte Stroh als Dämmung benutzt. Sehr ökonomisch. Das Problem war nur, dass wir das Ganze nach einem Buch absuchen mussten, welches gerade mal fünfzehn Zentimeter hoch und zehn Zentimeter breit war. Wir wechselten uns ab, da Ben natürlich nicht mit hoch konnte, obwohl es ihm bestimmt gefallen hätte. Es war fast elf Uhr, als wir fertig waren, und dann wechselten wir uns noch einmal ab, um all unsere Kleider in den Wäschekorb zu werfen und den Staub abzuspülen. Ich hatte mich fast wieder vollständig angezogen, als unten das Telefon klingelte. Lizzie klopfte lautstark an meine Tür.

»Das war Rose!«, rief sie. »Sie will wissen, wann du zum Haus hochkommst und ob du zum Mittagessen bleiben möchtest!«

Ich dachte kurz nach. »Sag ihr, ich käme in etwa einer halben Stunde und danke nein, kein Mittagessen.« Da ich ans Geschäftliche erinnert worden war, widmete ich mich nun der Frage, wo ich in Alford ein halbes Dutzend sauberer Pappkartons bekommen konnte.

Die Komplikationen nahmen ihren Anfang, als ich mein Handy nahm und mir die Nachrichten ansah.

Die ersten beiden waren privater Natur. Ich rief Barnabas bei sich zu Hause an und er begrüßte mich vorwurfsvoll mit den Worten: »Ich nehme an, du hast es vergessen?«

Offensichtlich ja. Ich durchforstete mein Gedächtnis, bis mir wieder die zweite Privatnachricht einfiel. Die kam von Pat. Meiner älteren Schwester. Verheiratet mit einem Arzt, wohnhaft außerhalb von London, Mutter zweier Jungen …

»Ach du scheiße!«

»Nicht so wichtig. Ich habe den Geburtstag nicht vergessen. Es gab Tee und Kuchen und danach ein Abendessen in einem Fast-Food-Restaurant. Außerdem habe ich zwei hübsch verpackte Geschenke mitgenommen. Auf Pats Vorschlag hin hast du ihm ein Computerspiel geschenkt. Ich für meinen Teil überreichte ihm ein Buch. Dein Geschenk kam besser an. Du schuldest mir fast vierzig Pfund, kaum zu glauben, aber wahr. Was treibst du denn so?«

Ich dankte ihm, dass er für mich eingesprungen war, referierte ihm eine selektive Version der Lokalereignisse, sagte, ich wollte gerade einige Neuerwerbungen abholen, und fing dann an, über das Wetter zu sprechen.

Ein Anruf in St. Albans verband mich mit dem Anrufbeantworter meiner Schwester. Ich hinterließ eine feige Mischung aus Entschuldigungen und verspäteten Glückwünschen. Von meinem Versäumnis hatte ich sicher nicht das letzte Mal gehört.

In einem Anfall von Schuldgefühlen räumte ich mein Schlafzimmer auf und musste plötzlich daran denken, dass Teddy Waring dieses Zimmer bei seiner Suche sicher nicht ausgelassen hatte. Ich ließ mich auf den Rand des zweiten

Bettes plumpsen und widmete mich der Frage, ob er nicht vielleicht nur ein ganz normaler Perverser mit einer geheimen Schwäche für meine Unterwäsche war. Denn ich konnte seine Geschichte mit der Suchaktion nach dem *Peter Hase* immer noch nicht verstehen. Angenommen, sie entsprach der Wahrheit. Was war, wenn er das Buch gefunden hatte, bevor ich auftauchte? Nun, das Buch gehörte seinem Vater. Aber was, wenn er es stehlen wollte? Wenn er abhauen und seine Eltern sich selbst überlassen wollte? Was würde ich an seiner Stelle tun? Es bei einem Händler in Bath oder London versuchen? Jedenfalls wäre er gezwungen, das Buch schnell zu verkaufen. Diese Möglichkeit musste ich in Betracht ziehen.

Ich rief Barnabas an. Dieses Mal klingelte es eine Ewigkeit, ohne dass abgenommen wurde. Wahrscheinlich war er schon zum Laden gegangen. Ich gab es auf und versuchte es noch einmal unter der Nummer meines Geschäfts. Prompt meldete sich Ernie.

»Wenn mein Vater kommt –«

»Er war hier«, unterbrach mich Ernie.

Diese Feststellung verwirrte mich. »Was, schon?«

Es folgte nicht gleich eine Antwort, woraufhin meine Alarmglocken sofort leise schrillten.

»Der Prof kam heute Morgen als Erstes hierher und ging dann nach Hause. Er sagte, er hätte was zu tun. Wir haben den zweiten Schub Bestellungen abgeschickt, und er sagte, wenn er morgen nicht käme, sollte ich einfach die Schecks und die neuen Bestellungen aufeinander stapeln und weitermachen.«

»Ging es ihm gut?«

Ernie versicherte mir, mein Vater sei frisch und munter gewesen, als er ihn das letzte Mal gesehen hatte, und schaffte es fast, mich davon zu überzeugen, dass nichts Merkwürdiges im Gange war.

Ich gab es auf und erzählte ihm eine halbwahre Geschichte über den *Peter Hase* der Warings, der seit einer Weile vermisst wurde und vielleicht gestohlen worden war. »Also möchte ich von dir, dass du die Leute anrufst, die die Rundschreiben mit gestohlenen Büchern für die American Booksellers Association und die Professional Book Fair Association verfassen – ich weiß nicht mehr, wie sie heißen, aber du findest sie in unserem Telefonverzeichnis. Könntest du ihnen sagen, dass möglicherweise eine gestohlene private Erstausgabe von *Peter Hase* mit Anmerkungen und Zeichnungen der Autorin im Umlauf ist und dass sie eine Warnung ausgeben sollen?« Dann erklärte ich ihm, wie genau er ihnen das Buch würde beschreiben müssen. Ernie machte sich Notizen und versprach, sich gleich darum zu kümmern.

Ich versuchte es noch einmal bei meinem Vater, ohne Erfolg. Vielleicht war er in die Bibliothek gegangen.

Unten in der Küche gab Lizzie mir eine Einkaufsliste mit einer Wegbeschreibung zum Dorfladen. »Frag einfach«, sagte sie. »Das Lager dort ist immer voll gestopft mit leeren Kartons. Und vergiss nicht das Tonicwasser. Möchtest du Ben bei mir lassen? Er stört mich nicht. Wir könnten nach oben gehen und die Schlafzimmer durchforsten, bis du zurückkommst. Du bist schon spät dran. Möchtest du, dass ich Rose anrufe?«

Ich warf einen Blick auf die Küchenuhr und sagte: »Nicht nötig. Es wird wohl nicht mehr als ein paar Minuten dauern, bis ich wieder da bin. Wenn Ben quengelig wird, gib ihm etwas zu trinken und lies ihm ein Buch vor. Ich bin so schnell wie möglich zurück.«

Rasch umarmte ich Ben, der gerade damit beschäftigt war, mit ein paar Wachsmalkreiden bunte Linien über alte Zeitungen zu ziehen. Mir kam flüchtig der Gedanke, dass ich Liz vielleicht warnen sollte, doch war ich zu sehr in Eile.

Der Regen hatte wieder aufgehört und die Wolkendecke war nicht mehr so dicht und hing höher. Vielleicht hatten wir es überstanden. Als ich den Van vorsichtig die Straße hinunterfuhr, war ich umgeben von kleineren Überschwemmungen, die sich an beiden Seiten der Straße, in jeder Senke und jedem Schlagloch ausbreiteten. Ich erhaschte einen Blick von Mrs. Molyneux, die in ihrem Garten stand und nachdenklich einen kleinen Teich betrachtete, der über Nacht in der Mitte ihres Rasens entstanden war. Ich hupte, doch sie war in diesen Anblick zu sehr versunken, um mich zu bemerken. Am Wegweiser führte die Straße durch eine Pfütze, die sich über die gesamte Breite erstreckte, und als ich hindurchfuhr, hinterließ der Van eine Kielwelle. Der schlammfarbene Mühlbach schäumte direkt unterhalb der Straße und die Gräben waren überflutet. Da ich meine Schwimmflügel zu Hause gelassen hatte, fuhr ich vorsichtig und brauchte eine ganze Weile, um einen Parkplatz in der Nähe des Dorfladens zu finden, von dem aus ich trockenen Fußes von der Fahrer- zur Ladentür gelangen konnte. Dort angelangt traf ich nur auf die Frau, die sich sowohl um die Kasse als auch um den Postschalter kümmerte. Gut zehn Minuten später steuerte ich dann in Richtung Monksdanes.

Ein Wasserstrom ergoss sich aus dem überwucherten Fußweg mit dem Zauntritt am oberen Ende der Straße. Barney war an Ort und Stelle, diesmal jedoch nicht allein – zwei acht-, bis neunjährige Jungen wateten durch die Fluten, die in ihre Gummistiefel strömten, und juchzten vor

Vergnügen. Ich unterdrückte den Impuls, mich ihnen anzuschließen, und fuhr ganz vernünftig in die Einfahrt, setzte den Van so nahe wie möglich an die Hintertür, lud meine Pappkartons aus, klingelte und widmete mich dann dem Geschäft.

Zwanzig Minuten später legte ich den Sinjohn-Galsworthy zuoberst in den letzten Karton, bedeckte ihn mit ein paar Lagen Zeitungspapier, die ich von Helen erbettelt hatte, und schloss die Seitenlaschen.

Ich war allein in der Bibliothek. Helen hatte mich hingeführt, mir eine Tasse Kaffee angeboten und mich dann allein gelassen. Wäre sie nicht gewesen, hätte man den Eindruck gewinnen können, Monksdanes sei unbewohnt. Das passte mir ganz gut, denn ich war nicht in der Stimmung, mich mit Lawrence oder gar Teddy herumzuschlagen. Zwar ging mir sein Eindringen in Lizzies Haus nicht aus dem Sinn, doch wollte ich eins nach dem anderen erledigen, und im Moment musste ich so tun, als wäre ich lediglich eine Buchhändlerin. Ich schrieb einen Scheck für Rose aus, legte ihn auf die Schreibunterlage und fing an, die Kartons in meinen Wagen zu schleppen. Dazu musste ich die Vordertür öffnen, und wahrscheinlich war es der Luftzug, der erst Rose und dann Helen dazu brachte, nachzusehen, was da vor sich ging. Wir tauschten ein paar Bemerkungen über das Wetter aus. Als hätte sie uns gehört, brach die Sonne hervor, als ich mit dem letzten Karton vor die Haustür trat. Ich knallte die hintere Tür meines Wagen zu und blickte auf meine Armbanduhr. Es war gerade mal halb eins; gar nicht so schlecht.

Ich holte mein Handy hervor und rief Lizzie an, um ihr zu sagen, dass ich gerade fertig geworden war. »Gibt es Probleme? Alles in Ordnung mit Ben?«

»Es geht ihm gut«, gab Lizzie zurück. Mir schien, dass sie sich seltsam anhörte, also fragte ich genauer nach. »Nein, nein, Ben geht es gut. Es ist nur …«

»*Was?*«, kreischte ich.

»Ich habe ihn nur eine Minute allein gelassen, Dido, ich schwöre es. Ich war oben in den Schlafzimmern, dann habe ich ihn mit hinuntergenommen und wir haben etwas Apfelsaft getrunken. Plötzlich fiel mir die Abdeckung vom Wasserkasten im Badezimmer ein, also setzte ich ihn einfach mit seinen Sachen auf den Boden und rannte hoch, um sie zu überprüfen; als ich dann wieder nach unten kam, war er dabei, alles vollzumalen. Ist aber nicht so schlimm, wirklich. Du weißt nicht zufällig, wie man Wachsmalkreide aus dem Binsenteppich rauskriegt, oder?«

Vielleicht *wegbrennen?,* dachte ich zynisch. Laut sagte ich: »Ich bin in fünf Minuten wieder da.« Mit solchen Versprechungen gibt man sich dem Schicksal in die Hand.

Helen tauchte wieder auf. »Mami bedankt sich für den Scheck. Sind Sie sicher, dass wir Ihnen nichts anbieten können?«

Der Lärm kam von einer Stelle direkt hinter dem Tor. Ein Hund bellte wild und übertönte fast zwei schrille Stimmen. Etwas an ihrem Ton brachte mich dazu, loszurennen. Ich kam gerade rechtzeitig, um zu sehen, wie die beiden kleinen Jungen über den Zauntritt in meine Richtung kletterten, während Barney bellend und schwanzwedelnd herumsprang. Die Kinder keuchten die Böschung hinauf, landeten mit einem Platschen auf dem Fußweg und rannten zur Straße.

Ich versperrte ihnen den Weg. »Was ist passiert?« Zwei schlammbespritzte, panikerfüllte Gesichter wandten sich mir zu. »Was ist los?«

Einen Moment lang verstand ich nicht, was sie stammelten. Dann fing der Größere von beiden an zu heulen und der andere sagte: »Wir haben ein *Skelett* gefunden!« Er wies zum Zauntritt.

Ich packte mir die nächstgelegene Jacke und sagte so ruhig ich konnte: »Zeigt es mir. Kommt schon, ihr werdet doch keine Angst vor ein paar alten Knochen haben, oder? Zeigt mir, wo es ist.« Meine Stimme klang selbst in meinen Ohren beleidigend ruhig; aber Knochen auf dem Land deuteten allenfalls auf ein totes Schaf oder Ähnliches hin, nicht wahr? Ich blickte die Jungen fest an, sah, dass ihre Panik schwand, und rief mir in Erinnerung, dass ich ein verantwortungsvoller Erwachsener war, dessen Aufgabe darin bestand, Ruhe und Sicherheit auszustrahlen und kleine Kinder zu beschützen.

»Wie weit ist es?«, fragte ich. »Direkt hinter dem Zauntritt?«

»Im Graben«, antwortete der Größere schluckend. Langsam erschien ein Grinsen auf seinem Gesicht. »Am Ende des Felds.«

Ich entgegnete: »Gut. Dann kommt und zeigt es mir; wir wollen mal schauen, was es ist.«

Der Kleinere erklärte: »Es ist ein Mensch.« Sein Ton verriet, dass er Erwachsene für ziemlich dämlich hielt.

Ich sagte: »Mann! Kommt, das sehen wir uns an.« Das bedeutete allerdings, dass ich mit meinen Sportschuhen durchs Wasser musste; aber sie hatten sich schon einmal von solch einer Erfahrung erholt und würden es vielleicht auch ein zweites Mal tun. Ich kletterte über die Böschung und stellte mit Erleichterung fest, dass sie mir folgten. Barney wand sich durch die Öffnung und führte uns schwanzwedelnd und springend an, – einem von uns machte das also wirklich

Spaß. Die Zweige der wild wuchernden Hecke streiften meinen Ärmel, als wir den überfluteten Graben an der Begrenzungsmauer von Monksdanes entlanggingen. Am Horizont vor uns war die Wolkendecke aufgerissen und machte Platz für die ersten himmelblauen Flecken seit Tagen. Die Jungen waren direkt hinter mir, als die Hecke nach rechts bog und der zugewucherte Entwässerungsgraben ebenfalls eine Kurve beschrieb, bevor er einen Hang durch offenes Weideland hinaufstieg. Das Wasser musste die ganzen letzten zwei Tage den Graben hinuntergerauscht sein, denn er war mit schlammigem Müll verstopft. An der Biegung der Hecke hatte sich ein abgebrochener Ast von einem Baum verklemmt und teilweise den Strom blockiert, und auf der Böschung hatte es einen Erdrutsch gegeben.

»Da ist es«, rief einer der Jungen mit schriller Stimme. Plötzlich waren sie wieder eingeschüchtert, drängten sich aneinander und spähten hinunter in den Graben. Langsam folgte ich ihrem Blick.

Es war von Schlamm bedeckt. Kein Schaf. Die zarten Knochen eines menschlichen Fußes waren vom Wasser freigelegt worden. Ich entdeckte die verrotteten Überreste eines karierten Stoffes, vielleicht einer Decke, und eine runde Form, den Kopf, an dem noch eine einzelne, wirre, kurze und farblose Haarsträhne hing. Darunter eine Augenhöhle voll Schlamm.

»Holen wir's raus«, schlug eines der Kinder vor.

Ich staunte nur kurz über die kindliche Unverwüstlichkeit, dann fauchte ich: »Auf keinen Fall!«, und zwar in einem Ton, der sie davon abhielt, in den Graben zu springen. Ich packte den Hund und einen der Jungen gleichzeitig am Nacken. »Wir rufen jetzt die Polizei.« Als sie unter Kontrolle waren, zog ich mein Handy aus der Tasche. »Dann bringen wir Barney zurück zur Straße und warten, und ihr lasst niemanden durch, klar? Ihr seid die Wachen. Und wenn die Polizei kommt, könnt ihr ihnen den Weg weisen, wenn ihr mögt.«

Sie nickten. Der Größere befreite mich von Barney, und beide sahen interessiert zu, wie ich das Handy einschaltete und den Polizeinotruf wählte.

»Werden sie die Sirene anmachen?«, fragte der Kleinere.

Ich sagte, das müssten sie wahrscheinlich, was ihnen gefiel. Die Polizeizentrale meldete sich: »Wen möchten Sie sprechen?« Ich fing an, die Jungen und den Hund in Richtung Straße zurückzutreiben, und erklärte mein Anliegen. Und dann hörten wir tatsächlich eine Sirene, die sich von Hinton aus näherte, und sie brauchten nur zehn Minuten, um zu uns zu gelangen, doch waren sie nicht die Ersten am Fundort.

Kapitel dreiundzwanzig

Neue Fragen, neue Antworten

Wir hörten Helen schon rufen, noch bevor wir den Zauntritt erreicht hatten. Sie verstummte, als sie uns erblickte, und blieb am Fußweg stehen, bis wir über die Böschung gekraxelt waren und uns zu ihr gesellten.

»Dido? Was ist los?«

Die Jungen schubsten sich und wetteiferten mit immer lauteren Stimmen darum, zu erzählen, wie sie eine Leiche im Graben gefunden hatten.

Helen sah mich erschrocken an. »Aber doch kein Mensch, Dido!«

Ich entgegnete, dass es mal ein Mensch gewesen sei.

Atemlos sagte sie: »Dann gehe ich besser und rufe den Rettungswagen.«

»Das hat *sie* schon getan«, verkündete einer der Jungen. »Sie hat ein Handy! Sie hat direkt von dort aus angerufen.«

»Aber nicht den Rettungswagen«, präzisierte ich. »Die Leiche liegt schon ziemlich lange dort.«

»Was liegt dort?«

Ich hatte das Fahrrad nicht gehört, aber als ich mich umdrehte, stand Billy Holt hinter mir, einen Fuß auf dem Boden, den anderen auf dem Pedal, so, als wollte er jeden Moment die Flucht ergreifen. Er nickte Helen steif zu, die daraufhin errötete und kühl zurücknickte. »Was liegt da? Habt ihr was gefunden, Jackie?«

Die Jungen stürzten zu ihm, hängten sich an sein Fahrrad

und fingen an, ihre Geschichte zu erzählen. Ich sah, wie Billys Aufmerksamkeit plötzlich zunahm. Er schwang das Bein über die Fahrradstange, ließ das Rad auf die Straße fallen und rannte auf einmal zum Zauntritt. Ich schrie: »Nichts anfassen!« Er war schon außer Sicht, bevor ich noch etwas hinzufügen konnte.

Dann hörte ich hinter den Feldern die Sirene und fragte mich, wie lange sie wohl brauchen würden, um die entlegene Sackgasse hinter einer kleinen Seitenstraße zu finden; doch ich unterschätzte sie. Wir hörten, wie die Sirene näher kam. Sie wechselte den Ton, als sie am Ende der Straße einbog. Der Streifenwagen erschien in der Kurve und blieb mitten auf der Straße stehen; gemächlich stiegen zwei Uniformierte aus. Ich sah, dass sie auf das am Boden liegende Fahrrad blickten und falsche Schlüsse über einen Verkehrsunfall zogen.

»Es ist dort drüben, den Pfad entlang, im Graben.« Ich zeigte mit dem Finger die Richtung.

»Können Sie uns hinführen?«, fragte der Fahrer. Er nickte seinem Begleiter zu. »Bleib hier und halt die Leute fern.« Er nahm den näheren Umkreis mit einem Blick auf: Helen und die beiden unruhigen Jungen, die sechs, sieben Personen, die die Sirene gehört hatten und bereits zu uns gestoßen waren. Wieder zog er falsche Schlüsse und sagte zu Helen: »Halten Sie Ihre Jungen hier.« Und zu mir: »Bitte gehen Sie voran.«

Ich kletterte so würdig wie möglich über die Böschung und führte ihn, über den Schlamm rutschend, den aufgeweichten Pfad hinunter. Billy stand reglos vor der eingebrochenen Böschung, blickte hinunter in den Graben, und die Knochen waren noch genau so, wie ich sie zurückgelassen hatte, – obwohl ich schon halb damit gerechnet hatte, Billy dabei zu ertappen, wie er sie entweder hektisch ausgrub oder wieder mit Erde bedeckte: Er hatte entschieden Interesse an toten Kreaturen. Als wir ankamen, sah er auf und trat zurück, dann blickte der Polizist nach unten und trat ebenfalls zurück. »Halten Sie Abstand«, sagte er.

»Die liegt schon eine ganze Weile hier«, sagte Billy mit fester Stimme.

»Das ist jetzt unwichtig.« Der Fahrer warf einen Blick über die leeren Felder, so als meinte er, den weglaufenden Mörder entdecken zu können. »Ich bleibe hier. Könnten Sie beide zum Wagen zurückgehen und den Constable bitten, Verstärkung zu rufen? Und dann warten Sie bitte dort. Und hinterlassen Sie Ihre Namen, bevor Sie gehen. Sie wohnen doch beide in Alford?«

Ich sagte: »Ja«, was für seine Belange korrekt genug war, und sah hinüber zu Billy, der ins Leere blickte. Nach einer Weile wandte er sich ab. Ich folgte ihm.

Während unserer kurzen Abwesenheit hatte sich die Lage verändert. Die Jungen befanden sich nun in der Obhut einer Frau, die gewiss ihre Mutter war, da sie sie am Arm gepackt hielt und den Constable darüber informierte, dass ihre Söhne sich gerade von den Windpocken erholten, sich deshalb nicht in der Schule befänden, jetzt nass bis auf die Knochen seien und nun unverzüglich mit ihr nach Hause gehen müssten, um sich aufzuwärmen, ganz gleich, was die Polizei von Avon und Somerset davon hielte. Helen und Teddy standen direkt hinter den Torpfosten, während fünfzehn, zwanzig Menschen und drei Hunde auf dem Gelände herumschwirrten, darunter Barney, der allerdings von einem der Neuankömmlinge mit einer Leine zurückgehalten wurde. Gerade kam ein weiterer Wagen angefahren und bog in die Einfahrt eines der Bungalows auf der gegenüberliegenden Straßenseite ein. Ihm entstieg ein Mann, der sich auf das Wagendach stützte und mit einem Nachbarn schwatzte. Ein Volksfest.

Holt übermittelte die Nachricht dem Constable, der eine gequälte Miene aufsetzte. »Gehen Sie nur«, sagte Billy. »Ich bleibe hier. Niemand wird vorbeikommen.« Er lehnte sich auf den Zauntritt und blockierte den Durchgang; ich beschloss, mich für ein, zwei Minuten neben ihn zu stellen.

»Was glauben Sie, wer das ist?«, fragte ich leise.

Er antwortete nicht und nach einer Weile klingelte mein Handy. Ich schaltete es ein.

»Dido?« Lizzies Stimme. »Dido, was ist da oben los? Ist mit Rose und Lawrence alles in Ordnung? Ich habe eine Sirene gehört und alle Welt scheint in diese Richtung zu laufen. Was ist passiert?«

Ich erklärte ihr die Situation. »Du und Ben könnt, wenn ihr wollt, auch hochkommen«, sagte ich. »Alle sind hier. Ich kann nicht von hier weg, bis sie meinen Namen notiert haben, da ich, abgesehen von zwei kleinen Jungen, die Erste am Fundort war.«

»Vielleicht sehe ich es mir mal kurz an. Ist mit der Familie alles in Ordnung?«

Ich antwortete, Helen und Teddy würden alles im Blick behalten, während von den anderen keine Spur zu sehen sei. Und dass ich mit ihr hingehen würde, wenn sie käme. Es war klar, dass ich im Moment meinen Van nicht die Straße hinunterfahren konnte.

Lizzie und Ben trafen fast gleichzeitig mit zwei weiteren Streifenwagen und einem Kastenwagen von der Polizei ein. Plötzlich wimmelte die Straße von Polizisten, die die Schaulustigen auf die andere Straßenseite abdrängten, den Fußweg mit Absperrband abriegelten und dann etwas zu der Leiche brachten, das aussah wie Stangen und Persenning. Plötzlich heulte ein Hund auf und es gab eine Beißerei, die von brüllenden Männern beendet wurde. Ich vergewisserte mich, dass Lizzie und Ben sicher durchs Gewühl gekommen waren und sich in die Zufahrt nach Monksdanes geflüchtet hatten, dann wandte ich mich wieder um.

Der zuletzt eintreffende Wagen gehörte offensichtlich zur Kriminalpolizei und wurde gesteuert von einem Mann, dessen Gesicht mir irgendwie bekannt vorkam. Er sprach zuerst mit dem Fahrer des ersten Wagens, dann drehte er sich um und blickte in meine Richtung, woraufhin ich ihn erkannte: Es war der Detective Sergeant, mit dem ich auf der Polizeiwache gesprochen hatte, als ich Atyeo suchte. Ich durchforstete mein Gedächtnis und brachte seinen Namen hervor: Cole – Detective Sergeant Cole. Aber viel interessanter fand ich den Wagen, der auf der gegenüberliegenden Seite der Straße geparkt hatte: N981 war wieder aufgetaucht – und jetzt endlich bei Tageslicht. Ich war so sehr damit beschäftigt, Zusammenhänge herzustellen, dass Cole mich zwei- oder dreimal angesprochen haben musste, bevor mir bewusst wurde, dass er mich nach Namen und Adresse fragte. Möglicherweise vermittelte ich eine Sekunde lang den Eindruck, dass ich keine Ahnung hatte, wer ich war. Dann machte etwas bei ihm Klick. Er sah mich prüfend an. »Sie haben doch nach Harry Atyeo gefragt.«

Das bestätigte ich.

Er blickte auf sein Notizbuch, in dem er meine Angaben vermerkt hatte. »Ich komme später mal kurz bei Ihnen vorbei, um mit Ihnen zu reden. Wo ist das Barton?«

Ich erklärte es ihm, dann wandte er sich Holt zu, während ich mich an ihm vorbeidrückte und durch das Tor flüchtete.

»Was ist passiert?«, fragte Lizzie nüchtern. »Nun red

schon?«

Ich sah, dass zwei Augenpaare auf mich gerichtet waren. »Knochen«, antwortete ich knapp. »Die Jungen haben eine Leiche gefunden, ein Skelett, es liegt schon eine ganze Weile dort. Ich glaube, durch den tagelangen Regen ist es aus dem Graben geschwemmt worden.«

Ein paar Minuten sahen wir zu, wie das Absperrband entrollt wurde. Die wartende Menge unterhielt sich gedämpft. Billy Holt lehnte am Zaun eines der gegenüberliegenden Häuser und redete mit dem Mann, der Barney an der Leine hielt. Während er sprach, wanderten seine Augen immer wieder zum Fußweg, obwohl dort nichts zu sehen war.

Helen wurde unruhig. »Ich habe noch nicht mit dem Mittagessen angefangen. Ich sollte jetzt wohl mal gehen.« Sie versuchte, uns zuzulächeln, und wandte sich zum Haus. Teddy zögerte einen Moment und folgte ihr dann langsam.

Ich konnte seine Miene nicht deuten, doch stand ich ihm im Weg, und aus irgendeinem Grunde fiel mir wieder ein, dass ich noch eine dringende Frage an ihn hatte. Ich murmelte: »Sie wissen ja wohl, dass ich mir immer noch Gedanken über Sie mache. Warum meinten Sie noch, dass der *Peter Hase* im Cottage versteckt sein soll? Haben Sie ihn selbst dort hingebracht?«

»Stecken Sie Ihre dumme, spitze, kleine Nase nicht in meine Angelegenheiten!« Zwar konnte ich seine leisen Worte kaum verstehen, doch der Ton war eindeutig herablassend. Ich ertappte mich, dass ich die Hand hob, um meine Nase zu betasten, und tarnte die Geste sofort als Nasereiben.

Lizzie starrte ihm nach. »Was hat er gesagt?«

Ich antwortete, ich hätte es nicht verstanden; aber ich war glücklich, dass ich schließlich doch einen wunden Punkt getroffen hatte, und das allein war schon genug, um mir zu bestätigen, dass an meinen Verdächtigungen etwas dran war. Dann allerdings verlangte jemand auf Kniehöhe mehr Aufmerksamkeit von mir. Dem wollte ich mich nicht entziehen. »Ben hat Hunger und Langeweile. Ich bringe ihn besser zurück. Bleibst du noch?«

»Du kannst mir ja von der Leiche erzählen«, erwiderte sie. »Hier ist nicht viel zu sehen.«

Ich sorgte dafür, dass unser Rückweg am N981 vorbeiführte, wo ich, ganz unnötigerweise, noch einmal das vollständige Kennzeichen überprüfte. Ich konnte es kaum erwarten, dass Cole auftauchte; ich hatte einige Fragen im Austausch gegen seine in petto. Wahrscheinlich würde am Ende auch dieser Mann mir raten, meine spitze Nase nicht in fremde Angelegenheiten zu stecken, doch auch seinen Rat beabsichtigte ich nicht zu befolgen.

Lizzie erwachte aus ihrer Versunkenheit, als wir über den Anger liefen. »Ich wollte dir noch sagen, dass ich mir den ganzen ersten Stock vorgenommen habe, Dido – die Schlafzimmer, den Flur, die Schränke. Aber dann fiel mir wieder ein, dass das Cottage im Jahr vor unserer Ankunft renoviert wurde, und ich glaube, die Möglichkeit, dass dort noch irgendetwas versteckt ist, ist ziemlich gering, es sei denn, es wurde in eine Wand eingegipst oder unter den Dielen versteckt.«

Ich erklärte gewichtig, das könne schon sein und dann müssten wir eben die Dielenböden aufreißen. Seltsamerweise schien ihr diese Vorstellung zu gefallen; mir jedenfalls kam es einfacher vor, als Teddy Warings Schlafzimmer zu durchsuchen.

Kapitel vierundzwanzig

Hin und Her

Von meinem Stuhl am Kopfende von Bens Bett aus konnte ich direkt durch das Fenster sehen, wer draußen kam und ging. Es war still in dem kleinen Schlafzimmer, und ich hatte keine Lust, wieder nach unten zu gehen, wo Lizzie mit schmutzigem Geschirr klapperte und darauf wartete, mit mir Spekulationen über die Leiche anzustellen. Ich musste meine Gedanken sortieren. Mein Tag schien einen immer größeren Berg an Unerledigtem für mich aufzutürmen.

Billy Holt hielt die Leiche für seine tote Schwester; das wusste ich so gewiss, als hätte er meine Frage beantwortet. Bis dahin hatte ich angenommen, seine Geschichte über die falsche Identifizierung sei auf Selbsttäuschung zurückzuführen – doch jetzt war ich mir nicht mehr so sicher. Der tote Fuß hatte keinen Schuh getragen; wahrscheinlich war er nicht zu seiner Grabstelle gelaufen. War der oder die Aufgefundene woanders getötet worden? Ich hatte durch den Schlamm nicht genügend gesehen, um beurteilen zu können, ob die Leiche vollkommen unbekleidet war. Aber wenn das der Fall war und Billy Holt Recht mit seiner Behauptung hatte, dass die Leiche auf dem Friedhof nicht die seiner Schwester war, obwohl sie deren Kleider trug, war dann diese neue Leiche vielleicht so nackt wie der Fuß?

Angenommen, *zwei* Frauen, nicht eine, waren in jener Nacht im Jahre 1994 getötet worden. Eine von ihnen war

Joannie Holt, die andere … Tja, das war der springende Punkt, nicht wahr? Wessen Leiche steckte in Joan Holts Kleidern und warum?

Als ich wieder aufblickte, stieg vor dem Cottage gerade Detective Sergeant Cole aus seinem Wagen. Ich sah ihm zu, wie er den Namen über der Tür las und dann eintrat. Leise stand ich auf und beugte mich über das Kinderbettchen. Ben sah mich an. Er hatte seinen Daumen und einen Zipfel seiner Schmusedecke im Mund, und seine Augenlider waren schwer. Ich warf ihm einen Kuss zu und schlich nach unten.

»Hören Sie«, sagte ich zu Cole, als der einfache, kooperative Part unseres Gesprächs erledigt war, »ich hab da mal eine Frage.«

Wie ein Visier senkte sich die Aura der Amtlichkeit über sein Gesicht. »Ich fürchte, ich darf den Fall nicht mit Ihnen diskutieren«, erwiderte er.

»Es hat nichts mit dem Fall zu tun«, entgegnete ich zuvorkommend. Oder vielleicht ist »zuvorkommend« nicht das richtige Wort. »Ich wollte Sie fragen, warum Sie nachts in Alford herumlungern. Warum Sie in fremde Fenster starren. Das ganze Dorf spricht schon über den Voyeur. Nur weiß ich zufällig und die anderen nicht, dass Sie der Voyeur sind. Ich habe Ihren Wagen da drüben an der Straße gesehen, von wo aus Sie in mein Schlafzimmer schauen können. Und vor dem Pub habe ich ihn auch gesehen. Ich habe mir Ihr Kennzeichen aufgeschrieben, zweimal.« Ich blickte ihn direkt an. »Ich schätze, ich sollte offiziell Beschwerde bei Ihrem Vorgesetzten einreichen, meinen Sie nicht?«

Das Visier fuhr hoch und zeigte etwas Neues. Zuerst dachte ich, es sei Furcht oder Verlegenheit. Bei näherem Hinsehen wirkte es eher wie Zorn. »Miss Hoare, Sie haben voreilige Schlüsse gezogen. *Falls* Sie meinen Wagen irgendwo gesehen ...«

Ich blickte ihm direkt in die Augen und unterbrach ihn: »›Falls‹ ist hier unangebracht, und glauben Sie ja nicht, dass ich allein war. Vielleicht brauchen Sie Hilfe. Sie sollten mal mit Ihrem Arzt sprechen.«

Sein Gesicht nahm eine interessante rosa Färbung an. »Wie ich schon sagte, falls Sie meinen Wagen irgendwo gesehen haben, so befand ich mich zu der Zeit im Dienst. Die Gegend hier unterliegt unserem Zuständigkeitsbereich und natürlich fahren wir ab und an Streife.«

Ich lachte ihn aus. »Die Kripo fährt routinemäßig Streife in entlegenden Dörfern? Das ist aber ganz was Neues!« Ich starrte ihn wieder an. »Nun, da ich weiß, wen ich gesehen habe, kann ich die Neuigkeit ja verbreiten. Ich muss nur –«

»Dürfte ich Sie bitten, das zu unterlassen?«

Er hatte die Stimme erhoben und Lizzie erschien mit erschrockener Miene im Türrahmen. Ich warf ihr einen Blick zu; sie verstand und verschwand wieder. Ich wandte mich ihm erneut zu und wartete.

Nach einer Weile sagte er: »Wir führen eine Überwachung durch. Ich gehöre zu den damit betrauten Beamten.«

Seltsamerweise glaubte ich ihm auf der Stelle. Aber ich sagte: »Ich wollte, ich könnte Ihnen glauben.«

»Könnten Sie bis morgen darauf verzichten, es irgendjemandem weiterzuerzählen? Dann bitte ich meinen Vorgesetzten, Ihnen meine Erklärung zu bestätigen.«

Ich zeigte ihm, dass ich darüber nachdachte. Dann sagte ich: »Sollte ich darauf verzichten, nur um meinen guten Willen zu beweisen, würden Sie mir dann Ihrerseits einen Gefallen tun?« Wieder wurde sein Blick ausweichend. *War es denn zu fassen?* »Ich habe da doch die Leiche gesehen. Und nun geht mir immer wieder eine Frage durch den Kopf. Ich weiß, dass ich einen nackten Fuß gesehen habe. Habe ich Recht, wenn ich sage, dass die Leiche vollständig unbekleidet war?«

Cole zwinkerte, und ich konnte sehen, dass ich seinen Eindruck bestätigt hatte, wonach ich eine Wichtigtuerin mit unerfreulich morbiden Neigungen war. Er fauchte: »Möglicherweise war die Tote unbekleidet«, dann stand er auf. »Ich bitte den Inspektor, Sie morgen früh anzurufen.«

Lizzie wartete schon, um ihn zur Tür zu begleiten, dann stürzte sie auf mich zu, begierig, Neues von mir zu erfahren. Ich blieb recht einsilbig, denn ich musste erst einmal die eben erfahrenen Neuigkeiten verdauen, vor allem die, dass die Leiche eine »Sie« gewesen war.

»Dido?«

Ich traf eine Entscheidung. »Ich muss sofort zu Billy. Bin gleich wieder da.«

Sie protestierte laut, doch ich eilte schon zur nächstgelegenen Haustür und rannte den Fußweg hinunter. Mir war noch gar nicht aufgefallen, dass es wieder angefangen hatte zu regnen; aber ich kehrte nicht um, weil ich zwanzig Minuten zuvor gesehen hatte, wie Billy Holt zu seinem Haus geradelt war, und ich ihn erwischen wollte, bevor er sich wieder in Luft auflöste. Der Mann hätte Zauberkünstler werden sollen. Als ich an seine Haustür klopfte, war ich schon feucht und nass, als ich erkannte, dass er nicht öffnen würde, und noch nasser, als ich um das Haus herumging und entdeckte, dass im Hinterhof keine Spur von seinem Fahrrad zu sehen war. Irgendwie war er an mir vorbeigekommen. Mr. Unsichtbar. Da ich meine Kleider ohnehin würde wechseln müssen, ging ich den schmalen Pfad zu den Schuppen hinunter, spähte durch ein paar trübe Fenster auf die verschwommenen Formen von Säcken und Gartengeräten, überprüfte die Vorhängeschlösser, entdeckte, dass das Trockenklo frei war, und blieb schließlich beim Stall stehen. Ein junges braunes Kaninchen schrak von seinem Festmahl aus Salatblättern und knorrigen Karotten auf, erwog, sich zu verstecken, und entschied sich zögernd, mich zu ignorieren. Ich zog mich leise zurück, um es nicht noch einmal zu erschrecken. Als ich das Barton erreichte, sah selbst Lizzie ein, dass ich die Kleider wechseln musste, bevor ich auch nur eine Frage beantworten konnte; also folgte sie mir nach oben ins Badezimmer, um mich über Cole auszuquetschen.

Sie setzte sich auf die Fensterbank, schlug die Beine übereinander, musterte mich mit einem strengen Blick und fragte: »Womit hast du ihn auf die Palme gebracht?«

Ich war nicht der Meinung, dass sich mein Versprechen, das Ganze vertraulich zu behandeln, auch auf Lizzie erstreckte, also erklärte ich ihr, was ich entdeckt hatte.

Sie zwinkerte. »Also hat Billy Holt möglicherweise die ganze Zeit Recht gehabt?« Sie dachte darüber nach und öffnete dann den Mund, doch was immer sie sagen wollte, ging verloren, als sie rasch aus dem Fenster blickte und es in ein »Mrs. Molyneux – ich bin sicher, sie will zu uns«, umwandelte. »Sie will bestimmt alles über … das, was du gesehen hast, wissen.«

»Gut«, sagte ich.

Der Strategie zufolge, die ich gerade bei Cole angewandt hatte, überließ ich Mrs. Molyneux den ersten Zug und lieferte ihr einen kompletten Bericht über die Entdeckungen des Tages. Sie saß mit uns am Küchentisch; wir drei leerten eine Kanne Tee und einen Teller mit Schokoladenkeksen, während wir die Lage besprachen.

»Splitternackt!«, seufzte Mrs. Molyneux. »Natürlich ist Ihnen klar, was das bedeutet.«

Ich versuchte, verwirrt dreinzublicken.

»Nun – ich spekuliere mal so ins Blaue hinein: Falls – und ich betone *falls* – diese Leiche tatsächlich die kleine Joannie ist, dann wurde sie gewiss zur selben Zeit getötet, als die Schießerei in der Bibliothek stattfand, denn die Leiche dort trug ihre Kleider. Aber warum? Natürlich, um deren wahre Identität vor der Polizei zu verbergen. Aber wenn die Kleider *jener* Leiche mit der anderen Leiche, mit Joannie also, vergraben wurden, dann könnte dies aufschlussreich sein.«

»Wenn das den Tatsachen entspricht«, sagte ich, »dann wäre sicherlich damit bewiesen, dass die beiden Toten zum selben Fall gehören. Aber natürlich müssen die Kleider nicht unbedingt dort sein. Ich jedenfalls habe nichts gesehen, was darauf hindeutet.« Ich dachte über Billys Geschichte nach. »Ist es nicht seltsam, dass ausgerechnet Mrs. Holt die falsche Identifizierung vornahm? Ist etwas Verdächtiges daran?«

»Sie meinen …? Oh, nein. Daran glaube ich nicht. Ich nehme an, Sie leben in der Stadt. Da werden Sie nie gesehen haben, welche Wirkung ein Gewehrschuss aus nächster Nähe hat. So etwas ist furchtbar destruktiv! Das Gesicht wird vollkommen zerstört gewesen sein. Übrigens ist das keine reine Spekulation. Ich erinnere mich, dass Mrs. Holt damals mit mir darüber gesprochen hat, was für ein schrecklicher Anblick das für sie war, was für eine Tortur. Als ich eben von dieser neuen Entdeckung hörte, stattete ich ihr sogleich einen Besuch ab und sagte so nebenbei, ich würde mich fragen, ob damals vielleicht irgendein Fehler gemacht worden sei. Aber sie meinte, das sei unmöglich.

Daher fragte ich sie, ob sie mir noch mal erzählen könnte, was genau sie gesehen hätte. Sie beschrieb die Leiche. Schrecklich. Sie will sich jedoch einfach nicht eingestehen, dass sie sich geirrt haben könnte.«

Lizzie sagte: »Wie seltsam, dass sie nicht sorgfältiger vorgegangen sind. Es gab doch wahrscheinlich Aufzeichnungen vom Zahnstatus, Fingerabdrücke …«

Mrs. Molyneux entgegnete sanft: »Nun, ich bezweifle zwar nicht, dass es so etwas gab, aber warum hätten sie unter den gegebenen Umständen aussagekräftig sein sollen? Und warum sich die Mühe machen, wenn die Mutter das Opfer so unzweifelhaft identifiziert hatte? Außerdem kann ich mir nicht recht vorstellen, dass ihre Fingerabdrücke irgendwo gespeichert waren. Meine jedenfalls sind es nicht.« Sie blickte zuerst Lizzie und dann mich an, und wir bestätigten, dass auch unsere Fingerabdrücke nirgendwo gespeichert waren. »Auf der anderen Seite gibt es ja DNA-Tests. Ich habe mit Chief Inspector Wills in Shepton telefoniert – den kenne ich noch aus der Zeit, als er immer zu uns in die Kirche kam – und schlug ihm vor, unter den gegebenen Umständen doch eine Analyse beider Leichen durchführen zu lassen. Er sagte, er hätte zwar nichts mit der Untersuchung zu tun, versicherte mir jedoch, dass angesichts der heutigen Entdeckung der Pathologe gewiss eine Analyse vornehmen würde. Wie ich es verstanden habe, wird es wohl einige Zeit erfordern. Vielleicht sogar Monate.«

Lizzie sagte schroff: »Teddy muss doch wissen, wer sie war.«

»Nicht unbedingt.«

Beide wandten sich mir zu. Ich erklärte: »Wenn die Geschichte, die Mickey gehört hat, stimmt, dann war es sehr dunkel. Teddy war wahrscheinlich nervös; jemand, den er nicht sehen konnte, stürzte sich auf ihn und versuchte, die geladene Waffe an sich zu reißen, und da feuerte er. Als er das Licht anschaltete, war die Leiche – nun, wie Sie beschrieben haben. Wenn Joan Holts Mutter die Leiche nicht wirklich erkennen konnte, wie dann Teddy? Möglicherweise hatte er keine Ahnung, wen er da umgebracht hatte.«

Mrs. Molyneux schob sich ihre Brille die Nase hinauf, sah mich prüfend an und sagte: »Aber warum um alles in der Welt trug die geheimnisvolle Frau dann Joannies Kleider?«

Darauf hatte ich keine Antwort; man konnte noch nicht mal die weit hergeholte Möglichkeit ausschließen, dass die beiden Frauen miteinander befreundet waren und ihre eigenen, obskuren Gründe hatten. Jede Antwort warf neue Fragen auf.

Als von oben Lebenszeichen zu uns drangen, nahm Mrs. Molyneux ihre Tasche und stand auf. »Sie werden jetzt mit dem Kind zu tun haben und ich muss gehen. Ich würde mich jedoch freuen, Sie wieder zu sehen – und den jungen Mann. Bitte rufen Sie mich an, wenn ich Ihnen irgendwie behilflich sein kann.«

Wir begleiteten sie zur Tür, sahen zu, wie sie den Schirm holte, den sie im Gang zur Speisekammer hatte trocknen lassen, und blickten ihr dann nach, als sie nach draußen trat. Als sie sich zu einem letzten Gruß umwandte, fuhr Billy Holt gerade am hinteren Ende des Angers entlang und bog in den unbefestigten Weg ein. Lizzie und ich wechselten einen Blick. Dieses Mal würde ich mir die Zeit nehmen, um einen Regenmantel anzuziehen, bevor ich ihn aufspürte. Dann rannte ich los. Als ich sein Gartentörchen erreichte, fuhr er gerade sein Rad ums Haus. Das Taxi, das am Anger hinter mir auftauchte, registrierte ich kaum, während ich in seinen Garten lief und ihn rief. Er wartete, bis ich ihn eingeholt hatte.

»Sie sind aber ziemlich schwer zu erwischen«, keuchte ich. Wenn ich mich gereizt anhörte, war mir das mittlerweile egal. Ebenso egal war es mir, dass er ziemlich nervös aussah. »Ich muss Ihnen noch eine Frage über das stellen, was Sie mir neulich erzählt haben.« Als ich in seinem Gesicht nach einer Reaktion suchte, sah ich, wie er sich entspannte. Aha. Ich wagte den Sprung. »Als wir vom Pub zurückgegangen sind, sagten Sie, der Schusswechsel in der Bibliothek sei kein Unfall gewesen. Warum?«

Er lehnte sein Fahrrad an die Hauswand und musterte mich vorsichtig. »Gesunder Menschenverstand.«

Ich fragte noch einmal: »Warum?«

Er zögerte: »Ich kann es Ihnen zeigen.«

»Na, dann mal los«, meinte ich.

Er zögerte erneut, sah mich prüfend an und trat dann zwischen zwei Saatreihen. Dort hatte er mit Stangen die Reihe mit den Bohnen markiert, und nun zog er die nächststehende aus dem Boden, kam zurück und klopfte darauf, um die Erde zu entfernen. Danach wies er auf eine Stelle an der Hauswand. »Dort ist der Lichtschalter. Ich will das Licht anmachen und dann schießen, also greifen Sie besser nach dem Gewehr und versuchen mich aufzuhalten. Alles klar?«

Er drehte sich um, doch noch bevor er mehr als einen Schritt machen konnte, stürzte ich mich schon auf ihn und packte seinen Arm. Ich hielt ihn mit beiden Händen fest und dann rangen wir stolpernd um die Stange. Nach einer Weile gab er mir einen Stoß. Damit hatte ich nicht gerechnet; ich musste seinen Arm loslassen und taumelte rückwärts. Dadurch bekam er genügend Raum, um die Stange auf mein Gesicht zu richten; er sagte: »Peng. Sie sind tot … Alles in Ordnung mit Ihnen?«

Keuchend antwortete ich: »Alles bestens. Versuchen wir es noch einmal.« Wir spielten die Szene ein zweites Mal. Dieses Mal ging ich näher an ihn heran, drängte mich gegen ihn und gab ihm einfach nicht genügend Raum, um die Stange zu heben. Wir taumelten, wie mir schien, eine ziemlich lange Zeit umher, bis er schließlich sagte: »Okay, stopp, Sie zertrampeln meine Bohnen.« Wir lösten uns voneinander und sahen uns an. Dieses Mal keuchten wir beide. Dann hob er bedächtig die Stange, wies damit zwischen meine Augen und sagte: »Und peng, Sie sind tot. Sehen Sie, *das* meine ich.«

Ich sah es. Und zwang mich, einen Schauer der Angst zu ignorieren. Das dritte Mal ging ich ihn von vorne an, so dass *ich* ihm in die Augen blicken und »das Gewehr« beiseite schieben konnte. Das hätte vielleicht funktioniert, wenn er nicht einen Schritt zurück gemacht und dann seinen aufreizenden, kleinen Satz abgespult hätte. Es war der Beweis, dass es ungewöhnlich schwierig war, mich zufällig erschießen zu lassen, ganz einfach wegen der Länge der Stange, die den Lauf des Gewehrs darstellte. Ich konnte einfach keine natürliche Möglichkeit finden, während des Kampfes vor die Mündung zu geraten. Beim letzten Versuch hatten wir beide die Hände um die Stange und versuchten sie an uns zu reißen. Ich war in Rage und wollte diesmal wirklich diejenige sein, die sagte: »Peng, Sie sind tot«, denn es war langsam Zeit aufzuhören. Stattdessen sagte ich: »Na gut. Ich glaube …«

Ich wurde von einem Krachen unterbrochen, auf das Gebrüll folgte. Als ich sah, wie sich Holts Augen weiteten, ließ ich die Stange los und wirbelte herum. Barnabas war durch das Gartentor gestürmt, lief, seinen aufgerollten Regenschirm wie ein Schwert gezückt, direkt über die Saatreihen hinweg auf uns zu und brüllte dabei wie ein Irrer. Ich stürzte mich auf ihn, packte seinen Regenschirm und musste so heftig lachen, dass mir die Sprache versagte, vor allem, als Lizzie keuchend am Tor erschien und lächerlicherweise schrie: »Dido? Dido! Onkel Barnabas ist hier …«

Kapitel fünfundzwanzig

Schlechte Manieren

Lizzie sagte kühl: »Erst dieser Polizist, dann Billy Holt – Männer mögen es einfach nicht, wenn Frauen sie schlagen. Sie finden das ungezogen.«

»Mir ist immer noch nicht klar, was du dir eigentlich dabei gedacht hast«, sekundierte mein Vater verdrießlich, »einen Ringkampf mit diesem Kerl zu veranstalten.«

Getreu dem alten Grundsatz, dass man, wenn zwei Freunde einen gleichzeitig kritisieren, gar nichts hören kann, sagte ich nur: »Wir stellen Bens Bettchen besser in mein Zimmer, dann kann Barnabas im Kinderzimmer schlafen.«

»Ich kann mir auch irgendwo eine Frühstückspension suchen«, sagte Barnabas entschuldigend zu Lizzie und eröffnete damit das Höflichkeitssparring, was mir erlaubte, beide für einige Zeit zu ignorieren.

Der »Ringkampf« hatte bei mir eine Art instinktive, körperliche Gewissheit hinterlassen, dass Billy Recht hatte. Und doch musste ich mir immer wieder vor Augen halten, dass er nicht wirklich *beweisen* konnte, dass die Tote in der Bibliothek nicht das Opfer eines Unfalls gewesen war – Negativfakten sind nicht beweisbar und möglicherweise hatte sich etwas abgespielt, was unser heutiges Laientheater nicht ans Tageslicht gebracht hatte. Wahrscheinlicher noch war, dass Teddy in der Dunkelheit ein Geräusch gehört und gedacht hatte, er werde angegriffen, woraufhin er sich umdrehte und in Richtung des Geräuschs schoss, um dann nachher den Kampf zur eigenen Rechtfertigung zu erfinden. Vielleicht war ihm nicht in den Sinn gekommen, dass ein Gewehr im Nahkampf eine derart unhandliche Waffe war. Oder die Geschichte ging auf Lawrences Betreiben zurück. Es war zwar nur schwer vorstellbar, dass der alte Mann da oben in Monksdanes irgendeine Lage unter Kontrolle hatte, aber damals konnte er sehr wohl entschieden haben, dass es das Beste für Teddy wäre, wenn es wirklich einen Kampf gegeben hätte. Dadurch erklärte sich sogar die Verzögerung bis zum Anruf bei der Polizei: Lawrence musste seinen Sohn überreden und dafür sorgen, dass er die Geschichte ohne Widersprüche erzählen konnte.

So weit, so gut. Nur blieb da immer noch ein Problem. Wenn nicht gar zwei. Der Kleidertausch. Die ungeklärten Lehmspuren am Tatort. Wenn ich versuchte, all das zusammen zu betrachten …

»Dido?«

Ich schrak auf und sah, dass mich beide anstarrten.

»Woran denkst du?«, fragte mein Vater.

»Ist es also entschieden?«, fragte ich süßlich. »Wir schieben das Bettchen heute Abend aus dem kleinen Zimmer, bevor Ben schlafen geht.«

Während ich das sagte, hielt vor dem Haus ein Wagen. Wir wandten uns alle zum Fenster und sahen, dass Mickey angekommen war. Er gesellte sich sofort zu uns und zögerte nur kurz, als er Barnabas in der Küche sitzen und Tee trinken sah.

»Ich … hallo? Helen hat mich auf der Arbeit angerufen. Sie klang beunruhigt. Ich dachte, es wäre besser, wenn ich nach Hause käme. Was ist passiert? Wer ist die Leiche?«

Rasch antwortete ich: »Sie ist noch nicht identifiziert worden« und ließ eine formelle Vorstellung folgen. Mein

Vater stand auf, dann schüttelten sich die beiden Männer die Hände, aber Mickeys Aufmerksamkeit schweifte schon wieder ab.

»Ich gehe besser zum Haus hoch und seh mal, was da los ist.«

Langsam stand Lizzie auf. »Ich komme mit. Vielleicht kann ich helfen. Und Dido und Barnabas haben die Möglichkeit, sich in Sachen Buchhandel auf den neuesten Stand zu bringen.« Sie warf mir einen Blick zu.

Ich nickte anerkennend. Etwas von ihrer energischen Art konnte sich vielleicht da oben als ganz nützlich erweisen. Ganz zu schweigen von der Verbindung zu diesem Familienrat, der anscheinend pausenlos tagte. »Wir kommen schon allein zurecht«, sagte ich. »Schau mal, was du tun kannst.« Wir wechselten einen bedeutsamen Blick, dann brachen die beiden auf. Ich wandte mich zu meinem Vater.

»Dann mal los«, sagten wir einstimmig.

Ich wagte mich vor. »Warum hast du mir nicht gesagt, dass du kommst? Was, wenn es am Bahnhof kein Taxi gegeben hätte? Ich hätte dich doch vom Zug abholen können.«

Mein Vater bedachte mich mit einem ironischen Blick. »Wenn du nicht anderweitig beschäftigt gewesen wärest. Warum ich gekommen bin? Halte mal eine Minute inne. Denk nach. Die letzten vier, fünf Tage warst du praktisch unerreichbar, abgesehen von den geheimnisvollen Telefongesprächen, in denen du behauptetest, den größten Teil des Tages mit langen, handylosen Spaziergängen zu verbringen. Humbug! Dann wurden Ernie und ich unablässig um Informationen ersucht: über Männer, deren Spur man verfolgen müsse, über gestohlene Bücher von beträchtlichem Wert. Und dann sollte Ernie auch noch die Fachwelt benachrichtigen, dass ein solches Buch möglicherweise irgendwo angeboten würde. Ich bekam Lizzie ans Telefon und gewann den starken Eindruck, dass sie ebenfalls etwas vor mir geheim hielt; vermutlich deckte sie deine Missetaten – wie übrigens früher auch schon, jetzt fällt es mir wieder ein. Dann rief ihre Mutter an, um mir mitzuteilen, dass sie zunehmend das beunruhigende Gefühl hätte, es werde etwas vor ihr verheimlicht, und mich zu bitten, dem nachzugehen. Ich vermied es taktvoll, ihr weiterzuerzählen, was du mir von der Ankunft eines bis dahin unbekannten Schwagers verraten hattest, der ein Mann mit fragwürdigem Ruf und Gefängniserfahrung sein soll, aber ich meine, dass Lizzie sie vielleicht doch anrufen sollte, wenn sie sich eine muttergerechte Version davon überlegt hat. Soll ich weitersprechen? Ich bin gekommen, um herauszufinden, was zum Teufel eigentlich vor sich geht und ob du demnächst deswegen verhaftet wirst. Für diesen Fall möchte ich mich nämlich um mein Enkelkind kümmern. Und nun sehe ich, dass du buchstäblich eine Leiche im Keller hast und all meine unguten Gefühle gerechtfertigt waren! Jetzt aber …«

Ich verkniff mir die Bemerkung, dass ich schon ziemlich lange keine Zehnjährige mehr wäre, und sagte stattdessen: »Jetzt muss ich aber unbedingt etwas wegen Ben unternehmen. Er ist seit über fünf Minuten wach.« Die Geräusche, die aus dem oberen Stockwerk zu uns drangen, erinnerten zunehmend an einen Gefängnisausbruch. »Ich gehe hoch, wasche ihn, zieh ihn um und gebe ihm dann etwas zu essen …«

»Ich komme mit und sehe zu«, erklärte mein Vater mit fester Stimme. »Du kannst dabei ja schon mal anfangen zu erzählen. Beginn mit dem Anfang. Das Ganze wird gewiss einige Zeit in Anspruch nehmen, also sollten wir gleich loslegen. Ich nehme an, die beiden kommen bald zurück und wir wollen doch nicht unterbrochen werden.«

Ich für meinen Teil glaubte, dass dies wieder eine der Waring'schen Familienkonferenzen werden würde, die niemals endeten, aber ich hatte meine eigenen Gründe, die Hoare'sche Version der Ereignisse zu entwickeln. Mir kam es vor, als säße ich auf einer Müllkippe voller Bruchstücke aus Informationen und Spekulationen, und ich habe schon vor langer Zeit herausgefunden, dass der beste Weg ist, Ordnung ins Chaos zu bringen, meinem Vater – einem guten Lehrer, der einen immer zwingt, die Bedeutung der Dinge selbst herauszufinden – ein solches Durcheinander zu präsentieren.

Ich stand auf, wartete, bis er sein kleines, altes Lederköfferchen von einem Stuhl nahm, holte tief Luft und erzählte die ganze Geschichte. Barnabas blieb bemerkenswert geduldig und ziemlich ruhig, bis ich bei dem experimentellen Nachspielen des Unfalls in der Bibliothek landete. Im Verlauf meines Berichts wechselten wir von der Küche ins kleine Schlafzimmer (wo Barnabas behutsam die Federung des schmalen Bettes ausprobierte), dann ins Badezimmer, zurück ins Schlafzimmer und dann wieder in die Küche. Ben trug mit fröhlichen Bemerkungen über Kühe und das Meer zum Gespräch bei. Schließlich machten wir drei es uns in der Küche vor einer Kanne Tee, einem Becher Milch und einem Schälchen mit zerdrücktem Gemüse und klein geschnittenem Hühnchen vom Vortag bequem, das ich auf die Schnelle für Ben zubereitet hatte.

» … und mir ist klar, dass dadurch nichts bewiesen ist«, räumte ich ein, als ich am Ende der Geschichte angelangt war, »aber ich bin mir ziemlich sicher, dass irgendetwas an der offiziellen Version dieses Todesfalls oberfaul ist.«

»Oh, ja«, bestätigte mein Vater und betrachtete seinen Enkel mit zufriedener Miene, die nahe legte, dass er seine Gesellschaft vermisst hatte. »Sie muss von Anfang bis Ende erfunden sein, und ausgehend von dem, was du sagtest, kann ich mir vorstellen, dass dein Polizeibeamter im Ruhestand das damals schon ahnte. Langjährige Berufserfahrung ist wie ein guter Instinkt. Schade, dass der Gerichtsmediziner nicht ein wenig mehr Ausdauer und ein bisschen weniger Bereitschaft zeigte, das Offensichtliche zu akzeptieren; aber ich nehme an, sie wollten schnelle Ergebnisse von ihm. Und wenn man einen reuigen Täter hat, der bereitwillig gesteht und darum bittet, verurteilt zu werden – warum sollte man dann eine Lösung zurückweisen, die einem so angenehm in den Schoß fallen will?«

Ben versah sich Mund und Nase mit Apfelkompott, und ich wischte ihm nach Bedarf Gesicht und Hände ab, während ich auf die Geräusche um mich herum lauschte: den rumpelnden Rayburn, ein gelegentliches Kratzen, das auf eine Maus schließen ließ, ein, zwei Wagen draußen …

Barnabas erhob sich. »Wie außerordentlich still es hier ist! Der fehlende Verkehrslärm ist irritierend. Ich habe Schwierigkeiten, mich zu konzentrieren.«

»Im Wohnzimmer ist ein Feuer«, sagte ich. »Wir könnten dorthin gehen, den Fernseher anschalten, und wenn dir das hilft, könnte ich Ben auch noch etwas vorlesen.«

»Irritierend«, wiederholte mein Vater leise und setzte sich prompt in Bewegung. Als wir ihn eingeholt hatten, saß er bereits in einem Sessel am Kamin und starrte mit wildem Blick in die Flammen. Ben und ich machten es uns ebenfalls bequem und bemühten uns, ihn nicht beim Nachdenken zu stören.

Nach fünf Minuten sagte er: »Mrs. Molyneux – die sollte ich mal kennen lernen. Und vielleicht noch den jetzigen Pfarrer. Und natürlich die Warings. Du und Lizzie müsst mich morgen mitnehmen. Ich möchte sehr gerne die alte Bibliothek sehen. Es könnte interessant sein und natürlich sind Beschreibungen nie wirklich ausreichend.«

»Ich könnte behaupten, dass ich noch einen letzten Blick darauf werfen wollte, um sicherzugehen, dass ich nichts übersehen hätte, und du als Berater dabei wärest.«

»Gut.«

Erneut senkte sich Schweigen über uns. Ben wandte sich von den kleinen Plastiksteinen ab, mit denen er ein dreistöckiges Bauwerk konstruiert hatte, kam zu mir aufs Sofa und verlangte: »Lesen.« Wir entschieden uns für ein Pop-up-Buch und fingen an. Die Familienkonferenz der Warings wollte und wollte nicht enden, ganz wie ich vorausgesehen hatte. Barnabas dachte nach, stellte hier und da eine Frage, die ich nicht beantworten konnte, oder döste.

Es war fast halb neun, als das Gartentor klapperte und wir laute Stimmen von draußen hörten. Dem Ton nach zu urteilen handelte es sich eher um eine Debatte als um einen Streit. Die Hintertür knallte und dann waren die Stimmen in der Küche. Ich nahm den müden Ben auf den Arm und ging zu ihnen. Lizzie drehte sich rasch um. »Es tut mir wirklich Leid, Dido, dass wir so spät kommen. Geht es Onkel Barnabas gut? Seid ihr nicht hungrig? Es tut mir auch Leid wegen des Abendessens. In einer halben Stunde habe ich was zubereitet, es ist noch Eintopf in der Gefriertruhe.«

Sie wurde von Barnabas unterbrochen, der im Türrahmen erschien und gerade noch rechtzeitig den Kopf einzog, weil er sonst gegen den niedrigen Türsturz gestoßen wäre. »Mach dir keine Gedanken. Ich esse oft erst so spät. Hoffentlich ist alles in Ordnung.«

»Ja«, sagte Mickey, gerade als Lizzie antwortete: »Nein.« Sie wechselten einen Blick.

»Die Polizei war heute Nachmittag ziemlich lange dort oben. Sie hatten eine Unterhaltung mit Teddy –«

»Ein langes Gespräch«, unterbrach Lizzie ihn. »Es waren zwei; einer von beiden war der Mann, der auch hier war.«

»Offenbar hatten sie eine Menge Fragen. Es ist Pech, dass die Leiche so nahe bei Monksdanes gefunden wurde. Da mussten sie ja an … die Vergangenheit denken.«

Barnabas warf Lizzie einen Blick zu. »Gehe ich recht in der Annahme, dass die Kriminalbeamten nichts Nützliches über die Leiche verlauten ließen? Sie vermuten, dass sie aus der Zeit des Unfalls stammt? Haben sie bestätigt, dass die Leiche wirklich von einer Frau ist? Und wie ist sie gestorben?«

Lizzie schüttelte den Kopf. »Ich glaube, sie sagten gar nichts in der Art. Teddy berichtete, sie hätten ihn immer wieder nur mit der Frage bombardiert, ob er jemanden wüsste, der vor ein paar Jahren verschwunden sei. ›Vor ein paar Jahren‹, ja, so drückten sie es aus. Helen meinte, sie hätte den Eindruck gehabt, dass die Polizisten nichts von dem glaubten, was sie ihnen erzählten. Rose sagte nur, die Männer hätten ›schlechte Manieren‹ gezeigt und sich benommen, als würden sie mit Verbrechern reden.«

»Und das alles hat Helen so aufgebracht, dass sie dich anrief?«, fragte ich Mickey.

»Nicht nur das. Mami sagte plötzlich, sie würden hier bestimmt nie mehr ihre Ruhe haben und nun bliebe ihnen nur noch die Möglichkeit, alles zu verkaufen und Alford für immer zu verlassen. ›Warum nicht?‹, sagte sie immer wieder, ›Die Zeit ist gekommen.‹ Das versetzte Helen in Panik. Ich glaube, sie weiß einfach nicht, was sie tun sollen, wenn sie von hier wegziehen.«

»Das weiß ich auch nicht«, murmelte Lizzie. »Wohin wollen sie denn?«

Abrupt verkündete Mickey: »Ich rufe jetzt mal Tris an und erzähle ihm, was passiert ist. Wenn er sich freinehmen kann, kommt er besser her. Entschuldigt mich.« Er drängte sich an Barnabas vorbei, verschwand im Nebenzimmer, schloss die Tür und dann hörten wir ihn telefonieren.

»Ich würde wirklich gerne wissen, ob sie irgendetwas Nützliches an dem Skelett entdeckt haben«, erklärte Barnabas noch einmal. »Dido, du hast nicht zufällig gute Verbindungen zur hiesigen Kripo?«

»Nicht wirklich«, gab ich zu, »aber ich kenne eine Frau. Die hat zwar keine guten Verbindungen zur hiesigen Kripo, aber zu einem Chief Inspector aus der Gegend. Das könnte sogar noch besser sein. Sie kennt ihn schon sehr lange. Warum?«

»Weil«, sagte Barnabas, »sie jetzt zumindest schon wissen müssten, ob die Tote schwanger war.«

Ich meinte: »Sie ist bestimmt noch nicht zu Bett. Ich rufe besser mal an.«

Das Telefonbuch war auf einem Regal unter dem Telefon in der Küche und Mrs. Molyneuxs Nummer war verzeichnet. Ich setzte mich an den Tisch, barg Bens müden Kopf an meiner Schulter, drückte auf die Knöpfe meines Handys und wartete. Mrs. Molyneuxs volltönende Stimme antwortete und ich versuchte, ihr unser Anliegen zu erklären. Dann gab ich ihr die Nummer meines Handys.

Lizzie sagte: »Das klang, als meinte sie wirklich, sie könnte es herausfinden.«

In der Tat. Ich blickte zu Barnabas. »Sie ruft mich morgen früh zurück, wenn sie mit ihm gesprochen hat. Sie schien hocherfreut, uns helfen zu können.«

»Das konnte ich hören«, bemerkte Barnabas. »Durchdringend. Sehr durchdringend.«

Und effizient. Mrs. Molyneux rief zurück, als wir noch beim Frühstück saßen. Ihre Nachricht war kurz. Der Regen hatte den verwesten Körper einer unbekannten, jungen, nackten und schwangeren Frau freigelegt, die bereits seit einigen Jahren tot war; die Todesursache war noch nicht ermittelt worden. Mrs. Molyneux hatte beunruhigt geklungen. Wahrscheinlich würde sie damit nicht die Einzige bleiben, wenn diese Neuigkeiten in Alford erst einmal im Umlauf waren.

Kapitel sechsundzwanzig

Einzelteile

Barnabas saß am Küchentisch und machte es schwierig für uns, das Geschirr abzuräumen. Ich sah ihm zu, wie er zwei von Lizzies blauweiß gestreiften Kaffeebechern nebeneinander stellte, danach den Honig neben einem der Becher positionierte und das Marmeladenglas in die Nähe rückte. Nach einer Weile platzierte er den Pfeffer in einiger Entfernung und legte zu guter Letzt auf jede Seite dieser Aufstellung einen – kaum benutzten – Teelöffel. Lizzie warf mir mit hochgezogenen Augenbrauen einen Blick zu. Ihre Mundwinkel zuckten, und dann kam sie von der Spüle herüber und tat so, als wollte sie die benutzten Becher nehmen. Barnabas griff nach ihrer Hand und tätschelte sie nachsichtig.

»Schon gut, Onkel Barnabas. Wenn Dido nicht nachfragen will, tue ich es eben.«

»Was? Oh, natürlich. Ist noch Tee da?« Mein Vater trank, im Gegensatz zu Lizzie und mir, morgens Tee.

»Ich setze Wasser auf«, erwiderte meine Freundin. »Als ich den Kessel vor fünf Minuten ausleerte, war der Boden ganz schwarz. Was machst du da?«

»Ich setze Einzelteile zusammen«, sagte Barnabas. »In Didos Geschichte gibt es eine Unmenge von Einzelteilen, die die irritierende Neigung haben, ständig zu verrutschen. Übrigens – hast du nicht erwähnt, dass deine Schwägerin zum Zeitpunkt des Unfalls *nicht* auf Monksdanes war?«

Ich hatte schon erkannt, was er vorhatte, und schaltete mich nun ein. »Ja, sie kam unmittelbar darauf, nachdem man sie angerufen hatte. Möglicherweise weiß sie etwas, das sie Lizzie verschwiegen hat. Sie war die Erste, mit der Rose sich in Verbindung setzte, also ist sie näher am Geschehen als Mickey und Tris. Es sei denn, jemand hat sich Tris anvertraut, der schließlich Geistlicher ist.«

»In dieser ganzen Geschichte kann ich kaum etwas ausmachen, was auf Religion hindeuten könnte«, entgegnete Barnabas trocken. Er vergrößerte die Entfernung zwischen einem der Löffel und den beiden Kaffeebechern und fügte hinzu: »Das Ganze ist eine hässliche, brutale Angelegenheit, nicht wahr?« Dann tippte er mit der Fingerspitze leicht gegen einen der Kaffeebecher und versank wieder in Schweigen.

Ich kehrte zu meinem Stuhl zurück und wartete. Lizzie setzte sich zu uns; ich bemerkte, dass sie Ben leicht nervös im Auge behielt, weil der sich wieder mit alten Zeitungen und Wachsmalstiften auf dem Boden vergnügte. So wie ich es verstand, befand er sich seit neuestem in einer abstrakt-impressionistischen Phase und schien gerade rote Linien so faszinierend zu finden, dass er im Überschwang der Begeisterung manchmal über den Rand des Papiers hinausgeriet.

»Zwei Leichen, zwei Frauen«, bemerkte Barnabas nach einer Weile. »Eine war Joan Holt, die andere sollte sie ersetzen. Warum? Das ist das Kernstück des Rätsels. Wenn wir darauf die Antwort fänden, könnten wir auch den Rest begreifen, zumindest glaube ich das. Die Geschichte, dass die Tote ins Haus einbrach, ist, wie Dido schon sagte, höchst unwahrscheinlich.« Er sah mich durchdringend an. »Allerdings könnte ich mir gut vorstellen, dass *meine Tochter* etwas in der Art unternehmen würde.« Er ignorierte vollkommen meine ironische Verbeugung. »Aber gewiss würde sie sich nicht mit ihrem besten Kleid und hohen Schuhen zu einer solchen Unternehmung begeben.«

»Nur in einem schrecklichen Notfall«, unterbrach ich ihn, weil ich objektiv sein wollte.

»Was für ein schrecklicher Notfall würde es wohl erforderlich machen, mitten in der Nacht in ein Haus zu gehen?«, fragte Barnabas mit zwingender Logik. »Nein, was mich auch stört, ist, warum das alles passierte, als – ja, wann genau geschah es eigentlich? – nun jedenfalls, als alle im Haus zu Bett waren. Du wirst darauf hinweisen ...« Er warf einen Blick in meine Richtung, doch hatte ich nicht vor aufzubegehren, »dass dies die übliche Zeit für Einbrüche ist, obwohl ich irgendwo gelesen habe, dass viele, wenn nicht die meisten Einbrüche am späten Nachmittag stattfinden, wenn die Bewohner zur Arbeit sind. Und dann frage ich mich, was das Mädchen eigentlich stehlen wollte? Es gibt keinerlei Hinweis darauf, dass sie wenigstens eine Schubkarre vor dem Fenster abgestellt hatte, ganz zu schweigen von einem Transporter. Soll ich wirklich glauben, dass sie einen großen Aubusson zusammenrollen und einen fünf Meter langen, antiken Mahagonitisch zerlegen und dies dann auf dem Kopf die Straße hinuntertragen wollte? Auf hohen Schuhen? Das doch wohl nicht. Wenn sie also nicht nach dem Familienschmuck suchte –«

»Den es nicht mehr gibt«, unterbrach Lizzie, »Aber vielleicht suchte sie nach dem *Peter Hase.*«

»Aber der wurde doch schon vorher vermisst«, erinnerte ich sie.

»Diese Geschichte«, sagte Barnabas in gemessenem Tonfall, »muss nicht unbedingt geglaubt werden. Vielleicht sollten wir da noch einmal nachfragen. Der Mann von Belltower hat ihn jedenfalls gesehen, als er die anderen Bücher kaufte, also hatten sie ihn da noch. Ich würde gerne wissen, wie lange vor dem Unfall er schon vermisst wurde.«

Ich sagte: »Sechs Monate vielleicht? Das kann ich überprüfen.«

»Tu das«, nickte mein Vater. »Wie auch immer, sollten nicht neue, erstaunliche Beweise ans Tageslicht kommen, bleibe ich bei meiner jetzigen Hypothese: Das Ganze hat nichts mit einem Einbruch zu tun. Das ist Unsinn!«

Ich blickte auf die Becher. »Es wurden also zwei Frauen getötet, vermutlich zur selben Zeit. Ich meine, wegen der Kleider. Die eine war Joan Holt, die nichts mit einem Einbruch zu tun hatte, und die andere war eine Person, deren Kleider verschwunden sind, die aber vielleicht eine Einbrecherin war, obwohl niemand eine Ahnung zu haben scheint, wer sie war.«

»Jedenfalls stammte sie nicht von hier«, warf Lizzie ein, »denn sonst wäre sie vermisst worden.«

»*Wahrscheinlich* stammte sie nicht von hier«, korrigierte Barnabas sie. »Vielleicht wurde zu der Zeit jemand vermisst, der nicht mit der Geschichte in Verbindung gebracht wurde. Dem sollte zweifelsohne nachgegangen werden. Aber jetzt: Diese zwei Gläser hier stehen für die am Vorfall beteiligten Männer. Was auch immer geschehen ist, Teddy Waring muss etwas darüber wissen und sein Vater wahrscheinlich auch. Der Pfeffer …«

»Ist Rose«, schätzte ich. »Sehr passend. Warte, bis du sie kennen gelernt hast.«

»Ich freue mich darauf«, lautete der Kommentar meines Vaters. »Ich habe sie in einer gewissen Entfernung von den Opfern platziert, weiß aber nicht recht … Ich nehme an, es wäre nicht ganz weit hergeholt, zu sagen, dass sie in dieser

Geschichte von zentraler Bedeutung war und ihren Sohn und ihren Mann geschützt hat. Dido hat mir erzählt, dass die Mitglieder der Familie einander sehr nahe stehen.«

Lizzie sagte: »Sie ist eine alte Dame.«

Barnabas rümpfte die Nase: »Und somit hilflos? Wie deine Mutter? Oder ich?«

Lizzie hob abwehrend die Hände und lachte säuerlich.

»Nein, sie ist keineswegs über jeden Verdacht erhaben«, verkündete Barnabas finster.

»Und die Teelöffel?«

»Sind wahrscheinlich von untergeordneter Bedeutung; aber möglicherweise weiß Helen mehr über all das, als sie zugegeben hat. Und das Gleiche gilt für Joans Bruder. Wenn wir Dido glauben können, ist der Mann von seiner fixen Idee besessen. Ein besseres Verständnis seiner Motive und Gefühle könnte erhellend sein. Sein Verhalten ist äußerst seltsam: seine Beschäftigung auf Monksdanes, seine Spielchen, seine Ausweichmanöver. Wie soll ich es ausdrücken – das alles ist nicht gerade hilfreich. Besteht vielleicht die Möglichkeit, dass er ein wenig einfältig oder leicht verrückt ist?«

»Weder noch«, wollte ich eben sagen, da klingelte das Telefon. Lizzie ging eilig dran, begrüßte Helen Waring und lauschte dann. Schließlich sagte sie: »Nein, nein, natürlich, ich bin in zehn Minuten da«, und legte auf. Dann blickte sie Barnabas und mich seufzend an und sagte: »Ich habe vergessen, dass heute Mittwoch ist. Helen hat nachgefragt, ob ich zu viel zu tun habe, um sie zum Einkaufen zu fahren.« Sie erklärte Barnabas die wöchentliche Vereinbarung. »Wenn ihr also nicht mitkommen und sie ausquetschen möchtet, ist es wohl besser … Dido, könntest du den Tee machen? Das Wasser fängt gerade an zu kochen.«

Barnabas räumte sein Modell beiseite und sagte, er würde lieber die Gelegenheit verstreichen lassen und hätte auch keine Lust mehr auf Tee.

Nachdem Lizzie gegangen war, um ihre Tasche aus dem Schlafzimmer zu holen, fragte ich: »Was ist los?«

»Was wolltest du eben sagen?«

Ich schüttelte den Kopf. »Du bist auf dem Holzweg. Billy Holt ist weder verrückt noch dumm.«

Da war noch etwas, aber Barnabas runzelte die Stirn und wechselte das Thema, bevor ich noch genau wusste, was es war. »Wir wollten doch das Haus besichtigen, uns den Tatort ansehen und vielleicht mit dem Mörder sprechen. Wäre heute Morgen nicht der rechte Zeitpunkt?«

Ich sagte: »Ich kann in ein paar Minuten fertig sein, wenn du auf Ben aufpasst. Lass ihn nicht wieder den Teppich anmalen.«

»Zu spät«, sagte mein Vater nur.

Wie üblich war ich zu optimistisch. Ich hatte gerade die Hälfte der Treppe erklommen, da klingelte mein Handy. Ich zog es aus der Tasche und schaltete es ein. Eine Männerstimme sagte: »Miss Dido Hoare?«

Vorsichtig bestätigte ich das.

»Hier spricht Detective Inspector Bruce Clark von der Kriminalpolizei in Castle Hinton. Detective Sergeant Cole bat mich, Sie anzurufen.« Er hielt inne, aber ich verspürte keinerlei Notwendigkeit, darauf etwas zu erwidern. »Ich habe erfahren, dass Sie bei verschiedenen Gelegenheiten einen unserer Wagen in Alford gesehen haben. Ich möchte Ihnen sagen, dass es keinerlei Grund zur Besorgnis gibt. Sergeant Cole hat dort in seiner Funktion als Polizeibeamter zu tun. Ich wäre Ihnen dankbar, wenn Sie dies vertraulich behandeln würden, sonst könnten Sie eine Untersuchung gefährden. Haben Sie es zufällig schon irgendwo erwähnt?«

Ich erklärte wahrheitsgemäß, dass ich gegenüber einigen Personen einen Voyeur erwähnt hätte, dass dies jedoch schon lange vor meiner Ankunft im Ort bekannt gewesen sei. »Aber ich werde nicht sagen, dass es die Polizei ist«, versprach ich. Dann fiel mir noch etwas ein. »Ich nehme an, wenn ich auf der Wache vorbeikäme, könnte ich Sie persönlich sehen und die Richtigkeit Ihrer Angaben überprüfen.«

»Ich würde mich freuen, Sie zu sehen.« Er klang eher resigniert als erfreut, aber es schien eindeutig. Cole hatte von einer »Überwachung« gesprochen und hier war die Bestätigung. Aber wen überwachten sie und warum? Teddy?

Ich putzte mir gerade die Zähne, als es zum zweiten Mal klingelte. Ich spuckte kräftig aus, schaltete das Handy ein, begrüßte den Anrufer – Ernie – und sprach ein paar Minuten über Geschäftliches.

»Äh … Dido, du hast es doch nicht vergessen?«, fragte er dann in gewichtigem Tonfall. »Montagmorgen is' meine erste Prüfung.«

Ich spürte einen Anflug von Scham. Wahrscheinlich war es für einen Studenten nicht gerade leicht, sich ganz allein um ein Geschäft zu kümmern. »Schaffst du das?«, fragte ich rasch. »Nein. Hör mal, schließ den Laden. Häng ein Schild auf, auf dem steht, wir hätten für ein paar Tage geschlossen.«

»›'s geht nich'‹ um den Laden«, erwiderte Ernie besorgt. »Ich wollte am Samstag nich' schließen, aber die Buchmesse macht mir Kopfschmerzen.«

Die Buchmesse. Er sprach von dem allmonatlichen, zweitägigen Ereignis in Bloomsbury, wo ich immer mit einem Stand vertreten war. Ursprünglich hatte ich vorgehabt, rechtzeitig zurück zu sein, war dann jedoch abgelenkt worden. Ich fragte mich, wie weit mein Geschäft schon den Bach hinunter war, während ich mich hier in Somerset vergnügte.

Rasch dachte ich nach. »Keine Sorge. Ich komme dafür zurück. Am Samstag bin ich da, dann packe ich die Bücher ein und fahre zur Messe. Und du tust, was ich gesagt habe: Häng ein Schild raus, dass wir am Samstagmorgen wieder geöffnet haben, dann geh nach oben und lerne.«

»Du hörst dich schon an wie meine Mama«, spöttelte er.

Dergestalt unerfreulich daran erinnert, dass Ernies Mutter vielleicht ein Wörtchen mit mir zu reden hätte, wenn sie mich in die Finger bekäme, schaltete ich das Handy aus, spülte meine Zähne mit dem Versprechen auf mehr aus und hastete nach unten.

Kapitel siebenundzwanzig

Blutflecken

Erst als wir das Barton verließen, bemerkten wir, dass etwas im Gange war. Schon von unserer Haustür aus konnten wir die beiden Streifenwagen sehen, die auf dem Anger vor der Kirche parkten. Deren Türen standen zum ersten Mal seit meiner Ankunft offen, und als wir das Gartentor erreicht hatten, tauchten zwei uniformierte Polizisten auf. Wir sahen, wie sie ein Klemmbrett studierten und dann zu Fuß aufbrachen. Als wir das Ende des Rasenovals erreicht hatten, bemerkten wir einen dritten Wagen, der in der Haltebucht unter den Fliederbüschen stand. Vier Personen, davon zwei in Uniform, gingen langsam die Treppe am Ende des Weges zu den Sozialwohnungen hinunter. Wir beobachteten sie, während sie in den Wagen stiegen.

»Warte«, sagte Barnabas leise.

Wir warteten. Der Wagen rollte auf uns zu. Als er den Anger erreicht hatte, bog er hinter dem Barton und dem unmittelbaren Nachbarhaus ein. Eine Polizistin saß am Steuer. Am Anfang der unbefestigten Straße fuhr der Wagen langsamer, dann erstarb der Motor. Wir sahen, wie die Fahrerin ausstieg, eine der hinteren Türen öffnete und einer dicken Frau mit roter Strickjacke beim Aussteigen half. Auf der anderen Seite des Wagens erschien eine noch dickere Frau mit gesenktem Kopf. Der zweite Polizist bot ihr seinen Arm und dann gingen sie alle zusammen langsam über den Weg zu Billy Holts Haus.

»Joanie Holts Mutter«, schätzte ich. »Und die Tante. Mrs. Molyneux sagte, sie würden hier wohnen. Die Polizei muss ihnen von der Leiche erzählt haben, die wahrscheinlich Joan ist, und nun gehen sie alle zu Billy. Ich frage mich, was er tun wird.«

Oben an der Straße blieben wir auf Bens Drängen hin stehen, um Barney zu begrüßen, der das Absperrband am Zauntritt beschnüffelte. Als wir uns abwandten, klingelten die Beamten, denen wir gefolgt waren, gerade an einem der kleinen Bungalows auf der gegenüberliegenden Seite des Fußwegs.

»Sie befragen das ganze Dorf«, bemerkte Barnabas interessiert. »Das ist offensichtlich. Ich frage mich, ob sie jemand bei ihrer Aktion unterstützen wird.«

Vielleicht lag es am Regen, aber die Luft in der Bibliothek war so feucht wie bei meinem ersten Besuch. Nach ein paar Minuten hielt ich meinen Vorwand, noch einmal nach den Büchern sehen zu wollen, nicht länger aufrecht und begnügte mich damit, mit Ben auf dem Boden zu sitzen und Barnabas zuzusehen, der im Raum herumschlich.

Im Haus war es still. Helen hatte uns hereingelassen, als sie gerade mit Lizzie gehen wollte, und sie war zu sehr mit ihrer Einkaufsliste beschäftigt gewesen, um uns Fragen zu stellen. Ich teilte meine Aufmerksamkeit zwischen Ben und Barnabas und lauschte mit einem Ohr auf die anderen Warings. Sollte ich um eine Erklärung gebeten werden, hatte ich vor zu sagen, ich würde noch ein letztes Mal nach verwertbaren Büchern sehen; allerdings würde das niemanden überzeugen, der zufällig hereinkäme und entdeckte, dass Barnabas auf allen vieren vor dem zurückgerollten Schutzteppich hockte und das ausgeschnittene Loch vor dem Kamin studierte. Nach einer Weile, die mir ziemlich lang vorkam, streckte er sich, stand auf und fing an, in immer größeren Halbkreisen den Teppich abzuschreiten, wobei er sich hier und da bückte und behutsam einen Finger auf den Teppich legte. Ich konnte mir nicht vorstellen, warum er das tat

»Das Ganze ist schon Jahre her«, konnte ich mir schließlich nicht verkneifen.

»Was?« Er sah mich an und runzelte die Stirn. »Ah ja, das ist wohl wahr, aber bemerkenswert ist doch, dass –« Er brach ab und rollte den Schutzteppich wieder ab.

»Was?«, sagte ich.

»Mein Gehör«, bemerkte er geheimnisvollerweise, »wurde vor kurzem getestet, und ich freue mich, sagen zu dürfen …«

Da hörte ich ebenfalls das Knacken von Bodendielen, und als die Tür aufschwang, studierte ich gerade die Titelseite einer vergilbten Ausgabe von *Cottage Economy,* während mein Vater mit geduldigem Lächeln am Kaminsims lehnte. »Es ist nicht wirklich gut genug«, sagte ich zu ihm. »Es ist zu ausgeblichen.«

Wir sahen im selben Moment auf und entdeckten Teddy Waring im Türrahmen, der mit seiner leichten Röte und den schweren Augenlidern so aussah, als wäre er gerade aufgewacht und hätte sich noch nicht gewaschen. Ich kratzte mich an der Nasenspitze, stellte ihm Barnabas vor und beobachtete dann, wie die beiden Männer einander höflich taxierten. »Kommen Sie doch herein«, drängte ich ihn. »Sie stören uns nicht.«

»Ich dachte, ich hätte Helens Stimme gehört.« Er strengte sich an und brachte ein Lächeln zustande, das fast höflich war.

»Sie sind weg. Barnabas und ich sehen uns noch einmal

um, bevor ich meinen Wagen wegfahre. Nur für den Fall, dass ich hier noch etwas brauchen kann. Stimmt es, dass Ihre Mutter das Haus verkaufen will?«

»Ja. Wahrscheinlich. Es bleibt uns nichts anderes übrig.« Er wirkte an diesem Tag weniger nervös.

»Es wäre wohl auch eine Erleichterung, sich nicht mehr um ein so großes Haus kümmern zu müssen«, spekulierte ich. »Wohin werden sie gehen?«

»Das hängt davon ab, was Tris und Mickey sagen.«

Als ich verstanden hatte, was er meinte, sagte ich: »Aber Monksdanes wird doch gewiss eine hübsche Summe einbringen, selbst wenn der Käufer einiges für Reparaturen aufbringen muss.«

Er zuckte die Achseln. »Ich glaube, sie haben die letzten zehn Jahre von Hypotheken aufs Haus gelebt. Hören Sie, wenn Sie nichts dagegen haben ...«

Ich log: »Tut mir Leid, ich wollte nicht neugierig sein.«

Er zuckte die Achseln, als wüsste er, dass meine Entschuldigung ohne Bedeutung war. »Ich wollte mir Kaffee machen. Möchten Sie auch eine Tasse?«

»Sehr gerne«, schaltete sich Barnabas geschickt ein. »Können wir in ein paar Minuten nachkommen, wenn wir hier fertig sind?«

»Es ist nur Instantkaffee«, antwortete Teddy knapp und verschwand.

Dieser Waring hatte eindeutig nichts von der vornehmen Art der restlichen Familienmitglieder. Wir folgten ihm, geleitet vom Geräusch einer zuknallenden Kühlschranktür, in die Küche, sahen, dass er Kaffeepulver in drei Becher löffelte, und nahmen am Tisch Platz.

»Wenn Sie das Buch von Beatrix Potter auftreiben könnten«, sagte Barnabas, als setzten sie ein unterbrochenes Gespräch fort, »dann würde das natürlich für einige Jahre die Probleme Ihrer Eltern lösen. Ich nehme an, dass Sie wissen, wie wertvoll es ist.«

Teddy stellte den Kessel auf den Herd zurück, setzte sich, schob eine halb volle Milchflasche und ein Schälchen mit klumpigem Zucker in unsere Richtung und kümmerte sich dann um seinen eigenen Kaffee. Nach einem Moment sagte er: »Mir hat mal jemand gesagt, es sei fünf bis sechstausend wert.«

»Wer hat das gesagt?« Als er nicht antwortete, fügte ich hinzu: »Das muss jedenfalls schon eine ganze Weile her sein. Wenn es sich um die Ausgabe handelt, an die ich denke, würde es das Fünffache erzielen.«

Das verwirrte ihn so, dass er mich direkt anblickte. »Sie nehmen mich auf den Arm!«

Ich hätte schwören können, dass er wirklich überrascht war. Behutsam fragte ich: »Erinnern Sie sich an das Buch? An die Bilder?«

Er runzelte die Stirn. »Die Bilder? Soweit ich mich erinnere, waren sie größtenteils in Schwarzweiß. Was meinen Sie denn?«

Mein Vater schürzte die Lippen.

»Was?«, fragte Teddy heiser.

Ich erklärte es ihm und beobachtete dabei sein Gesicht. Vielleicht hatte er im Gefängnis gelernt, nichts preiszugeben. Als ich zu Ende gesprochen hatte, zuckten gerade mal seine Lippen, als würde ihn etwas von dem, was ich gesagt hatte, leicht amüsieren. Ich hätte ihn so lange angestarrt, bis er etwas gesagt hätte, doch dann schaltete sich Ben ein.

»Trinken«, verkündete er energisch, und als wir uns daran machten, in dem alten Kühlschrank nach Orangensaft zu fahnden, war die Gelegenheit dahin. Bis wir erneut auf unseren Stühlen saßen, war Teddys Miene wieder ausdruckslos.

Plötzlich ließ Barnabas verlauten: »Ich glaube, Dido und Lizzie haben das ganze Haus durchsucht, und Dido sagt, das Buch sei nicht dort.«

Ich suchte in Teddys Gesicht nach Anzeichen eines schuldbewussten Triumphs, entdeckte jedoch nur kaum verhohlenen Unglauben. Ich hatte den Eindruck, dass auch Barnabas das nicht entging. »In einem so alten Haus gibt es unzählige Ecken und Winkel.« Damit wollte er wohl andeuten, dass er nur sich selbst eine solche Aufgabe zutraute.

Ich schob meinen halb vollen Becher mit der lauwarmen Brühe beiseite und punktete mit der Frage: »Waren Sie je auf dem Dachboden? Der ist noch voll von dem alten Stroh.«

Einen Moment lang starrte er mich an. Spitze Nase. »Ich spreche wohl besser mal mit Mickey, sage ihm, dass ich rüberkomme und mit ihm das ganze Haus mal ganz gründlich durchsuche. Es wäre ... die letzte Rettung für Mami, wenn das Buch wirklich so wertvoll ist, wie Sie sagen.«

»Das kann ich mir vorstellen«, antwortete ich und dann wechselten wir erneut einen kühlen Blick.

Plötzlich stand er auf und schob seinen Stuhl geräuschvoll zurück. »Tja ... ich mache jetzt besser weiter. Ich bin gerade dabei, das Grundstück vom Unterholz zu befreien. Ich weiß nicht, was Holt hier den ganzen Frühling eigentlich gemacht hat.«

Er nickte uns zu, zögerte kurz und ging dann durch die Küche zu der Tür, die in die kleine Halle führte. Wir hörten ein paar Geräusche: Etwas fiel zu Boden, ein paar Schranktüren knallten. Dann die Hintertür. Als er vor dem Küchenfenster wieder auftauchte, trug er eine alte Wachsjacke und Gummistiefel und hielt eine Forke, eine Hacke und eine alte Heckenschere in Händen. Er entfernte sich, ohne sich umzublicken.

»Fast hätten wir ihn dazu gebracht, etwas zu sagen«, äußerte ich laut.

»Ich glaube, er *hat* schon etwas gesagt«, sinnierte mein Vater. »Wir haben erfahren, dass er sich bereits einmal wegen des Buchs hat beraten lassen, allerdings nicht von einem Händler, zumindest nicht von einem fachkundigen, da dem Betreffenden die Sache mit der Sonderausgabe offenbar vollkommen entgangen ist.«

»Wahrscheinlich hat der Betreffende versucht, ihn hereinzulegen. Aber Teddy hat es nicht verkauft. Ob der andere es vielleicht gestohlen hat?«

»Unwahrscheinlich«, meinte mein Vater. »Es gibt nur eine überzeugende Antwort: Wenn der Mann wirklich glaubt, es sei im Barton, dann muss er es entweder früher dort versteckt und dann, kaum zu glauben, vergessen haben, wo es ist, oder er hat Anlass zu vermuten, dass ein anderes Mitglied seiner Familie es getan hat.«

»Lawrence? Bevor es mit seinem Gedächtnis bergab ging! Doch warum sollte er das getan haben?«

»Ich habe keine Ahnung. Aber meinst du, wir könnten jetzt diese deprimierende Küche verlassen, oder noch besser: das Haus?«

»Es ist ein schönes Haus, wirklich«, entgegnete ich lahm und dann fiel mir wieder etwas ein. »Barnabas, was meintest du eben, als du so etwas wie ›bemerkenswert‹ sagtest? Was ist bemerkenswert?«

Barnabas zögerte. »Jemand hat den großen Teppich gereinigt, aber ich konnte immer noch erkennen, wo er beschmutzt wurde, befleckt, bespritzt, wenn du so willst. Ich habe gesehen, wo einige bräunliche Flecken ausgewaschen wurden, nicht ganz erfolgreich – wohl, weil das Blut schon getrocknet war. Du musst es dir mal bei Licht ansehen.«

Ich zuckte die Achseln und konnte mir die Äußerung nicht verkneifen, dass es sich ja schließlich um einen Unfall mit einem Gewehr gehandelt habe.

»Das ist zu vermuten«, stimmte mein Vater zu. »Zumindest behaupten es alle. Ein hässlicher Unfall mit einem Gewehr. Das Gesicht einer jungen Frau wurde von einem Schuss verwüstet, ein Körper über und über mit Blut besudelt, Blut, das auch den schönen, wertvollen Teppich befleckte – du hast Recht, er sieht aus wie ein Aubusson. Tragisch. Also war da eine große Blutlache auf dem Teppich, die ausgeschnitten und entfernt wurde, entweder, weil die Stelle nicht mehr zu reinigen war, oder wahrscheinlicher, weil jemand das Blut anscheinend so entsetzlich und widerwärtig fand, dass man es gar nicht schnell genug wegschaffen konnte, und ... die paar Blutspritzer hier und da?«

Ich sagte: »Ja-a-a?«, kam aber nicht mehr zum »Und?«, weil sich mir die Antwort aufdrängte. »Du willst also sagen, es hätte viele ... Blutspritzer geben müssen? Nun, dann haben sie sich eben die Mühe gemacht und sie ausgewaschen.«

»Ja«, sagte Barnabas, »selbstverständlich haben sie sie ausgewaschen. Nur bin ich mir sicher, dass ich sehen konnte, wo welche waren; aber es scheinen mir zu wenige zu sein. Das muss doch jemandem aufgefallen sein! Ich könnte mich zwar irren, da ich kein Experte bin, aber irgendwie muss ich unwillkürlich an eine blutüberströmte Leiche denken, die ins Zimmer gezogen und fein säuberlich vor den Kamin gelegt wurde.«

»Lehm!«

Mein Vater blickte mich mit hochgezogenen Augenbrauen an, bis ich ihm erzählte, was Atyeo über frische Lehmspuren gesagt hatte. Barnabas meinte: »Ah! Nun, wir wissen ja, dass Teddy Waring durch das Fenster zum Garten in die Bibliothek kam.«

Aber das stimmte nicht und jetzt wusste ich auch, warum. Ich erklärte: »Die Sohlen seiner Schuhe waren aber sauber, weil an der Rückseite des Hauses ein Kiesweg verläuft. Und Joans Schuhe waren ebenfalls sauber.«

»Dann kann ich mir im Moment zwar überhaupt nicht mehr vorstellen, wie es passiert ist, aber dieses Bild wird mir sicher nicht so schnell aus dem Kopf gehen. Allerdings ergibt es keinen Sinn. Obwohl eine gewisse Abfolge der Ereignisse immer deutlicher wird …«

Ja. Zumindest eine kurze Abfolge. Offenbar war alles falsch gewesen: die Leiche, die Kleider, der Tatort. Und der Täter?

Ich stand auf. »Barnabas, ich würde jetzt einfach gerne den Wagen nehmen und irgendwohin fahren.«

Mein Vater blickte auf seine Uhr. »Es wäre der rechte Zeitpunkt für ein frühes Mittagessen.«

Kapitel achtundzwanzig

Treibsand

Wir blieben im »Woolpack«, bis Ben zu quengeln anfing und mir einfiel, dass Lizzie mittlerweile wohl schon aus Yeovil zurück sein musste. Die lange Zufahrtsstraße nach Alford war vollkommen leer und bis zur Sackgasse regte sich ebenfalls nichts. Als ich den Wagen vorsichtig auf dem Randstreifen vor dem Cottage parkte, bemerkte ich, dass die Blechkirche wieder geschlossen und die Streifenwagen verschwunden waren. Das Cottage war ebenfalls still und leer, ohne eine Spur von Lizzie oder ihren Lebensmitteln. Ich füllte den Wasserkessel, stellte ihn auf die Kochplatte, übernahm Ben von meinem Vater und ging mit ihm ins Schlafzimmer, wo wir erst miteinander spielten und dann einschliefen.

Als ich ein paar Minuten später aufwachte, hörte ich den Wasserkessel pfeifen. Ich schwang meine Beine aus dem Bett, sah nach Ben und ging hinunter zu Barnabas. Der Kessel verstummte, bevor ich das Erdgeschoss erreichte, dann sah ich, wie mein Vater Earl Grey in die Teekanne löffelte und darüber das Wasser goss, das zu kochen aufgehört hatte.

»Was ist wohl mit Lizzie passiert?«

»Fährt sie einen älteren blauen Kombi?«, fragte Barnabas. »Vor ungefähr einer Minute fuhr einer um den Anger und hupte. Steuerte ohne anzuhalten die Straße hinauf. Ich nehme an, sie wird zu gegebener Zeit zurückkehren.«

Damit war es entschieden. Ich schnappte mir meinen Becher Tee, goss etwas Milch hinein und ging zur Tür. »Ich muss mal kurz mit jemandem sprechen. Achtest du auf Ben?« Ich schaffte es, ohne eine weitere Frage von Barnabas zu verschwinden, und stand kurze Zeit später vor Billy Holts Haustür. Als sie aufsprang, war ich so überrascht, dass ich nur blinzeln konnte.

Billy sah auf mich und meinen Becher mit Tee herab und ließ seinen Blick dann hinter mich schweifen. »Der alte Knabe ist heute nicht mitgekommen?«

Ich schüttelte den Kopf. »Sie sind in Sicherheit, mein Vater spielt den Babysitter.«

»Wenn Sie das sagen«, erwiderte er. »Und Ihren eigenen Tee haben Sie auch mitgebracht? Möchten Sie reinkommen?«

Ich zwang mich, gelassen weiterzuatmen, nickte beiläufig und trat an ihm vorbei in einen dunklen Raum. Er schloss die Tür hinter mir.

Ich hatte eine Art dunkle Höhle erwartet, die mit Möbeln vom Trödel, einem alten Ofen, ein paar Mistgabeln und ein paar schwarzen Katzen voll gestopft war. Stattdessen befand ich mich in einem winzigen Wohnzimmer mit Teppichboden und chintzbezogenen Polstermöbeln, das von einem riesigen schwarzen, neu wirkenden Fernseher dominiert wurde. Das Zimmer war fast übertrieben ordentlich, wenn man einmal von dem großen, gläsernen Aschenbecher absah, der auf einer Sessellehne stand und von Asche und stinkenden Stummeln von selbst gedrehten Zigaretten überquoll. Billy nahm ihn rasch, bot mir den anderen Sessel an, verschwand mit dem Stein des Anstoßes durch die hintere Tür und kehrte mit leeren Händen zurück. Er zögerte, setzte sich dann und ließ erkennen, dass er darauf wartete, etwas von mir zu hören.

»Wir haben heute Morgen die Polizei hier gesehen. War das … war eine der Frauen Ihre Mutter?« Er zögerte und nickte kurz. »Ist alles in Ordnung mit ihr?«

»Was meinen Sie damit?«

Ich nahm einen Schluck Earl Grey, um Zeit zu gewinnen. »Die Leiche«, sagte ich schließlich, »Gestern. Man hält sie wohl für Ihre Schwester. Ich dachte, man hätte Ihre Mutter und Ihre Tante hierher gebracht, um es ihnen zu sagen.«

»Das haben Sie sich wohl so zurechtgesponnen, oder?« Etwas an seinem Tonfall ließ mich befürchten, dass nun wieder meine spitze Nase Gegenstand des Gesprächs werden würde.

»Aber wer war dann die andere? Die Tote in der Bibliothek, die die Kleider Ihrer Schwester trug?«

»Das fragen Sie besser mal … Ted Waring. Er hat sie erschossen.«

Ich beschloss zu pokern und sagte: »Vielleicht, aber glauben *Sie* eigentlich die ganze Geschichte?«

Billy sah mich ausdruckslos an. »Zumindest behauptete er, er hätte sie erschossen. Meinen Sie, das war nur ein Scherz von ihm? Komischer Scherz.«

»Ich meine, er könnte gelogen haben.«

»Ach ja?«

Ich wartete, aber mehr schien nicht zu kommen. Das Ganze war, als würde ich durch Treibsand waten, aber ich dachte, eine Frage könnte ich mir doch noch erlauben. Ich trank meinen Tee aus, stand auf und sagte: »Ich gehe jetzt mal besser, falls Ben aufwacht«, dann wandte ich mich zur Tür, drehte mich jedoch rasch wieder um. »Oh, mal was ganz anderes. Kannten Sie eigentlich die Frau, die vor ein paar Jahren im Barton wohnte? Mrs. … Richards, nicht wahr? Major

Hitchens hat mir eine ziemlich faszinierende Geschichte über sie erzählt. Er behauptete, sie sei eine Prostituierte gewesen und mindestens die Hälfte von Alfords männlicher Bevölkerung hätte die Abende entweder in ihrem Bett oder als Spanner vor ihrem Haus verbracht. Haben Sie damals schon in diesem Haus gewohnt?«

Ich starrte ihn an, weil er ein unterdrücktes Schnauben von sich gab. Offensichtlich fand er meine Frage ziemlich komisch.

»Die Geschichten von diesem alten Knacker würde ich nicht für bare Münze nehmen. Der Major hat von fast nichts 'ne Ahnung.« Nun zuckte sein Mund.

Ich starrte ihn mit weit aufgerissenen Augen an. »Ehrlich? Warum, was hat sie denn wirklich gemacht?«

»Gedealt – hauptsächlich mit Speed.« Jetzt war meine Überraschung nicht gespielt.

»Da staunen Sie, was?«

»Ich bin sprachlos«, gab ich unsicher zu. »Meinen Sie das im Ernst?«

Nun lachte er mir offen ins Gesicht. »Sie können ja die Verwandten Ihrer Freundin fragen. Der alte Mann hat es herausgefunden und gab ihr eine Stunde, um zu verschwinden. Er blieb dabei und überwachte, wie sie alles zusammenpackte, weil er sichergehen wollte, dass sie nichts von seinem Eigentum mitnahm. Ich half ihr, ihre Sachen ins Auto zu laden. Sie war fuchsteufelswild, hatte aber auch Angst, dass er die Polizei ruft. Ich sagte ihr, sie sollte sich nicht aufregen, weil er bestimmt weder Ärger wollte noch die Polizei, vor der er dann wie ein Idiot dagestanden hätte. Sie sollte einfach nur verschwinden und den Mund halten. Sie hatte einen Bruder; zu dem ging sie eine Weile, bevor sie weiterzog. Aber ich sag Ihnen was: Ted Waring könnte wissen, wo sie hin ist. Er traf sich mit ihr, auch noch, nachdem seinem Vater der Kragen geplatzt war.«

Ich sagte: »Oh.«

Das erklärte es. Vielleicht war damit auch erklärt, warum Teddy Waring im Barton nach dem *Peter Hase* gesucht hatte. Für mich war natürlich vollkommen klar, dass die entfleuchte Lady, wenn sie das Buch wirklich in ihren Besitz gebracht hatte, es auch irgendwie hatte wegschaffen können. Wusste sie, wie viel es wert war? Es hieß doch, sie hätte mit Antiquitäten gehandelt, also kannte sie sich wahrscheinlich ein bisschen damit aus; und an ihrer Stelle hätte ich es auch dann nicht zurückgelassen, wenn Lawrence Waring wutschnaubend meine Abreise überwacht hätte. Für mich wäre es ungeheuer befriedigend gewesen, ihm direkt vor seiner Nase den Familienschatz zu klauen. Ich persönlich hätte ihn mir unter den Büstenhalter geschoben.

Doch blieben mehrere Fragen offen: wie sie überhaupt auf das Buch aufmerksam geworden war, wie sie es aus Monksdanes geschafft hatte ... Halt – Teddy Waring hatte sich mit ihr getroffen?

Ich kam zu mir und entdeckte, dass Billy Holt mich beobachtete.

»Das ist ja sehr interessant«, sagte ich. »Ich würde wirklich gerne mal mit ihr sprechen. Ist ihr Vorname zufällig Tracy? Lawrence Waring erwähnte einmal eine ›Tracy‹. Wissen Sie, wo ihr Bruder wohnt?«

»Er ist weg«, antwortete er. »Ist im letzten Winter umgezogen. Könnte jetzt überall sein.« Sein Tonfall verriet, dass er ebenso in London wie in Timbuktu sein konnte, und mehr war aus ihm auch nicht herauszukriegen. Er starrte mich so lange schweigend an, bis ich zur Tür ging.

Hilflos trottete ich die unbefestigte Straße hinunter. Niemand würde der Sache auf den Grund gehen können, sofern er nicht ein paar zuverlässige Quellen zur Verfügung hatte. Höchstens eine mittelgroße Polizeitruppe.

Wobei mir einfiel: Es war drei Uhr und immer noch regte sich nichts. Offenbar hatte die Polizei bereits mit jedermann gesprochen und war nun wieder verschwunden. Das schien mir allerdings doch etwas zu wenig Aktion zu sein, selbst für eine Leiche, die schon seit Jahren kalt war. Gaben sie sich etwa nicht genug Mühe?

Lizzies blauer Kombi stand vor dem Gartentor. Ich ging frustriert zum Haus zurück.

Eine mittelgroße Polizeitruppe? Vielleicht ging es ja auch anders.

Ich trat durch die erste Tür, lauschte auf die Stimmen von Barnabas und Lizzie, die aus der Küche am anderen Ende des Hauses drangen, und schlich leise nach oben. Ich hatte meine Schultertasche im Schlafzimmer gelassen, wo Ben sich gerade rührte, aber ich schaffte es, sie mir zu schnappen und das Zimmer zu verlassen, bevor er mich bemerkte, und mich dann ins Badezimmer zurückzuziehen. Ich hatte Atyeos Telefonnummer auf eine Seite in meinem Terminkalender gekritzelt. Nun setzte ich mich auf den Rand der Badewanne und wählte die Nummer auf meinem Handy. Atyeo ging persönlich ans Telefon; wir tauschten Höflichkeitsfloskeln aus.

»Haben Sie schon die Neuigkeiten gehört?«

Er tat gar nicht erst so, als wüsste er nicht, was ich meinte oder warum ich anriefe. »In der *Gazette* war ein Artikel darüber, nur eine Spalte: ›Kinder fanden Leiche in Alford. Opfer wurde vor geraumer Zeit auf einem Feld vergraben. Polizei vermutet Verbrechen.‹ Und so weiter. Ich habe einen Freund in Hinton angerufen. Haben Sie …«

Ich sagte: »Man hat Billy Holt und seiner Mutter erzählt, dass es sich bei der Leiche wahrscheinlich um Joannie handelt. Jedenfalls war die Tote schwanger.«

Für kurze Zeit herrschte Schweigen, dann meinte er: »Dann kann ich nicht mehr viel sagen. Die gerichtsmedizinischen Untersuchungen werden eine Zeit lang dauern. Alles Weitere ergibt sich daraus. Sie und Mrs. Waring brauchen sich jetzt keine Gedanken mehr zu machen. Der Fall ist in guten Händen.«

Vielleicht. »Es hat sich aber etwas ergeben«, wandte ich ein. »Eine Frage über den Unfall auf Monksdanes. Können Sie sich erinnern, ob irgendetwas am Tatort ungewöhnlich war? Sie erwähnten doch unerklärliche Lehmspuren. Gab es da noch etwas?«

Eine ganze Weile hörte ich nur noch das Summen der offenen Leitung.

»Was denn?« Seine Stimme klang kühl.

»Blutflecken«, antwortete ich.

»Was ist mit denen?«

»War irgendetwas ungewöhnlich am …« Ich suchte nach der richtigen Formulierung. »Ich meine, am Muster der Blutspritzer rund um die Leiche?«

»Muster?« Jetzt klang seine Stimme wirklich ausweichend.

Ich sagte: »Ich weiß nicht, wie Sie so etwas nennen. Es scheint nicht viel Blut dort gewesen zu sein, außer natürlich an der einen Stelle, wo die Leiche gelegen hat. Es wurde ein großes Loch in den Teppich geschnitten, es muss also unter der Leiche und rund um sie herum eine Blutlache gegeben haben. Aber insgesamt nicht genug … *Flecken,* angesichts des Schadens, den die Tote durch den Schuss genommen hat. Habe ich Recht?«

Es lag immer noch etwas in seiner Stimme, aber nun schien er sich entschieden zu haben. »Miss Hoare, es wäre nicht richtig, wenn ich Ihnen noch mehr sagte. Sehen Sie, der Fall ist wieder aufgerollt worden, oder zumindest wird er das wohl. Ganz allgemein ist festzustellen, dass man ziemlich viel … Blut erwarten könnte, wenn ein großer Körper aus nächster Nähe von einem Schuss getroffen wird. Man nennt das ›Streuungsmuster‹, glaube ich. Aber ich schätze, dies könnte durch verschiedene Faktoren beeinträchtigt werden. Ich jedenfalls kann nichts Näheres dazu sagen. Fällt nicht in meinen Bereich. Verstehen Sie?«

Ich verstand vollkommen. Ein einfaches »Nein« oder »Ich weiß es nicht« hätte völlig ausgereicht, wenn er wirklich nichts hätte verlauten lassen wollen. Er hatte nicht behauptet, dass ich mich irrte. Mehr würde ich von ihm nicht zu hören bekommen. Ich dankte ihm recht herzlich, schaltete das Handy aus und blieb dann nachdenklich sitzen.

Der Heißwasserbereiter im Tank über dem Bad hatte sich eingeschaltet und ich konnte sein schwaches Rumoren hören. Von der Küche drangen immer noch Stimmen zu mir. Im Efeu vor dem Badezimmerfenster raschelte etwas und weiter draußen auf der Straße lachte jemand.

Kapitel neunundzwanzig

Gespräch am offenen Grab

Am Freitagmorgen war die Polizeiaktion offenbar in aller Stille unterbrochen worden. Eingefroren. Von der Bildfläche verschwunden. Beim Frühstück war Lizzie einsilbig und geistesabwesend, und ich spürte, wie ich langsam nervös wurde: Es war Zeit für neue Anstöße. Irgendwas. Also hatten wir uns an die Kirche gewandt, im wahrsten Sinne des Wortes.

Als ich um die Kirche herumging, entdeckte ich Ben und Barnabas im Schatten auf einer Bank vor dem Westtor. Die beiden teilten sich eine Zeitung. Barnabas konzentrierte sich auf einen Artikel in der Mitte auf der unteren Hälfte. Was Bens Aufmerksamkeit fesselte, war schwer zu sagen, doch hatte er die gleiche ernste Miene aufgesetzt wie sein Großvater. Nun blickten beide auf und bemerkten mich.

Barnabas sagte: »Nun?«

»Er hat gerade Besuch, aber seine Frau meint, er würde in ein paar Minuten zu uns kommen. Was hast du gefunden?«

»Nichts.« Er faltete die Zeitung zusammen und gab sie mir. Ich entdeckte einen winzigen Artikel, einen Absatz ganz unten in der Mittelspalte mit der marktschreierischen Überschrift: »Leichenfund«. Der Absatz enthielt nur die Basisinformationen – Dorf in Somerset, spielende Kinder, Leiche einer Frau – , ohne jegliche Verbindungen oder Spekulationen. Außerdem hatte diese kärgliche Nachricht ganze zwei Tage gebraucht, um in eines der überregionalen Blätter zu kommen. Aus nationaler Sicht schien die Atmosphäre aus Schock, Entsetzen und Sensationslust, die in Alford herrschte, nebensächlich.

Ben ließ seine Seite zu Boden fallen und schien gelangweilt.

»Sollen wir in der Zwischenzeit mal einen Blick auf das Grab werfen?«, fragte ich. »Es befindet sich drüben auf der Nordseite. Ich weiß noch, wo es ist.«

Als wir den Pfad hinauf in den neueren Teil des Friedhofs gingen, entdeckten wir, dass Joannies Grab nun deutlich durch einen unübersehbaren Erdhügel und eine große gelbe Persenning markiert war.

Barnabas blieb stehen. »Aha. Das ging aber rasch. Ich sehe, dass sie die Sache doch nicht so leicht nehmen, wie du dachtest. Allerdings glaube ich, dass die Aktion nun etwas langsamer vonstatten gehen wird. Wenn man sich mit zwei alten Leichen befasst, werden komplizierte Tests und Untersuchungen erforderlich sein. Aber zumindest werden sie dieses Mal einige Antworten finden.«

Ich blickte auf meine Uhr, was aber ganz unnötig war, denn plötzlich schlug die Kirchturmuhr Mittag. Die Zeit verging und ich wollte in London sein, bevor sich der Berufsverkehr auf der Marylebone Road staute. Hinter uns knirschten Schritte auf dem Kiesweg und dann schlängelte sich der Gemeindepfarrer durch ein Tor in der Hecke, die den Friedhof vom Pfarrgarten trennte. Der Pfarrer war ein Mann in den mittleren Jahren, der einen schwarzen Anzug mit einem Priesterkragen trug und ein gerötetes Gesicht sowie rötliche Haare hatte, deren flammende Farbe von grauen Strähnen abgemildert wurde.

Barnabas stellte uns drei vor. »Herzlichen Dank, dass Sie

sich einen Moment Zeit für uns nehmen«, sagte er, von Mann zu Mann. »Ich kann mir vorstellen, dass Sie am Freitag immer viel zu tun haben.«

Reverend P. Wilkes, als den das Schild an der Kirche ihn ausgewiesen hatte, lächelte, zuckte die Achseln und verströmte eine Aura kontrollierter Besorgnis. »Morgen habe ich zwei Trauungen. Da muss ich heute mit allen Beteiligten zumindest ein paar letzte Worte wechseln.« Sein Blick wanderte zum Erdhügel. »Wie kann ich Ihnen helfen?«

»Wir sind wegen meiner Nichte, Elizabeth Waring, hier. Und auch wegen ihrer Mutter, deren gesundheitliche Verfassung eine Reise nach Somerset nicht zulässt.« Barnabas hatte sich offensichtlich entschlossen zu unterschlagen, dass unsere Beziehung mit Liz eher eine historische denn eine verwandtschaftliche war. »Ich bin sicher, Sie verstehen, wie verstört Lizzie war, als sie vor gerade mal vierzehn Tagen von den Ereignissen in der Familie ihres Mannes erfuhr ...« Er warf dem Pfarrer einen bedeutsamen Blick zu. »Wir sind hier, um ihr Rückhalt zu geben.« Er kam jetzt in Fahrt und seine Stimme nahm unter dem Einfluss seines Gegenübers etwas von den hochtrabenden Tönen einer Predigt an. Dem Pfarrer blieb nichts anderes übrig, als verständnisvoll zu nicken. »Aber um ganz offen zu sein, glaube ich nicht, dass es ihr leichter zumute sein wird, bis die Dinge zu einem Abschluss gekommen sind. In ihrem gegenwärtigen Zustand ...« Weitere bedeutsame Blicke, auf die Wilkes sich langsam einzustellen schien: Wenn es etwas gab, das er wissen sollte, würde er seine Unwissenheit jedenfalls nicht zugeben.

Barnabas fuhr mit seiner Rede fort. »Soweit ich erfahren habe, waren Sie schon hier, als es passierte. Joan Holt.« Die beiden Männer wandten sich dem Grab zu. Ich verhielt mich still; Barnabas schien seine Sache ausgezeichnet zu machen. »Ich versichere Ihnen, dass Sie mein vollstes Verständnis für Ihre Schweigepflicht gegenüber den Verstorbenen haben.« Nun schaute er Wilkes ernst in die Augen. »Natürlich muss sie respektiert werden. Aber haben wir nicht ebenso Verpflichtungen gegenüber den Lebenden?«

»Wovon genau sprechen Sie?«

»Das ganze Dorf weiß mittlerweile, dass die Leiche, die vor zwei Tagen gefunden wurde, zu dem Mädchen gehört, das hier eigentlich begraben sein sollte. Ihre Mutter, die arme Frau, trauert nun ein zweites Mal. Jetzt geht es darum, wer die andere junge Frau ist, deren unidentifizierte Leiche über vier Jahre hier auf diesem Friedhof gelegen hat. Ich glaube, für meine Nichte und ihre Familie ist es von größter Bedeutung, dass die Angelegenheit endgültig und korrekt abgeschlossen wird. Gerechtigkeit …« Er bremste sich, vielleicht weil er merkte, dass er im Begriff war, über das Ziel hinauszuschießen.

Wilkes räusperte sich unbehaglich und räumte ein, dass es für das Seelenheil nicht nur der Warings, sondern auch der anderen Dorfbewohner höchste Zeit sei, dass der Fall gelöst werde. Etwas in seiner Stimme verriet mir, dass er versucht war zu sagen: »Aber die Polizei kümmert sich darum.«

Ich schaltete mich ein. »Kannten Sie Joannie? Wissen Sie, es heißt, sie sei schwanger gewesen und das Baby hätte von Lawrence Waring gestammt.« Ich zögerte und stürzte mich dann weiter in die Richtung, die mir die geeignete schien. »Ihr Bruder behauptet, sie hätte keine Probleme damit gehabt; vielmehr schien es so etwas wie eine Ehre für sie gewesen zu sein, aber das glaube ich nicht.«

»Und Sie fragen mich, ob ich Ihnen Aufschluss über Joan Holts Einstellung geben kann?« Der Pfarrer musterte mich mit müdem Blick. »Miss Hoare, meinen Sie denn, diese Frage hätte ich mir nicht schon selbst gestellt? Aber ich habe keine Ahnung. Unsere Gemeindemitglieder besuchen spätestens nach der Erstkommunion nicht mehr die Kirche, höchstens hier und da mal zu Weihnachten. Joan Holt war in dieser Hinsicht keine Ausnahme. Oft tauchen sie wieder auf, wenn sie heiraten wollen – doch das war natürlich bei ihr nicht der Fall. Und dann kommen sie noch einmal, wenn sie das Rentenalter erreicht haben, setzen eine verlegene Miene auf und sagen etwas wie: ›Tja, Herr Pfarrer, ich weiß, dass ich schon eine Weile nicht mehr hier war, aber …‹ Mit anderen Worten, sie wollen, dass ich ihre Beerdigung übernehme.« Er schüttelte sich und ließ sein offensichtliches Lieblingsthema fallen. »Oh, diese Gemeinde unterscheidet sich nicht von den anderen im Land, und nein, ich habe keine besonderen Kenntnisse von Joans Einstellung. Ich kannte sie eigentlich gar nicht.«

Das schien ziemlich deutlich und vielleicht war nun eine Entschuldigung unsererseits angebracht. Ich sagte: »Es tut mir Leid, dass wir Ihre Zeit in Anspruch genommen haben, aber Mrs. Molyneux meinte, Sie hätten uns vielleicht helfen können.«

»Ach. Wirklich?«

Wir blickten uns prüfend an, und ich hätte schwören können, dass in seinen Augen so etwas wie ein Funkeln lag.

»Ich bin überrascht, dass Mrs. Molyneux der Ansicht ist, ich wüsste mehr über die Situation als sie.« Es *war* ein Funkeln. »Ich weiß nur, dass Mrs. Holt keinerlei Anlass zu Klatsch und Tratsch gab. Sie ist eine altmodische Frau, die über die Lage ihrer Tochter Scham und Zorn empfand. Sie war und ist recht konservativ. Ein Abbruch kam nicht in Frage. Ich gewann den Eindruck …« Er zögerte.

Wir warteten. »Ich sollte wohl sagen, dass dies vertraulich ist, aber sie hat nicht nur mit mir, sondern auch mit anderen darüber gesprochen, später, bei der Beerdigung. Mrs. Holt hatte jedenfalls die Vorstellung, dass Joan Mr. Waring um genug Geld bitten sollte, damit sie zu einer Kusine nach Poole gehen und das Kind dort zur Welt bringen könnte. Dann sollte sie das Baby zur Adoption freigeben und mit einem kleinen Notgroschen zurückkehren, der ihr ermöglichte, über die Runden zu kommen, bis sie eine andere Arbeit oder eine Ausbildungsstelle gefunden hätte.«

Ich war verwirrt. »Hat denn niemand Joans Tod mit ihrer Schwangerschaft in Verbindung gebracht?« Meiner Meinung nach war dies doch ein gutes Mordmotiv, aber Wilkes schien das nicht zu bemerken. Vielleicht wurde das von ihm erwartet.

»Ich dachte«, sagte er schlicht, »dieser Plan sei ziemlich altmodisch, viktorianisch sogar, aber in jeglicher Hinsicht vernünftig.«

Viktorianisch? Nein – feudalistisch! Ich versuchte, meine diesbezügliche Meinung vor ihm zu verbergen. Jedenfalls war der Plan nicht in die Tat umgesetzt worden. Vielleicht hatten die Warings Joans Forderungen nicht als vernünftig, sondern als erpresserisch angesehen. Im neutralen Ton sagte ich: »Die Warings scheinen nicht viel Geld zu haben.«

Das Funkeln in seinen Augen verwandelte sich nun in ein zynisches Lächeln. »Gewiss haben sie mehr, als einer von den Holts je zu Gesicht bekommen hat. Außerdem hätten die Söhne doch einspringen können. Zugegeben, Ted hatte nie Ambitionen, seinen Lebensunterhalt zu verdienen, aber sowohl Michael als auch – wie hieß er noch? – Tristram hätten unter diesen Umständen helfen können.«

Einen Moment lang betrachteten wir alle Ben, der ein

Eichhörnchen entdeckt hatte, das sich aufs stopplige Gras vorwagte. Nun schlich er sich begeistert heran, während das Tier sich zu einer Eibe in der Nähe zurückzog.

»Sie glauben also, dass Joan Holt eines Abends mit ihren besten Kleidern nach Monksdanes ging und Lawrence diesen Plan unterbreitete?«

Wir dachten alle über die Frage nach.

»Das wüsste ich nicht zu sagen. Übrigens wüsste das zu diesem Zeitpunkt niemand, nicht einmal Lawrence Waring.« Er blickte auf seine Uhr. »Ich habe in zehn Minuten einen Termin. Das zweite glückliche Paar. Ich glaube, vor ihrer Ankunft könnte ich noch eine Tasse Tee vertragen. Ich würde Ihnen ja auch eine anbieten, aber ...«

»Wir sollten auch zurück«, erklärte mein Vater, »aber vielen Dank für alles.« Seine Stimme klang gedämpft. Der Pfarrer ging mit großen Schritten zum Pfarrhaus zurück. Die Hoares sahen zu, wie das Eichhörnchen über ihnen im Baum verschwand, und schlenderten dann zur Straße hinunter.

Ich sagte. »Arme Joannie«, als ich den Van aufschloss.

Kaum hatten wir den Anger erreicht, fiel mein Blick auf eine einsame Gestalt. Mrs. Molyneux stand stocksteif mitten auf der Rasenfläche. Dann entdeckte sie uns und eilte vorwärts. Ihre Miene war so seltsam, dass ich den Blick nicht von ihrem Gesicht lösen konnte. Ich setzte halb auf den Randstreifen zurück, stieg eilends aus dem Wagen und öffnete den Mund, doch da zeigte sie schon schweigend zum Barton.

Zunächst dachte ich, der helle Feldstein des Cottages wäre mit Blut bespritzt worden. Aber es war nur purpurrote Farbe. Jemand hatte einen Eimer Lackfarbe gegen die Mauer geschüttet, wo sie dann in Bächlein hinuntergeströmt war und nun kleine, grelle Pfützen auf der Erde zwischen dem Goldlack bildete. Der Fleck sah aus wie ein blutiges Gesicht.

Mrs. Molyneux sagte: »Lizzie bat mich, hier zu warten, falls Sie zurückkämen. Sie rief mich an, als sie vom Herrenhaus herunterkam und das entdeckte. Jetzt ist sie zurückgegangen, um nachzusehen, ob es oben Probleme gibt.«

Bevor sie ihren Satz beendete, hörte ich hinter mir einen Schrei. Teddy Waring rannte schwerfällig in seinen Gummistiefeln über den Anger. Er blieb mitten auf dem Rasen stehen und starrte zum Cottage. Seine Miene war unbewegt und vollkommen ausdruckslos. Er starrte eine ganze Weile auf die Farbe, dann blickte er uns direkt an, wirbelte herum und stampfte zum unbefestigten Weg. Er wollte zu Billys Haus.

Ich sagte: »Kümmert euch um Ben«, und rannte los. Als ich am Haus ankam, betätigte Teddy schon lautstark den Türklopfer. Ich blieb hinter dem Gartentor stehen. Er bückte sich, nahm einen großen Stein und hämmerte damit gegen die Tür. Ich konnte sehen, dass die grüne Farbe ein paar Schrammen mehr bekam. Kurz darauf hielt er inne und lauschte mit gesenktem Kopf. Ich beschloss, das Gartentor hinter mir zuzuknallen, blieb aber daneben stehen.

Hinter mir sagte eine Stimme leise: »Miss Hoare?« Mrs. Molyneux hatte sich zu uns gesellt. Ich fing wieder an zu atmen. Teddy warf uns einen Blick zu, kam den Weg hinunter und ging durchs Tor. Er schien vollkommen ruhig, als er ohne ein Wort an uns vorbeiging und Monksdanes ansteuerte.

»Großer Gott«, entfuhr es Mrs. Molyneux. »Einen Moment lang glaubte ich …« Sie klang atemlos.

Ich sagte: »Glücklicherweise ist Billy nicht zu Hause.

Kommen Sie, wir wollen … einen Kessel mit Wasser aufstellen und auf Lizzie warten.« Wir gingen ziemlich rasch zum Cottage. »Mrs. Molyneux, könnten Sie am Wochenende ein bisschen auf Lizzie achten? Wir müssen für ein paar Tage geschäftlich nach London zurück. Vielleicht braucht sie Hilfe.«

Mrs. Molyneux sagte mit Nachdruck, sie stünde natürlich zur Verfügung, als wir den Van erreichten und sahen, dass Barnabas sich immer noch abmühte, Ben vom Kindersitz abzuschnallen. Beide wirkten entnervt. Mein Vater knallte die Wagentür zu, dann wandten sich beide zu mir und starrten mich an. Mrs. Molyneuxs Gegenwart rettete mich möglicherweise vor ein paar offenen Worten. Mein Vater begnügte sich mit einem »Erst wägen, dann wagen«.

Ich seufzte. »Ich habe doch nur geguckt. Mehr wollte ich gar nicht.«

»Dein Wort in Gottes Ohr«, bemerkte mein Vater finster.

Ich sagte: »Ich bleibe wohl besser hier.«

»Unsinn!«

»Barnabas, mir gefällt nicht, was da im Gange ist.«

»Du *weißt* ja gar nicht, was da im Gange ist«, bemerkte Barnabas grimmig.

»Das macht es auch nicht besser!«, brüllte ich.

Mrs. Molyneux blickte uns abwechselnd an und fragte: »Könnte ich vielleicht etwas tun?«

Ich wusste schon, was. »Sie müssen mit Billy sprechen. Ihn dazu bringen, mit den Spielchen aufzuhören. Ich habe keine Ahnung, was er vorhat, aber er muss aufhören, bevor Teddy Waring ihn umbringt.«

Das hatte ich ganz beiläufig gesagt, so wie man sagt: »Ich war so wütend, ich hätte ihn umbringen können.« Aber ich sprach von einem Mann, der bereits wirklich jemanden getötet und der uns gerade gezeigt hatte, wie leicht er in die Luft ging. Wir alle sahen uns noch einmal die Bescherung an, dann wechselten wir vorsichtige Blicke.

»Glauben Sie, dass das Billy war?«, wollte Mrs. Molyneux wissen und klang verstört. »Ganz sicher?«

Jedenfalls hatte ich allen Grund dazu. Wahrscheinlich …

»Ich werde nicht mit dir zurückfahren«, verkündete Barnabas plötzlich. »Du und Ernie werdet es irgendwie ohne mich schaffen müssen. Versucht, nichts Unüberlegtes zu tun. Ich werde hier bleiben, Lizzie trösten und dafür sorgen, dass nicht noch mehr passiert.«

»Dann bleibe ich auch hier«, entschied ich.

Mrs. Molyneux schüttelte energisch den Kopf, musste dann ihre Brille wieder die Nase hinaufschieben und sagte: »Unsinn! Meinen Sie nicht, dass Professor Hoare und ich hier die Stellung halten können?«

Nun, ich hatte da so meine Zweifel. Aber ich glaubte auch nicht wirklich an mein Worst-Case-Szenario. Ich versuchte mich zu ermahnen, nicht melodramatisch zu werden. Mein unbequemer innerer Kritiker erwachte plötzlich zum Leben und höhnte: *Warum meinst du eigentlich, dein Szenario könnte wahr werden? Oder du könntest es verhindern, wenn es tatsächlich wahr zu werden drohte? Hältst du dich für die königliche Leibgarde? Werd endlich erwachsen!*

Ich bat nun meinerseits: »Versucht, nichts Unüberlegtes zu tun«, dann ging ich, um Wasser aufzusetzen, fertig zu packen und alles zu überdenken, während ich etwas in Sachen Mittagessen unternahm.

Kapitel dreißig

Montag – schwerer Tag

Irgendwo über meinem Kopf sagte eine Stimme: »So schlimm kann es doch nicht sein. Ich kaufe dir ein Buch ab. Zeig mir was. Oder noch besser, ich spendiere dir einen Drink.«

Ich bemerkte, dass ich auf meinem Klappsitz noch mutloser als sonst zusammengesunken war, richtete mich auf und erkannte in dem Sprecher meinen alten Freund Jeff Dylan, einen Buchändler aus Swansea.

»Vielleicht auch beides?«, fragte ich hoffnungsfroh und erklärte ihm, dass meine verzweifelte Haltung nicht von der Sorge über das schleppende Geschäft am zweiten Tag der Buchmesse herrührte (was normal ist), sondern von anderen und ernsteren Dingen, die mich nicht in Ruhe ließen, obwohl ich das Wochenende über wiederholt mit meinem Vater telefoniert hatte. Ich hatte auch an diesem Montagmorgen bereits mit Barnabas und Lizzie gesprochen und beide hatten mir versichert, dass in Alford alles so friedlich sei, dass sie ernsthaft darüber nachdächten, am Nachmittag die Kathedrale in Wells zu besichtigen. Ob ich ihnen glaubte, war eine andere Sache.

Als ich Freitagnachmittag Somerset verlassen hatte, war ich einfach nur froh gewesen, aus allem rauszukommen. Am Samstag hatte ich zu viel damit zu tun gehabt, den betriebsamsten Tag der Woche zu überstehen und zwei Tage Babysitting mit einer von Ernies Freundinnen vom College zu arrangieren, um ins Grübeln zu geraten. Das Gleiche galt für Sonntag, als Ernie und ich auf der Buchmesse unseren Stand aufgestellt hatten, bevor ich ihn nach Hause schickte, damit er in letzter Minute noch etwas lernen konnte. Ich hatte einfach nicht die Möglichkeit gehabt, mir über die Dinge in Alford Sorgen zu machen. Aber nun, da ich Zeit hatte ....

Unbezähmbare Neugier. Spitze Nase. *Werd erwachsen, Dido!*

Eine Dreiviertelstunde, zwei Gläser Weinschorle und ein Hühnchensandwich später ließ ich Jeff bei einem Händlerkollegen in der komfortablen Hotelbar zurück, schlenderte rastlos wieder in den Tanzsaal und winkte dankend zu der Frau zwei Stände weiter hinüber, die sich während meiner Abwesenheit um mein Geschäft gekümmert hatte. Sie hatte eines der Bücher aus Monksdanes für mich verkauft und der Scheck dafür lag auf den Papiertüten unter dem Tisch. Ich blickte auf meine Uhr: kurz nach drei. Noch vier Stunden, dann konnte ich ...

»Hey, Dido!«

Ich fuhr auf. »Ernie! Wie war es?«

Aber ich konnte es bereits an seinem Grinsen erkennen. Er sagte nur: »Dieses Mal ein Kinderspiel. Soll ich übernehmen?«

Das hatte ich zwar nicht geplant, aber es war mir ziemlich recht. Ich wühlte in meiner Schultertasche herum und zog meine Brieftasche hervor. Sie war ungewöhlich gut mit Banknoten gefüllt, das meiste stammte von den Barverkäufen am Tag zuvor. Ich teilte den Packen in zwei Teile und drückte ihm einen in die Hand. »Ich fahre nach Somerset zurück. Du packst zusammen und fährst alles mit dem Taxi nach Hause, ja? Bring es ins Büro und lass es dort. Ich bin dann schon weg, habe aber ein Schild an die Tür gehängt, dass wir im Urlaub sind, und eine neue Nachricht auf dem Anrufbeantworter gespeichert. Schließ ab, wenn du alles abgeladen hast, und lerne dann weiter.«

»Du musst nicht fahren«, protestierte Ernie. »Es gibt doch kein Problem, oder?«

Um die Wahrheit zu sagen, war es doch ein kleines Problem gewesen, die letzten zwei Tage zusammen in der Wohnung zu verbringen, wo wir uns ständig auf die Füße getreten waren. Ernie hatte auf der Couch im Wohnzimmer geschlafen und ich mit Ben im kleinen Schlafzimmer. Aber darum ging es nicht. Ich erklärte ihm grimmig, dass in Somerset etwas Unerledigtes auf mich wartete. Er blickte sehnsüchtig drein. Ich hatte ihm erzählt, was dort passierte, und Ernie liebt Aufregung.

Ich knurrte: »Lernen. Konzentration. Prüfungen. Abgesehen davon brauche ich dich jetzt nur, um dafür zu sorgen, dass der Laden sicher ist. Die Prüfungen sind wichtig, ja?«

Er grinste verlegen, weil wir beide genau wussten, was ich eigentlich sagen wollte. Dann floh ich, viel früher als ich zu hoffen gewagt hatte und viel glücklicher.

Wie üblich brauchte ich für meinen Aufbruch länger als erwartet, und dann noch länger, um durch die Baustellen am Westrand von London zu kommen. Ich musste an einer Autobahnraststätte halten, um Ben zu füttern und sauber zu machen, und als ich die Abzweigung nach Alford erreichte, stand die Sonne schon tief. Ich dachte kurz daran, im Barton anzurufen, doch gab es keine geeignete Stelle, um Halt zu machen; außerdem hatte ich ja gar nicht angekündigt, dass ich an diesem Tag kommen wollte, also würde unsere Verspätung auch nicht für Unruhe sorgen. Von

Ben war kein Ton zu hören, wahrscheinlich schlief er. Es gab keinen Grund, ihn aufzuwecken, und so fuhr ich weiter. Als wir auf dem Hügel über dem Bahnhof auftauchten, war die Sonne gerade untergegangen. Der Himmel im Westen glühte noch im Abendrot. Ein wahres Naturschauspiel. Ich schaltete die Scheinwerfer ein, blickte auf die Uhr am Armaturenbrett und bog in die Kurve über den Bahngleisen ein. Am »Woolpack«, wo der Parkplatz wieder fast leer war, bog ich nach links und schaltete das Fernlicht ein. Auf der Straße nach Alford war kein Verkehr. In der tieferen Dunkelheit zwischen den Hecken wurde das Licht meiner Scheinwerfer plötzlich von zwei roten Augen im Straßengraben reflektiert. Eine Katze? Ein Fuchs? Ein umherstreunender Hund?

An der Kreuzung war die Straße gesperrt: Um einen Streifenwagen, der mit blitzendem Blaulicht quer über der Straße stand, wippten ein paar Taschenlampen. Ich bremste, fuhr dann im Schritttempo weiter und hielt kurz vor ihnen an. Jemand leuchtete kurz über meinen Van und kam dann zur Fahrertür. Da hatte ich bereits mein Fenster heruntergekurbelt.

»Gab's einen Unfall?«

»Sie brauchen sich keine Sorgen zu machen.« (Ich unterdrückte den Impuls, meine Frage in wirkungsvollerem Tonfall zu wiederholen.) »Ich fürchte, Sie werden für eine Weile nicht weiterfahren können. Darf ich fragen, wohin Sie möchten?«

Der zweite Polizist beleuchtete nun auf der Beifahrerseite den Rücksitz des Van. Das Licht traf Benjamins Gesicht, worauf er mit einem Aufschrei erwachte. Der Polizist an meiner Seite trat zurück und rief in scharfem Tonfall etwas über meine Motorhaube, woraufhin das Licht aus der anderen Taschenlampe verschwand. Ben beschloss, es mit Weinen zu versuchen.

»Tut mir Leid«, sagte die Stimme neben mir hastig. »Wohnen Sie in Alford?«

»Wir machen dort Urlaub bei einer Freundin«, antwortete ich rasch. Ich schnallte mich ab, beugte mich nach hinten und tätschelte Ben. Zu meiner Überraschung schien er dies als »keinen Grund zur Sorge« zu deuten.

»Und die Adresse?«, beharrte die Stimme.

»Ein Haus mit dem Namen Barton. Direkt die Straße hinunter. Am Anger. Kann ich nicht einfach weiterfahren?«

»Nein, im Moment nicht. Es tut mir Leid, ich weiß, Sie wollen das Kind zu Bett bringen, aber ich kann Sie nicht durchlassen. Genau vor uns wird gerade eine polizeiliche Maßnahme durchgeführt und vielleicht ist es dort nicht sicher. Wenn Sie bitte ein paar Meter zurückfahren und auf einem der Feldwege parken, dann haben Sie Ihre Ruhe und wir geben die Straße so rasch wie möglich wieder frei.« Er deutete eine Art Gruß an und trat zurück.

Ich wendete um hundertachtzig Grad, vorsichtig, weil mir der Straßengraben, der im Zwielicht auf der anderen Straßenseite auf mich lauerte, nur allzu bewusst war, dann fuhr ich davon. Es war wohl jetzt tatsächlich besser, wenn ich Lizzie anriefe; aber ich lenkte an den ersten beiden Feldwegen vorbei, bevor sie mir auffielen. Dann bemerkte ich die breitere Öffnung in der Hecke rechts von mir gerade rechtzeitig, um langsam an sie heranzufahren. Es war die unbefestigte Straße, auf die ich schon einmal gestoßen war. Es gab kein Gatter, also steuerte ich direkt mit dem Van hinein und legte ein gutes Stück zurück, bevor ich den Motor und das Licht ausschaltete und ausstieg. Ich konnte immer noch das Blaulicht auf der Straße sehen, aber nichts verriet, was dahinter im Gang sein mochte. Ich schaltete mein Handy ein, zögerte, schaltete es wieder aus und steckte es weg. Denn ich wusste nun, wie ich Ben trotzdem ins Bett bringen konnte.

Meine Taschenlampe für Notfälle lag im Handschuhfach. Ich leuchtete auf den Boden vor mir und ging ein paar Schritte. Soweit ich sehen konnte, erstreckte sich der Weg nach Norden, in die Richtung, in die ich musste. Zwar waren die großen Gras- und Unkrautbüschel ein Problem, aber der Boden in den Spurrillen schien frei und eben. Ich hätte es nicht gewagt, im Dunkeln über den primitiven Weg mit den tiefen Furchen zu fahren, wohl aber, zu Fuß zu gehen.

Ich ging zurück, öffnete leise die hintere Tür und schnallte Ben mit Hilfe meines Tastsinns ab. Die Plastiktüte mit seinen Sachen befand sich auf dem Boden zwischen den Sitzen. Ich zog sie heraus und hängte sie und meine große Tasche über die Schulter, dann hievte ich Ben auf der anderen Seite auf die Hüfte. Er packte mit seinem Fäustchen nach einer dicken Strähne meines Haars und sagte etwas Unverständliches. Sein Kopf wippte gegen meinen Hals.

»Komm«, flüsterte ich. »Dieser Weg muss direkt nach Alford führen. Wahrscheinlich ist dies das andere Ende des Weges, der vom Anger ausgeht, und wir sind bestimmt nicht länger als zehn Minuten von deinem Bett entfernt. Kommst du mit?«

Er gähnte in meinen Kragen. Ich schloss ab, steckte die Wagenschlüssel in die Tasche und erhellte mit der Taschenlampe den Boden vor uns. Unser dunkler Schatten ragte auf der Hecke hinter mir in die Höhe. Ich setzte vorsichtig einen Fuß vor den anderen und spähte nach tückischen

Schlaglöchern, doch der Boden blieb flach und der Weg verlief nahezu gerade.

Über Alford hing ein Halbmond. Da ich nur das Licht meiner Taschenlampe hatte, konnte ich nicht durch die Öffnungen in den Hecken und über die hügeligen Felder sehen. Aber überall hörte ich Geräusche. Ein paar größere Tiere schnauften auf dem Feld rechts von uns, und ein schwacher Schrei in der gegenüberliegenden Hecke verriet, dass überall um uns herum Kämpfe auf Leben und Tod stattfanden. Dann hörte ich vor mir ein anderes Geräusch, eine Art Rumoren, wie von einer fernen Menschenmenge.

Ich hatte Billy Holts niedrige Hecke erreicht, bevor ich den Umriss seines Daches vor dem Himmel erkannte. Dann spürte ich unter meinen Füßen die gepflasterte Straße und schaltete die Taschenlampe aus. Die Kirche war nur ein dunkler Klotz, doch in den anderen Häusern rund um den Anger schien Licht zu sein, in jedem Fenster, und es lag ein Murmeln in der Luft, als wäre die Menschenmenge nun näher gerückt. Ben wurde immer schwerer und meine Neugier schwand langsam. Ich kam beim Barton an, eilte den Fußweg hinauf und läutete.

Barnabas öffnete sofort die Tür, sagte: »Lieber Himmel!« und zog mich hinein. Im Nebenraum klingelte das Telefon.

In der plötzlichen Helligkeit musste ich blinzeln. »Barnabas, was ist da los? Die Straße nach Alford ist blockiert. Ich musste die letzten paar hundert Meter zu Fuß gehen!«

Mein Vater nahm mir meine Taschen ab und beschloss, Ben, der nun schlief, dort zu lassen, wo er war. »Drei oder vier Leute haben Lizzie schon angerufen, um genau dasselbe zu fragen. Im ganzen Ort wimmelt es von Polizei. Mickey hat vor einer Stunde angerufen und gesagt, er käme nicht vom Bahnhof durch. Er wartet in dem Pub auf der Hauptstraße, wo wir mal zum Mittagessen waren, glaube ich.«

Dann kam Lizzie eiligen Schrittes aus dem Wohnzimmer und erklärte: »Mrs. Molyneux – oh, hallo, Dido – sagt, der Major hätte gerade angerufen, um ihr mitzuteilen, dass die Polizei im Pub ist. Er ging die Straße runter, um mal nachzusehen, aber dort kommt keiner durch. Die ganze Straße ist voller Streifenwagen, und es scheint, als würden Leute festgenommen.«

»Oh, hallo, Lizzie«, gab ich zurück. »Du meinst, es ist eine Razzia?«

Wieder klingelte das Telefon. Lizzie nickte heftig und ging zum Apparat. Wir folgten ihr und hörten, dass sie zu jemandem sagte: »Ich habe nicht die leiseste Ahnung. Nein … nein.« Das Gespräch war kurz.

»Möchtest du etwas zu essen?«, fragte sie dann. »Oder was zu trinken? Wir haben schon gegessen, aber ich habe eine große Portion für Mickey übrig behalten und der isst jetzt wahrscheinlich im Pub. Hat Onkel Barnabas es dir schon erzählt? Oder …«

Ich erklärte, ich würde erst Ben zu Bett bringen, wäre dann aber dankbar für etwas zu essen.

Während ich Bens schlaffen Körper auszog, hörte ich das Telefon noch zweimal klingeln. Er wurde nicht wach genug, dass ich ihm weitere Aufmerksamkeit hätte widmen müssen, also ließ ich die Tür einen Spalt breit offen und schlich mich nach unten.

Sie waren in der Küche. Mein Vater wirkte verwirrt. »Es sieht so aus, als wäre es eine Drogenrazzia«, verkündete er, »Du meine Güte! Jedenfalls behauptet Mrs. Molyneux das jetzt. Das überrascht dich nicht?«

Nein. Nicht wirklich. Plötzlich ergaben eine Menge Dinge einen Sinn, wie zum Beispiel Streifenwagen, die bei Nacht in dunklen Ecken parkten, und die unglaublichen Menschenmengen an den beiden vorhergehenden Montagabenden im »Five Bells«. Ausgerechnet montags, war das denn zu glauben? Da wurde für die Woche eingekauft! Wahrscheinlich war ich sogar ein wenig naiv gewesen, als ich Billy Holt letzte Woche bei seinem Besuch im »Five Bells« begleitet hatte. Unwillkürlich musste ich lachen.

»Was ist los?«, fragte Lizzie.

»Nichts«, antwortete ich. »Nur … es hat den Anschein, als würde dieses friedliche, kleine Dorf London in der Verbrechensrate schlagen.«

»Willst du etwa hingehen und einen Blick riskieren?«, fragte Barnabas misstrauisch. »Vielleicht sogar aktiv mitmachen? Bürgerwehr spielen? Dann …«

Ich ignorierte ihn. »Du sprachst von essen und trinken?«, sagte ich, zu Lizzie gewandt. Das erwies sich als guter Schachzug.

Ich hatte ein Wochenende mit viel Betrieb und harter Arbeit sowie einen geschäftigen und ermüdenden Tag hinter mir, daher war ich schon um halb zehn im Bett. Als ich plötzlich aufwachte, lauschte ich zuerst auf Bens regelmäßigen Atem. Er war es nicht, der mich gestört hatte, aber ich war ziemlich sicher, dass ich ein Geräusch gehört hatte. Ich konsultierte die Leuchtziffern auf meiner Uhr. Es war Viertel nach zwölf, und ich hatte gerade genug Schlaf hinter mir, um jetzt hellwach zu sein. Ich drehte mich auf die andere Seite, schloss die Augen und spitzte die Ohren. Irgendwo hörte ich einen Motor, einen großen Wagen, der sich vorwärts bewegte. Plötzlich glitt Blaulicht über die Vorhänge. Einen verwirrten Moment lang befand ich mich wieder auf der Straße und die Razzia war immer noch im Gange.

Ich stieg aus dem Bett und schlich zum offenen Fenster. Dort bemerkte ich den schwachen Geruch.

Feuer.

Ich fuhr mit den Füßen in meine Sportschuhe und steckte schnüffelnd meinen Kopf in den Flur. Dort war nichts. Was auch immer da brannte, es war nicht in unserem Haus. Meine Jacke lag noch auf dem anderen Bett, wo ich sie zuvor hatte fallen lassen. Ich nahm sie und schlich durch die Tür, die Treppe hinunter und in die Küche.

Nichts.

Aber ich sah erneut Blaulicht. Ich beschloss, dass mein überdimensionales T-Shirt gerade lang genug war, um mich in dunkler Nacht bei einem möglicherweise ernsten Notfall nach draußen wagen zu können. Der zweite Wagen war bereits die Straße hinauf verschwunden, doch der Brandgeruch wurde jetzt stärker. Oben im Zimmer neben meinem ging plötzlich Licht an. Nicht nur ich war geweckt worden von den ... Löschwagen, natürlich! Es waren zwei gewesen und sie waren die Straße hochgefahren ... Ich rannte zum Ende des Angers und blickte nach Monksdanes hinauf. Das Blaulicht war zwar jetzt nicht mehr zu sehen, wohl aber ein gedämpfter rötlicher Lichtschein.

»Wer ist ... Dido?« Eine Taschenlampe wurde mir ins Gesicht gehalten und blendete mich, aber ich erkannte Mickeys Stimme. Er schaltete die Lampe aus und sagte rasch: »Tut mir Leid. Teddy hat gerade angerufen. Oben beim Haus ist ein Feuer. Ich gehe jetzt hin. Weckst du Lizzie und warnst sie, dass ich möglicherweise alle mit nach unten bringen muss? Vielleicht will sie schon mal Wasser aufsetzen.«

Bevor er sich in Bewegung setzen konnte, rauschte plötzlich etwas in der Dunkelheit auf uns zu: ein Fahrrad mit einer derart schwachen Lampe, dass sie kaum Licht warf. Der Mond war bereits untergegangen, daher war es zu dunkel, um den Fahrer zu erkennen, aber er war an der Kirche von der Straße abgebogen und am hinteren Ende des Angers verschwunden. Billy.

Ich rührte mich unbehaglich. »Ich gehe besser mal zurück.« Aber Mickey war schon verschwunden.

Kapitel einunddreißig

Der Morgen danach

Die Vögel weckten mich kurz vor fünf. Durch den Spalt zwischen meinen Vorhängen drang das erste Tageslicht vor Sonnenaufgang und in der Nähe machte sich lautstark ein Hahn bemerkbar. Ich kniff meine Augen fest zu.

Als ich zum zweiten Mal langsam zu Bewusstsein kam, hörte ich jemanden vor dem Haus sprechen. Gedämpft, ja verstohlen. Aber nach einer Minute erkannte ich, dass es eine Meinungsverschiedenheit war, die rasch lauter wurde. Ich rollte mich aus dem Bett und schlüpfte zum Fenster, um nachzusehen.

Lizzie und Mickey Waring standen neben Mickeys Wagen auf der Straße. Meine Uhr verriet, dass es fast halb acht war, und meine Augen bestätigten, dass die Sonne schien. Ich hatte nicht genug Schlaf bekommen, aber als ein Knall am Fenster zu meiner Linken verkündete, dass Barnabas ebenfalls geweckt worden war, öffnete ich mein Fenster und lehnte mich hinaus.

Mickey winkte mir rasch zu und verschwand. Lizzie zog eine Grimasse.

»Gibt es Kaffee?«, fragte ich. Wieder erntete ich eine Grimasse, allerdings sah sie viel versprechend aus.

»Es tut mir Leid, dass ich letzte Nacht eingeschlafen bin«, erklärte ich, als Ben und ich zehn Minuten später in die Küche kamen. »Ich konnte nichts dagegen machen. Musste mich jemand ins Bett tragen?«

»Du bist selbst gegangen«, versicherte Liz mir. »Oder vielmehr getorkelt. Erinnerst du dich nicht mehr?«

Ich antwortete: »Nicht wirklich«, setzte mich mit Ben auf einen Stuhl und gähnte, bis Lizzie mir Milch und Kaffee herüberschob. Wir beschäftigten uns mit unseren Tassen.

Dann wachte ich plötzlich auf. »Was ist passiert? Hat Mickey letzte Nacht doch nicht die ganze Familie hierher gebracht?«

»Es war nur ein Schuppen hinter dem Haus«, antwortete Lizzie ausdruckslos. »Mit Gartengeräten und so.«

Ich schluckte rasch. »Was? Wie ist es passiert?«

»Nun, Teddy und Mickey sagten, es hätte nach Benzin gerochen. Die Feuerwehrleute stimmten dem zu. Heute Morgen wird die Polizei kommen, mit einigen Leuten von der Feuerwehr – Spezialisten. Hör mal, Dido, Mickey meint, du und er hätten gestern Nacht Billy Holt von Monksdanes wegfahren sehen.«

Barnabas erschien im Türrahmen. »Wirklich?«, fragte er mit scharfem Unterton.

Ich wühlte in meinen verworrenen Erinnerungen von der vorhergehenden Nacht und nickte.

»Jedenfalls hat Mickey es Teddy erzählt und Teddy wird es den Behörden mitteilen und ... ich nehme an, sie werden noch mal mit dir sprechen wollen. Mickey hat erwogen, heute nicht zur Arbeit zu gehen, aber ich habe ihm erklärt, du seist vollkommen in der Lage, mit der Polizei zu sprechen. Wenn sie auch mit ihm sprechen wollen, können sie es ja später noch mal versuchen. Wahrscheinlich kommt er heute Abend ohnehin früher. Er macht sich Sorgen.«

Langsam sagte ich: »Also meint er – meinen sie, Billy hätte versucht, Monksdanes niederzubrennen – aus Rache?«

»Ich denke nicht, dass er wirklich glaubte, das Feuer würde vom Schuppen auf Monksdanes übergreifen«, sagte Lizzie rundheraus. »Ich glaube, er versuchte nur, ein Zeichen zu setzen. Wie mit dem Fuchs und der Farbe.«

»Was für ein Zeichen sollte das sein?«, fragte mein Vater scharf. Ich hatte schon bemerkt, dass er Lizzie während meines Wochenendes in London dazu erzogen hatte, morgens für ihn eine Kanne Tee zu machen. »Ich dachte, er wäre zufrieden, jetzt, da alle wissen, dass er die ganze Zeit in Bezug auf seine Schwester Recht hatte.«

»Vielleicht möchte er raschere Resultate«, spekulierte ich. »Schließlich hat er lange Zeit warten müssen, bis die Wahrheit ans Licht kam.«

»Vielleicht möchte er auch nur Ärger machen«, fügte Lizzie hinzu. »Er ist ein verdammt komischer Mensch. Verstockt. Wer weiß schon, was er wirklich denkt? Ach, ich wollte, ich hätte nicht aufgehört zu rauchen.«

Ich gab Laute von mir, die gleichzeitig ermutigend und unverbindlich sein sollten, und nahm ein paar Toastscheiben entgegen. Meiner Erfahrung nach konnte man Billy Holt tatsächlich als seltsam und verstockt bezeichnen. Aber nicht als dumm. Ich hielt jedoch meinen Mund, vor allem, weil ich das Fenster im Blick und gerade zwei Wagen gesehen hatte, die an der Kirche vorbeifuhren. Einer von beiden war rot und hatte ein Zeichen auf der Tür, der andere war ein Streifenwagen. Die Zeit drängte, und Ben und ich hatten noch etwas zu tun, bevor wir uns irgendwelchen Außenseitern widmen konnten. Vor allem *ich* hatte noch etwas zu tun.

Glücklicherweise mahlen die Mühlen der Behörden langsam, also blieb uns noch genügend Zeit zu essen, zu baden und uns anzuziehen, bevor die ungebetenen Gäste von der Türglocke angekündigt wurden. Detective Sergeant Cole, Teddy Waring und ein Polizeiconstable standen auf der Schwelle, als ich die Tür öffnete. Coles Gesicht zeigte einen Ausdruck, den ich schon kannte, weil er mir bereits bei anderer Gelegenheit und anderen Polizeibeamten begegnet war. Er besagte, grob gesprochen, dass ich zu oft zur rechten Zeit am rechten Ort war und daher wahrscheinlich nichts Gutes im Schilde führte.

»Könnten wir uns kurz unterhalten?«, fragte Cole ohne Umschweife. »Unter vier Augen?«

Ich warf einen Blick auf seine Begleiter und bemerkte dann, dass sowohl Lizzie als auch Barnabas hinter mir standen.

»Wir könnten einen Spaziergang um den Anger machen«, schlug ich mit unschuldiger Miene vor, trat aus der Tür und schlängelte mich durch die Besucher bis zum Gartentor. Cole folgte mir schweigend, als ich den Weg entlangschlenderte. Als wir das Ende erreicht hatten, sagte er: »Mr. Waring meint, Sie hätten letzte Nacht etwas gesehen, das uns vielleicht interessieren könnte.«

Ich blieb stehen. »Also war es wirklich Brandstiftung?«

»Wahrscheinlich. Ich möchte wissen, ob jemand gestern Abend auf Monksdanes war, der dort nicht hingehört. Mr. Waring wurde durch seinen Bruder davon unterrichtet, dass Sie beide ungefähr zum Zeitpunkt des Brandes einen Radfahrer sahen. Ist das richtig?«

Ich nickte mit unglücklicher Miene. »Wir standen ungefähr hier und fragten uns, was da los sei. Die Löschfahrzeuge hatten mich geweckt, als sie nach Monksdanes fuhren, und ich ging aus dem Haus, um nachzusehen. Während wir hier standen, kam ein Radfahrer von Monksdanes her. Er bog neben der kleinen Kirche ein und fuhr rund um den Anger, aber ich konnte nicht sehen, welche Richtung er dann nahm; er hatte kein Rücklicht.«

»Haben Sie ihn erkannt?«

Da ich mittlerweile genug Zeit zum Nachdenken gehabt hatte, wusste ich, was ich antworten wollte. »Es war zu dunkel. Ich bin mir noch nicht mal sicher, ob es ein Mann war, obwohl ich das gestern Nacht annahm.«

»Haben Sie irgendwelche Schlussfolgerungen gezogen, wer es hätte gewesen sein können?«

Achtung! Bedächtig sagte ich, dass ich zuerst geglaubt hatte, bei dem Radfahrer hätte es sich um Billy Holt gehandelt, da der öfter um den Anger herumführe. »Aber ich weiß es nicht sicher«, sagte ich dann klar und deutlich. »Man hätte leicht zu diesem Schluss kommen können. Übrigens, wo will Teddy Waring denn hin?«

Cole drehte sich um und sah, was ich kurz vor ihm bemerkt hatte: Teddy ging mit großen Schritten zum hinteren Ende des Angers und dann zu Billy Holts Cottage. Ihm folgte etwas langsam der Constable, der in unsere Richtung blickte und auf Anweisungen wartete. Lizzie und mein Vater schienen sich gegenseitig zurückzuhalten. Cole ließ mich plötzlich stehen und rannte über den Rasen. Ich ging hinter ihm her und verließ mich darauf, dass er jetzt zu beschäftigt war, um mich davon abzuhalten. Ich sah, dass Teddy einen Blick auf Cole warf und weiterlief. Wir trafen unmittelbar hinter dem Constable am Gartentor ein, während Teddy Billy bereits im Garten aufgespürt hatte. Er stand zwischen den Jungpflanzen und schien sich für einen Kampf zu rüsten. Allerdings war mir klar, dass es nicht wirklich dazu kommen würde, vor allem, weil Billy mit beiden Händen horizontal einen Spaten vor sich hielt. Ich hatte so eine Ahnung, dass ein Spaten im Nahkontakt eine Menge Schaden anrichten konnte. Teddy hatte wohl dieselbe Folgerung gezogen.

Cole brach mit einem lauten Ruf durch das Gartentor: »Mr. Waring?«

Teddy trat einen Schritt zurück.

»Danke«, sagte Cole mit eisiger Stimme, dann wandte er sich zu Billy und starrte ihn so lange an, bis der Spaten einen weniger offensiven Winkel annahm. »Mr. Holt.«

Billy nickte langsam.

»Ich wollte mich nur kurz mit Ihnen unterhalten. Sollen wir ins Haus gehen?«

Billy sah ihn an. »Mir passt es ganz gut hier draußen.«

»Na gut.« Cole sah aus, als sei er zu beschäftigt, um darüber zu diskutieren. »Ich bin Detective Sergeant Cole von der Polizei in Castle Hinton. Haben Sie von dem Feuer auf Monksdanes letzte Nacht gehört?«

Irgendwas lag in Billys Blick. Er nickte.

»Wir versuchen, die Angelegenheit zu klären. Können Sie –«

»Jemand hat den Brand gelegt, nicht wahr?«, unterbrach Billy ihn. »Absichtlich.«

»Möglich«, antwortete Cole knapp. »Können Sie mir sagen, wo Sie letzte Nacht zwischen, sagen wir, zehn und halb eins waren?«

Billy schien diese Frage Schwierigkeiten zu bereiten. »Ab zehn Uhr?«, fragte er schließlich. »In der Stadt. In Hinton. Wurde dort aufgehalten. Hab fast die ganze Nacht dort verbracht.«

Teddy knurrte vor sich hin, was Cole mit einem Blick unterband. Er wandte sich wieder an Billy. »Könnte jemand das bestätigen?«

»Oh, wahrscheinlich«, sagte Billy leichthin.

Cole fragte: »Namen?« und wartete.

»Ihre Namen weiß ich nicht«, entgegnete Billy.

»Dann dürfte es schwierig werden, Ihre Angaben zu überprüfen. Wo genau waren Sie?«

»Genau?«, wiederholte Billy. Dann sah ich, dass er ein Spielchen spielte. »Tjaaa, die meiste Zeit in irgendeinem Warteraum der Polizeiwache von Hinton. Als Ihre Leute gestern Abend ins Pub kamen, waren sie stocksauer, weil ich ein Achtel Gramm Gras in der Tasche hatte. Hielten das wohl für strafbar.«

Cole erstarrte. »Sie wurden im ›Five Bells‹ festgenommen?«

Billy schüttelte bedauernd den Kopf. »Auf frischer Tat ertappt. Glauben Sie, es kommt zu einer Anklage? Ich hatte gehofft, mit einer Verwarnung davonzukommen.«

»Wir werden sehen«, erwiderte Cole höflich. »Danke.« Er warf einen Blick auf Teddy Warings Gesicht. Ich tat es ihm nach. Es war sehenswert.

Dann sagte ich: »Ich gehe jetzt mal besser wieder zu meinem Kind.«

Billy zwinkerte.

Kapitel zweiunddreißig

Sehr komisch

Barnabas schien eher amüsiert als beunruhigt. »Weißt du was, dieser Bursche hat sich erstaunlich schlecht unter Kontrolle: Wir standen an der Tür und sahen uns die Überreste der roten Farbe an, da blickte er plötzlich in deine Richtung und schoss los. Seltsam – er war die meiste Zeit des Wochenendes hier und ich hätte ihn eher für ein bisschen stur gehalten.«

»Hier?« Ich gab Ben einen Becher Saft und erklärte, dass er brav wie ein kleiner Engel sei.

Lizzie nickte. »Er und Mickey haben am Wochenende das Haus durchsucht. Sie haben sogar einen Großteil des Strohs aus dem Dach gerissen und mussten es dann wieder zurückstopfen. Natürlich konnten sie den *Peter Hase* ebenso wenig finden wie wir. Ich habe Mickey gesagt, ich fühlte mich etwas angeschlagen, habe mich in deinem Schlafzimmer ins Bett gelegt und gelesen. Du würdest nicht glauben, was sie für eine Unordnung gemacht haben; Teddy und Mickey mussten nachher unser Schlafzimmer abstauben und saugen. Am Sonntag nahmen sie sich dann die Farbe vor, entschieden aber, dass sie nur durch Sandstrahlen vollkommen wegginge. Onkel Barnabas war währenddessen unterwegs. Ich glaube, er hat fast das ganze Wochenende damit verbracht, Mrs. Molyneux zu unterhalten.«

Ich schaute anklagend auf meinen Vater, der gleichermaßen beunruhigt wie amüsiert wirkte.

»Mir wurde die Gegend gezeigt«, sagte er. »Wusstest du, dass das ganze Dorf auf einem alten Netz von überwachsenen Fußwegen und Hecken errichtet wurde? Die Farmer haben zwar, soviel ich weiß, etliche Hecken ausgegraben, aber ich glaube, wenn es sein muss, kann man von jedem beliebigen Punkt dieses Ortes zu jedem anderen kommen, ohne gesehen zu werden. Ist dir bewusst, dass die alten Gräben immer noch als Grenzmarkierungen dienen, obwohl es unnötig ungeklärt scheint, welcher Teil eines Grabens nun die gesetzliche Grenze ist? Es scheint, das hinge allein vom Betrachter ab.«

»Hast du das Mühlhaus gesehen?«, fragte ich tückisch. »Und die Furt?«

Barnabas antwortete: »Natürlich. Und ich habe mit Mrs. Holt gesprochen, die nicht ganz bei sich und für niemanden eine Hilfe war, am wenigsten für sich selbst. Sie nimmt die jüngste Entdeckung sehr schwer. Und die Kirche ist wirklich schöner Perpendikularstil, obwohl das Innere für meinen Geschmack etwas zu offensiv restauriert wurde.«

Lizzie blickte leicht verwirrt von ihm zu mir; ich erbarmte mich und fing an, Mrs. Molyneuxs Liste mit Touristenattraktionen zu erläutern, doch dann sorgte Ben mit seinem Becher und dessen Inhalt für Unruhe.

»Ich hole jetzt mal besser den Van«, bemerkte ich einige Zeit später. »Er blockiert einen Feldweg. Es sah zwar nicht so aus, als würde er noch benutzt, aber ich fände es gar nicht komisch, wenn mich jemand mit einem Traktor aus dem Weg schieben wollte.«

»Und dann gehen wir los und sehen uns mal um«, schlug Barnabas vor. »Na los. Ich lese Ben unterdessen ein erbauliches Buch vor. Beeil dich.«

»Ich brauche zehn Minuten«, entgegnete ich. »Danke.«

Bei Tageslicht war es viel leichter, auf dem unbefestigten Weg hinter Billys Cottage voranzukommen. Die Sonne beschien die hügeligen Felder. Das Rascheln im Laub rührte ganz offenkundig von kleinen Vögeln her, und die schnaufenden Tiere waren eine Herde Kühe, die nun mitten auf einer Wiese voller Löwenzahn grasten. Ampfer, noch mehr Löwenzahn und struppiges Gras wuchsen ungestört auf dem hohen Mittelkamm zwischen den Spurrillen, und nichts deutete darauf hin, dass in den letzten Monaten jemand hier entlanggefahren war. Ich trottete vor mich hin, ließ mir den Rücken von der Sonne bescheinen und dachte nicht allzu konzentriert über den geheimnisvollen Billy Holt und den nicht minder geheimnisvollen Teddy Waring nach.

Dann wurde meine Aufmerksamkeit von einem abgebrochenen Ast in der wuchernden Hecke angezogen. Er ragte in Taillenhöhe über meinem Weg, und ich wusste, dass ich in der Nacht zuvor in der Dunkelheit nicht dagegen gerannt war. Ich zog daran, und obwohl er nicht abbrach, wurden die Zweige in unmittelbarer Nachbarschaft auseinander gedrängt. Ich schüttelte ihn.

Dann sah ich einen Reifen. Ich drängte mich zwischen die Zweige und entdeckte ein altmodisches schwarzes Fahrrad, das in die Hecke gezwängt worden war. Die Zweige waren wieder davor geschoben worden, um es zu verbergen. Automatisch streckte ich die Hände aus, um es ins Freie zu zerren – und hielt inne, gerade bevor meine Finger das Schutzblech berührten. Das Fahrrad sah aus wie Billys. Aber wenn es wirklich seins war, was machte es dann hier? Warum sollte er mit seinem Fahrrad hierher gefahren sein und es dann hier gelassen haben? Allerdings schien es ebenso unwahrscheinlich, dass jemand sein Fahrrad gestohlen hatte, nur um hundert Meter weiter ins Nichts zu fahren. Es hatte sich jedoch ein geheimnisvoller Radfahrer vom Feuer auf Monksdanes entfernt, daher würde sich Sergeant Cole wohl für dieses Gefährt interessieren. Ich griff in meine Tasche, weil ich mein Handy herausziehen wollte, und fand es nicht. *Verdammt!* Jetzt, da ich genauer nachdachte, sah ich es vor meinem inneren Auge auf der Kommode in meinem Schlafzimmer. Barnabas hatte Recht: Diese Gedankenlosigkeit musste aufhören.

An der nächsten Kurve sah ich einen dunkelroten Farbklecks: meinen Van, zwanzig Meter entfernt. Ich schob die Zweige wieder vor dem Fahrrad zusammen und ging zum Wagen.

Ich brauchte nur ein paar Minuten, um vorsichtig auf die Straße zurückzusetzen und dann bis zum Barton zu fahren. Um Zeit zu sparen, ging ich allen Fragen aus dem Weg, indem ich direkt die kleine Hintertreppe bis zu meinem Schlafzimmer nahm. Ich fand das Handy, wo ich es liegen gelassen hatte, wählte die Nummer der Polizeiwache von Castle Hinton, die die Auskunft mir genannt hatte, und konnte eine Minute später Cole höchstpersönlich von meinem Fund unterrichten.

»Bleiben Sie, wo Sie sind«, sagte er. »Ich komme so schnell ich kann. Gehen Sie nicht zu der Stelle zurück, bis ich da bin.«

»Ich dachte, ich könnte vielleicht zurückgehen und ein Auge –«

»Bleiben Sie, wo Sie sind.« Das war keine Bitte; trotzdem machte ich ein, zwei Betten und ging dann nach unten, um die anderen zu informieren. Cole brauchte eine halbe Stunde, dann war er da und parkte seinen Wagen unübersehbar vor dem Cottage. Er brauchte weitere fünf Minuten, um sich über die Fakten unterrichten zu lassen, und noch einmal fünf, um mir den Weg entlang zu folgen und die Hecke an der Stelle niedergedrückt zu finden, wo das Fahrrad versteckt worden war. Jemand, der mir nicht aufgefallen war, hatte wohl mein Interesse bemerkt und die Gelegenheit genutzt, sein Eigentum abzuholen.

»Können Sie es beschreiben?«, fragte Cole, während wir uns unnütz dort herumdrückten.

»Es war ein Herrenfahrrad«, antwortete ich schadenfroh. »Altmodisch. Schwarz. Es stand aufrecht.« Dann ging ich nach Hause, um mich zu beklagen, machte allerdings vorher einen kleinen Umweg zu Billy Holts Vordertür, wo ich keinerlei Reaktion auf mein Klopfen bekam, ebenso wenig wie an seiner Hintertür, wo auch kein Fahrrad zu sehen war.

»Erstaunlich«, bemerkte Barnabas säuerlich, als ich die Geschichte erzählt hatte. Er sah so ungeduldig aus, wie ich war.

»Was macht dieser Polizist denn jetzt?«, ließ Lizzie sich vernehmen. »Er ist am Haus vorbeigegangen. Sein Wagen steht immer noch da.« Sie öffnete weit das Fenster und lehnte sich hinaus. »Oh. Er geht zum Nebenhaus. Aber er wird niemanden antreffen, nicht um diese Uhrzeit. Jetzt versucht er es ein Haus weiter.« Barnabas und ich eilten zum anderen Fenster und sahen zu, wie Cole alle Häuser um den Anger herum abklapperte. Beim vierten Haus hatte er Erfolg. Ich konnte sehen, dass jemand den Kopf schüttelte und die Tür zuwarf. Cole marschierte weiter und verschwand auf der Straße Richtung Wegweiser.

»Vielleicht fragt er, ob irgendjemand heute Morgen etwas gesehen hat.«, spekulierte ich.

»Vielleicht sucht er Billy.«, schloss Lizzie sich mir an. »Ich habe ihn nicht mehr gesehen, seit er gegen acht Uhr sein Haus verließ. Er muss irgendwo zur Arbeit sein.«

»Fuhr er mit dem Rad?«, fragte Barnabas sie beiläufig.

»O ja. Er fuhr ...« Lizzie verstummte und wurde knallrot.

Mein Vater sagte: »Sehr komisch.«

»Das sieht doch fast wie ein Alibi aus«, bemerkte ich nach einer Weile. »Du könntest hinter Cole herrennen oder es ihm sagen, wenn er seinen Wagen abholt.«

»Oder wir könnten einen Zettel unter seinen Scheibenwischer stecken«, ergänzte Lizzie strahlend. »Ich finde, ich sollte jetzt nach Monksdanes gehen und mal sehen, ob heute Morgen alle wohlauf sind. Mickey meinte, vielleicht bräuchten sie etwas Gesellschaft. Möchtet ihr mitkommen?«

Barnabas hatte eine unbestimmte Miene aufgesetzt. »Ihr habt nicht zufällig Zeichenpapier?«

»Zeichenpapier?«

»Oder etwas Ähnliches. Ich brauche ein paar große Bögen festes Papier – ungefähr sechzig mal vierzig Zentimeter? Zeichenpapier eben.«

Neugierig geworden verlangten Lizzie und ich nach Aufklärung.

Barnabas seufzte. »Mir scheint, wir haben hier das alte Problem – eine bessere Metapher fällt mir im Moment nicht ein – von den Bäumen und dem Wald. Es ist ein Rätsel, das in der Vergangenheit seinen Anfang nimmt. Anscheinend unzusammenhängende Informationsfetzen, die aus verschiedenen Quellen stammen und bis zum Jahre 1994 oder noch weiter zurück reichen. Nun ist eine größere Operation vonnöten, bei der alle Informationen zusammengefasst werden. Ich brauche dazu eine sehr große Unterlage zum Schreiben, auf der ich alle bekannten Fakten und Daten verzeichnen kann, weil ich den Eindruck habe, wenn alles irgendwie in eine Ordnung gebracht wird, könnten die Verbindungen offensichtlicher und das Ganze verständlicher werden. Also brauche ich große Bögen festes Papier, dazu Bleistifte, Radiergummis und eine flache Unterlage.«

»Ben hätte bestimmt auch gerne etwas Papier«, bemerkte Lizzie mit leicht wehmütiger Miene. »In Hinton gibt es einen Schreibwarenladen, in dem auch Künstlerbedarf verkauft wird. Ich bin sicher, dort bekommen wir so etwas. Wir könnten nach dem Mittagessen hinfahren.«

»Mrs. Molyneux besitzt ein bemerkenswertes Automobil«, entgegnete Barnabas langsam, »und einen reichen Vorrat an Tratsch und Klatsch, was sich als wichtig erweisen könnte. Ich frage mich, ob ...«

Lizzie warf mir einen Blick zu. »Ich bin sicher, sie fährt dich in die Stadt«, sagte sie. Ihre Stimme zitterte.

»Sehr komisch«, sagte ich zu ihr. »Okay, und im höchst unwahrscheinlichen Fall, dass sie keine Zeit hat dir zu helfen, fahren wir alle nach Hinton, wenn wir von Monksdanes zurück sind. Barnabas, halt doch mal Ausschau nach Cole! Sonst stecken wir einen Zettel unter seinen Scheibenwischer.«

In nicht allzu weiter Ferne ertönte ein Schuss. Ein zweiter folgte.

Nach einem Moment sagte Lizzie: »Da schießt jemand auf Tauben. Sie sind eine wahre Plage hier. Man hört ziemlich oft Schüsse. Das ist typisch für ländliche Gegenden.«

Das hatte ich schon bemerkt.

Kapitel dreiunddreißig

Ruhe

In der Dunkelheit waren die Löschfahrzeuge direkt über den Rasen gefahren und hatten vom Tor bis zum hinteren Ende des Hauses tiefe Spuren hinterlassen. Lizzie und ich wechselten einen Blick und folgten ihnen. Aufgrund von Billy Holts Entlassung stand das Gras schon knöchelhoch und der Kinderwagen blieb nach kurzer Strecke stecken. Zur gleichen Zeit kapitulierte Lizzie. Der Boden war nass und sie sank mit ihren Absätzen ein.

»Vor der Küche stehen Gummistiefel«, sagte sie. »Ich muss mir welche ausleihen.«

Lizzie drehte zuversichtlich am Knauf der Hintertür und schien überrascht, dass sie verschlossen war. Ich nicht. Wir gingen einmal ganz um das Gebäude herum und entdeckten, dass die Blendläden von dem Musikzimmer und den vorderen Empfangsräumen ebenfalls geschlossen waren. Das Haus wirkte, als wäre es blind oder würde schlafen. Oder würde belagert. Ich hob Ben aus dem Kinderwagen, weil ich ihn bei mir haben wollte, und sah zu, wie Lizzie den Türklopfer in Form eines Löwenkopfs gegen die Tür schlug.

Rose öffnete.

Lizzie fragte: »Ist etwas passiert? Die Hintertür ist verschlossen.«

»Komm mit ins Frühstückszimmer, Elizabeth. Sie sind schon zurück, Dido? Ich hoffe, Ihr Wochenende war erfolgreich. Soweit ich gehört habe, waren Sie auf einer Buchmesse.«

Eifrig Konversation treibend folgten wir ihr durch die Eingangshalle ins Morgenzimmer, wo zumindest die Blendläden geöffnet waren und die Sonne durchs Fenster schien. Auf einer Wärmplatte wartete eine Kanne Kaffee, so als hätte Rose gewusst, dass wir kämen. Ich setzte mich mit Ben auf dem Schoß hin und ließ mir von Lizzie eine Tasse reichen.

»Tut mir Leid, was letzte Nacht passiert ist«, sagte ich versuchsweise. »Es muss ziemlich beängstigend gewesen sein.«

Ich nahm zwei Kekse für mich und Ben, während Rose ihre kalten Augen auf mich heftete und die Achseln zuckte. »Eigentlich habe ich gar nichts bemerkt, bis die Löschfahrzeuge kamen. Mein Schlafzimmer liegt nach vorne und ich hatte wie üblich meine Tablette genommen. Ich habe schon seit ein paar Jahren Schwierigkeiten einzuschlafen, deshalb nehme ich jeden Abend mein Beruhigungsmittel.«

»Und … sind alle wohlauf?«, fragte Lizzie zaghaft nach. »Vater? Helen?«

»Lawrence war wegen irgendetwas letzte Nacht beunruhigt und ging nach unten; Helen entdeckte ihn im hinteren Teil des Hauses, als sie die Feuerwehr rufen wollte. Wir entschieden, dass es wahrscheinlich das Beste wäre, die Außentüren geschlossen zu halten. Er wird langsam –« Sie brach ab und beschäftigte sich angelegentlich mit ihrer Kaffeetasse. »Er und Helen ruhen sich gerade aus. Aber es war nichts, wirklich – nur Vandalismus. Ich war nicht sonderlich beunruhigt.«

Ungläubig starrte ich sie an. Sie saß mit dem Rücken zum Fenster auf ihrem Lehnstuhl, sehr aufrecht, mit ausdrucksloser Miene. Mit ihrer Strickjacke, der Perlenkette und den weißen, hübsch ondulierten Haaren war sie mir unbegreiflich. Ich konnte mir unmöglich vorstellen, dass sie über irgendetwas in Panik geriet, und selbst wenn sie aufgewacht wäre und Monksdanes in Flammen vorgefunden hätte, würde sie wohl immer noch ruhig zwischen den Ruinen sitzen, königlich, zäh und unbeirrt, und einen Teller mit Keksen herumreichen.

Ich hatte nichts gehört, aber plötzlich beobachtete uns Teddy Waring von der Tür her. Er ging auf Socken, daher seine lautlose Annäherung. Lehm klebte an seinen Händen und den Kniestellen seiner Jeans; er hatte auf dem Grundstück gearbeitet und seine Stiefel vor der Tür ausgezogen.

Er sagte: »Kaffee?«

Seine Mutter machte eine einladende Geste, und er kam herein und bediente sich selbst. Bei den Keksen zögerte er, dann nahm er einen mit seinen schmutzigen Fingern. Ich sah Roses Blick, er ebenfalls.

Lizzie sagte rasch: »Wir wollten nur mal kurz nach euch sehen. Können wir euch irgendwie helfen?«

Teddy zuckte die Achseln und schluckte seinen Keks hinunter. »Es gibt nichts zu tun. Ich darf nicht zur Brandstelle, bis sie sie untersucht haben. Oder meinst du ›bei der Situation‹? Mich wird man jedenfalls nicht verscheuchen, also müssen wir einfach damit zurechtkommen.«

Das war interessant. »Sie meinen, der Anschlag war gegen *Sie* gerichtet?«, fragte ich.

»Ich dachte, es wäre Billy Holt gewesen. Wenn das nicht der Fall war, glaube ich, er hat einen seiner Kumpel dazu überredet. Ich hab's schon dem Detective gesagt, ich kenne das Gesetz. Wenn man mich oder meine Familie von unserem Besitz vertreiben will, darf ich zur Selbstverteidigung ›angemessene Maßnahmen‹ ergreifen. Ich hab zu Cole gesagt, dass Brandstiftung ein Anschlag auf Leib und Leben ist, und wenn ich jemanden mit dem Gewehr verjagen muss, dann tue ich es.« Er warf einen Seitenblick auf Rose. »Ich versuche, auf niemanden zu schießen; aber es ist besser, sie glauben, dass ich es tue, wenn ich muss.«

Helens Auftritt wurde, im Gegensatz zu Teddys, angekündigt durch hastige Schritte über uns, das Geräusch klappernder Absätze auf der Haupttreppe und atemloses Keuchen, so dass wir alle schon standen, als sie im Türrahmen auftauchte.

»Vater«, wimmerte sie, »in seinem Zimmer …«

Da ich Ben auf dem Arm hatte, kam ich als Letzte und fand sie alle im Schlafzimmer am oberen Ende der Treppe versammelt. Es war ein seltsames Bild: Lawrence Waring saß erstarrt in einem Ohrensessel am Fenster und schaute ins Leere. Helen und Rose knieten je auf einer Seite neben ihm. Helen hatte eine Hand ihres Vaters genommen und Rose blickte ihm ins Gesicht.

»Es ist nichts«, sagte sie harsch. »Nur wieder eine dieser … Episoden.« Sie blickte zu Lizzie, die stocksteif am Fuß des Bettes stand. »So etwas wie ein winziger Schlaganfall. Er wird bald wieder wohlauf sein.«

»Ich habe Dr. Perry angerufen«, verkündete Helen mit piepsiger Stimme. »Er kommt so schnell er kann.«

Ich stand mit Ben auf dem Arm direkt im Türrahmen, und neben mir lehnte Teddy mit dem Rücken an der Wand und fixierte das erstarrte Gesicht seines Vaters. Die Aufmerksamkeit der Waring-Frauen war auf den alten Mann gerichtet, daher war ich ziemlich sicher, dass nur ich mitbekam, wie Teddy kaum vernehmlich flüsterte: »Ich wünschte bei Gott, er würde sterben.«

Kapitel vierunddreißig

Der grandiose Plan

Unter Aufbietung meines ganzen Scharfsinns spürte ich Barnabas in Mrs. Molyneuxs Bungalow auf und fand ihn über den Esstisch geneigt, den nun sein großer Plan, bestehend aus zwei zusammengeklebten, cremefarbenen Bögen Zeichenpapier, und eine Hand voll Bunt- und Filzstifte bedeckten.

Er blickte rasch auf. »Wo ist Lizzie? Ich brauche sie hier.«

Hinter mir sagte Mrs. Molyneux: »Ich habe Dr. Perry die Straße hinauffahren sehen – er wurde nicht zufällig nach Monksdanes gerufen?«

Ich schob mich um den Tisch herum, bis ich das Gekritzel meines Vaters richtig lesen konnte. Er hatte eine Art Tabelle mit senkrechten und waagerechten Linien angelegt. Auf der linken Spalte standen Jahreszahlen, beginnend mit 1993. Breitere Spalten daneben waren mit »Joan Holt«, »X«, »Peter Hase« und »Versch.« beschriftet. Auf der unteren Hälfte des Plans hatte er eine Anzahl von Namen aufgelistet. Sie waren überschrieben mit »Zeugen«. Ich sah, dass ich Nr. sieben war, während Mrs. Molyneux Platz Nr. eins einnahm.

»Ist Lizzie noch oben im Haus?«, fragte mein Vater nach. Er meinte Zeugin Nr. Sechs.

Ich erklärte, dass sie und mein Sohn ins Barton zurückgegangen waren, um sich um Bens Mittagessen zu kümmern.
»Gut«, meinte Barnabas unbestimmt. Er nahm einen schwarzen Filzstift und ließ ihn über dem Papier schweben.

»Gegenwärtig versuchen Mrs. Molyneux und ich alles einzutragen, was sie weiß. Aber wir werden in Kürze Lizzie brauchen. Und dich natürlich.«

Er trat einen Schritt zurück und begutachtete sein Werk. Ich nutzte die Gelegenheit, Mrs. Molyneux von Lawrence Warings »Episode« zu erzählen.

Sie ließ mich ausreden, schob ihre Brille die Nase hinauf und erklärte, dass diese kleinen Anfälle mit ziemlicher Regelmäßigkeit auftraten und entweder die Ursache von Lawrence Warings geistigem Verfall waren oder ihre Wirkung. »Dr. Perry sagt, man kann nichts dagegen machen«, fügte sie hinzu, woraufhin ich mich fragte, ob sie tatsächlich so indiskret gewesen war, den Gesundheitszustand ihres Nachbarn mit ihrer beider Arzt zu besprechen. Barnabas hatte vollkommen Recht, sie an Platz eins zu setzen.

»Warte«, sagte mein Vater plötzlich. »Vielleicht irre ich mich. Dido, weißt du genau, wann dein Freund – du weißt, schon, wen ich meine – die Bücher aus der Bibliothek der Warings erworben hat?«

Ich wollte schon »Nein« sagen, hielt aber inne und dachte noch einmal an meinen ersten Besuch auf Monksdanes zurück. Damals hatte der Katalog mit einem Angebot für tausend Bücher auf dem Schreibtisch gelegen: Er war aus dem Jahre … Ich ertappte mich, wie ich die Augen zusammenkniff, als könnte ich mir so besser das Deckblatt des Katalogs in Erinnerung rufen. »Irgendwann im Winter 1993/94. Wahrscheinlich könnte ich das Angebot auftreiben, wenn es wichtig ist.«

Barnabas murmelte: »Das reicht wahrscheinlich schon«, und machte sich in der oberen Hälfte des Plans zu schaffen. »Alles klar. Und der *Peter Hase* war damals noch da? Hat er ihn gesehen?«

»Das behauptet er jedenfalls.«

»Gut. Dann haben wir einen Anfangspunkt.«

»Was tust du da?« Ich wies auf die Spalten.

»Wir haben es mit drei Delikten zu tun«, verkündete mein Vater. Er war wieder in seinem Dozentenmodus. »Mit dem Mord an Joan Holt, dem Mord an einer anderen jungen Frau, die ich X genannt habe, obwohl ich mir vorstellen kann, dass du genauso gut weißt wie ich, wer das war, und mit dem Diebstahl eines seltenen und wertvollen Buches von Beatrix Potter, das immer noch vermisst wird, obwohl Teddy Waring das partout nicht einsehen will. Für den Augenblick möchte ich die Möglichkeit außer Acht lassen, dass der Diebstahl von einem zufällig vorbeikommenden Unbekannten verübt wurde, der für irgendeine gemeinnützige Organisation sammelte. Der Rest – Brand, Vandalismus und Einschüchterungsversuche – ist im Zusammenhang mit diesen drei Straftaten zu sehen.«

Ich wollte schon sagen, dass ich überhaupt nichts *genauso gut wusste wie er.* Aber das stimmte nicht. Joan Holt war NICHT die Einzige, die verschwunden war. Mein Blick ging zur unteren Hälfte von Barnabas' grandiosem Plan. Billy Holt war Zeuge Nr. zwei. Das erschien mir richtig. Und ich wollte ebenfalls mit ihm sprechen – unbedingt.

»Mrs. Molyneux, haben Sie eine Idee, wo Billy heute arbeitet?«

»Dienstags«, antwortete sie, »hilft er normalerweise im Garten vom Mühlhaus. Aber dort bekommt er kein Mittagessen, deshalb müsste er unter normalen Umständen jetzt im Pub sein.«

Ich wollte schon sagen: »Dann gehe ich mal kurz zu ihm.«

»Aber der Pub«, sprach Mrs. Molyneux weiter, »ist geschlossen. Es heißt, die Brauerei hätte Mr. Bond entlassen, da er wohl kaum in Unkenntnis der Vorgänge gewesen sein kann. Der Pub soll so schnell wie möglich mit einem neuen Pächter wieder geöffnet werden. Aber wahrscheinlich findet das frühestens … nächste Woche statt.«

Ich dachte rasch nach und sagte: »Dann gehe ich jetzt mal besser zurück und sehe, was Ben so macht.«

»Schick mir Lizzie rüber«, murmelte Barnabas hinter mir her. »Mrs. Molyneux, ich wäre Ihnen höchst dankbar, wenn Sie mir den Zeitpunkt bestätigen würden …«

Ich fand allein zur Tür. Ich sortierte immer noch die Dinge in meinem Kopf und brauchte Ruhe, daher bog ich auf dem Fußweg nach links und schlenderte zum Pub. Mrs. Molyneux hatte wie üblich Recht gehabt: Die Türen waren geschlossen, eine Kette fesselte unsere Lieblingsschaukel und blockierte die Rutsche, und als ich am Parkplatz ankam, war der leer bis auf einen Wagen, der gerade heranrollte, bremste und dann im Rückwärtsgang wieder davonfuhr. Als ich einen Blick von dem Fahrer erhaschte, sah ich, dass er enttäuscht aussah.

Ich musste zurück. Nicht, dass ich Lizzie im Umgang mit Ben nicht vertraute. Ich vertraute ihr völlig. Aber ich wollte sie zu Mrs. Molyneux schicken, und dann würden Ben und ich versuchen, Billy Holt zu erwischen, der wahrscheinlich zum Essen nach Hause gekommen war, und ihm die richtigen Fragen stellen.

Wahrscheinlich nahm mein eigener grandioser Plan gerade erst Formen an. Jetzt konnte ich nicht mehr zurück.

Kapitel fünfunddreißig

Die andere Tote

Nachdem ich mit dem üblichen Erfolg an Billy Holts Haustür geklopft, dann gelauscht und das Geräusch des Fernsehers vernommen hatte, wanderten Ben und ich gemächlich ums Haus herum. Mein Opfer befand sich am Kaninchenstall, schob gerade einen Metallteller mit Karotten- und Kohlstückchen hinein und sprach auf das kleine braune Kaninchen ein, während es fraß. Das Kaninchen bemerkte uns und erstarrte. Billy stand langsam auf und kam uns entgegen.

»Sie brauchen mich nicht zu verfolgen«, sagte er leise. »Ihr Polizist hat mich gefunden. Wir haben uns unterhalten. Er ist weg.«

»Es tut mir Leid«, erklärte ich. »Er ist nicht mein Polizist, aber ich habe ihn angerufen, als ich das Fahrrad in der Hecke fand. Es muss das Fahrrad gewesen sein, das jemand gestern Nacht zum Zeitpunkt des Feuers gefahren hat. Als Cole hier eintraf, war es schon weg, also lief er los, um mit Ihnen zu sprechen. Aber Lizzie sah Sie mit Ihrem eigenen Rad, noch bevor ich das andere fand, also denke ich, Sie sind aus dem Schneider. Wir haben es der Polizei gesagt.«

Billy dachte nach. »Tja, jedenfalls ritt er nicht drauf rum. Es scheint, er hat keine Ahnung, was eigentlich vor sich geht, genauso wenig wie ich.«

»Wirklich?«

Er warf mir einen scharfen Blick zu. »Was soll denn das jetzt heißen?«

Ich sagte: »Sie wissen doch eine Menge. Ich denke, Sie wussten die ganze Zeit, was vor sich ging.« Wir starrten einander an. Ben sagte etwas. Ich stellte ihn auf den Boden, woraufhin er zum Stall wackelte. Er und das Kaninchen betrachteten einander, dann setzte sich Ben abrupt auf den Weg.

»Das sind keine geeigneten Haustiere für Kinder«, warnte Billy. »Sie erschrecken sie.« Er wandte sich wieder mir zu.

Ich sagte: »Ich möchte nur eine Minute mit Ihnen sprechen. Hören Sie, warum haben Sie im letzten Winter angefangen, auf Monksdanes zu arbeiten? Das muss doch unangenehm für Sie gewesen sein, auch wenn Teddy noch nicht da war.«

»Angenehm brauchte es ja auch nicht zu sein«, konterte er. »Sie boten mir vergangene Weihnachten den Job an und ich nahm ihn. Zeit der Versöhnung. Warum nicht?«

»Warum doch?«, konterte jetzt ich.

Er blickte mich kühl an. »Manche müssen für ihren Lebensunterhalt arbeiten.«

Ich blickte kühl zurück. »Sie haben doch andere Arbeit und wahrscheinlich bekommen Sie auch noch Unterstützung, oder? Wohngeld?«

»Ach, sind wir jetzt beim Sozialsystem?«, höhnte er. »Sie wissen doch, dass ich nach Joannie suchte.«

»Aber Sie haben sie nicht gefunden.«

»Das wissen Sie doch.«

Ich beschloss, ihm für den Augenblick zu glauben.

»Was war in dem Schuppen, der gestern Nacht ausbrannte?«

»Nichts! Wollen Sie wissen, ob ich dort nachgesehen

habe? Natürlich habe ich das; ich hab mir zuerst alle Nebengebäude angesehen. Hab die Dielenbretter angehoben und wieder festgenagelt. Aber nichts. Nirgendwo.«

»Warum sollte dann dort jemand Feuer legen?«

»Vielleicht, um ein Zeichen zu setzen? Unter uns, Miss Hoare, Ted Waring ist in Alford nicht gern gesehen. Ich würde sagen, er sollte lieber weiterziehen.«

»Die Leute fragen sich, ob Sie einen Freund überredet haben, den Brand zu legen.«

Er blickte mich schweigend an.

»War es so? Ich will noch nicht mal wissen, wer es war!«

»Hätte ich tun können, wenn ich daran gedacht hätte. Wäre ein gutes Alibi gewesen. Nur, dass ich nicht wusste, dass ich verhaftet werden würde! Haben Sie sonst noch Fragen? Ich muss jetzt langsam zurück.«

»Eine noch. Wer war die Frau, die erschossen wurde und dann die Kleider Ihrer Schwester bekam?«

Er scharrte mit dem Fuß und wandte sich dann wieder zu Ben. Ich wartete einfach.

Schließlich drehte er sich zu mir und sagte leise: »Woher soll ich das wissen?«

»Soll ich das wirklich sagen?«

Er erwiderte nichts.

»Offensichtlich war es doch die Frau, die Lawrence aus dem Barton geschmissen hat. Tracy? Sie sagten, sie sei zu ihrem Bruder gegangen. Haben Sie sie seitdem je gesehen? Wie heißt der Bruder und wo wohnt er jetzt? Ich möchte wissen, wohin sie danach ging und ob er etwas von ihr gehört hat. Denn ich glaube, sie ist schon seit vier Jahren tot.«

Aus irgendeinem Grund, den ich nicht verstand, hatte ich ihn aus der Fassung gebracht. Ich sah, wie er sprachlos und mit ausweichendem Blick zögerte.

Ich hakte nach. »Sie sagten doch, sie wäre weggezogen. Ist sie zurückgekommen? Warum? Hat sie den *Peter Hase* der Warings im Barton versteckt? Wollte sie ihn sich holen?«

Plötzlich schoss mir durch den Kopf, dass er vielleicht nicht wusste, wovon ich sprach, und dass ich ihm etwas über das vermisste Familienerbstück erzählen musste, doch Billy kam mir zuvor.

»Ja, vielleicht war es so«, räumte er ein. »Woher soll ich das wissen?«

Hatte er damit nicht gerade zugegeben, dass er es wusste? Langsam sagte ich: »Waren Sie beide Freunde? Oder mehr?«

»Ihr Bruder und ich sind Freunde«, murmelte er.

Alles klar. Für den Moment zumindest. »Wer ist ihr Bruder?«

Unvermittelt grinste er. »Mac? Er war früher Pächter im ›Woolpack‹, also ist sie für eine Weile dorthin gezogen, weil sie sagte, sie hätte noch etwas zu klären, bevor sie endgültig verschwinden würde.«

»Was zu klären?«

Es war, als versuchte man mit einem Esslöffel Kohle aus Stein zu kratzen, aber ich glaubte, bereits die Antwort zu wissen. Ich senkte ein wenig die Stimme und fragte noch einmal: »Was wollte sie klären?«

»Ted Waring. Wollte sie heiraten.«

Nach einer Weile schaffte ich es zu quieken: »Das ist nicht wahr!« Aber vielleicht doch; vielleicht war es so; Lawrence Waring bei diesem schrecklichen Abendessen, Lawrence Waring hatte … »Warum hat er dann zugelassen, dass sein Vater sie rausschmiss? Die Geschichte mit dem Dealen, die Sie mir erzählt haben, stimmte die überhaupt?«

»Oh, die stimmte. Jedermann hier wusste das. Die Leute lungerten abends hier herum und kauften den Stoff von ihr, Wagen fuhren ständig um den Anger, Jugendliche hingen auf der Straße herum. Zu viele Leute wussten davon. Am Ende dachte sie, sie wären hinter ihr her. Ein paar komische Autos tauchten auf und parkten auf der Straße; jemand machte sich Notizen. Der alte Mann allerdings erfuhr es als Letzter. Wurde fuchsteufelswild. Dass sein Sohn etwas mit ihr hatte, machte es nur noch schlimmer.«

»Hat Teddy sie fallen gelassen?«

»Nicht wirklich.«

Was dann?, wollte ich schreien.

»Die Sache ist«, sagte Billy, weil er meinen Gesichtsausdruck offensichtlich richtig deutete, »dass diese Leute keinen Mumm haben. Sie warnen besser Ihre Freundin Lizzie, dass das Wort der Alten Gesetz ist. Wenn Lawrence oder Rose ›spring‹ sagen, dann springen Ted, Helen und Mickey. Das war schon immer so und wird auch immer so sein.«

Plötzlich wurde mir in der warmen Frühlingssonne kalt. *Ich wünschte bei Gott, er würde sterben.* Ich sagte: »Hören Sie, können Sie mir nicht einfach den Namen des Bruders verraten und sagen, wo er jetzt ist? Ich weiß, dass er nicht mehr im ›Woolpack‹ ist.«

»Mac? Sein Name ist Jerry McGregor und im Augenblick ist er, soweit ich das weiß, im Gefängnis. Er hat die letzten paar Monate in Hinton gewohnt und dort für einen Kumpel im Laden gearbeitet. Installation von Antennen und Satellitenschüsseln, etwas in der Art. Montagabends ist er regelmäßig im Pub aufgetaucht, der Idiot. Verstehen Sie?«

Ich quiekte: »*McGregor?*«, bevor ich mich zusammenreißen konnte.

Billy sah mich aus den Augenwinkeln an. »Kennen Sie ihn?«

»Ich hab schon mal den Namen gehört«, antwortete ich.

Meine Stimme klang selbst für mich ziemlich seltsam, also fügte ich hinzu: »Ich glaube, ich habe seinen Lieferwagen beim Pub gesehen.«

»Tja, dann fragen Sie besser mal Mac. Vielleicht kann er Ihnen was über Tracy erzählen.«

Vielleicht konnte er mir was über den *Peter Hase* erzählen. Vielleicht sollte Barnabas herausfinden, ob es möglich war, Mr. McGregor aufzusuchen, selbst wenn er noch im Gefängnis war. Mein Vater war genau der Richtige dafür: Barnabas Hoare, emeritierter Professor für Englisch an der Universität Oxford. Sehr, sehr respektabel.

Ben stieß einen wilden Schrei aus und wir fuhren herum. Mein Sohn mühte sich mit rotem Gesicht aufzustehen und hielt eine Hand ausgestreckt. Ich rannte zu ihm und untersuchte eine kleine rote Stelle an seinem Finger.

»Hat ihn gebissen«, bemerkte Billy knapp. »Kaninchen – sehen niedlich aus, sind aber nichts für kleine Kinder. Nur für den Kochtopf.«

Ich wusste nicht, ob er nur Spaß machte, aber es war mir auch egal. Ich drückte einen Kuss auf den verwundeten Finger, nahm seinen Besitzer auf den Arm und tröstete ihn den ganzen Weg nach Hause.

Als wir zum Barton kamen, fanden wir es leer vor. Lizzie wurde wohl immer noch von Barnabas und Mrs. Molyneux ausgefragt, was mir ganz gut passte, hatte ich dadurch doch Zeit zum Nachdenken. Ich wischte verschiedene Partien von Ben sauber, prüfte noch einmal, ob die Haut am Finger aufgeplatzt war, und steckte ihn und seine blaue Decke ins Bett. Es war für uns beide ein betriebsamer Tag voller Reizüberflutungen gewesen und er würde innerhalb einer Minute eingeschlafen sein. Ich blickte gerade auf mein Bett, als die Türklingel ertönte.

Sofort fielen mir einige Personen ein, die ich lieber nicht auf der Schwelle sehen wollte, und als ich öffnete, stand dort natürlich eine davon. Teddy Waring hatte seine gammelige Gärtnerkluft an; mir kam es plötzlich so vor, als würde er mehr und mehr Billy Holt ähneln.

Ich begrüßte ihn mit den Worten: »Lizzi ist nicht hier. Ich glaube, sie ist drüben bei Mrs. Molyneux. Wie geht es Ihrem Vater?«

»Gut. Besser. Ich wollte nicht mit Lizzie sprechen. Können Sie sich das mal ansehen?«

Er hielt mir einen großen braunen Umschlag hin, der in Großbuchstaben an Teddy auf Monksdanes adressiert und frankiert und gestempelt war. Jemand hatte ihn unbeholfen geöffnet. Ich steckte eine Hand hinein und ertastete ein paar unerwartet kleine und glitschige Papierfetzen. Verwirrt riss ich die Öffnung auseinander und blickte hinein. Glänzende Schnipsel. Ich kippte ein paar heraus: Es waren Seiten von einem kleinen Buch, die heraus- und dann in Viertel gerissen worden waren. Jeder Fetzen wies einen breiten weißen Rand und ein paar Wörter auf. Ich las: »Mr. McGregor … vorsichtig drehte er die Blumentöpfe … von ihm beim … steuerte wieder den Geräteschuppen …«, und »PETER … schlüpfte unter dem Tor durch …« Das war mehr als genug.

»*Peter Hase*«, sagte Teddy unnötigerweise. »Nur … was meinen Sie? Ich habe das Buch schon seit Jahren nicht mehr gesehen und vielleicht trügt mich meine Erinnerung.«

Ich wühlte bereits im Umschlag und holte ein paar Schnipsel mit Bildern heraus: eine weiße Katze auf einem Gartenweg, ein braunes Kaninchen mit einem Weidenkorb am Arm.

Dann schob ich sie wieder in den Umschlag. »War ein Zettel dabei?«

Er schüttelte den Kopf.

Ich sagte: »Nun, Ihre Erinnerung täuscht Sie jedenfalls nicht. Diese Illustrationen hier sind farbig – also ist es die Ausgabe für den Buchhandel, und es sieht so aus, als wäre es ein brandneues Exemplar. Das kann man überall kaufen.«

»Das dachte ich mir schon. Was soll das also?«

»Vielleicht«, meinte ich, »hat der Absender nicht gewusst, wie die eigentliche Ausgabe aussah. Oder vielleicht geht es auch nicht darum.«

Ted nickte langsam. »Das dachte ich auch. Tja, zumindest hat der Dreckskerl diesmal *sein* Eigentum zerstört und nicht unseres.« Er wandte sich ab und ging.

Billy? Wieso? »Wo wurde der Brief aufgegeben?«, rief ich hinter ihm her.

Er blieb am Gartentor stehen und blickte auf den Umschlag. »In Shepton Mallet«, rief er über die Schulter zurück. »Aber das ist die Postverteilerstelle für den gesamten Kreis.«

Ich sagte: »Tja, dann bleiben Sie mal am Ball.« Doch er war bereits auf die Straße getreten und schien mich nicht zu hören. Ich beobachtete, wie er in Richtung kleine Kirche ging und dann außer Sicht geriet.

In diesem Augenblick rief Lizzie: »Dido?« und kam von der anderen Seite her angerannt. »War das Teddy? Stimmt etwas nicht?«

Ich erklärte es ihr.

Sie sagte: »Da will ihn jemand … auf den Arm nehmen.«

Ich zuckte die Achseln. Wenn ich Billy das nächste Mal sähe, würde ich ihn darauf ansprechen. Rote Farbe, tote Tiere, Feuerchen, zerrissene Bücher: Unter normalen Umständen hätte man das Ganze für eine Fehde unter Schuljungen halten können. Aber hier versuchten meiner Meinung nach zwei Männer einander bis aufs Blut zu reizen.

Lizzie dachte einen Moment besorgt darüber nach, dann schob sie den Gedanken beiseite. »Dido, Onkel Barnabas schickt mich. Ich soll fragen, ob du jetzt rüberkommen kannst. Er ist mit Mrs. Molyneux und mir fertig. Jetzt bist du dran. Im Ernst, er hätte Anwalt werden sollen! Wo ist Ben? Ich passe auf ihn auf.«

Ich erklärte, dass Ben im Bett sei und wohl noch eine Weile schlafen würde. Ich bat sie, falls er aufwachen und Theater machen sollte, seine rechte Hand zu streicheln, ihm etwas Schönes zu trinken zu geben und ihn zum Bungalow zu bringen.

»Hat er sich wehgetan?«

»Er wurde von einem Kaninchen gebissen«, erklärte ich kurz und ging. Ich wollte mir den grandiosen Plan ansehen und ein paar Informationen hinzufügen. Vielleicht konnte ich danach meinen Vater überreden, die Polizei in Castle Hinton anzurufen und zu versuchen, einen Kontakt mit Mr. McGregor herzustellen. Je früher desto besser. Langsam wurde mir Alford zuwider.

Kapitel sechsunddreißig

Das Gesamtbild

»Das ist nicht gut«, sagte Barnabas leise zu uns. Er schaltete mein Handy aus und gab es mir zurück. »Gehen wir in den Garten? Ein bisschen frische Luft täte mir jetzt gut.«

Mrs. Molyneux öffnete die Flügeltür und wir traten aus ihrem Esszimmer hinaus auf eine Rasenfläche, die von Blumenbeeten und einer Vogeltränke geziert wurde.

»Ich nehme an, es ist begreiflich, wie ich das angesichts der Lage meinte? Mr. McGregor ist in Haft und wird dort voraussichtlich einige Zeit bleiben. Er ist angeklagt, mit harten Drogen gehandelt zu haben. Soweit ich es verstanden habe, kommt er nicht auf Kaution frei.«

Das verstand ich, aber …

»Vielleicht könnte man die Erlaubnis bekommen, ihn im Gefängnis zu besuchen?«, schlug Mrs. Molyneux vor.

Mein Vater und ich blickten uns fragend an, doch keiner von uns hielt das für sehr wahrscheinlich.

»Dann«, – Mrs. Molyneux runzelte die Stirn – »werden wir einen anderen Weg finden müssen. Er hat doch bestimmt einen Anwalt. Vielleicht übermittelt der Anwalt eine Nachricht von uns und die Antwort von Mr. McGregor? Er könnte zumindest herausfinden, ob er die aktuelle Adresse seiner Schwester hat. Ihn bitten, zu bestätigen, dass sie die Warings kennt. Nein, das ginge vielleicht zu weit. Aber er könnte uns zumindest die Möglichkeit geben, seine Schwester zu kontaktieren.«

Natürlich nur, wenn sie noch lebte.

»Möglicherweise finden wir ja heraus, wer ihn vertritt«, stimmte Barnabas zögernd zu.

»Ich rufe mal einen Freund an«, verkündete Mrs. Molyneux.

Ich ließ mich auf dem Rasen nieder, stützte mich auf die Hände, schloss die Augen und ertappte mich, wie meine Gedanken müßig um eine erhellende Razzia in Billys Haus, eine Suche nach überfälligen Büchern kreisten, wenn er das nächste Mal fortging.

Aber gleichzeitig ging mir Barnabas' »Karte« nicht aus dem Kopf. Seine Arbeit an diesem Nachmittag hatte, grob gesprochen, eine Chronologie der Zeugenaussagen ergeben: eine Übersicht dessen, wer was worüber gesagt hatte, und wann, und vor allem, welche der Informationen von einem anderen »Zeugen« bestätigt worden war. Was also nur Hörensagen war und was nicht. Und zwar mit Bezug auf alles, was wir über die beiden Todesfälle und den Diebstahl des Buches gehört hatten. Er hatte die Details durch ein ganzes Netz von bunten Linien und Pfeilen verbunden. Jetzt sah es ziemlich vollständig aus. Ich wusste, dass ich mich in ungefähr einer halben Stunde darauf stürzen würde, weil die Wahrheit wahrscheinlich irgendwo dort zu finden war – im Gesamtbild.

Unsere Gastgeberin kam zurück und wirkte sehr mit sich zufrieden. »Alles klar«, verkündete sie. »Mein Freund wird vorsichtig Nachforschungen anstellen und dann zurückrufen. Er ist immer sehr hilfsbereit. Dido weiß das schon. Können wir denn nichts in der Zwischenzeit tun?«

Barnabas sagte unvermittelt: »Ich frage mich, wie viel Billy Holt vom Grundstück um Monksdanes durchforstet hat, bevor Teddy ihn feuerte. Und ob Teddy ihn unbedingt loswerden wollte, um ihm nicht mehr zu begegnen, oder weil es da etwas zu finden gibt.«

»Joannies Leiche war jedenfalls außerhalb des Grundstücks vergraben worden«, erinnerte ich ihn. »Wenn Teddy wusste, dass sie dort lag, wäre es da für ihn nicht sicherer gewesen, Billy mit Gartenarbeiten zu beschäftigen?«

Aber da eilte Mrs. Molyneux schon wieder ins Haus. Als sie zurückkehrte, hatte sie eine ältere und ramponiertere Ausgabe der Karte bei sich, die sie mir geliehen hatte. Die beiden anderen breitete sie auf dem Gras aus, dann beugten wir uns alle zusammen darüber und suchten nach Alford und Monksdanes. Ausgehend von der Größe des Hauses musste sich die unregelmäßige Fläche des eingefriedeten Grundstücks einige hundert Meter an jeder Mauer entlang erstrecken. Der mir mittlerweile vertraute Fußweg verlief vom Zauntritt an der Straße an der westlichen Mauer entlang, wo er abbog und über offene Felder zu der Straße führte, die die Furt und das obere Ende des Orts mit der Römerstraße im Westen verband. Theoretisch hätte Joan Holts Leiche mit einem Wagen zu den Feldern gebracht und dann quer darüber bis zu der Stelle getragen worden sein können, wo wir sie gefunden hatten. Allerdings schien das eine ziemliche Strecke über offenes Gelände zu sein, ohne dass es einen zwingenden Grund dafür gab.

»Was ist das?«, fragte Barnabas und tippte sacht auf einen Fleck hinter dem Haus.

Mrs. Molyneux blickte prüfend durch ihre Brille und runzelte die Stirn. »Den habe ich ganz vergessen«, sagte sie. »Früher war dort ein Fischteich. Mittlerweile wird er ausgetrocknet sein, ganz sicher aber ist er überwuchert.«

»Ein vergessener Teich?«, sinnierte Barnabas. »Das wäre

doch eine gute Stelle, um eine Leiche loszuwerden. Ich frage mich, ob Holt dort gesucht hat.«

Ich fragte mich müde, warum ich diese Frage seltsam fand. »Aber Joans Leiche wurde nicht in einem Teich gefunden«, wandte ich gereizt ein. »Warum interessierst du dich für den Teich?«

»Es fehlt immer noch etwas«, entgegnete Barnabas milde. »Wo sind die persönlichen Sachen der geheimnisvollen Leiche in der Bibliothek? Ich meine, dass sie nicht irgendwo im Sperrmüll, in den Nebengebäuden oder im Haus selbst versteckt worden sein können. Schließlich wird die Polizei doch wohl gründlich danach gesucht haben. Wie auch immer, eines wurde jedenfalls bestimmt nicht in einem leeren Schrank oder in einem Nebengebäude versteckt.«

Ich versuchte, mich zu erinnern, scheiterte aber.

Barnabas schüttelte ungeduldig den Kopf. »Mrs. Molyneux hat mir von eurer Unterhaltung mit ihrem Nachbarn Major Hitchens erzählt. Er hat gesagt, Mrs. Richards hätte einen Wagen besessen, einen großen Wagen. Ich nehme an, dass sie beabsichtigte, die Gegend mit ihrem Wagen zu verlassen.«

»Es war ein ziemlich großes Fahrzeug«, schaltete Mrs. Molyneux sich ein. »Ein großer Kombi, in dem sie antike Möbel transportierte.«

»Vielleicht sollten Lizzie und ich morgen früh einen Spaziergang auf Monksdanes unternehmen«, schlug ich vor, als das Telefon in der Küche läutete.

Mrs. Molyneux beeilte sich, abzunehmen, und kehrte nach kurzer Zeit mit zufriedener Miene zurück. »Die Anwältin, die wir suchen, ist eine Mrs. Alison Jones von einer Kanzlei in Wincanton. Ich habe ihre Telefonnummer. Was genau soll ich ihr jetzt sagen?«

Barnabas dachte nach. »Sie muss auf jeden Fall ihren Mandanten fragen, warum seine Schwester die Gegend verlassen hat, wenn sie es denn getan hat, und ob er ihre aktuelle Adresse hat. Das ist zwar unwahrscheinlich, aber wir sollten trotzdem die Fakten klarstellen.«

»Was ist mit dem Buch? Wir müssen herausfinden, ob er etwas darüber weiß. Könnte seine Schwester es bei ihm gelassen haben? Das wäre eine Erklärung dafür, wie es einfach verschwinden konnte. Nur wüsste ich nicht, warum er das zugeben sollte.«

»Wir könnten eine Belohnung anbieten«, schlug Mrs. Molyneux prompt vor. »Ich könnte sagen, die Versicherung böte eine Belohnung an, wenn es wieder auftauchte, und würde auch keine Fragen stellen. Wären zweitausend Pfund genug? Wenn er es hat oder weiß, wo es sich befindet, ist er vielleicht an dem Geld interessiert, vor allem unter den gegebenen Umständen. Das wäre nur menschlich.«

»Aber was ist, wenn er das Angebot annimmt?«, fragte Barnabas.

»Dann zahlen wir ihn unter der Bedingung aus, dass ich das Geld vom Verkaufserlös abziehen kann«, erklärte ich schlau.

»Eine gute Idee«, stimmte Mrs. Molyneux forsch zu und verschwand wieder.

»So gut nun auch wieder nicht«, äußerte mein Vater kühl, als sie außer Hörweite war. »Ich möchte gar nicht darüber nachdenken, wie viel Gesetze du dafür brechen willst.«

Ich dachte, darüber würde ich mir Gedanken machen, wenn es soweit wäre, denn etwas sagte mir, dass es nicht dazu kommen würde.

Mrs. Molyneux kehrte gemessenen Schritts zurück und verkündete: »Ich habe es ihr erklärt und es gelang mir, sie zu überzeugen. Ich behauptete, das Leben der armen, alten Menschen auf Monksdanes würde sich vollkommen verändern, wenn nur ihr Buch gefunden und verkauft werden könnte, und sie schien am Ende überzeugt, dass durch mein Anliegen kein Schaden für ihren Mandanten entstehen könnte. Schließlich gibt es keinerlei Verbindung zu den aktuellen Anklagepunkten. Sie wollte Mr. McGregor gerade aufsuchen und erklärte sich bereit, ihm unsere Fragen zu übermitteln. Sie wird mich später zurückrufen. Nun, Dido, Sie schlugen einen Angriff von zwei Seiten vor? Einen Spaziergang auf Monksdanes?«

Ich riss mich zusammen. »Es wäre doch interessant, herauszufinden, was Billy in den letzten Monaten auf Monksdanes gemacht hat.« Mein Vater hatte eine zweifelnde Miene aufgesetzt und mir platzte der Kragen: »Wir müssen uns vergewissern!«

Langsam sagte er: »Ich wollte heute Morgen an meinem Plan arbeiten.« Ich ertappte ihn, wie er einen fragenden Blick auf Mrs. Molyneux warf.

»Natürlich«, antwortete sie prompt. »Ich würde mich freuen, ein Auge auf die beiden zu halten. Wir drei können einen Spaziergang auf dem Grundstück unternehmen. Früher war es sehr schön.«

»Wir vier«, erinnerte ich sie, »vorausgesetzt, Ben hat sich bis dahin erholt.« Mrs. Molyneux würde eine ziemlich gute Hilfe sein, falls Teddy nachfragen sollte, was wir auf seinem Grundstück machten.

»Erholt?«, donnerte Barnabas. »Was …?«

Langsam war mir nach einem von Lizzies Wodka Tonics: Mein Gehirn schien langsamer zu arbeiten, und ich konnte mir nicht vorstellen, dass ich in der nächsten Zeit etwas Nützliches zustande bringen würde. »Ben wurde leicht gebissen«, sagte ich, »von einem Kaninchen. Er hat seine Finger durch einen Zaun gesteckt.«

Ich hörte, dass Barnabas brummte, dies würde hoffentlich für uns alle eine Lehre sein, doch ich achtete nicht darauf. Meine Aufmerksamkeit war, wie ein Kaninchen, zum Gesamtbild gehoppelt.

Barnabas hatte mit drei großen Spalten die drei Delikte verdeutlicht: zwei Morde und einen Diebstahl. Nun bemerkte ich, dass bis jetzt noch niemand in der Lage gewesen war, auch nur ein Motiv für eines der Delikte zu ermitteln. Wenn es darum ging, warum all das passiert war, blieb uns nur ein einziges großes Fragezeichen.

Angefangen mit dem ersten Delikt, dem Diebstahl des Buches. Man hätte doch meinen können, dass das ganz einfach war: Es war viel Geld wert und jeder wusste es; und doch – wenn es je verkauft worden wäre, wäre es auf einer Auktion oder in einem Katalog aufgetaucht und Ernie hätte es mittlerweile aufgespürt. Wenn einer unserer Verdächtigen von dem Diebstahl profitiert hatte, hatte er sich still verhalten und sein einfaches Leben weitergeführt. Nein: Das Buch war einfach verschwunden.

Dann der Tod von Joannie Holt: Warum hatte sie jemand töten wollen? Wenn man die Geschichte mit dem Unfall hinnahm, konnte das angehen. Es waren schließlich schon seltsamere Dinge passiert. Aber sobald man den Leichentausch miteinbezog, war es kein Unfall mehr, und dann hatte man nur die Geschichte mit der Schwangerschaft als Motiv. Aber Lawrence Waring war kein Mitglied der königlichen Familie und auch kein Erzbischof, und Joan war schon lange volljährig, bevor es passierte. Also legte nichts eine anrüchige oder strafbare Verbindung nahe. Sie war ja sogar bereit gewesen, den Interessen der Familie entgegenzukommen. Warum sollte sich jemand also die Mühe machen, sie umzubringen?

Das mit Tracy war allerdings eine andere Sache. Wie ihr Bruder handelte sie mit Drogen. Das war kein besonders sicherer Beruf. Sie war kriminell, handelte aber auch mit Antiquitäten. Die Warings hatten ziemlich viele gute Möbel verkauft. Wahrscheinlich war so der erste Kontakt zustande gekommen. Hatte sie sie betrogen? Ging es darum? Lawrence Waring hatte mich mürrisch gefragt: »Wo haben Sie meinen *Peter Hase* hingetan?« Aber wenn Teddy Waring sie wirklich gebeten hatte, ihn zu heiraten, dann wurde es komplizierter. Hatte sie die Warings bestohlen? Hatte Teddy sie in einem Anfall von Eifersucht getötet? Frauen, so erinnerte ich mich kühl, wurden normalerweise von ihren Ehemännern oder Liebhabern umgebracht.

Tracys Bruder musste etwas wissen. Ich konnte nur hoffen, dass Mrs. Molyneuxs Plan funktionierte, und zwar bald. Mr. McGregor war aus dem Spiel, aber Billy und Teddy waren noch immer drin und das bedeutete Ärger. Mir kam es langsam so vor, als hingen die beiden wie siamesische Zwillinge aneinander und nährten ihren gegenseitigen Hass, bis etwas Schreckliches geschah. Das war eine unschöne Aussicht, deren Konsequenzen ich noch nicht mal im Ansatz absehen konnte.

Kapitel siebenunddreißig

Rost

Die Spurrillen der Löschfahrzeuge verliefen direkt unter den verrammelten Fenstern der Bibliothek, bogen um das Ende des mit Unkraut überwucherten Tennisplatzes und verschwanden hinter einer Gruppe Rhododendren. Als wir ihnen folgten, kamen wir zum alten Tennispavillon. Er stand zwar noch fast vollständig da, war aber schwarz und verkohlt, und das Dach war eingefallen. Selbst nach dreißig Stunden stank der gesamte Umkreis noch nach Rauch. Vielleicht waren deshalb auf den umstehenden Bäumen keine Vögel zu sehen. Wir drei gingen bis zur einstigen Veranda und spähten durch die gähnende Türöffnung auf ein Durcheinander von Gerätschaften und Verkohltem.

»Sie werden einen neuen Rasenmäher brauchen«, bemerkte Lizzie munter.

Das hatte ich auch gesehen. Aber jetzt blickte ich auf einen Turm alter Blechdosen – Farbtöpfe – in einer Ecke. Sie waren ziemlich vollständig ausgebrannt.

»Warum sollte jemand ausgerechnet hier Feuer legen?«, fragte Lizzie mit Nachdruck.

Gute Frage. Wenn es ein böser Streich sein sollte, dann verstand ich, warum Teddy Billy Holt für den Verantwortlichen hielt: Billy mochte die Warings einfach nicht. Auf der anderen Seite … Ich starrte auf die Farbtöpfe, konnte aber einfach nicht erkennen, ob einer von ihnen leuchtend rote Lackfarbe enthalten hatte. Ich gab unverbindliche Laute von mir und fragte mich, wie viel Prozent der Einwohner von Alford wohl mit diesem Akt der Ablehnung sympathisierten: abgesehen von ein paar respektablen Abweichlern wie dem Major und seiner Frau und Mrs. Molyneux schätzungsweise – achtundneunzig Prozent.

Gerade als ich an sie dachte, kam Mrs. Molyneux mit großen Schritten um das Ende des überwucherten Tennisplatzes herumgelaufen. Sie sah uns, winkte und rief: »Es tut mir außerordentlich Leid! Mrs. Jones hat angerufen. Ich musste es noch schnell Professor Hoare erzählen.« Lizzie und ich versicherten ihr, wir hätten noch nicht mit der Arbeit angefangen, und warteten.

Sie schüttelte heftig den Kopf und nahm dann ihre Brille ab. »Ich fürchte, wir haben nicht viel Glück gehabt. Er bestätigte, dass seine Schwester in jenem Jahr kurz im ›Woolpack‹ gewohnt habe, aber ›sie wären nicht klargekommen.‹ Also packte sie ihre Koffer und ›haute ab‹, und zwar mit ihrem Wagen. Er weiß nicht, wohin sie gefahren ist. Das schien ihn nicht zu beunruhigen. Einige Familien sind so, wissen Sie.«

Ich fragte nur: »Was ist mit dem Buch?«

Mrs. Molyneux runzelte die Stirn. »Das war interessant. Ich wollte wirklich, ich hätte ihn persönlich danach fragen können. Mrs. Jones sagt, er hätte das Buch nie gesehen, aber er glaubte, seine Schwester hätte davon gesprochen.«

Ich fand, dass dies das Interessanteste war, was ich hatte erwarten können, wenn auch nicht das Lohnendste – vom Standpunkt der Warings aus.

»Meinen Sie nicht, dass Billy Holt es hat?«, flüsterte Lizzie. »Dido sagte, er hätte von dem Buch gewusst, bevor sie davon sprach!«

»Er hatte davon gehört«, sagte Mrs. Molyneux mit Nachdruck. »Ich aber auch. Im ganzen Ort kursierte jahrelang eine Geschichte von einem Buch, das aus Monksdanes gestohlen und eine Menge wert sein sollte. Einige Leute meinten, Joannie hätte es gestohlen. Sie hätte es ihrem Bruder zur Aufbewahrung gegeben.«

Ich rieb mir die Nase. »Er wusste davon, ja. Aber wenn der ganze Ort es wusste, heißt das nicht viel. Angenommen …« Ich dachte noch einmal an den Umschlag mit dem zerrissenen modernen *Peter Hase* und wagte eine Spekulation über das, was geschehen sein mochte. »Wenn Billy davon wusste, hat er es ebenfalls dazu benutzt, um Teddy Waring zu quälen. Im Grunde möchte Billy Teddy für alles, was er Joan antat oder nicht antat, leiden lassen.«

»Wo ist denn dann das echte Buch?«, fragte Lizzie ungeduldig. »Danach suchen wir doch, oder? Sollten wir nicht langsam anfangen?« Sie ging um die Ruine herum und an der hinteren Mauer eines Steingebäudes entlang, das früher mal ein Stall gewesen war, blieb dann beim ersten schmutzigen Fenster stehen und spähte hindurch. »Sollten wir nicht mal in diesem alten Schuppen suchen?«, rief sie über ihre Schulter zurück. »Hier könnte alles Mögliche sein. Ich kann einen alten Karren mit zwei Rädern sehen. Oh, ein Glück, dass das Feuer nicht hierhin übergegriffen hat. Sie hätten es nie löschen können!«

Neugierig folgten Mrs. Molyneux und ich ihr und spähten dann selbst in ein Durcheinander aus altem Gerümpel. Es war, wie Lizzie schon gesagt hatte, ein Ort, wo man alles Mögliche hätte verstecken können. Ich entdeckte den Pferdekarren und sah auch ein Ersatzrad, ein paar Ballen Stroh, die so alt waren, dass sie zusammengeklebt schienen, ein Fahrrad … Warte mal, warte mal …

Mrs. Molyneux sagte: »Woran denken Sie jetzt, Miss Hoare?«

Ich antwortete nicht. Das Fahrrad, das an den Strohballen lehnte, war ein altes Herrenrad mit einer altmodischen, batteriebetriebenen Lampe an der Lenkstange, dem das Rücklicht fehlte.

»Ich könnte zum Haus gehen und den Schlüssel holen«, schlug Lizzie vor.

Mrs. Molyneux sagte: »Ich glaube, dieser Platz wäre zu offensichtlich. Sagte Billy nicht, er hätte ihn schon durchsucht, während er hier angestellt war? Gewiss konnte er sich Zugang dazu verschaffen.«

Das Fahrrad war ein altes, hohes Gefährt wie tausend andere, die in britischen Gartenschuppen vor sich hin rosteten ..., und seine Reifen waren aufgepumpt und hart. Langsam ergaben einige Dinge einen Sinn.

»Aber was machen wir denn jetzt?«, drängte Lizzie.

Von hier verschwinden, dachte ich, *bevor jemand merkt, was wir hier gefunden haben.* Ich warf den anderen einen vorsichtigen Blick zu und beschloss, dass wir mit unseren alten Klamotten und den Gummistiefeln für alles gerüstet waren. Selbst Mrs. Molyneux trug einen Tweedrock, der schon bessere Tage gesehen hatte und wahrscheinlich dornenerprobt war.

Ich versuchte, mich zusammenzureißen. »Ich dachte, dass Billy hier einen Teilzeitjob angenommen hätte, weil er meinte, auf dem Grundstück wäre was zu finden – die Leiche seiner Schwester zum Beispiel; und dass Ted Helen zwang, ihn zu feuern, ... nun, weil Billy Recht hatte. Natürlich kann das Feuer etwas zerstört haben. Aber Billy sagte ausdrücklich, er hätte die Nebengebäude letzten Winter durchsucht.«

Lizzie zuckte die Achseln. »Tja, dann, was sagte Onkel Barnabas noch über den Teich?«

»Ich glaube, ich kann Sie hinführen«, schaltete Mrs. Molyneux sich ein. »Wir haben früher« – sie zögerte und wies dann mit kühnem Schwung in eine Richtung – »diese Abkürzung genommen!«

Hinter den Rasenflächen rund ums Haus hatte sich unbemerkt ein Wäldchen ausgebreitet. Zwischen den knorrigen Apfelbäumen eines alten Obstgartens hatten sich Büsche und Bäume ausgesät, zumeist Holunder und Ahorn. Das Unterholz bestand aus einem Gewirr von Brombeerranken.

»Früher hatten sie zwei oder drei Gärtner, die auch hier wohnten«, bemerkte Mrs. Molyneux. Sie wagte sich wie ein Dschungelführer in das Unterholz, blieb auf der Stelle stecken, wühlte in der alten Kunstledertasche an ihrem Arm, zog ein Paar Gartenhandschuhe und eine beeindruckende Gartenschere heraus und schnitt sich ihren Weg frei. Wir zwängten uns zu ihr, Lizzie zuerst, dann ich mit Ben auf dem Arm, der, hoch über der Gefahrenzone, über nichts Ersichtliches lachte. Ich versuchte, die kleine Stimme in meinem Kopf zu ignorieren, die unablässig sagte, dass etwas näher und näher kam und dass, wenn Billy Holt das Feuer nicht gelegt hätte, es vielleicht Teddy Waring selber war. Dass er dann die Feuerwehr gerufen und gewartet hätte, bis er wusste, durch die Feuerwehr waren genügend Leute aufgewacht, so dass irgendjemand ihn höchstwahrscheinlich bemerken würde, wenn er so tat, als wäre er Billy Holt, und in Richtung Anger radelte. Danach hatte er das Rad versteckt und war zu Fuß zurückgeschlichen. Das hieß, er versuchte, Billy etwas anzuhängen, und die Frage war nun, warum das so wichtig für ihn war. Ich stolperte über einen Ast und riss mich erneut zusammen.

Nach zehn bis fünfzehn schwierigen Metern tauchten wir an einer überwucherten Böschung auf und blickten hinunter in ein kleines, eingesunkenes Oval. Die ebene Fläche auf dem Grund war voller Wasserlilien, die gerade anfingen zu blühen.

»Da!«, keuchte Mrs. Molyneux.

Ich schaute mit mäßiger Begeisterung darauf. Wenn irgendjemand etwas dort unten vergraben hatte, würden wir es nicht finden, jedenfalls nicht ohne Bagger. Es war ein wunderschönes, aber schwer zugängliches Fleckchen Erde. Ein weißer Schmetterling flatterte über die Lilienblüten und ein Vogel trällerte.

Mrs. Molyneux rückte schließlich mit einem Vorschlag heraus. »Wir sollten uns jetzt jedenfalls aufteilen und das ganze Gebiet Stück für Stück ablaufen, so wie die Polizei, wenn sie nach vermissten Leichen sucht. Wenn wir Glück haben und das Gelände einigermaßen zugänglich bleibt, dann können wir …, aber was suchen wir eigentlich?«

»Irgendetwas Ungewöhnliches.«

»Wir können nur hoffen, dass das Unterholz nicht zu dicht gewachsen ist«, meinte Mrs. Molyneux. »Nun, fangen wir an?«

Wir fingen an. Wir hatten fünf bis sechs Morgen Land abzudecken, und schon nach einer Viertelstunde fragte ich mich, ob wir das schaffen konnten. Aber jemand hatte dasselbe schon einmal versucht. Als wir weitergingen, stießen wir auf Haufen mit toten Ästen und sogar hier und da auf Spuren von einem Feuerchen. Als ich das zweite Mal die Länge durchschritt, bemerkte ich, dass das Ganze Billys Werk war. Er schien einen schmalen Streifen Bewuchs mehr oder weniger unberührt gelassen zu haben, wahrscheinlich, damit seine Aktivitäten keinerlei Aufmerksamkeit vom Haus auf sich zögen. Aber direkt hinter diesem Schutzwall hatte er eine Schneise geschlagen, wo das Vorankommen leichter war. Dahinter wiederum gingen die Büsche in einen Streifen alten Waldlands über; hier hatten die Blätter vieler Jahre eine dichte Mulchdecke hinterlassen, die neues Wachstum unterband. Seit Jahren schien kein Mensch seinen Fuß hineingesetzt zu haben, aber wir kamen zu ein paar Stellen, wo Anhäufungen von Federn anzeigten, dass hier ein Raubtier, ein Vogel oder ein Fuchs, am Werk gewesen war.

Als Mrs. Molyneux sich schließlich auf dem Stamm eines umgekippten Baumes niederließ, schlossen Ben und ich uns ihr an. Zuletzt kam Lizzie und komplettierte die Reihe.

»Ich würde sagen«, keuchte Mrs. Molyneux, »dass wir einen Großteil der Fläche abgedeckt haben. Meine Güte! Wie konnten sie nur zulasssen, dass ihr Grundstück derart verwildert? Lawrence Waring hätte das nie geduldet, wenn er nicht so hinfällig wäre.«

»Ich hätte eine Thermoskanne mitnehmen sollen«, äußerte Lizzie verdrossen. »Dido, hier ist nichts.«

Ich überreichte ihr Ben, kletterte auf den Baumstamm und sah mich um. Mir schien, dass vor uns der Baumbestand weniger dicht und mehr Himmel zu sehen war.

»Wir sind fast an der hinteren Mauer. Ich möchte noch nicht aufgeben. Wenn ihr beiden euch um Ben kümmert, gehe ich einfach weiter und sehe nach. Dann haben wir es hinter uns.«

Ich wartete erst gar nicht auf ihre Zustimmung, sondern marschierte los. Mittlerweile kam mir diese Expedition nicht mehr so klug vor und ich wollte einfach nur noch fertig werden, nach Hause gehen und über das versteckte

Fahrrad nachdenken. Und darüber, was man deswegen unternehmen sollte.

Hinter mir fing Lizzie irgendein Klatschspiel mit Ben an. Vor mir konnte ich immer noch nicht die Grundstücksmauer sehen. Ich drängte mich in einen Unterholzwall, büßte ein Büschel Haare ein, das sich an einem Zweig verfangen hatte, stieß ein, zwei Flüche aus und schaltete langsam auf stur, einfach nur auf stur. Dann erreichte ich die nördliche Grundstücksmauer: Die oberste Reihe Steine war abgebröckelt und so war sie nicht höher als einen guten Meter.

Ich kämpfte mich weiter an ihr voran. Es war so still, dass ich Lizzie immer noch klar und deutlich hören konnte. Dann entdeckte ich ein weiteres Stück Mauer vor mir und wusste, dass ich die Ecke des Grundstücks erreicht hatte. Ich wich ein paar Brombeeren aus und bog nach links. Letzter Abschnitt.

Nun redete Mrs. Molyneux und Ben war immer noch ruhig, also ging es ihm da hinten wohl gut. Ein Eichelhäher kreischte. Ich blieb stehen und sah, wie etwas Blauweißgraues in die unteren Äste eines Baumes vor mir flatterte. Dort hätte die Mauer sein müssen, doch da war keine. Ich konnte eine überwucherte Hecke sehen, die den Rand des Feldes dahinter markierte und die wohl erklärte, warum sich niemand die Mühe gemacht hatte, die eingefallene Mauer wieder aufzubauen. Ich ging weiter und musste über einen jungen Baum klettern, der mir im Weg lag. Ich hatte einen Fuß auf jeder Seite des Baumes, als ich nach unten schaute und sah, dass der Stamm abgeknickt war. Der Baum war schon lange abgestorben, halb vergraben unter Brombeeren, aber er war nicht einfach umgekippt, denn er war noch immer in der Erde verwurzelt und stand bis zu einer

Höhe von etwa dreißig Zentimetern aufrecht. Er war abgebrochen – umgeknickt …

Ich blickte mich um. Drei Meter weiter war ein zweiter toter Baum umgeknickt, wurde aber von einer Stechpalme, in der er sich verfangen hatte, aufrecht gehalten. *Warte mal, warte mal …*

Lizzie rief etwas. Ich brüllte: »Ich bin gleich zurück!« und zog im Geiste eine Linie zwischen dem aufrecht stehenden toten Baum und dem unter meinen Füßen, verlängerte sie bis zur Mauer und ging an dieser Linie weiter. Ich zwängte mich zwischen zwei Büschen hindurch und kletterte über einen niedrigen Steinhaufen, der unter Efeu begraben war, entdeckte auf der anderen Seite einen Graben und dahinter die überwucherte Feldhecke.

Das Wrack steckte seitwärts im Graben. Es war mal ein alter Volvo Kombi gewesen. Ich erkannte das trotz seines gegenwärtigen Zustands, denn ich hatte früher selbst so einen besessen; man konnte damit große Mengen Bücher transportieren – oder Antiquitäten. Dieses Modell hier war ausgebrannt. Die Motorhaube und die Heckklappe waren aufgesprungen und vermittelten den bizarren Eindruck, dass es versucht hatte, vor den Flammen davonzufliegen. Drei Türen standen weit offen, als wären sie ruckartig nach außen gedrückt worden. Das Innere war nur noch ein Durcheinander aus Metallrahmen und verrosteten Federn. Das Feuer hatte den gesamten Lack vom Wagen gelöst und nur Rost und glatte, geschwärzte Flächen hinterlassen. Ich sah nach den Nummernschildern, aber sie waren beide verschwunden. Dann drehte ich mich um und rief, bis die anderen bei mir eintrafen.

»Wie ist der denn hierher gekommen?«, wunderte sich Lizzie.

Mrs. Molyneux sagte: »Ich sehe schon, er wurde hier durchgeschoben oder -gefahren, nicht wahr? Und dann in Brand gesteckt?«

Lizzie schüttelte den Kopf und kletterte hinunter in den Graben. Mrs. Molyneux und ich brüllten sie an. Sie blieb stehen. »Was ist los?«, fragte sie entrüstet.

»Komm sofort zurück«, befahl ich ihr und packte mir Ben, der Anstalten machte, ihr zu folgen. »Die Polizei nennt so etwas ›Zerstörung von Beweisen‹.«

Schon früher hatte es nie zu Lizzies Prioritäten gehört, meinen Anweisungen zu folgen. Jetzt hielt sie die Hände theatralisch in die Höhe, um zu zeigen, dass sie nichts anrühren würde, und trat einen Schritt näher an den Wagen. »Ich kann etwas darin sehen, auf dem Rücksitz.«

»O mein Gott«, hauchte Mrs. Molyneux in mein Ohr.

»Was ist es?«

»Stoff? Nein, ich glaube, es ist ein Ledermantel. Ich kann einen Ärmel erkennen. Ich schätze, es waren Kleider, aber jetzt ist es nur ein grauer Klumpen.«

Ich stellte ihr die Frage, die mir am nahe liegendsten schien: »Wie kommst du dann darauf, dass es Kleider waren?«

»Tja, es ist zwar alles ganz nass und schimmelig … und klebt zusammen, aber ich meine schon, dass es Kleider waren.«

»Lizzie, ist es verbrannt?«

»Es ist alles so durcheinander, dass ich es nicht sicher sagen kann, aber es sieht nicht verbrannt aus. Ich komme jetzt wohl lieber mal hoch.«

Ich nahm ihre Hand und zog und sie glitt über die rutschige Böschung zu uns. Ich ließ sie nicht los. »Männer- oder Frauenkleider? Hast du eine Handtasche gesehen?«

Sie runzelte die Stirn. »Ich weiß nicht. Ich werde mal …«

Ich hielt sie immer noch fest und sagte, das solle sie schön bleiben lassen. Als Mrs. Molyneux sich dem anschloss, akzeptierte Lizzie es widerwillig.

An diesem Tag hatte ich mein Handy nicht vergessen. Ich zog es aus der Tasche, entdeckte, dass ich mich sogar noch an die in Frage kommende Nummer erinnerte, und gab sie ein. Als eine Stimme antwortete, nannte ich meinen Namen, verlangte Detective Sergeant Cole und erklärte ihm, was wir gefunden hatten.

Nachdem ich das Handy wieder ausgeschaltet hatte, starrten wir eine Weile das Wrack an. Dann nahm ich Ben auf den Arm, beschloss, ihn von dort zu entfernen, und drückte ihn Lizzie in die Arme.

»Du und Mrs. Molyneux geht zum Haus. Passt bitte auf Ben auf; er wird müde und möchte etwas zu trinken. Cole ist auf dem Weg. Kannst du ihm bitte zeigen, wohin er muss, wenn er kommt?«

»Aber was machst du denn jetzt?«

»Ich warte hier«, antwortete ich. »Es sieht so aus, als wäre seit 1994 niemand mehr hier gewesen, und jetzt sorgt besser jemand dafür, dass es auch so bleibt.« Ich hatte den Eindruck, dass das Wrack leicht in einer Rauchwolke verschwinden konnte. So funktionierte das hier.

»Aber Dido!«, jammerte Lizzie.

»Kommen Sie«, sagte Mrs. Molyneux plötzlich. »Je eher das hier zu Ende ist, desto besser.«

Lizzie blickte unsicher von ihr zu mir. Ich sagte: »Ich komme klar und jemand muss auf Ben aufpassen.« Ich winkte ihm zu. Mrs. Molyneux nickte grimmig; sie stapften davon.

Dann drehte ich mich um und blickte hinunter auf Tracys Wagen und Tracys Kleider. Wahrscheinlich. Aber die

Kleider waren nicht mit dem Wagen verbrannt. Jemand hatte sie später hier versteckt, vermutlich, als das Feuer ausging.

Dann hörte ich Bewegungen im Unterholz zwischen mir und dem Haus. Es waren nicht Lizzie oder Mrs. Molyneux, außer, sie kehrten zurück; und es war auch nicht die Polizei, die, wenn ich Glück hatte, gerade mal in ihren Wagen stieg. Ich versuchte, mich ganz still zu verhalten und nicht zu atmen. Trotzdem kamen die Geräusche näher. Teddy Waring kämpfte sich durch das Dornengestrüpp. Er trug ein Gewehr, dessen Mündung zu Boden wies.

Wir wechselten einen langen, kalten Blick.

»Die Polizei ist schon unterwegs«, sagte ich.

Er dachte einen Moment darüber nach. Dann nickte er nur. »Ich bin wegen der Tauben unterwegs. Ich habe gesehen, wie sie aus dem Unterholz kamen – Mrs. Molyneux und Lizzie mit Ihrem Kind. Da wusste ich, Sie haben ihn gefunden. Stört es Sie, wenn ich mit Ihnen warte?«

Direkt am Fuß der Böschung war ein weiterer großer Baum umgeknickt. Ted drängte mich höflich, dort Platz zu nehmen, und ließ sich einen knappen Meter von mir entfernt nieder. Wir horchten auf das Kreischen des Eichelhähers und starrten auf das Wrack.

Plötzlich fiel mir etwas ein. Es war eine berechtigte Frage und hier war die Gelegenheit, sie zu stellen. »*Peter Hase*«, sagte ich zu ihm. »Haben Sie ihn Tracy gegeben oder hat sie ihn aus dem Haus gestohlen?«

Es folgte eine kleine Pause, dann sagte er: »Ich habe ihn ihr gegeben und hatte hernach nicht den Mumm, es Vater zu beichten. Es war alles meine Schuld. Woher haben Sie das gewusst?«

Ich sagte, ich hätte es bis dato nicht gewusst, was ihn zum

Schweigen brachte. Ich lauschte auf das Gurren der Tauben in den Bäumen am Feldrand.

Plötzlich sagte er: »Mami wird das Haus verkaufen. Es ist uns nichts mehr geblieben.« Er schien mit sich selbst zu sprechen. Nach einer Weile sprach er wieder, vielleicht dieses Mal zu mir: »Jetzt geht alles den Bach runter. Ich hätte nicht zurückkommen sollen. Ich weiß nicht, warum ich es tat.«

Kapitel achtunddreißig

Der Hase ist tot

Helen und Lizzie hatten den Salon aufgeschlossen, die Blendläden und Fenster geöffnet und Sonne und Licht hereingelassen. Nun warteten wir, lauschten auf die Geräusche im Innern des Hauses und beobachteten das Kommen und Gehen vor dem Haus. Warteten, dass alles zu einem Ende kam, oder warteten einfach.

Cole und seine Leute waren noch im Frühstückszimmer. Irgendwann hatte jemand an die Tür geklopft und nach Teddy gefragt, der ging, bald zurückkehrte und seitdem schweigend am anderen Ende des Salons saß. Keiner von uns sagte viel. Mrs. Molyneux war nach Hause gegangen und mit Barnabas zurückgekehrt; Lizzie hatte über mein Handy Mickey angerufen, der nun mit dem Taxi aus Bristol kam. Gegen Mittag hatte Helen eine Kanne Tee und eine Platte mit Gurkensandwiches gebracht und war dann wieder verschwunden. Wir lauschten erneut auf die Schritte, die sich im Zimmer über uns vor- und zurückbewegten.

Ben schlief auf den fadenscheinigen blassblauen Kissen eines Sofas, und ich saß neben ihm, um sicherzustellen, dass er nicht hinunterrollte, betrachtete den Rasen vor dem Haus und die Tore, wo ein Streifenwagen stand. Einige Leute hatten sich auf der Straße versammelt und irgendwann meinte ich auch Billy dort zu sehen. Vor einer Weile war ein Traktor mit Anhänger und Winde gekommen und der Spur der Löschfahrzeuge ums Haus gefolgt. Als er mit dem rostenden Autowrack zurückkehrte, das unter einer Plane auf dem Anhänger stand, gab das dem Rasen endgültig den Rest.

»Dido, woher wusstest du es?«, fragte Lizzie plötzlich. Ihre Stimme klang gedämpft.

Also lag alles wieder mal an mir? Mein erster Impuls war zu schreien: *Ich weiß überhaupt nichts!* Dann sah ich plötzlich, dass Lizzie mir die Gelegenheit gab, das zu tun, was ich wirklich wollte, nämlich alles zu beenden, Ben und Barnabas in den Van zu packen, jawohl, und Lizzie auch, falls sie das wollte, nach London zu fahren, den Laden wieder zu öffnen und weiter meine Bücher zu verkaufen. Und mir wurde klar, dass ich dazu nur zu lügen brauchte – allerdings wirklich überzeugend. Also würde ich wahrscheinlich einen ungeheuren Narren aus mir machen, aber es war das Risiko wert. Und plötzlich erschien ein Bild vor meinem inneren Auge: Hercule Poirot auf Lizzies Fernsehbildschirm, der plötzlich mit seiner unangreifbaren Sicherheit aufstand, um zu verkünden, wie es gewesen war, und damit wieder einmal über die Ungerechtigkeit und das Böse zu triumphieren: »Nun, *mes amis* …«

Ich stand äußerst behutsam auf und trat in die Mitte des Raums. Alle sahen zu mir, aber Ben wachte nicht auf. Ich hakte die Daumen in die Taschen meiner Jeans, warf Kopf und Schultern zurück, blickte hochnäsig auf niemand Besonderen und begann meine Rede.

»Eigentlich verdanke ich es Barnabas: Sein Plan unterschied zwischen drei Verbrechen – zwei verdächtigen Todesfällen und einem Diebstahl. Alle drei Delikte geschahen ohne ersichtliches Motiv, doch sie *mussten* einfach miteinander in Verbindung stehen; also fing ich an, nach einem Motiv zu suchen, das alle verband.«

Da sagte Teddy Waring auf einmal quer durch den Raum: »Halten Sie endlich den Mund!« Er sah mich dabei nicht an.

Ich unterdrückte einen Anflug von Zorn und entgegnete: »Nein, das werde ich nicht tun.«

Barnabas sah von mir zu Teddy. Ich bemerkte, dass er die Augen zusammenkniff.

»Woher wusstest du von dem Wagen?«, fragte Lizzie wieder.

Ich antwortete überheblich, mir sei natürlich klar gewesen, dass Tracys Wagen an einem Ort versteckt worden sei, wo ihn niemand fände, und es gäbe nun einmal nicht viele Möglichkeiten. Ich durfte nicht zu sehr ins Detail gehen, weil ich immer noch keinerlei Anhaltspunkt hatte. Genauer gesagt hatte ich zwar ein paar Anhaltspunkte, aber ich brauchte ein Geständnis. Ohne Geständnis hatte ich nichts Konkretes in der Hand; mit Geständnis konnten wir nach Hause fahren. *Also sachte …*

»Teddy hat zugegeben, dass er Tracy den *Peter Hase* gab, allerdings hatte ich das schon herausgefunden. Er dachte, sie hätte das Buch im Barton versteckt; deshalb wollte er unbedingt das Cottage durchsuchen.«

Plötzlich rührte sich mein Opfer. »Sie behauptete, es sei dort, oder – oder jedenfalls in der Nähe.«

»Ist sie nach Monksdanes gekommen, um Ihnen zu sagen, dass sie fortgehen würde?« Er antwortete nicht. »Sie hat ihrem Bruder erzählt, sie würde für immer verschwinden, und dann ist sie hierher gefahren. Sie hatten ihr das Buch gegeben und jetzt wollte sie damit abhauen?«

»Nein! Wir wollten gemeinsam gehen!«

Ich konzentrierte mich lange genug auf die Worte *armer Kerl!*, um meiner Stimme einen gleichzeitig mitleidigen und überheblichen Klang zu verleihen. Dann sagte ich: »Aber sie hat Sie reingelegt.«

Er blickte auf. »Sie wissen gar nichts.«

Da hatte er Recht, aber mein ganzer Plan hing davon ab, dass er sich dieser Tatsache nicht sicher war. Ich blickte ihm geradewegs in die Augen. »Ah ja?« Meine Stimme klang so selbstgefällig, dass ich am liebsten rot geworden wäre. »Also, dann sagen Sie mir doch, wie es war!«

Plötzlich stand Mrs. Molyneux auf. Sie ging quer durch den Raum, setzte sich neben Teddy und legte ihm eine Hand auf den Arm. »Es ist schon gut«, sagte sie klar und deutlich, »jetzt ist der Zeitpunkt gekommen, um offen zu sprechen. Meinen Sie nicht, Sie schulden den beiden toten Mädchen die Wahrheit?«

Ihre Stimme klang … mütterlich? Flüchtig ging mir durch den Kopf: *Meine Güte, sie spielt das Guter-Cop-böser-Cop-Spielchen!* Und doch war mir nicht im Mindesten nach Lachen zumute.

»Um welche Zeit traf sie hier ein, Teddy?«

Er zögerte, aber jetzt starrten wir alle ihn an. »Nach dem Mittagessen.«

Ich hatte eine Idee. »Was sagten Ihre Mutter und Ihr Vater, als sie auftauchte?«

»Mami hatte sich für ihr Mittagsschläfchen nach oben begeben.«

Plötzlich ließ sich Barnabas leise hinter mir vernehmen und ich schrak auf: »Wie genau hat Ihr Vater sie getötet?«

Jetzt schrie Lizzie mit irrem Blick: »*Was?*«

Barnabas sagte einfach: »Das Motiv. Teddys Vater hasste sie, das machte er Dido bei diesem Willkommensdinner deutlich, schon vergessen? In seinen Augen war sie ein Flittchen. Die Beziehung zu Teddy, alles, was sie darstellte, brachte ihn in Rage. Er nahm an, sie hätte das Familienerbstück gestohlen. Sie hassten sie nicht, Mr. Waring – in diesem Punkt glaube ich Ihnen. Aber ich weiß nicht, warum Sie Ihren Vater nicht aufhielten. Was ist geschehen?«

»Ich war ein Narr«, antwortete er schwerfällig. »Vater hatte Recht. Sie war nicht gut für mich, sie war eine Diebin und eine kleine Nutte, und ja, wahrscheinlich hat sie mich tatsächlich reinlegen wollen. Aber ich wollte ihm nicht glauben, als er mich warnte, ich Idiot!«

»Warum«, fragte ich, »ist sie dann zurückgekommen? Sie hatte doch schon das Buch. Sie musste nicht mehr kommen.«

»Ich dachte, sie bräuchte mich, um sie ins Barton zu lassen, damit sie das Buch holen konnte. Sie muss es im Versteck dort gelassen haben, als Vater sie rausschmiss.«

»Sie hätte genauso gut ein Fenster einwerfen können«, erwiderte ich kalt. »Jedenfalls ist das Buch nicht im Barton. Das wissen Sie. Also frage ich noch einmal: Warum ließen Sie zu, dass Ihr Vater sie umbrachte?«

»Er wollte es nicht!« Sein Schrei hallte im Raum wider. Ich warf einen raschen Blick auf Ben, der sich kurz regte. Als ich mich Ted wieder zuwandte, trafen sich unsere Blicke. »Das wusste ich immer! Nein, als sie plötzlich an dem Tag vor der Tür stand, gingen wir in die Bibliothek, um zu reden. Ich bot ihr einen Drink an. Sie trank ziemlich viel, genau wie ich. Ich ging ins Frühstückszimmer, um den Scotch und ein paar Gläser zu holen, und danach in die Küche, für das Wasser. Vater muss uns gehört haben; er lief nach unten, um zu sehen, wer da gekommen war. Es ging ihm damals noch nicht so schlecht wie jetzt, aber es hatte schon angefangen. Ich weiß nicht, was er sich vorgestellt hat! Er hatte den Schürhaken vom Kamin genommen ... Aber er wuss-

te nicht, was er tat. Ich schwöre, das ist die Wahrheit! Als ich zurückkam, lag sie mit dem Gesicht nach unten auf den Fliesen vor dem Kamin und er schrie: ›Schluss mit der Simuliererei, stehen Sie auf und sagen Sie mir endlich, wo Sie meinen *Peter Hase* haben‹, und sie war tot.«

»Aber Sie haben weder die Polizei noch einen Arzt oder jemand anderen gerufen.« Ich zwang mich, ganz ausdruckslos zu sprechen.

Er wiederholte, nun sicherer: »Sie war tot, das hätte niemandem genützt.«

Feigling!

Ich hatte noch ein Ass im Ärmel und beschloss, es nun auszuspielen. Es war reine Spekulation, aber ausgehend von meinem Eindruck, den die Warings bei mir hinterlassen hatten, fragte ich: »Was geschah, als Ihre Mutter es entdeckte?«

»Sie sagte natürlich, wir müssten Vater schützen. Er war alt. Es hätte ihn umgebracht.«

Das ergab fast einen Sinn. Aber nicht ganz.

»Wann tauchte Joan Holt auf?«

»Später. Ich weiß es nicht mehr. Sie war gekommen, um über irgendwas zu reden, ich weiß nicht, worüber … Es war keiner ihrer regulären Arbeitstage, aber sie hatte ihren eigenen Schlüssel von der Hintertür. Ich hatte Tracys Wagen ums Haus gefahren und in den Ställen versteckt. Ich wollte bis zum frühen Morgen warten, damit ich ihn … sie … unbemerkt in Richtung Hinton fahren konnte. Dort gibt es eine Brücke über dem Rangierbahnhof, westlich der Hauptstraße. Ich wollte den Wagen über die Brückenzufahrt hinaus und auf die Gleise fahren, den Benzintank in Brand setzen und dann über die Felder zurückgehen. Man hätte das Feuer von der Straße aus gesehen, doch bis dort jemand eingetroffen wäre, wäre es zu spät gewesen, um zu erkennen, was wirklich mit Tracy passiert war. Ich trug gerade die ... Tracy zur Hintertür, als Joannie Holt hereinkam. Ich wusste noch nicht mal, dass sie kommen wollte. Sie fing an zu schreien. Sie hörte einfach nicht auf, ich konnte sie nicht zum Schweigen bringen.«

»Aber Sie haben sie zum Schweigen gebracht«, wagte ich mich zittrig vor.

Rasch sagte er: »Sie war nur ein ...« Dann sah ich, wie er einen Blick auf mein Gesicht warf. Er verstummte und besann sich. »Ja ... natürlich, Sie haben Recht. Ich will mich nicht entschuldigen. Ich habe es getan. Das habe ich denen da drüben auch erzählt. Ich wollte ihr nichts Böses antun, glauben Sie mir, aber sie war hysterisch. Ich glaube, ich geriet in Panik; ich glaube, dass ich ihr die Hand über den Mund legte, um sie zum Schweigen zu bringen, aber ich kann mich nicht mehr genau erinnern. Ich war außer mir.«

Mrs. Molyneux zog abrupt ihre Hand von seinem Arm und rückte von ihm ab. Sie schob sich ihre Brille die Nase hoch und starrte ihn an. Ich sah, dass sie erst jetzt erkannte, worum es hier wirklich ging.

Ich durchdachte das Ganze immer noch. »Da waren Sie also, Sie, Ihre Mutter und Ihr Vater, mit zwei Leichen. Sehr komisch. War es komisch?« Ich konnte hören, dass meine Stimme vor Zorn quiekte, so als hätte ich Helium eingeatmet; also hielt ich inne und atmete tief durch. »Eine von beiden war Joannie Holt, und Sie alle waren an ihrem Tod interessiert, weil Ihr Vater sie geschwängert hatte. Aber Joannies Familie wusste, dass sie nach Monksdanes gehen und mit ihm reden wollte. Und die andere Leiche war eine Frau, die zwar keinerlei Grund hatte, bei Ihnen zu sein, von der aber jeder im Dorf wusste, dass sie noch kurz zuvor einen furchtbaren Streit mit Ihrem Vater gehabt hatte. Es sah also so aus, als wäre er mächtig in Schwierigkeiten. Und ich würde sagen, es war Ihre Mutter, die erkannte, was zu tun war. Sie gehört zu der Sorte Menschen, die die Initiative ergreifen.«

»Das Rückgrat der Familie«, murmelte Mrs. Molyneux schwach.

Ich bemerkte plötzlich, wie wütend ich war, wie unglaublich wütend. Ich konnte mich nur von meiner Wut mitreißen lassen. »Sie hat also alles geplant? Sie zogen Joan …« Ich verstummte, weil ich wirklich anfing zu zittern.

Ich hörte ihn murmeln: »Mami war es.«

Ich war froh, das zu hören. Ich atmete geräuschvoll ein.

»Und Sie wickelten sie in eine alte Decke, und als es dunkel genug war, vergruben Sie sie im Graben. Falls sie jemals gefunden werden sollte – tja, dann hätte sie jeder dort verstecken können, schließlich ist dort ein öffentlicher Weg.« Das Bild von Joan Holts Leiche kam mir wieder in den Sinn – jedes Detail von dem blicklosen Schädel über die schlammbedeckte Haarsträhne, die verrottete Decke bis hin zu dem nackten Fuß.

»Danach – es war doch danach? – fuhren Sie Tracys Wagen durch den Garten zur eingebrochenen Mauer und dann hinunter in den Graben, wo Sie ihn in Brand setzten. Das war zwar nicht so gut wie die Gleise, aber versteckt genug, dass das Feuer in der Nacht nicht bemerkt wurde. Ich schätze, Sie vergaßen zuerst, dass Sie auch Tracys Kleider loswerden mussten, aber Sie kamen deswegen noch mal zum Wagen zurück. Als Sie ein zweites Mal dorthin gingen und sie hineinwarfen, war das Feuer schon fast verloschen und sie wurden nicht verbrannt, aber ich nehme an, Sie warteten nicht, um es zu überprüfen, und danach hatten Sie einfach nicht mehr die Möglichkeit, dorthin zu gehen. Sie zogen Tracys Leiche Joans Kleider an, schossen ihr das Gesicht mit einem Gewehr weg – drüben in den Ställen, nicht wahr? – und trugen sie durchs Bibliotheksfenster ins Haus. Allerdings trugen Sie Ihre Gummistiefel, die waren mit Lehm bedeckt, was nicht allzu klug war, weil die Spuren von der Polizei entdeckt wurden; und dann erfanden Sie die Geschichte mit dem Einbruch. Und Sie hatten eine Leiche, die wie Joannie aussah, aber günstigerweise nicht schwanger war, wodurch Joannie zu einer Lügnerin und Betrügerin wurde; und es war mitten in der Nacht, wodurch Sie die Gelegenheit hatten, die Geschichte über den Einbruch in der Bibliothek zu erfinden. Und dann schließlich rief Lawrence die Polizei, und die fand Sie mit der falschen Leiche und Sie erzählten, Sie hätten die arme kleine Joan Holt, die aber nur eine kleine Diebin war, versehentlich erschossen, und Sie weinten.« Ich sah zu ihm hinüber. Er saß zusammengesunken auf dem Sofa.

»Sie verbüßten ein paar Jahre und kamen dann nach Hause; und dann ging alles schief, hauptsächlich, weil Billy Holt einen Teil der Wahrheit erraten hatte. Sie zwangen Helen, ihn zu feuern, bevor Ihnen klar wurde, dass ihn das nicht aufhalten würde. Und Sie wussten, auf Monksdanes gab es eine Menge Lügen und Geheimnisse, die er entdecken konnte. Also versuchten Sie, ihm etwas anzuhängen, genauso wie bei seiner Schwester, ihn vielleicht sogar verhaften zu lassen, ihn loszuwerden, ihn zumindest dazu zu bringen, sich zurückzuziehen. Mit seinen toten Tieren vor der Tür hat er Ihnen in die Hände gespielt. Da dachten Sie, Sie hätten ihn. *Sie* haben die rote Farbe gegen das Cottage geschleudert und dann so getan, als machten Sie Billy dafür verantwortlich, nicht wahr? Ich habe die ganze Zeit gesehen, dass Sie eine Rolle spielten; nur wusste ich nicht, warum. *Sie* haben das Feuer gelegt, dann die Feuerwehr gerufen und versucht, ihm das anzuhängen, als Sie auf einem Fahrrad wie dem seinen herumfuhren. Es war eigentlich zu lange nach Ausbruch des Feuers; aber Sie mussten warten, bis die Löschfahrzeuge genügend Leute aufgeweckt hatten, damit Sie sicher sein konnten, jemand würde bemerken, dass ein Radfahrer, der aussah wie Billy, zu Billys Haus fuhr. *Sie* haben das Rad auf dem Weg versteckt und sind zu Fuß nach Hause geschlichen. Nur habe ich das Rad gefunden. Ich weiß, wo Sie es jetzt versteckt haben.« Ich sah ihn wieder an. »Und wenn Sie wollen, können Sie jetzt weinen. Ich bin nämlich fertig.«

Die Tür ging auf. Helen sagte: »Sie sind unten. Wenn jemand sich verabschieden möchte …« Sie verstummte und blickte von Teddy zu Lizzie und dann zu uns anderen.

Barnabas sagte: »Wir warten hier. Wir wollen nicht im Weg sein.«

Sein Ton war so entschieden, dass Helen verwirrt die Tür schloss und ging.

Ich stand mit dem Rücken zu den Fenstern und hatte nicht bemerkt, dass der Krankenwagen gekommen war; doch als ich mich umwandte, um nach draußen zu blicken, stand er direkt vor dem Fenster. Wir hörten, wie der Rollstuhl die Haupttreppe hinuntergeschoben wurde, und sahen sie dann vor dem Fenster auftauchen: zwei Männer und eine Frau in weißem Kittel, Lawrence in einem dunklen Anzug, mit ausdruckslosem Gesicht und reglosen Gliedern, als sein Stuhl in den Wagen gehoben wurde. Er sah aus, als wäre er schon ganz woanders. Helen kam in Sicht, brachte einen Koffer, schob ihn durch die Türöffnung, trat dann zurück und schlang die Arme um sich, um sich vor dem kalten Wind zu schützen; und schließlich folgte Rose ihrem Mann, wies steif jegliche Hilfe zurück, als sie in den Wagen stieg, und blickte sich nicht um. Die beiden hinteren Türen wurden zugeschlagen.

»Das wurde auch Zeit«, sagte Lizzie harsch.

Teddy schwieg.

»Er braucht richtige Pflege«, bemerkte Mrs. Molyneux reserviert.

»Nun, da sie weg sind«, sagte ich zu Teddy, »wäre es nicht an der Zeit, etwas zu tun?«

»Was denn?«, fragte Mrs. Molyneux plötzlich. »Wir müssen jetzt einen Schlusspunkt setzen, Miss Hoare. Lawrence würde einen Prozess nicht durchstehen, und Teddy hat schon für das gebüßt, was er getan hat.«

»Nicht für alles«, entgegnete ich, immer noch kalt. *Nicht für seine Anmaßung, nicht für seine Feigheit …*

Barnabas sagte schließlich leise: »Es wird weitere Anklagepunkte geben, Mrs. Molyneux. Und dann wird der Schlusspunkt gesetzt. *Geschehen ist's; ungeschehen kann's nicht gemacht werden …*«

Als jemand an die Tür klopfte, übernahm ich es, zu rufen: »Herein!«, weil sich sonst niemand zu rühren schien.

Es war Cole. Er hielt einen durchsichtigen Plastikbeutel in der Hand. Er blickte uns der Reihe nach an, runzelte die Stirn, ging dann durch das stille Zimmer zu mir und hielt mir den Beutel hin. »Sie sind doch so eine Art Second-Hand-Buchhändlerin, nicht wahr? Können Sie mir sagen, was das ist?«

O ja, das konnte ich. Ich war ein wenig beeindruckt, dass er trotz des Ausmaßes der Beschädigung genügend erkannt hatte, um zu wissen, dass er mich fragen musste. Der Gegenstand in dem Plastikbeutel war einstmals ein Buch in einem kleinen Schuber gewesen, gerade so groß, dass es in Kinderhände passte; aber es war stark verbrannt und durch unzählige Regenfälle über die Jahre hinweg vollkommen aufgeweicht.

Ich sagte: »Das war im Wagen?«

»Unter dem Vordersitz, in einer Ledertasche, die es etwas schützte. Es ist ein Buch; die Seiten kleben aneinander, aber ich meine, etwas Handschriftliches zu erkennen. Ich weiß nicht, ob es ein Tagebuch oder ein Notizbuch ist. Wenn es so etwas ist, dann gebe ich es lieber zur Spurensicherung, die sich darum kümmern kann. Aber es wird lange dauern, etwas Definitives herauszufinden, und eigentlich sieht es für ein Tagebuch zu klein aus.«

Ich gab ihm den Plastikbeutel zurück. »Machen Sie sich nicht die Mühe«, sagte ich mit Nachdruck. »Es ist nur ein Kinderbuch. *Die Geschichte von Peter Hase.* Mr. Waring kann Ihnen etwas darüber erzählen.« Ben rührte sich. Ich ging zu ihm, nahm ihn hoch und sagte zu ihm: »Komm, wir können jetzt nach Hause.«

Wenn wir uns mit Packen und Einladen beeilten, würden wir wohl gerade rechtzeitig zum Berufsverkehr in London sein; und plötzlich merkte ich, wie sehr ich mich darauf freute, mich in einem ganz normalen, gemütlichen Stau auf der Marylebone Road zu entspannen.

Anmerkungen und Danksagung

Beim Lesen dieses Buches werden die Bewohner des Südostens von Somerset zu Recht das Gefühl bekommen, in dem Schauplatz des Geschehens die Gegend zwischen Wincanton und Wells wieder zu erkennen. Daher möchte ich darauf hinweisen, dass alle Charaktere (außer dem tatsächlich existierenden Mr. Spock, der aus einem Dorf wie Alford stammt) ebenso frei erfunden sind wie die Ereignisse dieser Geschichte. »Alford« ist eine Furt durch den Fluss Al, wo sich um ein altes Herrenhaus herum ein Weiler entwickelte. »Monksdanes« gibt es als Name zwar wirklich, das dazugehörige Gebäude ist jedoch frei erfunden; wie einige – keinesfalls fiktive Prachtbauten von England stammt es größtenteils aus dem neunzehnten Jahrhundert, die Grundmauern weisen jedoch bis ins Mittelalter und die Wikingerzeit zurück. Was Alford betrifft, so habe ich es, soweit ich konnte, dem zeitgenössischen englischen Landleben angepasst.

Ich möchte Linda Grant für ihr Buch *Remind me who I am, again* danken, in dem sie die Krankheit beschreibt, an der Lawrence Waring leidet. Für Hilfe, Ermutigung, Informationen, Vorschläge und Korrekturen aller Art danke ich den üblichen und insbesondere: Eric Korn, Sandra Macdonald, Merilyn Moos, Alex Wagstaff und vor allem Andrew Korn, der ein guter Lektor ist; des Weiteren meiner Agentin Jacqueline Korn und meinen Lektorinnen bei Hodder:

Sara Hulse (die dankenswerterweise so viel Arbeit und Mühe in dieses Buch steckte) und Carolyn Mays; außerdem danke ich einem gewissen Teekränzchen, das mir über einen Rückschlag hinweghalf.

»Ein pures Lesevergnügen«
The Times Literary Supplement

»Rückblickend mache ich das Wetter dafür verantwortlich. Mitte Juli war etwas gründlich schief gegangen. So als wäre London durch ein Erdbeben südwärts geglitten und am Äquator hängen geblieben. Ich halte mich mittlerweile für einen vorausschauenden, reflektierten, ja sogar verantwortungsvollen Menschen. Wenn es nicht so heiß gewesen wäre, hätte ich vielleicht kühlen Kopf bewahrt und mich um meine eigenen Angelegenheiten gekümmert. Denn was man auch vorbringen konnte, eines war gewiss: Tom Ashes Probleme hatten nichts mit mir zu tun.«

Marianne MacDonald
Die Schriftrolle
Roman
Deutsche Erstausgabe
ISBN-13: 978-3-548-68024-8
ISBN-10: 3-548-68024-0

List Taschenbuch

LG9

Wilde Hetzjagd durch London

Mitten in der Nacht wird Buchhändlerin Dido Hoare von einem verzweifelten Anruf ihres Kindermädchens Phyllis Digby aus dem Schlaf gerissen. Beunruhigt eilt sie zu Hilfe und findet Phyllis völlig aufgelöst in ihrer von Einbrechern verwüsteten Wohnung vor. Was ist passiert? Phyllis ist merkwürdig schweigsam, als Dido die Polizei einschalten will. Doch dann wird Frank Digby, Phyllis' Ehemann, ermordet aufgefunden. Die Spur führt in die Vergangenheit – zu einem Verbrechen, in das Frank offenbar verwickelt war ...

Marianne Macdonald

Ein gutes Versteck

Roman

Deutsche Erstausgabe

ISBN-13: 978-3-548-68053-8
ISBN-10: 3-548-68053-4

List Taschenbuch

LG17

Ein toter Kunde ist kein guter Kunde

Timothy Curwen, der seit einiger Zeit regelmäßig Dido Hoares kleines Antiquariat beehrt, ist der Traumkunde eines jeden Buchhändlers: höflich, begeisterungsfähig, treu und reich. Umso mehr wundert sich Dido, als Curwens Scheck für eine wertvolle Dickens-Ausgabe platzt und sie kurz darauf erfährt, dass sich der elegante junge Mann von seinem Balkon in den Tod gestürzt hat.

Marianne Macdonald

Der Stammkunde

Roman

Deutsche Erstausgabe

ISBN-13: 978-3-548-68067-5
ISBN-10: 3-548-68067-4

List Taschenbuch

»First-Class-Crime aus Istanbul – klasse!«
Freundin

Ein kunstvolles osmanisches Gewand, ein Schauspieler mit einem dunklen Geheimnis und zwei rätselhafte Morde: Barbara Nadel verknüpft auf meisterhafte Weise die sinnlichen Traditionen der alten türkischen Kultur mit den Abgründen des modernen Istanbul.

»Nadel bietet beste Voraussetzungen, die moralinsauren ›Brunettis‹ von der Gondel zu schubsen.«
Die Welt

Barbara Nadel
Im Gewand der Nacht
Roman

ISBN-13: 978-3-548-60552-4
ISBN-10: 3-548-60552-4

List Taschenbuch

L208

Åke Edwardsons preisgekröntes Krimidebüt

Die Hitze liegt bleischwer in den Straßen von Göteborg. Auf einer Parkbank am Hafen sitzt ein Mann. Er ist tot – durchbohrt von einem langen Messer. Zusammen mit seinen ehemaligen Kollegen von der Kriminalpolizei beginnt Privatdetektiv Jonathan Wide zu ermitteln. Die Spur führt in die höchsten Kreise der Stadt. Doch erst als Wide das letzte fehlende Teil des mörderischen Puzzles findet, wird ihm das ganze Ausmaß des abgründigen Verbrechens bewusst …

»Thrill bei 36 Grad … ein raffinierter Krimi im sommerheißen Göteborg.«
Joy

Åke Edwardson

Allem,
was gestorben war

Roman

ISBN-13: 978-3-548-60493-0
ISBN-10: 3-548-60493-5

List Taschenbuch